SEIN RUCHLOSES HERZ

DARCY BURKE

Übersetzt von
PETRA GORSCHBOTH

ZEALOUS QUILL PRESS

Sein ruchloses Herz

SEIN RUCHLOSES HERZ

Es ist schwer, respektabel zu sein

Jasper Sinclair, Earl of Saxton, hatte einen Handel mit seinem unerbittlichen Vater abgeschlossen, innerhalb eines Monats zu heiraten. Aber anstatt sich an eine akzeptable Debütantin zu fesseln, geht er seinen niederen Instinkten nach. Er tritt einem Kampfclub bei und umwirbt eine reizende Frau, die vielleicht nicht ist, was sie zu sein scheint. Bald findet er sich gegen Süchte ankämpfend, die sein bereits ruchloses Herz bedrohen.

Wenn man lieber ruchlos wäre

Die verwaiste Schneiderin Olivia West wünscht sich eine Chance auf ein ehrliches, respektables Leben, doch der arrogante Earl of Saxton setzt zu einer beängstigenden Kampagne an, um sie zu seiner Geliebten zu machen. Mittellos und verzweifelt stimmt sie einer Nacht mit dem gefährlichen Lord zu, wobei sie einen Plan ausheckt, sein

Geld zu nehmen und ihre Tugend zu bewahren. Jasper deckt ihre Täuschung allerdings auf und schwört, Anspruch auf das zu erheben, was sie ihm schuldet – nicht sein Geld, sondern *sie*.

Für Mom und Papa, und für meinen Bruder Rich.
Ich bin gesegnet, eine Familie wie euch zu haben.

KAPITEL EINS

August, 1817, London

Jasper Sinclair, zwölfter Earl of Saxton, lockerte seine Krawatte, während er auf die Ankunft seiner Gefährtin für den Abend wartete. Er hatte dieses bestimmte Bordell an einem winzigen, vom Haymarket abzweigenden Platz noch nie besucht, doch ein kurzer Blick auf die im Untergeschoss befindlichen Angestellten hatte ihn zum Bleiben bewogen. Es war schwierig, ein Freudenhaus zu finden, dessen Angebot seiner Beachtung würdig war, und nicht von der oberen Gesellschaftsklasse frequentiert wurde. Er hatte ein Hobby daraus gemacht, solche seltenen Kostbarkeiten inmitten des Unrats ausfindig zu machen.

Er hegte große Hoffnungen für den heutigen Abend. Sein Körper summte vor angestauter Energie, die er loswerden musste, ehe er seiner Familie bei der morgigen Teeeinladung seiner Mutter gegenübertrat, die in regelmäßigen zweiwöchentlichen Abständen stattfanden. Er schob die Gedanken beiseite und konzentrierte sich auf die vor ihm liegende Sache. Oder besser auf die Sache, die er bald in seinen Händen halten würde. Er legte seinen Frack ab und hängte ihn über eine Stuhllehne.

Das Zimmer war recht zweckmäßig eingerichtet und bei einer raschen Überprüfung des Bettes, stellte er fest, dass es sauber, wenn auch nicht luxuriös war. Aber Jasper legte keinen Wert auf Samt oder Seide. Ihm ging es nur um eine schöne Frau mit großer Begabung und einem unbändigen Wunsch, sie unter Beweis zu stellen.

Die Tür klickte und Jaspers Blut heizte sich auf. Er war bereit.

Als er sich umdrehte, löste sich sein Bedürfnis allerdings schlagartig in Luft auf. Himmel, sie sah Abigail – eine Frau, die er seit zehn Jahren aus seiner Erinnerung verbannte – zum Verwechseln ähnlich. Doch jetzt kehrte die Erinnerung in Bausch und Bogen zurück, als hätte er sie erst gestern getroffen und geliebt. Beim Anblick dieser Doppelgängerin kühlte sich sein Körper ab, während Bedauern und Selbsthass die Herrschaft über seine Sinne übernahmen und ihm zu gehen befahlen. Jetzt.

Er ging zum Stuhl und zog seinen Frack an.

»Mylord?«, begrüßte die Frau ihn fragend, die Augenbrauen leicht in die Stirn gezogen. Sie schlenderte auf ihn zu. »Ich bin Tilly. Lasst mich das nehmen.« Sie machte Anstalten, ihm den Frack abzunehmen, doch er hielt ihn fest.

»Nein, ich gehe. Das ist nicht adäquat.«

Tillys Augen weiteten sich kurz, doch dann nickte sie knapp. »Ich verstehe. Ich bin sicher, ein anderes Zimmer für uns finden zu können. Ein wenig opulenter, vielleicht?«

Jasper schob einen Arm in seinen Frack. »Sie haben mich missverstanden. Es ist nicht das Zimmer. Sie sind es. Sie sind vollkommen falsch.« Er rauschte an ihr vorbei zur Tür.

Sie fasste ihn am Arm und ihr Griff war überraschend kräftig für eine schlanke Hure. »Ich bin sicher, dass ich richtig sein kann. Gebt mir eine Chance, Mylord.« Sie streifte seinen Jackenärmel mit ihren Brüsten.

Jasper blickte auf ihre fast gänzlich entblößten Brustwarzen hinab. Bilder von Abigail, süß und tugendhaft, stiegen in seinen Gedanken auf. Die Erinnerung stand im vollkommenen Gegensatz zu dem augenblicklichen Szenario – eine Dirne in einem Bordell. Er schüttelte Tillys Griff ab und strebte auf die Tür zu.

Sie folgte ihm auf den Korridor. »Mylord, Ihr dürft nicht gehen.« Ihr Tonfall nahm einen dunklen, verzweifelten Klang an.

Jasper schob die Hand in seinen Frack und zog einige Münzen hervor, die er der Dirne hinter sich zuwarf. »Hier, das sollte mehr als großzügig für die spärlichen Minuten sein, die ich von Ihrer Zeit gestohlen habe.«

Steifen Schrittes entfernte er sich von ihr und stieg die Stufen hinab. Die Bordellbesitzerin sah ihm mit besorgtem Blick nach, als er die Eingangshalle durchquerte. Jasper hielt nicht an, um mit ihr zu sprechen.

Draußen zog er seine Handschuhe aus der Tasche seines Fracks. Er nahm einen tiefen Zug der drückend-heißen Nachtluft und schob die Handschuhe gleich wieder in die Tasche. *Zum Teufel damit.*

Erpicht, seine Enttäuschung zu vergessen, hielt er mit langen Schritten auf den Eingang des L-förmigen Coventry Courts zu. Sein Blick fiel auf ein Paar nahe der Ecke des Platzes und des Haymarket. Der Mann – ein riesiger Unhold – ragte über der Frau auf. Er schlang ihr den Arm um die Taille und zog sie fest an seine Brust. Aber sie mochte es nicht. Sie stieß ihn zurück und als ihr Hut zu Boden trudelte, enthüllte er schimmernde rotbraune Locken, die auf ihrem Kopf aufgesteckt waren.

Rüpel waren Jasper zuwider, und als der Sohn des Herzogs von Holborn hatte er reichlich Erfahrung mit so etwas. Mit ein paar raschen Schritten verringerte er den Abstand zwischen ihm und der misshandelten Frau.

»Ich bin nicht interessiert«, erwehrte sich die Frau, die erfolglos versuchte, sich aus dem Griff des Mannes zu befreien.

Jasper unterdrückte das Bedürfnis, diesen Schurken in Grund und Boden zu stampfen. Er hatte die letzte Dekade mit der Unterdrückung seiner niederen Impulse zugebracht, und damit, sie bis zum richtigen Zeitpunkt und Schauplatz im Zaum zu halten, aber der Anblick von Abigails Ebenbild hatte seine Sinne überfordert. Dennoch hatte er gelernt, sich im Zaum zu halten. Das musste er. Wenn nicht, würden andere verletzt werden. Er krümmte die Finger in seiner Handfläche. »Sie sagte nein. Lassen Sie sie los.«

Der Rohling schwenkte seinen Quadratschädel zu ihm herum. »Und wer zum Teufel sind Sie?«

»Ihr überlegener Opponent.« Jasper war froh, seine Handschuhe ausgelassen zu haben. Er war kampfbereit. »Lassen Sie sie jetzt los.«

»Verschwinden Sie.« Mit einem abschätzigen Nicken lenkte der Mann seine Aufmerksamkeit wieder der Rothaarigen zu.

Jaspers Wut donnerte mit der Geschwindigkeit eines stürmenden Vollbluts in seine Glieder. Ohne seine Handlungen zu bewerten, streckte er die Hand aus und legte sie dem größeren Mann um den Hals. »Sie hören mir nicht zu.« Er drückte dem Mann die Finger in die Haut und spürte, wie sich die Sehnen gegen seine Handfläche strafften. »Lass. Sie. Los.«

»Mylord?« Jaspers Diener March hatte sich leise genähert. Er hatte gleich vor dem Hof Posten bezogen, um dort die Vergnügungen seines Dienstherren abzuwarten.

Der Schurke riss die Augen auf und ließ die Frau unverzüglich los. »Ich bitte um Entschuldigung, Mylord.« Er verbeugte sich und richtete den Blick zu Boden, was angesichts Jaspers Griff um seinen Nacken ein bisschen schwierig war.

Jasper ließ nicht locker. »Wenn Sie ihr noch einmal zu nahe kommen, werde ich es erfahren. Und Sie werden dafür bezahlen. Habe ich mich klar ausgedrückt?«

»Aye«, krächzte er.

Enttäuscht, dass sein Widersacher sich nicht auf einen ernsthafteren Kampf eingelassen hatte, eiste Jasper die Finger ganz langsam von der Haut des Mannes los. Mit einem tiefen, beruhigenden Atemzug trat er zurück und zog seinen Frack zurecht. Der Unhold umrundete March und verließ den Hof.

»March«, meinte Jasper, wobei er mit dem Kopf in Richtung Haymarket nickte, wo seine Kutsche geparkt war. Der Diener nickte und entfernte sich.

Jasper drehte sich zu der Frau um. Aus großen Augen starrte sie ihn schockiert an. Es waren betörend grüne, schockierte Augen. Oder vielleicht auch verwunderte.

»Vielen Dank, Mylord.« Ihre Stimme zitterte und sie bückte sich, um ihren Hut aufzuheben.

Jasper kam ihr zuvor. Er befingerte den dicken Filz, wobei es ihm in den Sinn kam, wie schrecklich schwer er sich in solch einer schwülen Nacht wie dieser auf ihrem Kopf anfühlen musste. Warum trug sie ihn? Er betrachtete ihr Gesicht und schaute sie einfach an. Sie war von erlesener Schönheit. Die Straßenlampe beleuchtete ihre filigranen Züge und hob die patrizische Nase, die vollen Lippen und das verführerische Kinn mit seinem Grübchen hervor. Sie trug einen schweren Umhang, der bei dieser Hitze erdrückend sein musste, doch anhand des schlank geschwungenen Nackens und der schmalen Knochen ihres zarten Handgelenks konnte er ahnen, dass sie eine verlockend zierliche Figur besaß. Sie war, was er sich erhofft hatte. Was er heute Abend brauchte.

»Ihr Hut«, bot er ihr an. »Obwohl ich zu sagen wage, dass Sie ihn vielleicht nicht wieder aufsetzen wollen. Es ist recht heiß.«

Sie nickte. »Vielen Dank. Ich bin ohnehin beinahe daheim. Ich trage ihn nur, um mich zu verbergen. Nicht, dass es heute Abend funktioniert hat.« Ihre Hand zitterte, als sie den Hut von ihm entgegennahm.

»Sie haben einen gehörigen Schreck bekommen. Lassen Sie sich von mir nach Hause begleiten.«

»Danke, aber das ist nicht notwendig, Mylord.« Sie wandte sich ab und schritt in den Hof.

So schnell wollte er sie nicht entkommen lassen. Mit ein paar langen Schritten hatte er sie eingeholt. »Wo wohnen Sie?« Der Hof war von einem halben Dutzend heruntergekommener Gebäude umgeben, unter denen das Bordell das ansehnlichste war. War sie eines der Flittchen? Wenn dem so war, würde er sie im Nu nach oben führen. Und ihr vielleicht ein langfristiges Arrangement unterbreiten. Sie war so hinreißend.

»Gleich hier.« Sie zeigte in Richtung des Bordells.

Dies war einfach zu günstig. Seine Nacht war keineswegs verdorben. »Darf ich mit Ihnen hinaufkommen?«

Kurz vor dem Bordell hielt sie inne und sah ihn mit einem entsetzten Blick an. »Nein.«

Ach, vielleicht war sie nach ihrem Erlebnis durcheinander. »Vielleicht morgen Abend?«

»Nein.« Sie beschleunigte ihre Schritte. An dem Bordell vorbei.

Was zum Teufel?

Entschlossen, ihr kühles Äußeres zu durchbrechen, hielt

Jasper mit ihr Schritt. »Ich dachte, Sie sagten, dass sie dort leben würden?« Er zeigte auf das Bordell zurück.

Sie entgegnete nichts und ging weiter auf das Ende des Hofes zu.

Er schnappte sie am Ellbogen. »Bleiben Sie bitte stehen.«

Abrupt drehte sie sich um und blickte auf die Stelle hinab, an der er die Hand um ihren Arm geschlungen hatte. »Lassen Sie mich los. Sie sind nicht besser als der andere Mann. Schlimmer womöglich, weil Sie ihn so rasch gewürgt haben.« Ihr Blick traf ihn direkt, doch er war dunkel. Er konnte nicht sagen, ob sie sich fürchtete. Himmel, er wollte nicht, dass sie Angst hatte.

Jasper erstarrte. Vor seinem inneren Auge blitzten Bilder von Kämpfen in Eton und Oxford auf. »Ich bin kein gewalttätiger Mensch.« *Nicht mehr.* »Und ich werde ganz bestimmt niemals eine Frau angreifen.« *Niemals.* Tatsächlich hatten mehrere dieser Kämpfe zur Verteidigung einer Frau stattgefunden.

Er ließ sie los.

Sie zog eine Augenbraue hoch und er fragte sich, ob sie ihm glaubte. »Das ist eine Erleichterung. Ich wohne hier.« Sie zeigte auf ein schäbiges Gebäude, vor dem sie stehen geblieben waren. Es war eine vierstöckige Bruchbude, an der die Fensterläden fehlten, der Putz bröckelte und das Dach baufällig war.

Er konnte ein Kräuseln seiner Lippen nicht verhindern. In diesem Loch hauste sie? »Das können Sie nicht.«

»Ich kann und das tue ich.« Sie reckte das Kinn und bot ihm einen kurzen Blick auf eine Frau dar, die weitaus Besseres verdient hatte, als ihre augenblickliche Situation. Die da wäre?

Er registrierte die beiden Schlampen, die vor dem Logierhaus herumlungerten. Sie waren von weitaus schlechterer Qualität als die Frauen im Bordell nebenan. Doch es hatte den Anschein, als würde es im gesamten Hof nur so von Prostitution wimmeln. Es gab nur eine Möglichkeit, etwas über ihren Broterwerb in Erfahrung zu bringen. »Warum wollen Sie sich nicht mit mir verabreden? Wenn nicht heute oder morgen, sagen Sie mir, wann.«

Jetzt kräuselte sie die Lippen. »Ich stehe nicht zu Diensten. Und nun, gute Nacht.«

Sie drehte sich genau in dem Moment um, als ein Mann aus dem Logierhaus trat.

»Miss West«, begrüßte er sie und trat vor. Er hob den Blick zu Jasper, doch rasch lenkte er die Aufmerksamkeit wieder zu Miss West zurück. »Geht es Ihnen gut?«

»Bestens, Mr. Beatty, danke. Dieser Gentleman«, mit einem Winken deutete sie auf Jasper, »hat mich vor einem recht draufgängerischen Kerl gerettet und darauf bestanden, mich nach Hause zu begleiten.«

Mr. Beatty trat um sie herum und bot ihm zur Begrüßung die Hand an. Mehr als ein wenig überrascht – und vom Mut des Mannes beeindruckt – schüttelte er sie.

»Danke, dass Sie Miss West geholfen haben. Es ist eine Schande, dass sie um diese Stunde allein vom Theater nach Hause laufen muss. Ich würde ihr anbieten, sie zu begleiten, aber ich bin mit meiner Tochter sehr beschäftigt, fürchte ich.« Die Linien um seinen Mund furchten sich vor Besorgnis und ließen ihn älter wirken als seine wahrscheinlich dreißig Jahre. Er wandte sich zu Miss West. »Ich bin sicher, dass ich jemand Vertrauenswürdigen finden kann, während Sie auf der Bühne aushelfen.«

Sie war Schauspielerin?

Miss West warf Jasper einen Blick zu, ehe sie ihre Aufmerksamkeit wieder Mr. Beatty zuwandte. »Sie sind überaus freundlich, aber das wird nicht nötig sein. Morgen wird Mae ihre Rolle wieder einnehmen. Jedenfalls konnte ich Mollys Kleid und Ihr Hemd heute Abend fertigstellen.«

Sie zog eine Tasche von der Schulter und griff hinein, um zwei Kleidungsstücke hervorzuziehen.

Mr. Beattys Gesicht erhellte den dämmrigen, trostlosen Hof. Dann kehrten die Falten zurück. »Ich wünschte, ich könnte Sie dafür bezahlen, aber Mollys Medizin war zu kostspielig.«

Miss West lächelte ihn an und tätschelte seine Hand. »Es ist schon gut, Mr. Beatty. Ich erwarte keine Bezahlung.«

Er drückte die Kleidungsstücke an seine Brust und lächelte sie unglückselig an. »Sie sind ein Engel.« Sein Blick wanderte zu ihrem Rocksaum. »Ich werde Ihnen ein Paar Stiefel für den Winter fertigen.«

Schnell zog Miss West die verschlissenen Stiefelspitzen unter ihren Rock, aber nicht bevor Jasper das stark abgewetzte Leder bemerkte. Sie hängte sich die Tasche wieder über die Schulter und lächelte Mr. Beatty an. »Vielen Dank. Geht es Molly mit ihrer Medizin besser?«

»Es ist schwierig, das schon zu sagen, aber ich habe große Hoffnung.«

»Ich werde ihre Tochter – und Sie – in meine Gebete einschließen. Lassen Sie es mich wissen, wenn Sie irgendetwas anderes brauchen.«

»Ja, Madam. Guten Abend, Sir.« Er nickte Jasper zu, ehe er sich umdrehte und in das Logierhaus zurückging.

Miss West machte Anstalten, ihm zu folgen, doch Jasper war noch nicht bereit, sie gehen zu lassen. Er verstellte ihr den Weg. »Was stimmt nicht mit seiner Tochter?«, fragte er, als er sich irgendeine Möglichkeit ausdachte, ihre Unterhaltung fortzusetzen.

Sie blieb abrupt stehen und sah blinzelnd zu ihm auf. »Es ist Fieber. Sie ist schon seit zwei Wochen krank.« Miss West wich zur Seite aus, als ob sie ihn umrunden wollte, doch Jasper kam ihr zuvor.

»Sie wussten, dass er Sie nicht bezahlen konnte, und doch

haben Sie die Kleidung für ihn genäht«, stellte er mit leiser Stimme fest.

Nickend blieb sie stehen. »Vor einigen Wochen hat er mit Ausnahme seiner Tochter alles in einem Feuer verloren. Einschließlich seiner Frau.« Sie hob den Blick zu seinem und Jasper staunte über das Ausmaß an Mitgefühl. Sie war offensichtlich in arger Not und doch gab sie jemandem, der noch bedürftiger war.

Jasper tippte ihr mit dem Finger an die Wange. »Er hat recht. Sie sind ein Engel.«

Ihre Augen weiteten sich ein wenig, doch sie zuckte nicht zurück. Sie starrte ihn einen langen Augenblick an und zog sich dann von seiner Berührung zurück. »Mylord, ich danke Euch noch einmal für Eure Hilfe heute Abend. Gute Nacht.«

Nein. Noch nicht. Bitte. Obwohl er sich danach sehnte, sie an sich zu reißen ... darauf brannte, den Umhang fortzureißen, um die darunter verborgenen Kostbarkeiten zu begutachten, zwang er sich stillzuhalten, damit er sie nicht erschreckte. »Erlauben Sie mir, mich mit Ihnen zu verabreden. Ich werde bezahlen, was immer Sie verlangen.«

Noch einmal sah sie einen langen Moment zu ihm auf und schien sein Angebot zu erwägen. Dann blinzelte sie. »Nein. Bitte gehen Sie.«

Er verzog das Gesicht. Dieser Abend war offensichtlich dazu bestimmt, zu einem völligen Reinfall zu werden. Allerdings wollte er sie ohne einen weiteren Anlauf, sein Glück zu versuchen, noch immer nicht gehen lassen. Er zog eine seiner Visitenkarten aus der Innentasche seines Fracks und überreichte sie ihr. »Lassen Sie mir eine Nachricht zukommen, wenn Sie Ihre Meinung ändern.«

Ihre Finger legten sich um die Karte. Sie hielt sie einen Moment lang hoch. »Das werde ich nicht«, antwortete sie.

Sie musste bereits einen Beschützer haben. Viele Schauspielerinnen hatten das. Eine Zeitlang hatte er selbst eine

Schauspielerin als Geliebte gehabt. Er musterte die grobe
Wolle ihres Umhangs, warf einen Seitenblick auf die Bruchbude, die sie Zuhause nannte, und besann sich auf den
erbärmlichen Zustand ihrer Stiefel. Die Rage, die er gegenüber dem Mann hatte überwinden müssen, der sie angegriffen hatte, erfuhr eine Wandlung und richtete sich gegen
den Schnösel, der sie in solchem Elend leben ließ. Sie war ein
Diamant unter Kohlen. Sie hatte etwas weitaus Besseres
verdient.

»Behalten Sie die Karte. Wenn Ihre Umstände sich
ändern«, er sah sie mit einem vielsagenden Blick an, um sie
im Stillen zu drängen, diese Veränderung herbeizuführen,
»suchen Sie mich bitte auf.«

Weitaus enttäuschter als noch vor einer Viertelstunde,
drehte Jasper sich um und marschierte vom Hof. Er wandte
sich in Richtung Haymarket. March schloss sich ihm an und
lief kurz hinter ihm her, doch der Diener sagte kein Wort.

Seine Kutsche stand gegenüber der Durchfahrt zu einem
weiteren Hof. Jasper überquerte eilig den Haymarket, der
trotz der herannahenden oder vielleicht bereits überschrit-
tenen Mitternacht immer noch geschäftig war. Beim Erreichen seiner Karosse hielt er inne. March überholte ihn und
ließ die Stufe herab. Lärmende Schreie veranlassten Jasper,
sich zu einem kleinen Hof umzudrehen, der etwa dreimal so
groß wie eine Gasse war. Ein Kreis von Menschen war von
Laternen erleuchtet, in dessen Mitte zwei Männer kämpften.
Der raue Klang von Gewalt trieb ihn voran. Er gab March
ein Zeichen, bei der Kutsche zu bleiben.

Jasper kämpfte mehrere Male pro Woche bei Jackson's.
Es war eine notwendige Leibesübung, die ihn sowohl beru-
higte als auch zentrierte. Heute berührten ihn die Klänge des
Kampfes – auf Fleisch treffende Faustschläge und keuchende
Anstrengung – wie eine köstliche Symphonie, ein Balsam für
die Seele.

Er rückte näher an den äußeren Rand des Kreises heran. In der Mitte kämpften zwei bullige Männer. Dem einen tropfte das Blut aus der Nase und dem anderen schwoll das Auge an. Das Publikum setzte sich ausschließlich aus der Arbeiterklasse zusammen. Außer einem. Das Gesicht auf den Kampf fixiert stand ein Gentleman mit verschränkten Armen an einem Ende. Er wirkte vage vertraut. Einige Augenblicke später hob er die Hand. »Genug«, rief er. »Kommt nächstes Mal wieder.«

Mit bebenden Oberkörpern hörten die Widersacher auf. Als sie beide nickten, ließen sie die Köpfe dabei ein wenig hängen, als ob dies nicht ganz die Entscheidung war, die sie sich gewünscht hatten.

»Wer ist der Nächste? Ich werde mir noch einen weiteren Kampf ansehen.«

Ein junger, agil wirkender Bursche mit einer Hakennase trat vor. »Enders, Mylord.«

»Ach ja, Enders. Ich hatte auf deine Wiederkehr gehofft. Wer wird sich mit ihm messen?« Er ließ den Blick über die Menge schweifen und als Jasper in sein Sichtfeld geriet, formte er die Lippen zu einem Lächeln. Doch dann tat er ihn ab und suchte weiter. Jaspers Zorn wallte auf. Zum zweiten Mal war er heute Abend abgelehnt worden. Zurückgewiesen.

Er drängte sich durch die Menge und den Blick auf den Gentleman geheftet, der ihn übergangen hatte, trat er in den kleinen Kreis. »Ich.«

～

Olivia West sah dem hellhaarigen Gentleman nach, der vom Hof schritt. Noch immer konnte sie seine Berührung spüren, die ihre Haut stärker erhitzte, als ihr lieb war.

Sie sah auf die Karte in ihrer Hand hinab.

Earl of Saxton

Ein Earl war ihr zur Hilfe gekommen? Und ein ausgesprochen gefährlich attraktiver, noch dazu.

Tilly, eine der Prostituierten aus Portia's Garden und das Nächstgelegene, was Olivia als Freundin tolerieren würde, schob sich mit einem Blick auf die Karte neben sie. »Was hast du da?«

Olivia schob die Karte in die Tasche ihres Umhangs. »Nichts.«

Tilly zog die Augenbraue hoch. »Ich bin nicht die beste Leserin, aber ich erkenne das Wort ›Earl‹, wenn ich es sehe. Dieser Gentleman war ein Earl?«

»Er ist niemand.« Olivia konnte sich vorstellen, was Tilly als Nächstes sagen würde. Seit zwei Monaten, die sie nun in Coventry Court residierte, lag sie Olivia schon in den Ohren, eine Beschäftigung als leichtes Mädchen aufzunehmen.

Tilly pfiff durch die Zähne. »Mensch Livvie, du könntest es nicht besser treffen. Hat er dir ein Angebot gemacht?«

»Das hat nichts zu bedeuten. Ich bin nicht in deinem Gewerbe.« Olivia drehte sich zum Logierhaus um – ein bedauernswertes Etablissement, aber das Beste, was sie sich leisten konnte, wenn sie ein eigenes Zimmer wollte. Und sie wollte ein eigenes Zimmer. Sie hatte die zurückliegenden neun Monate, seit dem Tod ihrer Mutter, mit anderen Frauen logiert. Dabei waren ihre Habseligkeiten gestohlen oder ruiniert worden, sie hatte zu jeder Tageszeit unter Störungen gelitten und sich in enger Umgebung mit widerwärtigen Männern gefunden.

»Das könntest du«, entgegnete Tilly, die sich unweigerlich auf ihr Lieblingsthema stürzte: die Vorteile der Prostitution.

»Nein, vielen Dank.« Olivias Mutter hatte ihren Körper

unbekümmert für Geld, Schmuck, dürftige Zuwendungen, aber hauptsächlich Elend verkauft.

»Ach, aber für so einen würdest du gewiss deine Meinung ändern«, schmeichelte Tilly.

Ein Bild von Lord Saxton drängte sich in ihre Gedanken. Für sich genommen waren seine Züge unnachgiebig prägnant – eine dominante Stirn, eine breite Nase und ein kantiges Kinn. Zusammen formten sie allerdings ein Gesicht, dass vor Macht, Dominanz und Schönheit nur so strotzte. Seine Lippen waren halb geschürzt und halb kraus gezogen, was ihm in Verbindung mit seinen eindringlich blickenden hellblauen Augen eine Aura von Rücksichtslosigkeit verlieh. Fraglos war er der attraktivste Mann, den sie je erblickt hatte. Und er roch nach Kiefern anstatt dem modrigen London. Ja, Olivia glaubte, dass er imstande sein könnte, eine verzweifelte Frau zu verlocken, ihm ihren Körper zu verkaufen, aber das wäre nicht sie.

»Nicht einmal für den Prinzregenten würde ich meine Meinung ändern«, entgegnete Olivia.

Tilly schüttelte den Kopf. »Du bist nicht ganz richtig im Kopf. Ich kann mir nicht vorstellen, warum du dir beim Nähen von Kleidern, welche dir nie gehören werden, lieber die Finger wund arbeitest. Oder warum du auf der Bühne am Haymarket stehst, oder hast du dich etwa damit angefreundet, für Mae einzuspringen?«

»Wie es der Zufall will, kehrt Mae morgen Abend in ihre Rolle zurück, und somit ist meine zeitweilige Laufbahn als Schauspielerin passé.« Wie auch ihre Karriere als Näherin der Truppe. Mr. Colman, der Theatermanager hatte sie gerade heute Abend entlassen. Er hatte einen neuen Kostümschneider eingestellt und ihre Dienste waren nicht länger gefragt. Doch dies waren persönliche Schwierigkeiten, über die sie nie mit jemandem sprach.

Tilly zupfte an ihrem Mieder, um ein bisschen mehr Haut zu entblößen. »Nun, das muss dich glücklich machen.«

Es stimmte, dass Olivia nichts am Schauspielern lag, aber alles zusätzliche Geld, das sie verdiente, ließe sich für die Eröffnung ihres eigenen Ladens verwenden. »Es ist gut so. Ich war nicht besonders überzeugend darin, fürchte ich.«

»Pah, du bist stets zu hart zu dir, Livvie. Du weißt, dass du doppelt oder dreimal so viel wie jede andere von uns verdienen könntest.« Sie gestikulierte auf Portia's Garden.

Olivia zog eine Augenbraue hoch. »Ich dachte, wir unterhielten uns über das Schauspielern.«

Tilly betastete ihre Hochsteckfrisur. »Ich würde lieber über diesen Gentleman sprechen.« Sie legte den Kopf schief und betrachtete Olivia mit einem argwöhnischen Blick. »Du würdest es mir sagen, wenn du ein Rendezvous mit ihm vereinbarst, nicht wahr? Ich würde mich freuen, dich ein bisschen einzuweisen, bevor du mit ihm vögelst.«

»Da läuft nichts. Er hat mir seine Karte gegeben, aber ich habe keinerlei Absicht, ihn zu kontaktieren.«

Tilly formte die Lippen zu einem breiten Lächeln. »Aber du hast sie trotzdem eingesteckt. Sag Bescheid, wenn du deine Meinung änderst, Liebste. Ich werde dir alles erzählen, was du wissen musst.«

»O Tilly, du bist unverbesserlich. Gute Nacht.« Sie wandte sich ab und betrat das Logierhaus.

Der fensterlose Eingang, von einer einzelnen, flackernden Kerze in einer Wandhalterung erleuchtet, war leer. Das Treppenhaus war glühend heiß, als Olivia zum obersten Stockwerk emporkletterte. Kurz vor Erreichen des zweiten Treppenabsatzes blieb sie ruckartig stehen.

Mrs. Reddy, ihre Vermieterin, lehnte an der Wand, die linke Hand um einen Becher geklammert. »Zeit, dass Sie auftauchen, Livvie.«

Olivia zwang sich zu einem Lächeln, wenngleich keinem

besonders freundlichen. Es war ein furchtbar langer Tag
gewesen und Mrs. Reddy war im besten Fall als schwierig zu
beschreiben. Dies schien allerdings keiner zu sein. »Guten
Abend wünsche ich.«

Mrs. Reddy schürzte die dünnen Lippen und beäugte
Olivias Umhang, als ob er mit Münzen besetzt wäre. »Ich
brauche Ihre Miete.«

Olivia war es zuwider, sich drangsalieren zu lassen,
insbesondere wenn ihre Füße pochten und sie durch ihr
Kleid schwitzte. »Ich habe erst vor drei Tagen für die Woche
bezahlt.«

Mrs. Reddys Tonfall stieg zu einem kindischen Wimmern
an. »Aber ich brauche jetzt ein bisschen Fusel.«

Olivia würde ihr Mitgefühl nicht auf diese vom Gin
abhängige Frau übertragen. Nicht, wenn sie das Geld einfach
nur für Alkohol ausgeben würde. Dies erinnerte Olivia viel
zu sehr an die Neigung ihrer Mutter, nahezu den gesamten
Verdienst für Garderobe und wertlosen Schmuck aus dem
Fenster zu werfen. »Ich habe das Geld nicht. Ich werde
bezahlen, wenn es fällig ist.«

Mrs. Reddy schwankte vorwärts und kam dem oberen
Ende der Treppe gefährlich nahe. Aus Furcht, dass die Frau
vornüber fallen könnte, stieg Olivia zum Treppenabsatz
hinauf. Sie war erleichtert, als Mrs. Reddy sich umdrehte
und von der Kante wegtrat.

»Livvie, ich weiß, dass Sie etwas haben.«

Ein klein wenig, aber es waren ihre hart erarbeiteten
Ersparnisse, die sie von dem schmalen Budget abgezweigt
hatte, das ihr keinen Raum für Extravaganzen oder Fehler
erlaubte. Geld, das sie für die Zukunft brauchte. »Ich habe
keines übrig.«

Mrs. Reddy kam auf sie zu und blies ihr den Gin
geschwängerten Atem entgegen. »Ich habe bereits einen

anderen Mieter auf der Warteliste. Gehen Sie und holen Sie das Geld oder ich werfe Sie hinaus.«

Sie hatte keine Ahnung, ob die Vermieterin tatsächlich einen anderen Mieter hatte, aber dieses Risiko konnte sie nicht eingehen. Olivia warf Mrs. Reddy einen verärgerten Blick zu, ehe sie sich umdrehte und die Treppe hinaufliеf.

»Und die Miete ist gerade um einen Schilling gestiegen!«, rief die Frau hinter ihr her.

Olivia hielt inne und drehte sich um. »Schon wieder? Sie haben die Miete erst vorletzte Woche erhöht.« Sie müsste umziehen, wenn sie noch weiter ansteigen würde. Olivia fürchtete sich vor der Vorstellung, sich eine neue Bleibe suchen zu müssen. Das winzige Zimmer im Dachgeschoss bei Mrs. Reddy konnte sie sich kaum leisten. Sie würde es schwer haben, in diesem Stadtteil eine neue Bleibe zu finden, doch sie sträubte sich, weiter nach Osten zu ziehen, wo die Mieten preiswerter, aber die Nachbarschaften weitaus anstößiger waren.

Mrs. Reddy stieß ihren Becher vor, wobei die Flüssigkeit auf den Boden spritzte. »Die Miete ist zu zahlbar, wenn ich es sage und wie viel ich sage.«

Olivia drehte sich weg und biss die Zähne zusammen, um nicht die Sprache der Frau zu korrigieren. Vierzehn Jahre in einem Pfarrhaus hatten für eine exzellente Ausbildung gesorgt, selbst wenn sie in einer Karriere als Teilzeit-Näherin verschwendet war.

Hoffentlich wäre sie in der Lage, die morgendliche Kleiderauslieferung für Mrs. Johnsons Geschäft in eine dauerhafte Anstellung als Näherin umzuwandeln. Olivia war über den Auftrag von Mrs. Johnson bezüglich der Stickerei auf den Ärmeln hinausgegangen und hatte sich übertroffen – ein riskantes Manöver, aber Olivia betete, dass es sich als erfolgreich erweisen würde.

Als sie endlich ihr Zimmer erreichte, schloss Olivia die

Tür auf und verriegelte sich sofort darin. Es war unerträglich heiß, sodass sie ihren Umhang ablegte und auf das Bett warf. Lord Saxtons Karte trudelte auf den Boden. Olivia bückte sich und hob sie auf. Sogar das Papier fühlte sich reich an.

Wenn sie sein Angebot annähme, könnte sie aufhören, sich über ihre nächste Mahlzeit zu sorgen und sich auf ihre eigene Schneiderei konzentrieren. Sie könnte vielleicht sogar eine bessere Unterkunft finden.

Nein. Das konnte sie nicht erwägen. Sie konnte ihre Ehrhaftigkeit und Tugend nicht auf diese Weise aufgeben, wie ihre Mutter.

Sie legte die Karte auf die Kommode neben ihrem Bett, zu der kleinen, mit Rosen und Ranken bemalten Schachtel, die ihrer Mutter gehört hatte. Olivia öffnete die bemalte Schachtel und besah ihre kostbaren Ersparnisse. Sie nahm das Geld für die Miete heraus und schloss die Faust um die wertvollen Münzen. Schweren Schrittes machte sie kehrt, um den Geldbetrag bei Mrs. Reddy abzuliefern, während ihr Verstand fieberhaft überlegte, wie sie den Verlust wieder wettmachen könnte. Sie musste einfach mehr Näh- und Stickaufträge finden. Sie *musste*.

KAPITEL ZWEI

*J*asper trat in den Ring, während alle Zuschauer in Schweigen verfielen. Er lenkte den Blick von dem vertraut wirkenden Gentleman und blickte sich in der Menge um. Nicht ein einziges bekanntes Gesicht. Gut.

Der andere Mann im Ring – war sein Name Enders? – musterte Jasper von oben bis unten. »Machen Sie Witze?«

Wollte dieser Grünschnabel ihn etwa beleidigen? Jaspers Blut kochte. »Nicht einmal ansatzweise.«

Der Gentleman kam zur Mitte. »Einen Moment, Saxton.«

Obwohl Jasper ihn nicht ganz einordnen konnte, war er nicht überrascht, dass der Mann ihn kannte. »Haben wir uns schon kennengelernt?«

Es zuckte um die Lippen des Gentlemans. »Ganz sicher, obwohl ich zu sagen wage, dass Sie es nicht zugeben würden. Ich bin Sevrin.«

Jasper kannte den Namen und den Skandal, wenn auch nicht den Mann selbst. Der Viscount war in Verruf geraten, weil er eine junge Frau ruiniert hatte. Wenn er sich richtig besann, war es die Verlobte seines Bruders gewesen, die zu heiraten er sich geweigert hatte. Ironischerweise hatten Sevrin und er mehr gemeinsam, als der Lüstling je wissen würde.

»Ist Ihnen bewusst, dass Sie für einen Kampfclub vorsprechen?«, fragte Sevrin, die dunkle Augenbraue fragend hochgezogen.

Jasper hatte keine Ahnung davon, doch das würde ihn nicht aufhalten. Da ihm sein ursprüngliches Vorhaben für heute verwehrt war, besaß die Vorstellung, jemanden über Jackson's Regeln und Ehrbarkeit hinaus zu verprügeln, einen unwiderstehlichen Reiz. »Natürlich.«

Sevrin hielt kurz inne, und bevor er nickte, blitzte ein Anflug von Überraschung auf seinem Gesicht auf. »Na schön. Legen Sie Ihren Hut und den Frack ab. Und was immer Sie sonst noch wollen.« Er bedachte ihn mit einem halben Lächeln und kehrte zu seinem Platz am Rand zurück.

Jasper streifte seinen Frack ab. Er warf ihn zusammen mit seinem Hut einem runzligen alten Mann zu. »Halten Sie dies.«

Dann drehte er sich wieder zu seinem Opponenten, Enders, um. Der junge Mann hatte seine Jacke ausgezogen und trug nur ein Hemd, das am Hals offen stand. Er rollte die Hemdsärmel hoch und entblößte muskulöse Unterarme. Jasper entledigte sich auch seiner Weste und schlug die Manschetten zurück.

Die Rufe der Wetteinsätze auf Enders drangen an sein Ohr und schürten das Feuer in seiner Magengrube. Begierig, seine Fähigkeiten unter Beweis zu stellen, ballte er die Fäuste.

»Los«, rief Sevrin.

Enders griff mit fliegenden Fäusten an. Er bewegte sich anders als die Männer, mit denen Jasper in der Regel bei Jackson's boxte. Enders traf ihn im Gesicht, doch er bewegte sich blitzschnell und wehrte die nachfolgenden Schläge des

Mannes ab. Ein rasender Schmerz erfasste seinen Wangenknochen und rüttelte an seinen Sinnen, aber es ging mit
einer lebhaften, jubilierenden Empfindung einher.

Jaspers Füße waren leicht, seine Fäuste voller gewalttä-
giger Absicht und sein Brustkasten pochte unter seinem
beschleunigten Herzschlag. Auf Enders´ Angriff antwortete
er mit einer brutalen Platzwunde an dessen Kiefer. Jaspers
Fingerknöchel brannten, was er über die Erregung, die sein
Herz zum Pochen brachte, allerdings kaum bemerkte. Mit
äußerster Klarheit sah er den Schein der Straßenlampen, die
ihren Kampf beleuchteten, die gellende Menge, das
Aufblitzen von Respekt auf Sevrins Gesicht. Gott, er fühlte
sich lebendig.

Enders traf ihn mit zwei Schlägen in der Magengrube
und seiner Seite. Für einen Moment wich er tänzelnd
zurück, um die Technik seines Opponenten auszuloten.
Sobald Jasper einen vermeintlichen Schwachpunkt erkannt
hatte, zielte er auf Enders Mitte, doch der Mann packte ihn
am Arm und riss ihn aus dem Gleichgewicht.

Während Jasper sich anstrengte, um seinen aufrechten
Stand wiederherzustellen, landete Enders einen Hieb in
seine Rippen. Dann einen weiteren seitlich an seinem Kopf.
Kaum imstande, einem dritten Schlag zu entgehen, wich
Jasper zur Rechten aus. Er strauchelte in Sevrins Nähe, der
die Stirn runzelte.

Sevrins Kinn zuckte zur Warnung und Jasper warf sich
auf das Pflaster und rollte sich ab. Enders war vorgestürmt,
und hatte sich aus der Senkrechten gebracht, um Jasper zur
Strecke zu bringen. Ohne Jasper, um seinen Sturz abzufan-
gen, taumelte er mit dem Gesicht zuerst zu Boden.

Beleidigt, dass Sevrin glaubte, er hätte Hilfe gebraucht,
sprang Jasper auf. Enders schlang eine Hand um Jaspers
Fußgelenk und zog.

»Tritt ihn!«, schrie jemand.

Stolpernd hielt Jasper sich aufrecht und erkannte, warum dies hier anders war, als bei Jackson´s. Es war immerhin noch als Sport zu bezeichnen, aber triebhafter, und aus den ursprünglichsten Bedürfnissen eines Mannes geboren: Überleben und Dominanz. Von dieser neuen Herausforderung gepackt, schüttelte er den Griff des Mannes ab.

Enders rappelte sich auf die Knie, doch Jasper trat ihn gegen die Brust. Sein Opponent kippte nach hinten. Die Zuschauer johlten. Jaspers Blut erreichte den Siedepunkt. Er umrundete den niedergestreckten Mann. »Steh auf.«

Es wäre ein Einfaches gewesen, den Mann zu besiegen, während er am Boden lag, doch auf diese Weise wollte Jasper nicht gewinnen. Er wollte einen hart verdienten Sieg. Er wollte den Kampf.

Enders rappelte sich auf die Füße. Sie betrachteten einander und nahmen sich einen Moment, um einander abzuschätzen und eine Strategie zu ersinnen. Jasper ließ ein wenig in seiner Wachsamkeit nach, als Einladung für Enders, vorzustoßen. Sein Opponent schluckte den Köder nicht sofort, sondern erwog seine Optionen. Endlich stürmte er auf Jasper zu, der seine Bewegungen allerdings perfekt abstimmte. Er trat zur Seite und rammte Enders die Faust in die Magengrube. Enders klappte vornüber. Unter Benutzung seines Ellbogens traf Jasper den anderen Mann am Hals. Enders ging in die Knie, um dann schnell wieder torkelnd auf die Füße zu kommen. Als er auf ihn zukam, hieb Jasper ihm die Faust auf die Hakennase.

»Genug«, murmelte Enders durch das Blut, das über seinen Mund strömte.

Mit vor Anstrengung bebender Brust, trat Jasper zurück. Die Menge gellte ihre Anerkennung und Jaspers Muskeln summten im Siegestaumel.

Sevrin trat vor. »Enders, Sie sind dabei. Saxton, kommen Sie mit.« Ohne auf Jasper zu warten, drehte er sich um und betrat die Schenke hinten im Hof – ein Etablissement unter einem schrägen Dach und einem Schild mit einem schwarzen Pferd.

Jasper starrte hinter Sevrin her. Warum war der Mann, über den er gerade gesiegt hatte, eingeladen worden dem Club beizutreten, während Japser wie ein Kind behandelt wurde, das seine Strafe erwartete? Er nahm seinen Umhang und den Hut von dem alten Mann und folgte Sevrin nach drinnen, mit der Absicht ihn ebenfalls zu verprügeln, falls das notwendig werden sollte.

Der kleine Schankraum war mit mehr Möbeln als Leuten vollgestopft. Sevrin führte ihn zu einem Zimmer an der Hinterseite, in dem Kerzen in den Halterungen an den Wänden und auf einigen, rohgezimmerten, schmutzigen Tischen flackerten.

Sein Schmerz drang Jasper ins Bewusstsein. Seine Wange. Seine Seite. »Warum ist Enders dabei? Ich habe ihn geschlagen.«

»Weil er ein guter Kämpfer ist und dreimal auf die Probe gestellt wurde. Jedes Mal wird er besser. Er wird ein guter Zuwachs für den Club sein.« Sevrin ließ sich auf einen Stuhl fallen. »Sie hingegen sind etwas, das ich nicht erwogen hatte.«

Eine Schankmagd trat mit zwei Krügen ein und stellte sie ohne ein Wort auf den Tisch neben Sevrin. Sie verschwand so schnell, wie sie gekommen war.

Der Viscount saß krumm auf seinem Stuhl und nahm dabei eine Position ein, die im Einklang mit seinem sittenlosen Ruf stand. »Setzen Sie sich. Wenn Sie möchten«, lud er mit gedehnter Sprechweise und einem kleinen Grinsen ein. »Sie sind ein überraschend guter Kämpfer. Ich hatte zuerst nicht geglaubt, dass Sie sich gut schlagen würden. Sie kämpfen bei Jackson´s?«

Dämliche Frage. »Natürlich.«

Der Viscount lächelte, doch es war ein selbstironisches Lächeln. »Ich bin dort nicht willkommen. Abgesehen davon, bevorzuge ich einen eher ... triebhaften Kampf.« Er zog die Handschuhe aus und darunter kamen abgeschürfte Fingerknöchel zum Vorschein. »Haben Sie es genossen? Den Kampf?«

»Ja.« Jasper schaute auf die Hände des Mannes. Dann hob er den Blick und bemerkte die schwachgelbe Tönung um ein Auge und entlang seiner Kieferkontur. Vor ein paar Tagen hatte er wahrscheinlich ebenso angeschlagen ausgesehen, wie Jasper sich gerade fühlte.

»Werden Sie sich setzen? Toms Ale ist recht gut.«

Warum nicht? Er hatte keine Pläne, an der höflichen Unterhaltung der feinen Gesellschaft teilzuhaben, und mit seinem lädierten Gesicht konnte er das jetzt ohnehin nicht mehr. Er nahm einen Schluck von seinem Ale. Es war besser als nur gut. Er trank den halben Krug.

»Was tun Sie hier?«, fragte Sevrin.

Jasper zuckte mit den Schultern. Unter keinen Umständen würde er irgendjemandem seine Misere anvertrauen. »Ein Kampf hat sich gut angehört.« Insbesondere, nachdem seine ursprünglichen Pläne für einen verstohlenen Abend so schrecklich schiefgelaufen waren.

»Nein, ich meine, was Sie *hier* tun. Kämpfend, in einem vom Haymarket abzweigenden Hof? Sie sind weit von dem biederen, vorhersehbaren Gentleman entfernt, der das Objekt der Begierde aller jüngeren – und vielleicht auch älteren – Frauen ist.«

Sevrins Beschreibung seiner Person war akkurat, aber Jasper wunderte sich plötzlich, wie er genau zu diesem Mann geworden war. Statt zu dem heißblütigen Jungen, der eine junge Frau ruiniert hatte und kaum zurückblickte.

Er ignorierte die Frage und die damit verbundenen

aufwallenden Emotionen absichtlich. »Also, was ist es dann, ein Boxclub?«

Sevrin zog einen Mundwinkel hoch. »So würde ich es nicht beschreiben. Es ist ein Kampfclub. *Mein* Kampfclub.«

»Wer ist in Ihrem Club?«

Sevrin hob seinen Krug. »Niemand, den Sie kennen.«

Unsinn. Jaspers Familie brüstete sich damit, jeden zu kennen, und das sogar dann, wenn derjenige, wie in Sevrins Fall, nicht von gleicher Qualität war. »Sie wären überrascht.«

Sevrin schmunzelte, bevor er einen Schluck trank und den Krug wieder auf dem ramponierten Tisch abstellte. »Wirklich, Sie kennen keinen dieser Männer. Sie haben sie draußen gesehen. Arbeiter, Fährmänner und ein paar professionelle Zeitgenossen.«

Jetzt ergab es einen Sinn – *Sevrins* Kampfclub. »Ich verstehe, gar keine Gentlemen also.«

»Sie werden mich nicht dazu zählen, vermute ich?« Sevrin lächelte sardonisch. »Nein, natürlich nicht. Trotz allem glaube ich, Sie könnten recht gut passen.«

Zu einem Club, der aus gewöhnlichen Männern bestand, und der von einem gesellschaftlich Geächteten geleitet wurde? Beinahe hätte er gelacht, wenngleich das Angebot ihn reizte. »Ich brauche keinen anderen Club.«

»Es mag sein, dass Sie ihn nicht brauchen, aber Sie wollen ihn. Sie hätten Enders in den Boden stampfen können, aber Sie haben den Kampf genossen.« Sevrin durchbohrte ihn mit einem wissenden Blick.

»Warum wollen Sie mich?« Es war offensichtlich, dass andere Männer, geringere Männer, mehrere Anläufe unternahmen, um in diesem Club aufgenommen zu werden, und doch war Jasper nach seinem ersten Versuch von Sevrin eingeladen worden. »Liegt es daran, wer ich bin? Glauben Sie, ich würde Ihnen helfen, ihren Ruf aufzubessern?«

Sevrin lachte. Laut. Es dauerte einen Augenblick, ehe er

sich wieder gefangen hatte. »Sie glauben, ich würde Sie hierhin locken, um meinen unumstößlichen gesellschaftlichen Status zu verbessern? Guter Gott, Mann, haben Sie denn keinen Sinn für Ihr Selbstwertgefühl? Sie sind ein geborener Kämpfer. Ich gebe keinen Pfifferling darauf, ob Sie ein Metzger, ein Schreiberling oder der Prinzregent sind, und die anderen Männer tun das auch nicht. Nehmen Sie die Mitgliedschaft an oder lassen Sie es. Es ist mir einerlei.« Er lehnte sich auf seinem Stuhl zurück und trank sein Bier.

Ein Ort, an dem er Jasper Sinclair anstatt Holborns Erbe sein konnte. Ein Ort, an dem sein Hintergrund unwichtig war, und Männer einfach Männer sein konnten. Holborn würde es hassen, und sein Vater machte alles, was Jasper tat, zu seiner Angelegenheit. Aber mit der bevorstehenden Pfaffenfalle war es vielleicht wieder einmal an der Zeit, zu tun, was er wollte. Ja, Jasper wollte ebenso begierig in den Club eintreten, wie er Miss West begehrt hatte, und anders als sie, wollte der Club ihn.

»Wann treffen Sie sich?«

»An den meisten Abenden. Hier. Spät, aber nicht zu spät. Es gibt Regeln. Ich werde Sie morgen Abend einweihen.«

»Bis dann.« Im Gehen begriffen, nahm Jasper Hut und Umhang. Er fühlte sich so belebt wie schon seit Jahren nicht mehr.

~

*A*m folgenden Morgen verließ Olivia das Logierhaus in einem schlichten Baumwollkleid, das sie selbst entworfen hatte. Ihre Garderobe war nicht extravagant, doch sie betrachtete sich selbst als wandelndes Aushängeschild für ihre Dienste und bemühte sich, etwas Modisches zu tragen, wenn sie geschäftlich unterwegs war.

Als sie Mrs. Johnsons Geschäft in der Orange Street

erreichte, hatte sich Feuchtigkeit unter ihrem Kleid gebildet. Dankbar trat Olivia in das kühle Innere, wobei sie einen Korb mit Kleidern schleppte, die zu nähen sie beauftragt worden war. Mrs. Johnson entwarf die Kleider und heftete sie zusammen, um dann eine andere Frau, wie Olivia, zu bezahlen, die sie fertigstellte. Dies war Olivias dritte Kommission von Mrs. Johnson und sie betete verzweifelt, es würde sich ein dauerhaftes Arrangement daraus ergeben, insbesondere nachdem sie nicht nur einen, sondern gleich zwei Posten am Theater eingebüßt hatte.

Der vordere Raum war leer, mit Ausnahme der dicken Stoffballen, die rechts und links die Wände säumten. In der Mitte des Ladens waren Tische voller Knöpfe und Bänder aufgereiht. Wenngleich Mrs. Johnsons Etablissement kleiner als die meisten waren, so war es doch pingelig ordentlich. Tatsächlich dachte Olivia, dass der Raum einige Stoffmuster in den Ecken und Kostproben von Mrs. Johnsons Arbeiten vertragen konnte. Vielleicht würde sie solche Verbesserungen vorschlagen, wenn Mrs. Johnson beschloss, sie einzustellen.

Olivia ging durch einen Vorhang zum Hinterzimmer, das sowohl zur Konsultation als auch als Arbeitszimmer genutzt wurde. Als sie Mrs. Johnson dort mit zwei Kunden sitzen sah, blieb sie ruckartig stehen.

Die Ladeninhaberin sah auf. »Olivia, ich würde Sie gern meinen neuen Kunden vorstellen. Mrs. Johnson zeigte auf das Paar – es handelte sich um eine junge Frau und einen Mann, der nach seinem Aussehen ihr Vater sein musste. Ihre Kleidung war schlicht und elegant. Es waren nicht die edelsten Materialien, doch weit über dem Durchschnitt. »Dies ist Mr. Clifton und seine Tochter, die heiraten wird. Miss Clifton ist von Ihren Tüchern ganz entzückt und sie würde gern ein Kleid in Auftrag geben, das mit Täubchen bestickt werden soll. Ich habe Miss Clifton versichert, dass Sie erfreut wären, ihr Kleid zu nähen.«

Olivia wurde von freudiger Erwartung erfüllt. Sie stellte ihren Korb auf den Boden und näherte sich der Unterhaltung.

Ein maskulines Husten drang durch das kleine Zimmer. »Sie wirken vertraut auf mich, Miss …«

»West«, half ihm Olivia zurückhaltend. Sein fragender Tonfall ließ ihre Euphorie bröckeln.

Mr. Clifton war ein großer Mann, zu groß für den Sessel, den Mrs. Johnson ihm angeboten hatte. Seine Knie stachen heraus und die Ellbogen schienen den Raum zu verschlingen. Er starrte Olivia aus Augen an, die unter den schweren Brauen hervortraten. Männer starrten häufig, aber von einem Mann, der seine Tochter als Anstandsperson begleitete, erwartete sie ein anderes Benehmen.

»Olivia, Miss Cliftons Vermählung findet Mitte September statt. Ich habe ihr versichert, dass bis dahin reichlich Zeit wäre, ihr Kleid anzufertigen und es mit der Stickerei zu versehen. Meinen Sie nicht?«, fragte Mrs. Johnson.

In einem Versuch, die rüde Begutachtung des Vaters zu ignorieren, konzentrierte Olivia sich auf die rundgesichtige Miss Clifton.

Miss Clifton blinzelte mit ihren übergroßen grauen Augen. Dann teilte sich ihr Gesicht zu einem breiten Grinsen und sie klatschte in die Hände.

Wieder hustete Mr. Clifton und lenkte damit abermals die Aufmerksamkeit aller auf sich. Olivia fand es merkwürdig, dass er das Mädchen zu ihren Besorgungen begleitete. Wenn sie keine Mutter hatte, gäbe es sicherlich eine andere weibliche Person, die sie begleiten könnte. Olivia war noch nicht zu weit von ihrer kultivierten Erziehung abgekommen, um zu verstehen, dass ein junges, unverheiratetes

Mädchen aus Miss Cliftons Kreisen weiblichen Einflusses bedurfte.

»Ich habe gerade erkannt«, meinte Mr. Clifton mit einem wohlwollenden – zu wohlwollendem Nicken, »Sie sehen ganz wie Mrs. Scarlet aus.«

Olivias Magen zog sich zusammen. Ihre Mutter.

Mrs. Johnson sah von Mr. Clifton zu Olivia und dann wieder zurück. »Die Schauspielerin?«

Er ließ den Blick über Olivia wandern und verweilte bei ihrem verräterisch roten Haar. »Ja.«

Mrs. Johnson lächelte ihn besänftigend an. Olivia rechnete damit, dass Mrs. Johnson dies als unangemessene Unterhaltung vor Miss Clifton monieren würde. Stattdessen meinte sie: »Sie müssen sich irren, Mr. Clifton.«

Er lächelte und dabei zeigten seine Mundwinkel auf eine groteske Weise nach oben. »Ich bin mir sicher, dass ich das nicht tue.« Er führte dies nicht weiter aus, doch anhand des subtilen Größerwerdens von Mrs. Johnsons Augen verstand sie die Bedeutung sehr gut.

Olivia betete, dass ihre tote Mutter sie nicht noch mehr Arbeit kosten würde. Sie wusste nicht, was sie sagen sollte – denn Protest stufte sie auf jeden Fall als sinnlos ein –, und so faltete sie die Hände einfach im Schoß und wartete die Folgen ab. Und sie hoffte, dass niemand das Zittern ihres Körpers bemerken würde.

Mr. Clifton schlug sich mit der Handfläche aufs Knie. »Wissen Sie, Mrs. Johnson, ich denke, wir würden Miss West gleich auf der Stelle unter Vertrag nehmen. Neben den Hochzeitskleidern braucht meine Tochter eine komplett neue Garderobe und ich kann mir niemanden vorstellen, der besser für diese Aufgabe geeignet wäre als Ihr Schützling. Sie kann bei uns in den Dienstbotenräumen unterkommen.«

Olivia quetschte die Finger zusammen, bis sie das Gefühl in den Fingerspitzen verlor. »Nein, ich werde nicht –«

Mrs. Johnson sprach über Olivias Kopf hinweg. »Es wird natürlich eine Kommission für mich dabei herausspringen.«

Eine Kommission? Unfähig zu blinzeln und zu verarbeiten, was die andere Frau gesagt hatte, starrte Olivia sie an. Verstand sie nicht, was Mr. Clifton verlangte? Oder war sie erpicht darauf, die Rolle der Kupplerin zu spielen?

Damit die beiden diese ganze Transaktion nicht noch abschlossen, ohne Olivias Segen einzuholen, sagte sie so ernst sie nur konnte: »Ich fürchte, ich stehe für diese Art von Anstellung nicht zur Verfügung, Mr. Clifton.«

Er verzog das Gesicht, wobei sein Blick zu Olivias Brust abschweifte. »Sie müssen. Mit einem anderen Arrangement werde ich mich nicht zufriedengeben.«

Mrs. Johnson beugte sich zu Olivia und raunte leise: »Das ist eine ausgezeichnete Gelegenheit.«

Olivias Magen drehte sich. War die Frau schwer von Begriff?

Mr. Clifton breitete die großen Hände – mit Fingern von der Größe derber Würste – über seine Oberschenkel. Die Vorstellung, wie er sie damit berührte, löste einen Anfall von Übelkeit in Olivias Bauch aus.

»Susana, Liebes, warum gehst du nicht und schaust dir den Stoff noch einmal mit Mrs. Johnson an?« Die Lippen zu einem herablassenden Lächeln geformt, schälte Mr. Clifton sich aus dem zierlichen Sessel.

Miss Clifton nickte und erhob sich zusammen mit Mrs. Johnson, die sie durch den Vorhang in den vorderen Teil des Ladens führte.

Olivia, die nun allein mit Mr. Clifton war, verspürte ein unangenehmes Prickeln auf ihrer Haut. Sein Blick wurde sehr viel unverblümter und die dunklen Pupillen seiner Augen streiften mit einer trägen Laszivität über sie hinweg. »Sie sind noch entzückender als Ihre Mutter. Das liegt wohl daran, dass Sie nicht so großen Verschleiß erlitten haben, kann ich mir vorstellen. In einigen Jahren wird Ihre Haut vielleicht dieses strahlende, jugendliche Schimmern verloren haben, aber jetzt ...« Genüsslich bewegte er die Lippen, als ob er einen Teller mit köstlichem Kuchen betrachtete.

Sie rückte näher an den mit dem Vorhang versehenen Durchgang.

Er trat ihr in den Weg, um ihr den Ausgang zu versperren. »Oh, Sie dürfen nicht gehen.«

Ihr lag eine scharfe Abfuhr auf der Zunge, aber sie würde sich hüten, Mrs. Johnsons Kunden zu beleidigen. Wenn sie nur um ihn herumkäme und entkommen könnte ... »Danke, aber nein.«

Er beugte sich vor und sog ihren Duft ein. »Sind Sie übermäßig diskriminierend oder liegt es daran, dass Sie das Gewerbe Ihrer Mutter noch nicht aufgenommen haben? Ich halte das für undenkbar.« Seine Augen leuchteten auf. »Ah! Sie haben vielleicht einen Beschützer? Er kann Sie nicht sehr gut entlohnen, wenn Sie in einer minderwertigen Schneiderei nach Arbeit suchen.«

Ihr Herzschlag dröhnte in ihren Ohren. Ihr waren auch früher schon Angebote gemacht worden – erst gestern Abend gleich zweimal – aber nie auf solch eine abstoßende Weise. »Ich bin an dieser Art von Arbeit nicht interessiert.«

»Schau einmal her, Mädchen.« Er packte ihr Handgelenk mit einem brutalen Griff. Olivia versuchte, es herauszuwinden und sich von ihm loszueisen, aber er zerrte sie an seinen Brustkorb, der so groß wie ein Fass war. Seine Finger gruben sich in ihr Fleisch und würden ganz bestimmt ein Mal hinterlassen. Brutal hielt er ihr Kinn gepackt, während er den Kopf senkte. »Mach auf.« Sein feuchter Atem streifte über sie hinweg und sie musste würgen. *Nein, nein, nein, das durfte nicht passieren!* Sie hob das Knie und führte den Tritt aus, der jeden Mann außer Gefecht setzen würde, wie ihre Mutter ihr versichert hatte.

Ganz gewiss heulte Clifton vor Schmerz und stürzte zur Seite auf einen der Sessel. Das Holz splitterte unter seinem Gewicht und er krachte in einem uneleganten Durcheinander zu Boden. Olivia wartete nicht ab, um zu sehen, ob er wieder auf die Beine kam. Sie machte auf dem Absatz kehrt, schnappte ihren Korb und hastete durch den Vorhang, wobei sie auf ihrer Flucht in die Sicherheit mit Mrs. Johnson zusammenstieß.

Die Ladenbesitzerin fing sie einen Augenblick lang auf, ehe sie die Arme sinken ließ und Olivia anstarrte. »Was haben Sie getan?«

Miss Clifton, von deren Fingerspitzen Bänder herabbaumelten, gaffte sie an.

»Ich habe mich geschützt. Mr. Clifton war … zu zudringlich.«

Mrs. Johnson sog die Luft ein. »Haben Sie ihn verletzt? Ich habe ein Geräusch vernommen.« Sie spähte um Olivia herum.

Furcht und Beklemmungen tränkten Olivia in Schweiß. Sie musste aus dem Laden heraus. »Es geht ihm gut. Glaube ich.«

Die Ladeninhaberin lenkte ihren argwöhnischen Blick zu Olivia zurück. »Wenn Sie ihm wehgetan haben, beten Sie, dass er die Wache nicht alarmiert.«

Olivias Furcht gipfelte in Panik. Sie versuchte, sich an Mrs. Johnson vorbeizuschieben, aber die ältere Frau packte sie am Arm. »Sie sind eine Närrin, sein Angebot auszuschlagen.«

»Ich verkaufe mich nicht, Mrs. Johnson.« Olivias Stimme bebte vor Wut und Abscheu. »Ich wurde als Edeldame erzogen.«

Mrs. Johnson lächelte spöttisch, wobei ihre gelblichen Zähne zum Vorschein kamen. »Jetzt sind Sie keine Edeldame. Nach allem zu urteilen, was ich gesehen habe, können

Sie es sich nicht leisten, Clifton abzuweisen, und ich weigere mich, seinen Auftrag zu verlieren! Wenn Sie jetzt gehen, werden Sie nie wieder für mich arbeiten.«

»Ich weiß. Hier.« Sie zog die Kleider aus dem Korb und warf sie auf Mrs. Johnson, sodass die Ladeninhaberin ihren Arm loslassen musste. Der Verlust ihres Einkommens und insbesondere das Geld für die Kleider, die sie gerade gebracht hatte, war etwas, das sie später überdenken – und bitterlich bereuen – würde, aber jetzt musste sie einfach aus dem Laden heraus.

Hinter ihr raschelte der Vorhang. Olivia drehte den Kopf gerade in dem Moment, als Mr. Cliftons rübenrotes Gesicht auftauchte. Der Schweiß lief ihm am Hals herunter, als er in den Laden humpelte und seine Züge waren von Rachedurst tief gezeichnet.

Olivia hastete zur Tür und die dahinter liegende Freiheit.

»Ich bin noch nicht fertig mit dir!« Cliftons wütende Drohung jagte ihr aus dem Laden hinterher. Olivia rannte, bis ihr der Schweiß in Bächen den Rücken hinunterrann. Als ihre Lungen sich anfühlten, als seien sie kurz vor dem Platzen, wurde sie langsamer. Ein rascher Blick über die Schulter bestätigte ihr, dass sie nicht verfolgt wurde. Zumindest nicht, dass sie es sehen konnte.

Sie lief eilig und atmete in kurzen, schnellen Stößen. Mr. Clifton mochte ihr vielleicht nicht auf den Fersen sein, doch seine Ankündigung klingelte immer noch in ihren Ohren.

Zweimal in ebenso vielen Tagen hatte sie Angriffe auf ihre Person über sich ergehen lassen müssen. Der beschützende Kokon, den sie in den Monaten nach dem Tod ihrer Mutter so sorgfältig aufgebaut hatte, bröckelte um sie herum. Sie vermutete, dass dies vorhersehbar gewesen war. Wie sicher konnte sich eine junge Frau ohne Familie in London wähnen?

Olivia zwang sich, ihre Panik in einen kalten Kloß der

Entschlossenheit umzuwandeln. Wenngleich sie die vergangenen sieben Jahre mit ihrer Mutter gelebt hatte, hatte sie sie gänzlich darauf verwandt, für ihr eigenes Wohlergehen zu sorgen.

Wenn sie es schaffen konnte, eine Anstellung zu finden – eine ehrliche, anständige Beschäftigung –, könnte sie so weitermachen wie bisher. Fast ein Jahr lang hatte sie auf sich gestellt überlebt, und sie sträubte sich, wegen dieser beiden bedauerlichen Vorfälle die Segel zu streichen. Sie müsste einfach nur umgehend mehr Näharbeit finden. Ganz unten in ihrem Korb lagen verschiedene bestickte Tücher. Sie schlug den Weg zum Strand ein, an dem es mehrere Geschäfte gab, die vielleicht daran interessiert wären, ihre Arbeit zu kaufen.

Ihre Optionen, wie auch ihre kümmerlichen Ersparnisse und ihre Lebensmittelvorräte waren im Schwinden. Sie konnte beinahe vor sich sehen, wie ihre Mutter in die Rolle einer Kurtisane verfallen war. Wie leicht es gewesen sein musste, einen Beschützer zu akzeptieren und all den Luxus zu genießen der mit solch einem Arrangement einherging. Aber Olivia konnte es nicht gutheißen, die widerwärtigen Neigungen eines Mannes zu ertragen, der sie so gut wie besaß.

Und falls der Mann gar nicht widerwärtig war? Wie Lord Saxton. Kleine Schmetterlinge tanzten in ihrem Bauch, als sie sich sein helles Haar und die blassblauen Augen vorstellte.

Bei der Richtung, die ihre Gedanken nahmen, fuhr sie zusammen. Noch war sie nicht bereit, das Gewerbe ihrer Mutter aufzunehmen. Und dort lag der Schlüssel: *noch*. Was bedeutete, dass sie bereits anfing, darüber nachzudenken.

KAPITEL DREI

An diesem Nachmittag schlenderte Jasper in den Salon seiner Eltern. Da sich der Raum noch nicht bis zum Rand mit bedeutenden Persönlichkeiten gefüllt hatte, war er imstande, rasch zu seiner Tante zu gehen – der einzigen Person, die er wirklich sehen wollte. In Wahrheit wäre er lieber anderswo gewesen, doch die Pflicht gebot, den zweiwöchentlichen Tee-Empfang seiner Mutter zu erdulden, der ein Mittel zu einem weiteren pflichtgemäßen Zweck war – der Auswahl einer Ehefrau.

Auf einem, mit olivgrünem Damast neu bezogenen Sofa sitzend, grinste ihn Tante Louisa an. »Setz dich zu mir.«

Dankbar ließ er sich auf dem freien Platz neben ihr nieder. Tante Louisas Anwesenheit würde die Heiratsjäger in Schach halten. Jasper zog es vor, die Suche nach seiner Ehefrau nach eigenem Gutdünken zu betreiben. Sie würde auch seine Mutter in Schach halten, die Louisas Anwesenheit kühl duldete, da man seine Schwägerin nicht einfach so ignorieren konnte.

Sie musterte sein Gesicht. »Wie bist du zu dem hässlichen blauen Fleck und dem Schnitt an deiner Wange gekommen?«

Angesichts der spontanen Aktivitäten des Vorabends hatte er diese Frage erwartet. »Versprichst du mir, nicht zu lachen?«

»Wann habe ich je über dich gelacht, mein Lieber?«

»Ich bin gegen den Türrahmen meines Arbeitszimmers gestolpert.«

Sie stellte ihre Teetasse auf den Tisch und schmunzelte.

»Du hast versprochen, nicht zu lachen.«

Ihre himmelblauen Augen funkelten vor Heiterkeit. »Verzeihung, mein Lieber. Diese Geschichte darfst du keinem anderen erzählen. Auch wenn es deinem Ansehen abträglich ist, gib zu, dass du in einen Kampf geraten bist.«

Jasper lächelte trotz allem. »Wenn du das sagst.«

»Das tue ich. Das erklärt, vermutlich, warum du gestern Abend nicht bei der Gesellschaft der Longleys warst, aber es war nicht nett von dir, mich allein gehen zu lassen.«

Seit dem erschütternden Verlust ihres Mannes vor drei Jahren kümmerte Jasper sich besonders um sie und begleitete sie fast immer zu Veranstaltungen, wenn er in der Stadt war. »Ich bitte um Entschuldigung, Tante. Ich gestehe, dass ich eine Pause von Holborn gebraucht habe.«

Sie bedachte ihn mit einem wissenden Blick. Vor allem sie kannte die Grausamkeiten ihres Bruders am besten. »Er drangsaliert dich immer noch wegen der Heirat, vermute ich.«

»Unter anderem.« Was Jasper anbelangte, mangelte es dem Herzog nie an Beschwerden.

»Hast du ein Mitspracherecht bei deiner zukünftigen Komtess?«

Holborn zog es vor, ihm die Brautwahl vorzuschreiben – schon einmal hatte er Jasper an einer Heirat gehindert –, aber Jasper würde verdammt sein, wenn er eine solche Einmischung noch einmal zuließe. Es war genau diese Art von Einmischung, die Jasper im letzten Jahrzehnt davon abgehalten hatte, eine Ehefrau zu suchen. Jetzt allerdings *musste* er heiraten oder die Einmischung seines Vaters erdulden. Vor fast einem Jahr hatte er eine Abmachung mit ihm getroffen, die es seiner Schwester ermöglicht hatte, ihren Ehepartner frei zu wählen. Zumindest einer von ihnen würde glücklich sein.

Der Herzog hatte von Jasper verlangt, innerhalb eines Jahres eine Frau zu heiraten, die seine Zustimmung fand. Und das Jahr war beinahe um. Jasper musste seine Absichten bald bekanntgeben, damit der Herzog nicht von sich aus eine Heiratsabmachung in die Wege leitete. Er würde nicht ausschließen, dass es seinem Vater zuzutrauen wäre, eine Art Übereinkunft auszuhecken, um dafür zu sorgen, dass Jasper eine ›angemessene‹ Frau heiratete.

»Die Entscheidung liegt bei mir.« *Vorerst.*

Sie schürzte die Lippen, als die breiten Schultern des Herzogs auf der anderen Seite des Raumes in ihr Sichtfeld gerieten. Er stand mit dem Rücken zu ihnen vor den Fenstern zum Grosvenor Square und unterhielt sich mit dem Premierminister und dem Earl of Witton.

»Ich hoffe, er macht keine Schwierigkeiten.« Einen winzigen Moment huschte ihr Blick zu Jaspers Wange, doch er erhaschte ihn – und die unausgesprochene Frage.

Seit Jahren hatte sein Vater die Hand nicht mehr gegen ihn erhoben. Nicht mehr, seit Jasper sich zur Wehr gesetzt hatte. »Nein, das nicht. Ich bin sehr kampffähig, Tante.«

Sie tätschelte sein Knie. »Natürlich bist du das, mein Lieber. Also dann, lass dir von mir helfen.« Ihr Blick schweifte im Zimmer umher. »Berwicks Tochter?«

»Wuscheliges blondes Haar und eine Singsang-Stimme? Nein.«

»Miss Donnel? Sie spielt wunderbar Klavier.«

Jasper hatte nicht die Absicht, seine Ehefrau gemäß ihrer musikalischen Begabungen auszuwählen. Dieses Gerede machte ihn klaustrophobisch. »Sie ist eindeutig an Foley interessiert.«

»Ach ja, da könntest du recht haben. Sehr scharfsinnig, mein Lieber. Du bist aufmerksamer, als du zugibst.« Sie setzte ihre Suche fort. »Miss Stone?«

»Gott, nein. Der Herzog schlägt sie immer wieder vor.«

Louisa rümpfte die Nase. »Dann keinesfalls sie.« Sie tippte sich mit einem Finger ans Knie. »Du brauchst jemanden mit überdurchschnittlicher Intelligenz. Nicht zu jung und ohne alberne Manieren. Du würdest einer Schönheit den Vorzug geben, vermute ich.«

Überraschenderweise kam ihm Miss West in den Sinn. Zwar wirkte sie glaubwürdig, aber ihr mangelte es natürlich vollkommen an einer Abstammung. Und, ob es ihm nun gefiel oder nicht, war der Stammbaum seiner zukünftigen Frau das Allerwichtigste. Widerstrebend wusste er, dass sein Vater zumindest in einer Hinsicht über Abigail recht gehabt hatte – die Gesellschaft hätte sie vielleicht als Jaspers Gräfin akzeptiert, aber sie hätte weder jemals wirklich dazugehört, noch wäre sie glücklich geworden. Sie war durch und durch ein Mädchen vom Lande. Jasper brauchte eine Frau, die sowohl in der Lage war, sich in der Gesellschaft zu behaupten, als auch begierig darauf, dies zu tun.

Ein Stoß in seine Seite riss ihn aus seinen Gedanken. Louisa blickte zu ihm auf. »Du denkst an ein bestimmtes Mädchen. Erzähl.«

Er musste auf der Hut sein. Louisa erkannte stets, worauf andere nicht achteten. »Es ist niemand.«

Sie zog die Mundwinkel herab, und wie Jasper wusste, beabsichtigte sie, ihn wegen seines Schwindels zur Rede stellen. Stattdessen stand er auf. »Bitte entschuldige, aber ich muss mit jemandem sprechen.«

»Feigling.«

Er beugte sich hinunter, ergriff ihre Hand und drückte ihr rasch einen Kuss auf die Fingerknöchel. Sie wussten beide, dass er sofort wieder gehen würde.

Der Herzog jedoch vertrat ihm den Weg, als er es gerade bis zur Tür geschafft hatte. »Du gehst so bald schon wieder? Nach deiner demonstrativen Abwesenheit gestern Abend?« Er wartete Jaspers Antwort gar nicht erst ab, bevor er seine nächste Salve abfeuerte. »Was zum Teufel ist mit deinem Gesicht passiert? Du siehst aus, als wärst du von einer vierspännigen Kutsche überrollt worden. Großer Gott, hast du bei Jackson verloren?«

Jasper krümmte die Finger in die Handflächen, was für ihn eine typische Reaktion in Gegenwart des Herzogs war. Jasper hatte nicht gewollt, dass sein Vater von dem Club erfuhr, aber seine Bemühungen, bestimmte Dinge vor Holborn zu verbergen, gingen immer schlecht aus – von der Porzellanfigur angefangen, die er als Fünfjähriger zerbrochen hatte, über die Flasche Brandy, die er mit zwölf Jahren getrunken hatte, bis hin zu dem Mädchen, in das er sich im Alter von achtzehn Jahren verliebt hatte. Als Bestrafung hatte der Herzog Sorge dafür getragen, dass die Folgen jeder Übertretung wehtaten: die Zerstörung all seiner Spielsachen, einen Monat karge Kost bestehend aus Brot, Käse und Wasser und, was am schmerzhaftesten war, die völlige Verbannung von Abigail aus seinem Leben.

»Nein. Nicht, dass es dich etwas angehen würde.«

»Das tut es sehr wohl. Mich geht all dein Tun etwas an, bis du einen Erben hervorbringst. Dann wird alles, was er tut, meine Angelegenheit sein.«

Es war ein abgedroschenes Gespräch. »Das arme Kind ist dem Untergang geweiht, und es ist noch nicht einmal gezeugt worden.«

Holborn lockerte die Hände. »Was unternimmst du denn, um eine Frau zu finden?«

Würde sein Vater ihn nicht über den Kampf ausfragen? Jasper blinzelte, denn der Herzog überraschte ihn nur selten. Holborn war allerdings derart auf Jaspers zukünftige Braut fixiert, dass er sich wahrscheinlich um nichts anderes kümmerte. Zumindest im Augenblick nicht.

Jasper behielt sein Temperament fest im Griff. »Ich werde deine alberne Frist einhalten. Hör auf, mich zu drangsalieren.«

»Ich werde einen Schritt weitergehen, anstatt dich nur zu drangsalieren. Stones Mädchen gefällt mir immer noch.« Sein Blick wanderte zu der fraglichen jungen Dame, die sich mit ihrer Mutter und zwei anderen Frauen unterhielt. »Ihre Mitgift ist hübsch, und ihre Titten sind noch hübscher.«

Jasper unterdrückte ein angeekeltes Schaudern. Er weigerte sich, die körperlichen Vorzüge einer Frau mit seinem Vater zu besprechen, als wäre sie ein Stück Pferdefleisch. »Du musst dir keine Gedanken über meine Auswahl machen.«

Holborn stieß einen Laut aus, der halb Schnauben und halb Grunzen war, doch es war so leise, dass es unmöglich jemand hören konnte. Es war ein Geräusch, das er niemals in gesitteter Gesellschaft von sich gab, obwohl er allerdings Jasper schon viele Dinge zugemutet hatte, die er in der Öffentlichkeit niemals tun würde. »Natürlich muss ich mir Gedanken machen. Dein Geschmack hat eine Neigung zur Gosse, wenn ich mich recht erinnere.« Er hielt inne, und ließ somit die Beleidigung – und die Erinnerung – in der Luft hängen.

Ungeduldig, sich auf den Weg zu machen, beschrieb Jasper einen Bogen um Holborn.

Der Herzog packte ihn knapp über dem Ellbogen. Er

sprach leise, aber die Wut in seiner Stimme war deutlich vernehmbar. »Nenne mir deine Kandidatinnen.«

Jaspers Temperament schlug um und ihm riss der Geduldsfaden, was er in der Öffentlichkeit nie zuließ. Bis gestern Abend ... zweimal innerhalb von zwei Tagen? Wütend holte er Luft, als er den Kopf drehte. »Es ist schon eine Ironie des Schicksals, dass ich die vergangenen zehn Jahren verheiratet gewesen wäre, mit einem Erben und jeder Menge weiterer als Ersatz, wenn du dich nicht eingemischt hättest. Bist du nicht auch dieser Ansicht?«

»Diese einfältige Landpomeranze heiraten?« Der Herzog gab sich Mühe, seinen leisen Tonfall beizubehalten. »Du solltest mir danken, dass ich diese abscheuliche Situation bereinigt habe.«

»Ich wäre dir noch dankbarer, wenn du dich aus meinem Leben heraushältst.« Geschmeidig streifte Jasper Holborns Griff ab, ehe er das schmale Handgelenk des älteren Mannes zwischen seine Finger nahm und zudrückte. »Wirst du mich jetzt vorbeilassen oder willst du eine größere Szene machen? Wenn du jetzt lachst, können wir das vielleicht als etwas nahezu Geniales abtun. Wenn nicht ...«

Der Herzog blickte finster drein, um dann leise zu lachen. Es war ein dunkler, blecherner Klang, der womöglich die Narren der feinen Gesellschaft hinters Licht führen würde, aber niemals Jasper. Er ließ seines Vaters Handgelenk los und entfernte sich aus dem Stadthaus.

～

*N*achdem sie auf ihrer Arbeitssuche dem Gefühl nach ganz London abgeklappert hatte, schlug Olivia mit schmerzenden Füßen und angeschlagenem Mut den Weg zu ihrer Unterkunft ein. Der Abend war außerordentlich warm, und ihre Kleidung drückte schwer auf ihrem müden Körper. Am Ende ihres langen Tages hatte sie nichts vorzuweisen, außer der Anzahlung auf zehn Tücher, die sie von einem freundlichen Ladenbesitzer am Strand in Kommission erhalten hatte.

Ihr Magen knurrte, doch wie sie bereits wusste, würde sie zu Bett gehen, ohne ihren Hunger gänzlich gestillt zu haben. Der Brotkanten und das kleine Stück Käse, die vom Frühstück übrig geblieben waren, wären ein armseliger Ersatz für ein Abendessen.

Mindestens zwei der Ladenbesitzer, bei denen sie vorgesprochen hatte, waren bereits von Mrs. Johnson ins Bild gesetzt worden, die ihre negative Meinung über Olivia nur zu gern kundgetan hatte. Es spielte keine Rolle, dass sie über hervorragende Fähigkeiten verfügte. Morgen würde sie ihre Anstrengungen verdoppeln.

Tilly lungerte vor der Pension herum. »Livvie«, rief sie, »wo ist deine Lordschaft heute Abend?«

»Er ist nicht ›meine‹ Lordschaft.« Olivia fragte sich, ob ihre Antwort auf seinen Vorschlag vielleicht anders ausgefallen wäre, wenn er ihn heute Abend unterbreitet hätte.

Tilly schnalzte mit der Zunge. »So ein Jammer. Mädchen wie wir warten unser ganzes Leben auf eine einzige Nacht mit jemandem wie ihm.«

Olivia schüttelte den Kopf. »Ich bin nicht wie du, Tilly.«

»Weil du deine Röcke nicht für Geld hebst? Bah, du bist auch nicht besser. Du hältst dich und dein elendes Dasein gerade so über Wasser.«

Tilly wusste nichts über ihre Vergangenheit und Olivia würde ihr das niemals erzählen. »Ich möchte mich einem Mann nicht fügen. Ich kann nicht.« Nicht nach all dem, was ihrer Mutter zugestoßen war, und wie sie hatte mitansehen müssen, wie ein Mann nach dem anderen von ihr genommen hatte, bis sie nichts mehr übrig hatte. Bis sie gestorben war.

Tilly stütze eine Hand in die Taille und betonte damit

ihre unterernährte Figur. »Was, wenn du dich ihm nicht fügen musst?«

Olivia horchte auf. »Was meinst du?«

Tilly formte die Lippen zu einem verschlagenen Grinsen. »Ich habe eine Idee, wie du dein Geld bekommst, ohne ihn auch nur zu berühren. Du wirst ihn einladen, ihn in Stimmung bringen – dazu braucht es nicht viel – und dann tauschen wir die Plätze. Wir bekommen sein Geld, wovon ich natürlich meinen Anteil nehme, und ich habe meinen Spaß.« Sie setzte einen listigen Blick auf.

Olivia erschauderte. Das klang zu gefährlich. Was, wenn sie erwischt würden? »Du willst ihn austricksen? Ich bin nicht sicher, ob das eine gute –«

Tilly hielt die Hand hoch. »Wir werden ihm die Augen verbinden. Er wird so erregt sein, dass er nie erfahren wird, dass er mich anstatt dich vögelt.«

»Ich könnte das nicht. Tilly, das ist zu riskant.«

»Macht er dir Angst?«

Olivia rief sich seine gewalttätige Art in Erinnerung, als er zu ihrer Rettung gekommen war. Sie war über seine rasche Gegenwehr überrascht aber nicht richtig ängstlich gewesen. »Nein.«

Tilly tätschelte ihr den Arm. »Es wird alles gut gehen. Seinem Aussehen nach kann er etwas Geld entbehren. Es wird kein Schaden entstehen.«

Er war ein reicher Edelmann ohne irgendwelche der Sorgen, die sein Leben wie eine drohende Katastrophe belagerten. Er musste sich nicht um seine nächste Mahlzeit sorgen oder ob ihm seine Lebensmöglichkeiten von einem gewalttätigen Mann gestohlen würden, der sein Vergnügen sucht. Ihre gedankliche Rechtfertigung der Handlung befreite sie allerdings nicht von all ihren Ängsten.

»Ich habe ihn abgewiesen. Wird es ihn nicht überraschen, wenn ich ihn plötzlich einlade?«

»Männer machen sich über so etwas keine Gedanken. In der Minute, in der er deine Einladung bekommt, werden sich all seine Gedanken abwärts zwischen seine Beine richten.«

Das konnte Olivia glauben.

Konnte dieser Plan wirklich funktionieren? Olivia war sich nicht sicher, ob sie imstande war, eine beinahe Verführung zustande zu bringen. Falls sie es schaffte, hätte sie das Geld, das sie so dringend brauchte, ohne ihre Tugend zu opfern. Wie stand es um ihre Ehre? Sie schreckte innerlich zurück, doch dann dachte sie, sie würde schon lernen, sich damit abzufinden – insbesondere nach all dem Elend, das ihrer Mutter durch Männer wie ihm widerfahren war. Davon abgesehen, wie oft hatte sie dieselben Männer – ihrer Mutters Legion von Liebhabern – sagen hören, dass eine willige Frau so gut sei wie jede andere?

Sie straffte die Schultern und ballte die Fäuste. »Du wirst mir sagen müssen, was ich tun muss.«

»Gewiss, Süße. Du wirst ihm eine Nachricht zukommen lassen, in der du ihn für übermorgen Abend einlädst. In der Zwischenzeit haben wir noch einiges an Arbeit zu erledigen. Sie legte Olivia den Arm um die Schultern und führte sie auf ihr Haus zu. »Ich nehme nicht an, dass du irgendwelche Kleider hast, die ein bisschen mehr Haut zeigen?«

Olivia schielte auf ihre Brust hinab und betastete die zierliche Spitze, die ihr Mieder säumte. »Ich studiere die aktuelle Mode, nicht die Straßenecken.«

Tilly lachte. »Wie gut, dass du mit der Nadel so geschickt bist. Denn du musst mehr Busen zeigen. Sehr viel mehr.«

~

*A*n der Einmündung des Coventry Court entstieg Jasper seiner Kutsche und wies March an, ihn um Mitternacht abzuholen. Dann machte er sich mit eifrigen

Schritten und immer schneller werdendem Puls auf den Weg zu Miss Wests Logierhaus. Ihre Einladung hatte ihn überrascht. Die Botschaft war schlicht und direkt gewesen:

Ich habe über Ihr Angebot noch einmal nachgedacht. Der Preis beträgt zehn Pfund. Sie können heute Abend um neun Uhr kommen. Ich wohne in der obersten Etage.

Es war noch fünf Minuten bis zur vollen Stunde, doch Jasper konnte es kaum erwarten. Er schritt an dem Bordell vorbei, das er neulich Abend besucht hatte, und war dankbar, dass sich seine dort erlebte Enttäuschung in etwas weitaus Aufregenderes gewandelt hatte. Er betrat das baufällige Logierhaus und nahm zwei Treppenstufen auf einmal.

Im vierten Stock klopfte er an die einzige Tür. Es dauerte kaum einen Moment, bis sie aufschwang. Sie stand in der Öffnung zwischen Rahmen und Tür. Ihr Gesicht und ihre Gestalt waren vom Kerzenlicht in einen warmen Schein getaucht.

»Guten Abend, Mylord.« Sie winkte ihn herein.

War ihre Stimme neulich Abend so aufreizend gewesen? Er konnte sich nicht erinnern, doch er war sich sicher, dass sie nicht so ausgesehen hatte wie jetzt. In ihrem dunkelgrünen Kleid, mit dem ihre Haut wie Perlmutt schimmerte, wirkte sie auf ihn atemberaubend schön, doch es waren ihre Augen, die ihn fesselten. Sie strahlten und besaßen die Farbe von Jade mit einer Spur von Sinnlichkeit. Er war bereits verloren.

Sie zog die Tür weiter auf, und er bemerkte, dass er sie angaffte. Nachdem er eingetreten war, schloss sie die Tür wieder hinter ihm. Olivia hatte ihm die Sicht auf das Zimmer versperrt, das er jetzt in Augenschein nahm. Nur vier Kerzen erhellten den Raum, aber sie verliehen der Kargheit der winzigen Kammer ein anheimelndes Flair. Ein einzelnes

Fenster brachte etwas Erleichterung bei der Hitze. Links, von der Zimmermitte aus gesehen stand ein kleiner Tisch mit einem einzigen Stuhl, dann ein niedriger Schrank, ein paar klapprige Regale und ein schmaler Kleiderschrank, dem eine Tür fehlte. An die rechte Wand war ihr schmales Bett mit gedrechselten Holzpfosten am Kopfende geschoben, das mit einer fadenscheinigen Bettdecke bezogen war. Sie hauste sogar unter noch schlimmeren Bedingungen, als er vermutet hatte.

Er drehte sich zu ihr. »Wir hätten das auch woanders machen können.«

Sie legte den Kopf schief. »Ist mit meinem Zimmer etwas nicht in Ordnung, Mylord?«

»Es ist nur ...«, er wollte sie nicht beleidigen, »klein.«

»Ich bezweifle, dass wir viel Raum benötigen werden.«

Im Gegenteil, und in seiner Fantasie nahmen bereits reißerische Bilder der unterschiedlichen Möglichkeiten Gestalt an, wie er Miss West in ihrer unzureichenden Behausung nehmen konnte. Wenngleich er allerdings seine Zweifel hatte, ob der Tisch ihr Gewicht aushalten würde.

Jasper zügelte seine Gedanken. Es brachte nichts, zu weit vorzupreschen. »Ihre Einladung hat mich überrascht.« *Nachdem du so kühl erklärt hattest, niemals Kontakt mit mir aufzunehmen.*

Sie trat näher an das Fenster heran. Der fadenscheinige Vorhang flatterte in der schwachen Brise. Kurz schloss sie die Augen, um die kühle Nachtluft zu genießen. Ihr Profil wirkte elegant und stolz.

Als sie sich zu ihm umdrehte, war ihr Blick direkt und warm. »Was meine Kundschaft anbelangt, bin ich wählerisch. Von Fremden nehme ich keine Angebote an, doch im Hinblick auf Ihre Hilfe und ... Hartnäckigkeit, was meine Sicherheit betrifft, habe ich meine Meinung geändert. Sie können mich Olivia nennen.«

Olivia. Bezaubernd.

»Haben Sie das Honorar?«, fragte sie, auf ihn zu schlendernd.

Ja, er hatte es mitgebracht. Es war eine kostspielige Summe, aber bei ihrem Hüftschwung und der verführerischen Aufforderung in ihrem Blick würde er sie gerne zahlen und womöglich sogar mehr. Da er ihre Unterkunft nun kannte, wollte er zur Verbesserung ihrer Lebensumstände beitragen. Er holte die Scheine aus seinem Frack hervor und überreichte sie ihr.

Sie drehte sich weg und schritt zur Kommode, auf der eine hübsche, mit Rosen und Ranken bemalte Schatulle stand. Dort legte sie das Geld hinein. Die Abgebrühtheit der Geldübergabe nagte an ihm. Warum? Er war es doch gewesen, der an sie herangetreten war. Lag es an seinem Gefühl, sie zu kennen, zumindest ein bisschen? An seinem Auftritt als ihr Retter, und weil er Zeuge ihrer Großzügigkeit gegenüber den weniger Begünstigten geworden war, während sie sich offenbar selbst in Not befand?

Seine weiteren Gedanken wurden unterbrochen, als sie mit einem sinnlichen Lächeln auf den Lippen zu ihm zurückkehrte. War dies dieselbe kratzbürstige Frau, die seine Begleitung zurückgewiesen hatte?

Sie fasste ihn mit beiden Händen am Revers und schob seinen Frack auseinander. Er schüttelte ihn ab und legte ihn über die Stuhllehne.

Geschickt befreite sie ihn von seiner Krawatte und ihre Finger streiften über sein Kinn und den Nacken. Seine Lust brauste in seinen Adern auf, als ob er jahrelang ohne Frau gewesen sei. Einmal, vor langer Zeit, hatte er sich genauso gefühlt – erwartungsvoll, getrieben. Er war allerdings kein fummelnder achtzehnjähriger Bursche mehr. Heute Abend gäbe es kein Bereuen.

Ihre Hand sank bis zu den Knöpfen seiner Weste. Als sie

ihm das Kleidungsstück über die Schultern schob, verflüchtigte sich jegliche Feuchtigkeit in seinem Mund. Die Weste landete neben der Krawatte auf dem Boden.

Sein Verlangen pulsierte so heftig, dass es ihm für einen Augenblick die Sicht trübte. Es juckte ihn in den Fingern, die Nadeln aus ihrem dunkelroten Haar zu ziehen und über die zarte Haut an ihrem Hals, ihres Rückens und jeden Zentimeter ihres Leibes zu streicheln. Sie roch ganz und gar feminin nach frisch geerntetem Lavendel. Er wollte nach ihr greifen, doch sie tanzte von ihm weg, wobei sich ihre Augenwinkel auf eine sinnliche Art schräg stellten.

»Gibt es etwas, das du dir heute Abend wünschst? Etwas ... Bestimmtes?«, fragte sie.

Bei ihrer Einladung wurde er ganz steif. Es gab eine Vielzahl von Dingen, nach denen es ihn gelüstete, doch sie war das Einzige, was er wirklich wollte. »Bloß dich.«

Sie nickte einmal und rückte auf das Bett zu. Dann krümmte sie den Finger und winkte ihn heran. »Setz dich. Ich ziehe dir die Stiefel aus.«

Jaspers Körper pulsierte vor Verlangen. Sie kniete vor ihm nieder. Der Anblick sandte pochend einen Schwall Blut in seine Leistengegend. Seine Finger krallten sich um die fadenscheinige Bettdecke. Er verabscheute dieses Zimmer, diese Armut. Er würde sie in Samt und Seide hüllen, wenn sie ihn ließe.

Sie zog beide Stiefel aus und stellte sie beiseite. Nun rollte sie seine Strümpfe herunter, erst den rechten, dann den linken. Sie massierte seine Waden, Knöchel und Fußballen mit den Fingern, während sie arbeitete. Ihre Hände bewegten sich auf ihm und um ihn. Knetend. Streichelnd. Erregend. »Gefällt dir das?«

Er konnte sich seines lauten Stöhnens kaum erwehren. »Ja.«

Als seine Muskeln von ihren Streicheleinheiten kribbelten, bewegte sie die Hände an seinen Beinen hinauf. In Erwartung ihrer Finger an seinem Schaft, sog er die Luft ein.

Sie blinzelte zu ihm auf, und die dunklen Wimpern legten sich kurz über ihre strahlend grünen Augen. »Vertraust du mir?«

Die Frage überrumpelte ihn und dämpfte seine Lust. Er vertraute niemandem mit Ausnahme seiner Tante und seiner Schwester. Doch Olivia meinte gewiss nur, dass er sich für heute Abend ihrer Fürsorge anvertrauen sollte. Und ob er glaubte, damit zurechtzukommen. »Das werde ich, ja.«

Sie formte die Lippen zu einem Lächeln, und mit einer Handbewegung zeigte sie auf das Bett. »Leg dich zurück.«

Er fügte sich ihrem Kommando, indem er die Füße auf die Pritsche schwang und sich in ihre Kissen zurücksinken ließ.

Als sie sich neben ihn setzte, drückte ihre Hüfte gegen seine. Diese Intimität stellte Jaspers Selbstbeherrschung auf die Probe. Sie beugte sich über seinen Brustkorb und ihre Brüste streiften über ihn hinweg. Sein Atem wurde flacher.

Einem Impuls nachgebend, fasste er sie um ihre Taille. Der glatte Stoff ihres Kleides liebkoste seine Haut. Ihre Köperwärme durchdrang den Satinstoff, und er sehnte sich danach, ihre entblößte Haut zu berühren. Kurz schloss er die Augen, um sowohl das Gefühl von ihr als auch die Woge der Lust, die über ihn hereinbrach, zu genießen.

Ein Baumwollstoff legte sich auf seine Augen. Er schlug sie auf, doch er konnte nichts als Schwärze erkennen. Er bekam ihre Hand zu fassen und zog die Augenbinde fort. »Was tust du da?«

Ihre Lippen kitzelten an seinem Ohr. »Du vertraust mir, hast du gesagt.«

Ja, das hatte er gesagt, was aber nicht bedeutete, dass es einfach war. »Warum die Augenbinde?«

Sie wich mit dem Kopf zurück und blickte ihn

aufmerksam an. Ihre Augen bekamen etwas Funkelndes, Lebendiges, das er noch nie an ihr gesehen hatte. Endlich war das Misstrauen, das Unbehagen verschwunden. »Unsere Augen können die Wahrnehmung hemmen. Im Moment bitte ich dich, einfach nur zu fühlen.«

Er nickte nur, denn er war erregt genug, um sich ihren Anweisungen zu fügen. Sie band den Stoff hinter seinem Kopf fest. Ihr Atem blies in einem heißen, kleinen Keuchen über ihn hinweg. Seine Hüften zuckten vor Verlangen.

Die Augenbinde saß so straff, dass er nichts mehr sehen konnte. In die Schwärze eingetaucht, schärften sich seine anderen Sinne, die sich auf ihren Lavendelduft, das Geräusch ihres Atems und ihren Herzschlag gegen seinen Brustkorb konzentrierten. All das zusammen trieb ihn an eine erotische Grenze.

Er schmiegte eine Hand um ihren Nacken und zog ihr Gesicht zu seinem. In der Absicht, sie zu küssen, beugte er sich vor ...

Er fühlte ihre Finger, die an seine Lippen stießen. »Noch nicht.«

Jasper sog einen Finger in seinen Mund und saugte sanft an der Spitze. Als sie daraufhin scharf Luft holte, musste er lächeln.

Sie führte die Hände über seinen Burstkorb, und nun war er es, der aufkeuchte. Sehr langsam zog sie sein Hemd aus dem Hosenbund. Ihre Fingerknöchel streiften über seinen Bauch und zwangen seine Muskeln, sich anzuspannen. Er drehte sich in Richtung ihrer Hüften und verzehrte sich nach einer Berührung durch etwas – irgendetwas – an seinem geschwollenen Schaft.

Zentimeter um Zentimeter schob sie sein Hemd an seinem Oberkörper hinauf und setzte jede neue Hautpartie der Hitze aus, die sich zwischen ihnen anstaute. Sie trieb ihn mit ihren Fingern, die über seine Haut tanzten, immer weiter und tiefer in den Dunst der Lust. Die Vorfreude war beinahe eine Qual. Sie war tatsächlich durchdringender als jeder Schmerz, den er je erfahren hatte.

Er hob den Rücken vom Bett, damit sie ihm das Kleidungsstück über den Kopf ziehen konnte. Als er von dem Stoff befreit wurde, spürte er den Luftzug. Sie verströmte ihren köstlichen Duft, und er konnte sich keinen Moment mehr zurückhalten. Er leckte mit der Zunge an ihrem Hals entlang und wusste genau, wo sie sich befand, weil er sie nicht losgelassen hatte. Sie zitterte. Er drückte die Lippen gegen die Unterseite ihres Kinns.

Dort verharrend ließ sie seine Aufmerksamkeit zu, doch sie neigte ihr Gesicht nicht nach unten. Warum wollte sie ihn nicht küssen?

Doch dann spürte er, wie Stoff über sein rechtes Handgelenk glitt, und er riss sich aus ihrem Griff los. »Was tust du da?«

»Vertrau mir.« Sie bewegte den Kopf und fuhr mit der Zungenspitze an der Außenkante seines Ohres entlang. Mit weichen Lippen zupfte sie an seinem Ohrläppchen und sog es dann in ihren Mund.

Er bebte vor Verlangen. Sie brauchte einen Moment, um ihn zu fesseln, wobei er allerdings viel zu sehr auf die Liebkosungen durch ihren Mund und ihre Zunge konzentriert war.

Dann wandte sie sich seinem linken Handgelenk zu. Dabei geriet die Rundung ihrer Brust nahe genug, um sie zu küssen. Jasper zögerte nicht. Er drückte die Lippen auf ihre Haut und betete, dass sie ihm irgendwann die Augenbinde abnehmen würde, damit er ihr beim Entkleiden zusehen konnte. Er öffnete den Mund und saugte an ihrer Haut, was ihr einen weiteren, scharfen Atemzug entlockte.

Einen Moment später hatte sie ihr Werk vollendet und zog sich zurück. Wieder fuhr sie mit den Händen über seinen Brustkorb. Es schien, als hätte sie es nicht eilig, und er konnte es ihr nicht verdenken. Er wollte ihr Vergnügen so lange auskosten, wie es physisch möglich war. Ihre Hände hatten seinen Hosenbund erreicht und erstarrten.

Es herrschte Stille, die lediglich von ihrer beider raschen Atemzüge unterbrochen wurde, die das Zimmer ausfüllten. Seine Begierde pulsierte in ihm und auch zwischen ihnen. Unfähig, noch eine weitere quälende Sekunde zu ertragen, stemmte Jasper ihr seine Hüften als Aufforderung entgegen, mit ihrem nächsten Vorhaben fortzufahren.

Sie knöpfte seine Hose auf. Bei jedem sich öffnenden Knopf wallte sein Blut heiß auf und sein Puls wurde immer schneller. Durch die fehlende Sehkraft und die Unmöglich-keit, sie mit den Händen zu berühren, waren die Nerven seiner Haut empfänglicher. Er bewegte jedes Mal die Hüften, wenn sie über seine Unterwäsche oder die Oberfläche seines Bauches streifte.

Schließlich streichelte sie ihn. Ganz zart und vielleicht ungewollt, aber er stöhnte trotzdem auf. Dann zog sie ihm die Hose von den Beinen, und abgesehen von seiner Unter-wäsche war er vollkommen entblößt. Er spreizte die Schenkel und lud sie ein, mit ihm nach Belieben zu verfahren.

»Ich bin gleich wieder da.«

Er verzog das Gesicht. »Ich würde dir gerne beim Ausziehen zusehen.«

»Du hast gesagt, du vertraust mir, Saxton«, meinte sie in einem leichten, tadelnden Tonfall. »Du wirst heute Abend nicht enttäuscht werden, das verspreche ich dir.«

Sie hatte keine Ahnung, was sie von ihm verlangte, aber er zwang sich, zu entspannen. Es würden sich noch andere Gelegenheiten bieten, bei denen er ihr das Hemd von den Brüsten streifen konnte.

Das Rascheln ihrer Röcke, das mit solch verführerischer

Klarheit auf seine hungrigen Sinne wirkte, erstarb für einen Moment. Ein Körnchen des Zweifels durchbrach seinen sexuellen Dunstschleier – war ihm ein Irrtum unterlaufen, ihr zu vertrauen? Es herrsche wieder Stille. Der Zweifel schwoll zu einer dunklen, angstbeladenen Wolke an. Sein Verlangen begann zu schwinden.

Ihre ach so leichten und sanften Schritte drangen an seine verzweifelten Ohren. Als sie sich mit gespreizten Beinen auf ihn setzte, gab das Bett nach, und ihre nackten Knie drückten sich beidseitig auf seine Hüften. Sie schob die Hand in den Schlitz seiner Unterwäsche und legte sie um ihn. Seine aufsteigende Lust rüttelte seinen erschlaffenden Schaft wach und brachte die gerade empfundene Enttäuschung zum Verschwinden, als hätte es sie nie gegeben. Es war so gut, abgesehen von den Schwielen ...

Sie hatte keine Schwielen. Ihre Handflächen waren weich gewesen, als sie seine Hände gefesselt hatte.

Er wich von der Hand zurück, die ihn streichelte, und drückte sich so weit wie möglich in die Matratze.

Leider war das nicht weit genug. »Wer zum Teufel bist du?«

Tastende Finger schlossen sich um ihn. »Ich bin es, Livvie.« Die Stimme war zu tief, zu rau.

Sein Verlangen verflog gänzlich und machte kalter Wut Platz. Alles an dieser Frau, angefangen von ihrer Berührung über ihre Stimme bis hin zu ihrem Namen, war falsch. »Du magst mich vielleicht für hilflos halten, aber ich versichere dir, dass ich es nicht bin. Sag mir, wo Olivia ist.«

Schwerer, Gin geschwängerter Atem strich über ihn hinweg. »Ich garantiere dir, du willst das lieber mit mir machen. Livvie hat nicht mein ... Können.«

Das bezweifelte Jasper. Ziellos streichelte sie ihn erneut.

Er zerrte an seinen Fesseln und verzweifelt versuchte er, ihre Hand wegzuschieben und sie von seinem Körper zu entfernen. »Aufhören!«, zischte er. Falls Olivia in der Nähe war, durfte sie seinen Plan nicht durchschauen.

Sie schloss die Hand noch fester um seinen Schaft. »Wer hat jetzt die Kontrolle?«

Nun drang ihre Stimme in seinen verwirrten Verstand. Die Hure aus dem Bordell von neulich Abend. Was zum Teufel tat sie hier?

Jasper kämpfte gegen seine Fesseln an, doch sie waren straff geknotet. »Nimm mir die Augenbinde ab und binde mich los. Wenn du es schnell und leise machst, gebe ich dir fünf Pfund.«

Sie riss ihm die Augenbinde herunter. Ihre grauen Augen spuckten Gift und Galle. »Du hast mich neulich weitaus mehr gekostet. Die Madam war richtig wütend auf mich. Sie hat gedroht, mich auf die Straße zu setzen, nachdem du weg warst. Seitdem teilt sie mir die niedrigste und schäbigste Kundschaft zu. Ich verdiene verflixt nochmal viel mehr als fünf Pfund.«

Er machte sich die Mühe, seiner Stimme die Schärfe zu nehmen, und modulierte seinen Tonfall. Ihm lag daran, dass sie ihn losließ und seinen Schaft nicht zu Tode quetschte – oder Schlimmeres. »Zehn Pfund also. Denke daran, ich bin ein Earl, wie dir ja bekannt ist.«

Eine weitere Wolke ihres Gin geschwängerten Atems legte sich über ihn. »So ist es schon besser.« Sie machte sich an die Arbeit, seine Fesseln zu lösen.

Als beide Handgelenke frei waren, stieß er sie von sich herunter. »Bedecke dich.« Er hielt einen Finger an die Lippen, als Aufforderung für sie, dies leise zu tun.

Eilig zog er seine Hose an, wobei seine Hände vor Wut zitterten. »Was war euer Plan?«, fragte er leise. »Und sprich nicht so laut.«

Sie schnürte ihr Kleid wieder zu. »Nachdem ich dich

gevögelt hätte, würde ich aufstehen, um mich zu waschen, und dann würden wir wieder tauschen.«

Wut brandete in seinem Bauch auf, bis sie sich ausbreitete und ihn gänzlich mit Zorn erfüllte. Olivia hatte ihn hinters Licht geführt. Absichtlich. Kummer mischte sich mit seinem Ärger. *Vertraust du mir?* Mit jedem Wort, mit jeder Berührung hatte sie gelogen.

Er machte seinem Ärger Luft und richtete ihn gegen das glücklose Flittchen. »Das ist Betrug. Ich könnte dich vor den Richter zerren.«

Sie erbleichte. »Habt Erbarmen, Mylord. Ich habe nur versucht, mir das Geld zurückzuholen, das ich durch Euch verloren habe.«

»Geh hinaus und sag ihr, dass du fertig bist.« Er zog zwei Pfund aus seiner abgelegten Weste und gab sie ihr, aber nicht, weil er das wollte, sondern weil er ein schlechtes Gewissen wegen ihrer Notlage hatte, dessen Verursacher er gewesen war. Es war nicht ihr Fehler, dass sie ihn an seine verlorene Liebe erinnerte. Er sah sie finster an. »Warne sie nicht.«

Sie nickte vehement. Dann bezog er hinter der Tür Stellung.

Tilly trat auf den Flur hinaus. Jasper lehnte sich dicht an die Wand. Die Stimmen der beiden Frauen drangen durch die Kluft bei den Scharnieren.

»Hat er Verdacht geschöpft?« *Dieses hinterhältige Miststück.*

»Nein.«

»Danke Tilly. Ich werde dir später deinen Anteil bringen.« Es entstand eine Pause und dann: »War er, ich meine …«

»Es wert? Natürlich. Ich habe dir ja gesagt, du würdest es noch bedauern, es ihm nicht selbst besorgt zu haben.«

Es folgte ein lautes Seufzen und dann waren scharrende

Füße auf den Bodenbrettern zu hören. Olivia trat durch die Tür.

Jasper schmiss die Tür zu und stellte sich mit dem Rücken davor. Er starrte sie mit all seiner Wut an. »Falls es Ihnen noch nicht leidtut, mich betrogen zu haben, verspreche ich Ihnen, dass dies bald der Fall sein wird.«

KAPITEL VIER

Saxtons Augen waren wie Eiskristalle und die Haut um seine Lippen straff und angespannt. Olivia drang weiter in das Zimmer vor und ging um den Tisch herum, der nun eine Barriere zwischen ihnen bildete. »Werden Sie mir wehtun?«

Er schlenderte auf sie zu. »Sie haben einen Betrugsversuch unternommen. Noch verstörender ist allerdings, dass Sie mit einer Fremden arrangiert haben, sich über mich her zu machen. Glauben Sie nicht, dass Sie eine gewisse Art von Bestrafung verdient haben?«

Gott, so hatte sie die Sache gar nicht gesehen. Ihr Bauch krampfte sich vor Übelkeit zusammen und ihr zitterten die Glieder vor Beschämung. Wahrscheinlich hatte sie eine Strafe verdient, aber sie konnte sich nicht dazu durchringen, es zuzugeben und sich seiner Gnade auszuliefern. »Nein.«

»Nach dem Gesetz würde das anders aussehen. Ich könnte nach der Obrigkeit schicken.« Sein Körper war unerschütterlich ruhig ohne sichtbare Anzeichen von Erregung, einmal abgesehen von dem furiosen Ausdruck auf seinem Gesicht.

Angst zu haben, würde ihr nicht helfen. Sie fasste Mut und straffte die Schultern. »Das könnten Sie, aber wir haben keinen Vertrag irgendeiner Art, und erst recht nicht, wenn ich Ihr Honorar zurückgebe.« Sie trat an die Kommode und nahm die Schachtel ihrer Mutter heraus. Mit zitternden Fingern nahm sie sein Geld heraus und hielt es ihm hin. »Hier.«

Er nahm die Geldscheine und, ohne den Blick von ihr zu nehmen, legte er sie auf den Tisch. »Ich will keine Erstattung. Ich will Sie.«

Olivia kehrte hinter den Tisch zurück. »Ich dachte, ein Mann wie Sie würde eine Frau ebenso annehmbar finden wie jede andere.«

Hitze flammte kurz in seinen eisigen Augen auf und er ballte die Hände zu Fäusten. Eine geraume Zeit stand er still da, während Olivias Herz gleich aus ihrer Brust zu springen drohte. »Sie könnten sich nicht noch mehr irren.« Sein Tonfall war leise, aber rasiermesserscharf. »Ich bin enttäuscht, dass Sie nicht das mindeste bisschen zerknirscht sind, insbesondere nachdem ich Ihnen neulich Abend geholfen habe. Um gar nicht erst Ihr Beharren zu erwähnen, dass ich Ihnen *vertrauen* sollte.«

Olivia fuhr zusammen. Er hatte sich ihre Worte tatsächlich zu Herzen genommen. Wenn sie an seiner Stelle wäre, würde sie ebenfalls auf einer Bestrafung bestehen. »Es … tut mir leid.« Selbst in ihren Ohren klang das jämmerlich.

Er schob den Tisch beiseite, womit er die Barriere zwischen ihnen aus dem Weg räumte, und blieb direkt vor ihr stehen. Obschon er sie nicht anfasste, hatte er sie wirkungsvoll an die Wand gedrängt. »Trotz allem habe ich Ihnen vertraut. Wie hatten einen Handel abgeschlossen und nun machen Sie einen Rückzieher. Wenn Sie ein Mann wären, würde ich Sie zum Duell herausfordern.«

Sie wusste genug von Männern und ihrer Ehre, um zu erkennen, dass er ihr nicht wehtun würde, und insbesondere nicht nach dem, was er gerade gesagt hatte. Er fühlte sich betrogen, doch sie glaubte nicht, dass er zu Gewalt greifen würde, um sich Genugtuung zu verschaffen.

Sein Blick bohrte sich mit einer wilden Eindringlichkeit in ihren. Selbst in seiner Wut war er furchtbar attraktiv. Das bereits überwarme Zimmer waberte unter der Hitze, die seiner entblößten Brust entströmte. Ihm in der Morgendämmerung gegenüberzutreten, schien ihr eine angenehme Vorstellung zu sein. Sie fürchtete sich weitaus mehr vor seiner Fähigkeit, sie zu verführen.

Olivia schlucke. »Was werden Sie unternehmen?«

»Das kommt darauf an.« Ihre erregten Atemzüge erfüllten das Zimmer, und während sie auf seine Antwort wartete, straffte sich jeder einzelne ihrer Muskeln vor Anspannung. Er durchbohrte sie mit seinem wilden Blick. »Sagen Sie mir, warum.«

Obwohl sie wusste, dass er beleidigt sein würde, sagte sie ihm die Wahrheit. »Ich brauche Geld und Ihr Angebot ist im Augenblick meine einzige Hoffnung. Aber ich hatte nicht mit Ihnen schlafen wollen.« Das hatte sie nicht, doch jetzt, nach ihrem Versuch, ihn zu verführen … konnte sie sich gut vorstellen, mit ihm zu schlafen. Wahrscheinlich würde sie dies in ihrer Fantasie auch während vieler, vor ihr liegenden Nächte tun.

Ein Schrei, der einem das Blut gerinnen ließ, rüttelte sie beide aus ihrer Anspannung. Saxton löste den Blick von ihr und richtete ihn auf die Tür. Es folgte noch ein Schrei. Er wirbelte herum und stürmte zur Tür hinaus in Richtung Treppenhaus. Olivia folgte ihm dicht auf den Fersen.

Er rannte die Treppe hinunter und hielt auf der dritten Etage inne. Der Tumult schien aus dem Erdgeschoss zu kommen, also setzten sie ihren Abstieg fort, während seine bloßen Füße im Laufen auf die Holzdielen klatschten. Großer Gott, er war halb nackt, wie sie erkennen musste. Am Fuß der Treppe blieben sie wieder stehen. Eine weitere Bewohnerin sauste mit bleichem Gesicht auf ihrem Weg die Treppe hinauf an ihnen vorbei.

Saxton strebte auf den offenen Türeingang zu, der zu Mrs. Reddys Wohnung führte. Die grauenhaften Geräusche von Gewalt drangen in den Korridor. Er verschwand in der Wohnung. Olivia wollte ihm nicht folgen, doch sie konnte nicht verhindern, zur Kenntnis zu nehmen, was sie hörte. Den dumpfen Aufschlag von Fleisch auf Fleisch. Wie oft hatte sie den Anblick von Baron Landringham, dem Liebhaber ihrer Mutter, erduldet, der ihre Mama immer schlug, bis zu jener schrecklichen Nacht, als er zu weit ging und Fiona die Treppe herunterstürzte.

Olivia trat vor und erstarrte, denn sie war von den Gedanken an die schrecklichen Erinnerungen wie gelähmt, die sich gegenwärtig vor ihren Augen abspielten. Ein großer Mann mit einem runden, wütenden Gesicht hatte Mrs. Reddy bei ihrem strähnigen Haar gepackt. Das Blut strömte ihr aus der Nase und ihr Gesicht wies mehrere böse Male auf, die bereits zu Blutergüssen aufblühten.

»Das geht Sie nichts an«, blaffte der Mann Saxton an, der sich den beiden genähert hatte – zu nahe.

Olivias Herz pochte. Beabsichtigte er, sich einzumischen? Einmal hatte sie das für ihre Mutter getan, und ein blutiges Gesicht, wie auch mehrere geprellte Rippen für ihre Bemühung davongetragen. Trotzdem hoffte sie, er würde den Mut haben, den sie nicht hatte.

»Es muss irgendjemanden etwas angehen.« Lord Saxton klang außerordentlich ruhig, als ob er bei solchen Angriffen regelmäßig dazwischenging. »Ich kann nicht zulassen, dass Sie diese Frau umbringen.«

»Das ist nicht Ihre Sache. Das Miststück schuldet mir Geld. Sie würde die Miete eher versaufen, als sie mir zu geben. Stimmt das etwa nicht, Süße?« Der große Mann zog an Mrs. Reddys Haar, womit er sie zu einem scharfen Keuchen veranlasste. Tränen rannen ihr über das lädierte Gesicht. »Gehen Sie jetzt wieder nach oben und fahren fort mit dem, was immer Sie gerade zu tun haben.« Er machte Olivia schöne Augen. »Verzeihung, dass ich Sie gestört habe.«

»Ich fürchte, das kann ich nicht tun, bis Sie diese Frau loslassen«, entgegnete Saxton gefährlich ruhig.

»Sie braucht Ihren Schutz nicht. Meine Prügel hat sie auch schon früher bezogen. Sie weiß, was ihr blüht, wenn sie die Miete nicht hat.« Zur Unterstreichung seiner Aussage schlug er sie ins Gesicht.

Olivia sog die Luft ein und wartete auf Saxtons Reaktion. Im Sturmschritt durchquerte er das Zimmer und schlug den Mann mehrere Male. Nach all der Gewalt gegen ihre Mutter, die sie miterlebt hatte, hätte sie Saxton anbrüllen sollen, aufzuhören. Doch dies war anders. Dies war notwendig. Saxton rettete eine Frau, anstatt ihr wehzutun.

Mrs. Reddy sackte zu Boden, aber sie kroch nicht aus dem Weg. Olivia eilte ihr zur Hilfe und zerrte sie zur anderen Seite des Zimmers.

Die Zimmerwirtin erschauderte, während Saxton weiter mit aller Gewalt auf den großen Mann einschlug. Olivia gefror das Blut in den Adern, als sie mit ansah, wie schnell er seinen Widersacher in die Knie zwang.

Saxton zerrte den Arm des Mannes in einem unschönen Winkel nach hinten. »Sie werden die Frau in Ruhe lassen und nie wiederkehren. Verstanden?«

»Gott verdammt nochmal, mir gehört dieses Gebäude!«, presste der Mann hervor, während er versuchte, Luft in seine Lungen zu saugen.

»Stimmt das?«, fragte Saxton an Mrs. Reddy gewandt.

Sie nickte. »Er ist der Bruder meines Ehemannes.«

»Wo ist Ihr Ehemann?«

»Lange tot«, krächzte Mrs. Reddy.

»Welche Summe schulden Sie diesem Mann?«

»Beinahe zwanzig Pfund.« Sie zitterte so heftig, dass ihr die Zähne klapperten.

Saxton stieß Mr. Reddys Gesicht zu Boden, um ihn dann loszulassen. »Wie viel Zeit geben Sie ihr, die Schuld zu begleichen?«

Der große Mann drehte sich um, aber er stand nicht auf. Vielleicht war er nicht imstande dazu. »Es sei denn, Sie wollen bezahlen, geht Sie diese Sache nichts an.«

Saxton blickte drohend auf ihn hinab. »Ich bin der Earl of Saxton. Mich geht alles etwas an, was mich interessiert.« Mit seiner bloßen Brust und den nackten Füßen sah Saxton weniger wie ein Earl und mehr wie ein Krieger vergangener Zeiten aus.

Mit einem hässlichen Grinsen rappelte Mr. Reddy sich auf. »Ich kann die Obrigkeit herbeirufen, wenn Ihnen das lieber ist. Man wird ihren Hintern einfach nach Newgate karren.«

»Nein«, krächzte Mrs. Reddy.

»Können Sie ihn bezahlen?«, fragte Saxton mit eisigem Blick.

Mrs. Reddy schüttelte den Kopf und ihre Verzagtheit ließ ihre ohnehin schon schlaffen Schultern zusammensacken.

Der Earl verzog das Gesicht und legte seine breite Stirn in Falten. »Vermutlich hat Mrs. Reddy Ihre Adresse. Ich werde den Betrag am Morgen überbringen lassen.«

Mrs. Reddy straffte sich und sah überrascht auf.

Olivia ebenfalls. »Sie werden ihre Schulden begleichen?«

Saxton richtete den Blick auf sie beide. »Ja, aber jetzt steht sie bei mir in der Schuld.« Er sah zu Mr. Reddy zurück.

»Verschwinden Sie. Morgen bekommen Sie, was Mrs. Reddy Ihnen schuldet.«

Mr. Reddy massierte seinen Kiefer. »Sie haben einen mächtigen Schlag, Mylord.«

Wieder ballten sich Saxtons Hände zu Fäusten und Olivia fragte sich, ob ihm dies überhaupt bewusst war. »Seien Sie froh, dass ich es locker mit Ihnen genommen habe.«

Mr. Reddy nickte und machte sich aus dem Staub.

Die Anspannung in Olivias Muskeln ließ nach. Sie half Mrs. Reddy zu einem Stuhl in der Nähe. Bei einer raschen Durchsicht der Wohnung fand Olivia ein Handtuch, die sie der lädierten Frau reichte.

Saxton kam heran und blieb vor der Zimmerwirtin stehen. »Wie ist es dazu gekommen, dass Sie ihm so viel Geld schulden?« Er schnüffelte und glaubte wahrscheinlich, dass die Antwort in dem vielsagenden Gestank von Gin begraben lag. Was sonst könnte es sein?

Mrs. Reddy hielt das Tuch an die Nase und legte den Kopf zurück, um zu Saxton aufzuschauen. »Ich habe das meiste davon meiner Schwester gegeben. Ihr Ehemann ist gestorben und sie hat einen Sohn, den sie durchfüttern muss.«

Er massierte seine rechte Hand mit seiner linken. »Ihr Schwager scheint zu glauben, Sie würden Gin mit dem Geld kaufen, das Sie ihm schulden.«

Trotz ihres angeschlagenen Zustands errötete sie merklich. »Ja, ich habe ein bisschen Durst, aber ich sorge für meine Schwester.«

»Warum sagen Sie ihm nicht die Wahrheit?«, fragte Saxton.

»Ich habe einmal versucht, ihn um Geld zu bitten. Er wollte mir nicht einmal einen Schilling geben. Zuerst habe ich ihm nur gesagt, die Mieter würden mir zu wenig Geld geben, aber vor ein paar Wochen hat er es herausgefunden.«

Das musste wohl der Grund sein, warum sie die Miete fortwährend anhob. Olivia bedauerte die Schwester der armen Frau und ihr vaterloses Kind. Sie blickte ihre niedergeschlagene Zimmerwirtin an und verspürte eine bohrende Scham, weil sie Mrs. Reddy mit einer ebensolchen Unwissenheit verurteilt hatte, wie alle anderen.

Nach einiger Zeit verschränkte Saxton die Arme vor der Brust. Seine Fingerknöchel waren gerötet, und ein paar bluteten. »Ich werde Ihre Schulden bezahlen, aber ich erwarte von Ihnen, dass Sie sie abarbeiten.« Seine Stimme klang unbewegt, aber nicht verurteilend. Olivia kam nicht umhin, ihm Respekt für das Angebot zu zollen, das er Mrs. Reddy machte. Was nur dazu führte, ihr Täuschungsmanöver in einem noch abscheulicheren Licht zu sehen.

Mrs. Reddy blinzelte mit dem einen unversehrten Auge; denn das andere war zugeschwollen. Sie lächelte und dabei zeigten sich schwarze Lücken auf beiden Seiten ihres Mundes. »Das macht mir gar nichts aus.«

Saxton kräuselte die Lippen. »Auf einem meiner Landgüter. In der Spülküche oder wo auch immer Ihre ... Begabungen am besten eingesetzt werden könnten.«

Mrs. Reddy ernüchterte. »Ich will mein Haus nicht verlassen.«

Olivia konnte die Begriffsstutzigkeit ihrer Zimmerwirtin nicht fassen. »Es ist nicht Ihr Haus. Es ist Mr. Reddys Haus. Und wenn Sie nicht gehen, wird er zurückkommen und Sie wahrscheinlich erneut als Sparringspartner missbrauchen.«

Das Tuch auf ihrer Nase zurechtrückend lenkte sie den Blick zu Olivia. »Nicht, wenn ich ihn bezahle, und Lord Saxton hat versprochen, das zu regeln.«

»Nicht ohne eine Gegenleistung«, wandte er leise ein, wobei sein Blick zu Eis erstarrte. »Meine Wohltätigkeit erstreckt sich nur auf diejenigen, die zu arbeiten gewillt sind, um sich zu verbessern.« Dies war ein berechtigter Anspruch von einem offensichtlich wohlmeinenden Mann.

Mrs. Reddy blickte nachdenklich auf ihren Schoß. Als sie wieder hochsah, rannen ihr die Tränen aus den Augen. »Ich weiß nicht, ob ich dieser Aufgabe gewachsen bin, Mylord.«

»Sie riskieren lieber Mr. Reddys Gewalt, als ehrliche Arbeit zu leisten, die Ihnen und Ihrer Schwester helfen würde?« Nun passte Saxtons Tonfall zu der frostigen Kälte seiner Augen.

Mrs. Reddy, die wahrscheinlich nicht imstande war, seinen prüfenden Blick noch einen Moment länger zu ertragen, wandte das Gesicht ab. Olivia klopfte der Frau auf die Schulter, anstatt sie zu schütteln, wie sie es liebend gern getan hätte. Morgen würde sie sie überreden, das Angebot des Earls anzunehmen. Mrs. Reddy hatte wirklich keine andere Wahl.

Olivia lenkte ihre Aufmerksamkeit zu Saxton. »Sie sollten gehen.«

»Sie werden mich nach oben begleiten.« Der Zug um seinen Mund war hart. »Wir sind noch nicht fertig.«

Das wusste sie, aber sie wollte auch nicht mit ihm allein sein. Sie fürchtete sich vor dem, was passieren könnte … was sie zulassen könnte. »Ich sollte bleiben, um Trost zu spenden …«

Er fasste sie leicht am Arm und führt sie mit sich zur Tür.

Olivia drehte ihren Kopf, um Mrs. Reddy anzuschauen.

»Gehen Sie. Ich komme zurecht.« Mrs. Reddy winkte sie hinaus.

»Ich werde morgen früh nach Ihnen sehen.« Olivia trottete neben Saxton aus der Wohnung, doch sie entzog ihm ihren Arm.

»Sie können hier nicht bleiben.« Seine Stimme klang ruhig und kontrolliert. Tatsächlich hatte er ihr gegenüber kaum ein Gefühl offenbart, seit er zu Mrs. Reddys Rettung geeilt war.

Sie stieg die Treppe hinauf. Es gefiel ihr nicht, sich von ihm herumkommandieren zu lassen. Er besaß sie nicht. Niemand tat das. »Gewiss kann ich das. In dieser Sache haben Sie nichts zu sagen.«

Er folgte ihr dicht auf den Fersen. »Denken Sie daran, was Sie zu Mrs. Reddy gesagt haben. Was geschieht, wenn Reddy zurückkehrt und sie nicht hier ist, um seine gewalttätigen Triebe zu befriedigen?«

Damit hatte er ein sehr gutes Argument, aber im Moment schüchterte Saxtons Gegenwart sie weit mehr ein als die Vorstellung von Mr. Reddys möglicher Wiederkehr. »Ich glaube nicht, dass er das tun wird. Und selbst wenn, habe ich mit deren Streit nichts zu tun.«

Olivia ging ihm in das Zimmer voraus und sammelte seine Kleidungsstücke zusammen. Nachdem er eingetreten war, schloss Saxton gerade die Tür hinter sich, als Olivia die Garderobe auf den Stuhl gestapelt hatte. Sie nahm die Geldscheine vom Tisch und wollte sie ihm geben.

Er trat neben sie. »Sie können hier nicht bleiben. Selbst wenn dies nicht der schäbigste und grässlichste Ort wäre, der mir je unter die Augen gekommen ist, so ist auch Ihre Sicherheit bedroht. Ich bestehe darauf, dass Sie heute Abend mit mir kommen.«

Erleichtert, dass er, zumindest im Augenblick, vom Thema ihres gescheiterten Plans abgekommen war, hielt sie das Geld umklammert. »Ich bin für Ihre Besorgnis um mich dankbar, doch in Ihrer Obhut würde ich mich keineswegs sicherer fühlen.«

Sein frostiger Blick ließ sie erschauern. »Vergessen wir nicht, dass ich hier der Geschädigte bin. Ich offeriere Ihnen eine gerechtfertigte Hilfe, die jede vernünftige Frau in Ihrer Lage dankbar annehmen würde.«

»Was ich getan habe, war falsch, aber das ändert nichts an der Tatsache, dass ich nicht mit Ihnen gehen will.«

Er fasste sie fester am Arm, jedoch nicht schmerzhaft. »Wie oft haben Tilly und Sie diese Masche schon durchgeführt?«

»Niemals.«

Sein stechender Blick drang ihr bis ins Mark. »Demnach schlafen Sie mit Ihren anderen Kunden. Sie betrügen also nur mich?«

Sie sog die Luft in ihre Lungen und wünschte sich ihn hässlich und grausam anstatt umwerfend attraktiv und berechtigterweise außer sich. »Nein.«

Sein Blick wurde wärmer und er schob sich näher, bis seine bloße Brust eine Haaresbreite von der ihren entfernt war. Es fiel ihr sehr schwer, ihre Stimme zu finden. »Ich habe darüber gelogen, eine Hure zu sein. Nie habe ich meinen Körper für Geld verkauft. An niemanden.«

Er drückte sich noch enger an sie heran und schob sein Becken gegen ihres. »Sollte ich mich geehrt fühlen, weil Sie dies mit mir in Betracht gezogen haben?« Seine Stimme hatte einen verstörend verführerischen Tonfall angenommen. Als er sich näher beugte, liebkosten seine geraunten Worte sie seitlich am Hals.

Zu ihrem Entsetzen glühte ihr Körper an den Stellen, an denen sie in Kontakt mit ihm kam. Ihre Wollust pulsierte ungeduldig zwischen ihren Beinen. Es schien, als könne die Atemluft den Weg zu ihren Lungen nicht finden. Sie wollte … sie war nicht sicher, was sie wollte. »Ich … habe Geld gebraucht.«

»Dann nehmen Sie es.« Er bog ihre Finger zurück und nahm das Geld von ihrer Handfläche, um es wieder auf den Tisch zu legen. Mit seiner Fingerspitze fuhr er von ihrer Stirn bis zum Kinn um ihr Gesicht herum. Sie sollte fliehen, doch sie konnte nur stumm dort stehen, denn sie war von der Verheißung in seinem Blick in Bann geschlagen. »Teufel nochmal«, murmelte er, bevor er sie küsste.

Seine Berührung war weich und so köstlich wie kaltes Wasser auf ihren spröden Lippen. Die Hand um ihren Hinterkopf gelegt, fiel er über ihren Mund her. Mit einem Lecken seiner Zunge forderte er Einlass.

Sie sollte dies nicht tun, sie sollte es nicht wollen, aber so Gott ihr helfe, sie tat es. Es war so lange her, seit irgendjemand sie mit etwas anderem als flüchtiger Freundlichkeit berührt hatte.

Begierig, sich selbst zu vergessen, und alles, was ihre Gedanken plagte, öffnete sie den Mund für ihn. Mit verheerender Versiertheit drang seine Zunge in sie, um sie zu versengen. Schauder rüttelten ihre Glieder und sammelten sich zu einer sehnsüchtigen Masse in ihrem Bauch. Sie hob die Hände und spreizte die Handflächen über die glatte, warme Haut seiner Schultern.

Sie war auch früher schon geküsst worden, aber nie auf diese Weise. Er küsste sie, als ob er nicht genug bekommen könnte, als ob sie der Grund wäre, warum er atmete. Seine Zärtlichkeit und Zielstrebigkeit, gaben ihr das Gefühl kostbar, wunderschön und geschätzt zu sein. Es war die Art, wie er ihre Zunge mit seiner streichelte, wie er seine Lippen mit ihren spielen ließ, die zarte Berührung seiner Hände, um sie ganz dicht bei sich zu halten … seine Berührung, sein Duft, die tiefen Klänge seines Körpers, als er sie mit diesem Kuss ehrte.

Sie wollte ihn umschlingen. Als sie an seinen Schultern zog, reagierte er mit einem Kreisen seiner Hüften an ihren. Seine Erektion drängte sich ihr pochend entgegen und ließ ihr Geschlecht unerträglich feucht werden.

Er führte die Hände tiefer und glitt bis zu der Einbuchtung in ihrem Lendenbereich. Seine Finger gruben sich in ihr Fleisch und drängten sie gegen seine Erektion.

Die ganze Zeit über fachte sein Mund ihr Verlangen noch weiter an, bis sie zu explodieren glaubte. Er strich mit einer Hand an ihrer Seite hinauf und streichelte die Unterseite ihrer Brust. Sie erzitterte, als die Lust sie packte. Sein Daumen wanderte über ihre Brustwarze. Am liebsten hätte sie vor Wonne geweint.

Ein starker Luftzug wehte die Geldscheine vom Tisch, und einer traf flatternd gegen ihren Arm, ehe er zu Boden trudelte. Sie war keine Hure.

Olivia wich zurück. Ihre Münder trennten sich und heiß keuchte ihre vermischte Atemluft zwischen ihnen. Sie verzehrte sich nach ihm, doch wenn sie sein Geld annahm, würde sie mehr verlieren, als sie ertragen konnte. »Ich will dich nicht. Nicht so.«

Er ließ seine Finger an ihrem Hals hinuntergleiten und strich dann an ihrem Schlüsselbein entlang. »Wenn ich jetzt deine Röcke hebe, wird dein Körper mir etwas anderes sagen.«

Die Wahrheit seiner Worte entflammte sie noch mehr. Sie musste ihn aufhalten, bevor es zu spät war. »Dann wirst du mich zwingen müssen.«

Seine Gesichtszüge verhärteten sich und das Verlangen in seinen Augen kühlte ab. Er ließ sie los, und mit bebenden Schenkeln sackte sie nach hinten.

Er wandte sich ab. Es verging eine Minute, ohne dass er sich bewegte. Viel zu verängstigt, das stille Ungeheuer in ihm zu reizen, wartete Olivia ab, was er tun würde.

Letztendlich nahm er sein Hemd vom Stuhl und zog es sich über den Kopf. Olivia atmete auf, und der fieberhafte Takt ihres Herzschlags beruhigte sich. Er setzte sich auf ihr Bett, um Strümpfe und Stiefel anzuziehen. Mit einer Mischung aus Erleichterung und Enttäuschung sah sie seinen Bewegungen schweigend zu. Es war nur zum Besten. Das musste es sein.

Als er fertig war, stand er auf und blickte sie an, wobei seine Augen nichts von der Hitze widerspiegelten, die ihr Körper noch immer ausstrahlte. Er nahm seine Weste auf und legte sie an, ehe er sich die Krawatte um den Hals schlang. »Du solltest heute Nacht woanders bleiben. Nimm das Geld und mach dich auf die Suche nach einem Hotel oder Gasthof.«

Sie ging um den Tisch herum, denn mit dem Hindernis zwischen ihnen war ihr wohler. Nicht, weil sie befürchtete, er könnte ihr wehtun, sondern weil sie in Versuchung geraten könnte, zu beenden, was sie begonnen hatte, wenn er nicht bald aufbrach. »Ich will dein Geld nicht.« Sie hätte noch einmal »*Ich will dich nicht*« sagen sollen, doch sie vermochte diese Lüge kein zweites Mal über ihre Lippen zu bringen.

»Erlaube deinem Stolz nicht, deinen gesunden Menschenverstand außer Kraft zu setzen. Nimm das Geld.«

»Und was erwartest du im Gegenzug?«

Sein Blick schweifte mit unverhohlener Absicht über sie hinweg. »Deine Gesellschaft. Und sag mir nicht, du willst mich nicht. Ich kann das Verlangen einer Frau erkennen und du *begehrst* mich.«

Die Arroganz, mit der er seine Behauptungen aufstellte, stachelte ihren Zorn an. »Sie unterstellen zu viel, Mylord.«

»Ich unterstelle nichts, außer dass du lügen wirst, wie eben gerade.«

Obwohl sie seinen Worten widersprechen wollte, vermochte sie es nicht. Sie blieb einfach stumm, während ihr wollüstiger Körper mit ihrem gewissenhaften Verstand im Wettstreit lag.

»Ich komme morgen wieder, wenn du Zeit hattest, über die Vorzüge – sowohl finanzieller als auch körperlicher Art – meiner Offerte nachzudenken. Wenn du dann immer noch beabsichtigst, die Freuden auszuschlagen, die wir beide genießen könnten, werden wir einen anderen Ausweg für dich finden, wie du dir dein Geld verdienen kannst.«

Sie war sich über die Vorteile durchaus im Klaren. Das Geld war eine offenkundige Notwendigkeit, aber die Intimität einer gemeinsamen Nacht mit ihm würde ihr mehr einbringen als Nahrung, Unterkunft oder Kleidung. Sie würde ihr in einhundert, oder vielleicht eintausend einsamen Nächten Wärme spenden. Doch der Preis war zu hoch. Sie würde ihre Meinung nicht ändern. »Kommen Sie nicht zurück. Ich habe einen Fehler gemacht.«

Zorn blitzte in seinen Zügen auf. »Verflixt, Olivia. Ich bin *kein* Fehler. Ich bin der Earl of Saxton.«

Und verführerischer als der Teufel höchstpersönlich. Sie beschwor ihre Wut herauf. Sie war auf sie angewiesen, wenn sie ihn in Schach halten wollte. »Ich bin nicht an einer Affäre mit Ihnen interessiert. Sie werden Ihre Gelüste mit einer anderen befriedigen müssen.«

Mit ein paar schnellen Schritten war er um den Tisch herum. Sie drückte sich flach an die Wand. Er fasste sie nicht an, doch seine Lippen schwebten über ihren. »Ich will keine andere. Ich will dich.« Es war eine winzige Berührung seines Mundes auf ihrem, wie das Raunen eines Kusses. »Nur dich.«

Er wich zurück und riss seinen Frack vom Stuhl. »Ich werde morgen wiederkommen.«

Olivia sackte gegen die Wand. Es wäre nur eine Frage der Zeit, bis sie einlenken würde. Wegen des Geldes, und weil sie nicht leugnen konnte, was er gesagt hatte ... und das wusste er.

Er richtete den Blick auf die Banknoten, die der Wind verstreut hatte. »Behalte das Geld. Du wirst die Schuld begleichen – irgendwie.«

Ihr Blick wanderte zur Tür.

Sein schönes Gesicht war ernst, als er die Arme in seinen

Frack schob. »Lauf nicht vor mir weg, Olivia. Ich werde dich finden.«

Und dann ging er endlich. Ihre Knie gaben nach, und sie ließ sich zu Boden sinken. Bis morgen durfte sie nicht mehr hier sein. Obwohl sie wusste, dass er zornig werden würde, blieb ihr keine andere Wahl, als die zehn Pfund zu nehmen und zu fliehen. Und sie würde beten, dass er sie nie fand.

KAPITEL FÜNF

Jasper konnte es kaum abwarten, jemanden zu schlagen. Er befand sich auf dem Weg zum Black Horse Court und der Schenke mit demselben Namen, und verschlang mit seinen langen Schritten das Kopfsteinpflaster unter seinen Füßen.

Jasper konnte immer noch nicht glauben, dass sie ihn beschwindelt hatte. Es fiel ihm nicht leicht, Vertrauen zu fassen und der heutige Abend war eine schmerzliche Erinnerung, warum dem so war. Nichtsdestotrotz wollte er sie immer noch. Mehr, als er je jemanden gewollt hatte. Mehr als Abigail.

Und nicht nur wegen ihrer Schönheit – Olivia war geistreich und intelligent und sie hatte keine Furcht, ihr eigenes Glück zu suchen. Gott, sie hatte ihn entflammt. Und das, während sie die ganze Zeit hinter ihren hübschen Zähnen Lügen hervorgebracht hatte.

Er hatte große Schwierigkeiten zu glauben, dass sie keine Prostituierte war – die Gewandtheit, die sie an den Tag gelegt hatte, bevor sie ihm die Augen verbunden hatte, gehörte nicht zu einer tugendhaften jungen Frau. Abigail hatte solch ein Können nicht besessen.

Wenn Olivia allerdings eine Prostituierte wäre, gab es keinen Grund für sie, überhaupt erst ihren Schwindel auszuhecken. Sie hätte sein Geld genommen und ihre Dienste angeboten. Warum also die ganze Täuschung?

Seine Schritte wurden langsamer, als er in den Hof einbog. Er nahm an, dass ihre finanzielle Situation prekär war, aber ihm die Augen zu verbinden, und dann der Gnade einer unbekannten Hure auszuliefern war unentschuldbar. Er hatte vor, die Wahrheit herauszufinden, und wenn sie sich vielleicht von nun an daran halten könnte, ihm keine weitere Lügen aufzutischen, würde er ihr seine Hilfe auf eine Art anbieten, die frei von Betrug war. Und sollte er herausfinden, dass sie so unschuldig war, wie sie behauptete, würde er argumentieren, dass es niemals eine akzeptable Lösung sein konnte, wenn sie ihre Ehre verkaufte. Vor zehn Jahren hatte er zugelassen, dass ihm selbst die Ehre entzogen worden war, und dazu würde er es nie wieder kommen lassen.

Die Hände zu Fäusten geballt, schritt er in den überfüllten Schankraum der Black Horse Schenke. Sevrin saß wie üblich mit anderen Clubmitgliedern an einem Tisch in der hinteren Ecke. Jasper fasste sie ins Auge und suchte sich seinen Weg zu dem einzelnen leeren Stuhl.

»'n Abend, Saxton. Ich würde Ihnen etwas von dem Gin anbieten«, Sevrin zeigte zu der Flasche auf dem Tisch, »aber ich weiß, dass Sie Whiskey vorziehen.«

Gin klang genau richtig nach der Nacht, die er hinter sich hatte. »Ist noch ein Becher übrig?«

Sevrin schmunzelte und gab der Schankmagd ein Zeichen, die rasch einen angeschlagenen Becher auf den Tisch stellte. Jasper wartete nicht auf Höflichkeit, sondern goss sich eine anständige Portion ein. Er nahm einen großen, brennenden Schluck und bemerkte nebenbei, wie zwei

Frauen eintraten, von denen eine leuchtendrotes Haar besaß. Es war nicht Olivia, aber ihre Präsenz erinnerte ihn an Olivias Falschheit.

»Sind Sie mittlerweile bereit, sich zu unterhalten?«, fragte Sevrin mit mehr als nur einem Anflug von Sarkasmus. Jasper warf ihm einen warnenden Blick zu, doch das schien Sevrin nicht zu kümmern. Er zeigte auf den schlanken jungen Mann, der zu seiner Linken saß. »Das ist Gifford. Ich glaube nicht, dass Sie ihn schon kennengelernt haben.«

Jasper betrachtete Giffords ebenmäßigen Kiefer und die schmalen Schultern. Er war nicht besonders jung, aber er hatte auch noch nicht die volle männliche Reife erreicht. »Ist er alt genug zum Kämpfen?«

Sevrin rief nach einem Ale. »Seien Sie kein alter Sesselfurzer, Saxton.«

»Werden Sie heute Abend kämpfen?«, fragte der junge Mann.

»Aye.« Jasper trank den Becher leer und wartete ungeduldig, dass der Gin seinen Emotionen die Schärfe nahm. Gepaart mit einem guten Kampf würde er bald nichts mehr fühlen.

»Ihre Fingerknöchel haben geblutet, Sax«, beobachtete Sevrin. »Sie haben sich heute Abend bereits geschlagen?«

»Ein unumgängliches Intermezzo.«

»Das bedeutet vermutlich, dass Sie bei keiner gesellschaftlichen Veranstaltung gewesen sind. Findet denn kein Ball oder irgendeine Dinnerparty statt, bei der Ihre Anwesenheit gefragt ist?«

Ein Musikabend bei Lady Ponsonby, nicht, dass es Jasper interessierte. »Vielleicht.«

Ihr Ale wurde gebracht, ein Humpen für jeden der drei Männer am Tisch. Sevrin nahm einen tiefen Zug, ehe er meinte: »Ich habe gehört, dass Sie bald eine Braut erwählen werden.«

Jasper trank den Rest seines Gins. »Wie haben Sie das erfahren?«

»Meine Mitgliedschaft bei White's ist immer noch intakt.« Sevrin grinste. »Es gibt einige Dinge, die selbst die steifnackigen Schnösel der feinen Gesellschaft einem Viscount nicht nehmen können. Ich habe mindestens ein Dutzend Einträge im Wettbuch gesehen, wer die Glückliche sein wird. Soll ich Ihnen einen Tipp geben?«

»Nein.«

Ein Krachen auf der anderen Seite der Schankstube zog ihre Aufmerksamkeit auf sich. Dann ertönte ein Schrei. Gifford sprang auf. Jasper und die anderen folgten ihm.

Der Tumult nahm zu. Gifford ging ihnen in Richtung des Disputs voran. Auf dem Boden saß ein Mann mit gespreizten Beinen auf einer der Frauen, die hereingekommen waren. »Du kommst mit mir mit.«

Sie setzte sich zur Wehr, doch der Mann war zu massig für sie. Gifford streckte den Arm aus und schleuderte ihn zur Seite. Der Bursche war weitaus stärker, als er aussah.

Der Mann rappelte sich auf, doch Gifford trat ihm entgegen. »Sie sollten keine Frauen verprügeln.« Er packte den Mann an der Vorderseite seines Hemds und stieß ihn gegen die Wand. Sein Kopf schlug mit einem lauten Krachen auf das Holz. Erstaunlicherweise verlor er nicht das Bewusstsein.

Der Schankwirt eilte auf Sevrin zu. »Nicht in der Schankstube. Wir haben eine Abmachung.«

Sevrin nickte und trat neben Gifford. Er zog den Burschen am Arm. »Geh nach hinten. Ich übernehme dies hier.« Seine Stimme klang streng.

Gifford zauderte einen Augenblick, doch dann wandte er sich ohne ein Wort ab.

»Gehen Sie mit ihm«, meinte Sevrin an Jasper gewandt.

Er nickte und folgte dem Burschen in das Hinterzimmer,

das sie für ihre Kämpfe benutzten. Er trat gerade über die Schwelle, als er ein Grunzen hörte. Gifford stand an der Wand gegenüber und schüttelte seine Hand aus.

»Hat die Wand irgendwelchen Anstoß erregt?« Jasper durchquerte den Raum und besah sich die Hand des Burschen. »Ich hatte den Eindruck, als hättest du dem Mann die Gliedmaßen vom Körper reißen wollen.«

»Das hätte ich vielleicht, wenn nicht wegen Sevrin. Wenn nicht wegen dieses Clubs.«

Obwohl gerade erst beigetreten, war Jasper seiner Meinung. Mit all den Erwartungen Holborns hatte er etwas bedurft, womit er sich erfüllen und woran er sich festhalten konnte. Seine Kämpfe von neulich und heute Abend hatten die rüden Zacken seiner Gefühle abgestumpft und die nüchternen Anforderungen seines Standes erträglich gemacht. Jasper staunte über die Gemeinsamkeit zwischen ihm und diesem jungen Burschen. »Ich glaube, ich verstehe.«

Mit strahlenden Augen nickte Gifford verständnisvoll. »Man kann hier Dinge tun ... anders sein.«

Sevrin schritt in den Raum. »Großer Gott, Giff, du kennst die Regeln. Keine Kämpfe außerhalb dieses Raumes.«

»Ich weiß. Es tut mir leid.« Er sprach die Worte aus, doch er wirkte überhaupt nicht zerknirscht dabei. Das Feuer in seinem Blick loderte heiß und lebhaft. »Ich konnte jedoch nicht erlauben, wie er sie schikanierte.«

»Beim nächsten Mal solltest du es vielleicht zuerst mit Worten versuchen.« Sevrin zeigte auf die behelfsmäßige Theke an der Wand. »Na los, Giff, nimm einen Drink.« Der junge Bursche ging los, wobei sein hartnäckig hervorspringendes Kinn darauf hindeutete, dass er den Alkohol brauchte.

Eine Hintertür, die Jasper bei seinen vorigen Besuchen gar nicht aufgefallen war, wurde von einer Frau aufgestoßen. Einige weitere versuchten, ihr in den Raum zu folgen, aber

Sevrin durchquerte den Raum und scheuchte sie hinaus. »Verdammte Prostituierte.«

Weitere Mitglieder trafen ein, und jeder hieß Jasper mit einem kräftigen Händedruck oder einer herzlichen Begrüßung willkommen. Sevrin kehrte an Jaspers Seite zurück. »Flittchen aus der Nachbarschaft, die in der Hoffnung auf Einkünfte hier herumlungern.«

War Olivia wohl unter ihnen? »Sagen Sie, ist eine rothaarige Schönheit dabei?«

Sevrin zog die Brauen zusammen. »Ich glaube nicht. Es gibt eine Frau unter ihnen mit karottenrotem Haar und recht draller Figur, aber ich würde sie nicht als Schönheit bezeichnen. Moment, meinen Sie Olivia West? Sie wohnt auf der anderen Straßenseite in Coventry Court mit einer Gruppe von Frauen, die oft hierher kommen.«

Jasper wandte sich ihm scharf zu. »Was wissen Sie über sie? Ist sie eine Prostituierte?«

»Sie treibt sich nicht mit den anderen herum. Wenn ich es mir recht überlege, habe ich sie noch nie ihre Waren feilbieten sehen.«

Nur weil Sevrin sie nicht gesehen hatte, musste sie nicht unschuldig sein. In keiner Weise.

Sevrin klopfte ihm auf die Schulter. »Sind Sie bereit?«

»Mehr als bereit.« Jasper streifte seinen Frack ab, erpicht darauf, jeden Gedanken an Olivia zu vertreiben. Zumindest für den heutigen Abend.

~

*A*m nächsten Morgen packte Olivia ihre letzten Besitztümer – die bemalte Schachtel ihrer Mutter mit Saxtons zehn Pfund – in ihre alte Reisetasche. Sie hatte auch ihren Nähkorb und ihre zerfledderte Tasche darin verstaut, doch sie würde dennoch ein paar Dinge zurücklassen müssen, die sie bei einer späteren Wiederkehr vielleicht abholen würde.

Sie hatte eine unruhige Nacht verbracht. Die Hitze in ihrem engen, stickigen Zimmer war mehr als genug, um den Schlaf zu vertreiben, doch zusammen mit den quälenden Gedanken an Lord Saxtons Küsse und ihre List, mit der sie ihn betrogen hatte, war ihr nichts anderes geblieben, als hilflos an die Zimmerdecke zu starren. Eine Decke, der sie nun Lebewohl sagen musste. Zumindest konnte sie sich für kurze Zeit eine anständige Unterkunft leisten.

Sie schleppte ihre Habseligkeiten die vier Stockwerke hinunter und stellte sie in der Ecke der Eingangshalle ab. Ihren Rock mit den Händen glattstreichend, wandte sie sich Mrs. Reddys Tür zu. Sie klopfte zweimal und wartete geduldig auf das Erscheinen der Zimmerwirtin.

Ihr Warten zog sich in die Länge und ließ einen Funken Besorgnis aufflackern, der sich zwischen ihren Augenbrauen festsetzte, während sie den Blick auf die Tür heftete. Im Begriff, noch einmal zu klopfen hob sie die Hand, doch im gleichen Moment öffnete sich die Tür und gab den Blick auf Mrs. Reddys zerschundenes Gesicht frei.

»Livvie«, krächzte sie und zog die Tür weiter auf. »Sind Sie gekommen, um nach mir zu sehen?«

»Geht es Ihnen gut, Mrs. Reddy?« Als Olivia die Verletzungen um das Auge und am Hals der Frau begutachtete, versuchte sie, nicht zusammenzuzucken. Die Erinnerung an die zahllosen Schläge, die ihre Mutter erlitten hatte, drängte sich in ihre Gedanken, doch sie weigerte sich, sie aufleben zu lassen.

Mrs. Reddy winkte ab. »Ach, ich habe schon Schlimmeres durchgemacht.«

Verstohlen ließ Olivia den Blick schweifen, um festzustellen, ob auch Mrs. Reddy ihre Sachen gepackt hatte, doch es waren keine Anzeichen dafür zu entdecken. »Sind Sie so weit, um mit Lord Saxton zu gehen?« Sie unterdrückte das Zittern in ihrer Stimme. Sie konnte *keinesfalls* hier sein, wenn er ankam. Lieber Himmel. Was, wenn er schon auf dem Weg war? Oje, aber ein Earl stand doch gewiss nicht um diese Zeit auf.

»Ich denke, ich werde nicht gehen. Ich fühle mich wohl hier.« Sie reckte ihr Kinn auf eine durchweg starrsinnige Manier vor.

Olivia war keineswegs überrascht. »Sie müssen gehen. Es sei denn, Sie wären zufrieden damit, durch Mr. Reddys Hand zu sterben.« Das hatte sie nicht nur so dahin gesagt. Olivia glaubte felsenfest, dass Mrs. Reddy sehr wohl an einem seiner Hiebe sterben könnte. Das hatte sie schon einmal aus erster Hand erlebt.

»Das bezweifle ich. Es gefällt ihm, wenn er mich verprügeln kann.« Sie seufzte schwer und blickte hinter sich. Ein Schriftstück lag auf ihrem kleinen Esstisch. »Seine Lordschaft hat vor einer Weile einen Brief geschickt. Er droht darin, mich ins Schuldnergefängnis zu bringen, wenn ich nicht abarbeite, was ich ihm schulde.«

Natürlich hatte er das getan. So, wie er auch Olivia mit dem Richter gedroht hatte. Und dann hatte er geschworen, dass sie ihm die Schuld zurückzahlen würde, nachdem er darauf bestanden hatte, dass sie sein Geld nahm. »Lord Saxton ist schonungslos. Ich würde seine Drohungen nicht auf die leichte Schulter nehmen.« Nicht, dass Olivia ihren eigenen Rat befolgen würde. Sogar jetzt juckte es ihr in den Füßen, Reißaus zu nehmen.

Mrs. Reddy rieb sich mit der schmutzigen Hand über die Stirn. »Vermutlich. Er wird ohnehin bald hier sein. Ich werde mich wohl entscheiden müssen, schätze ich.«

Olivia schien die Luft aus der Lunge zu weichen. »Bald? Wann kommt er denn?«

»Am Mittag.«

Vor Erleichterung wäre Olivia beinahe gegen den Türrahmen gesackt. »Er wird Ihnen keine Wahl lassen. Falls Sie seine Forderung ablehnen, wird er Sie ins Gefängnis bringen.«

»Meinen Sie, das würde er tun?«

»Im Handumdrehen. Begreifen Sie denn nicht, dass Sie hier nicht bleiben können? Dieser Möglichkeit hat er Sie vollkommen beraubt.« *Uns beide.* Ihre Wut flammte unter ihrer ohnehin schon erhitzten Haut auf.

Mrs. Reddys schmale Schultern sackten zusammen. »Ich will nicht für ihn arbeiten.«

Olivia machte Mrs. Reddy keinen Vorwurf, jedoch wäre dies bei weitem besser als ihre jetzige Existenz. »Es wird nicht so schlimm sein. Ich bin sicher, dass Seine Lordschaft ... nett ist.« Sie hielt ihre Lüge für entschuldbar, um das Leben dieser armen Frau zu verbessern.

»Ich kann vermutlich wieder gehen, wenn es mir nicht gefällt.«

»Und es ist nicht von Dauer. Sobald Sie die Schulden abbezahlt haben, sind Sie wirklich frei. Von seiner Lordschaft und Mr. Reddy. Vielleicht können Sie dann sogar Ihrer Schwester helfen.«

»Oh, glauben Sie, seine Lordschaft könnte ihr auch eine Arbeit geben? Sie ist viel respektabler als ich. Sie hat noch nie Gin getrunken. Sie ist ihrem süßen Jungen eine gute Mutter.« Mrs. Reddy schniefte und kniff sich, vielleicht um ihre Tränen aufzuhalten, geschwind in die Nase. Es war eine ungewöhnliche Demonstration von Emotion, so viel war sicher.

Olivia hatte keine Ahnung, ob sich Saxtons Wohlwollen auch auf Mrs. Reddys Schwester übertragen würde, aber wenn es die Frau ermunterte, mit ihm zu gehen, warum sollte sie da nicht zustimmen? Schon gar, wenn Mrs. Reddy sich offensichtlich um ihre Schwester und ihren Neffen sorgte. »Das würde er, da bin ich sicher. Wie ich schon sagte, scheint er nett zu sein. Er ist Ihnen zu Hilfe gekommen, nicht wahr?« Schonungslos, aber wohlwollend. Noch nie hatte sie jemanden getroffen, der beides sein konnte. Würde es sie überraschen, wenn er etwas für Mrs. Reddys Schwester unternähme? Diese Frage wollte Olivia nicht beantworten. Ihr war daran gelegen, so schnell wie möglich aus dem Logierhaus zu verschwinden. Aber sie wollte Mrs. Reddy nicht auf ihren Weggang aufmerksam machen, weshalb sie ihre Sachen in der Ecke hatte stehen lassen.

»Also haben Sie sich entschlossen?«, fragte Olivia.

»Das muss ich wohl, schätze ich. Sie sind ein gutes Mädchen, Livvie.« Sie streckte die Hand aus und tätschelte Olivias Ärmel.

Olivia lächelte die Frau an. Sie war froh, dass dieses notwendige Gespräch beendet war – und sie das gewünschte Ergebnis erzielt hatte. Jetzt konnte sie fliehen. »Ich würde Ihnen ja gern beim Packen helfen, aber ich muss noch einige Besorgungen machen. Wahrscheinlich bin ich zurück, ehe Sie fort sind.«

Mrs. Reddy zwinkerte Olivia zu. »Das würde Seiner Lordschaft gefallen, da bin ich sicher.«

Dessen war Olivia sich ebenfalls sicher.

Sie drehte sich um und wartete, bis die Tür hinter ihr ins Schloss fiel, ehe sie zur Ecke ging und ihre Sachen aufhob.

Draußen eilte Olivia über das Pflaster, während die Morgensonne ihren Weg in ihren kleinen Hof fand und die Steine unter ihren Füßen aufheizte. Tilly trat ihr in den Weg. Sie senkte den Blick auf Olivias Reisetasche. »Du gehst fort?«

Olivia umklammerte ihre Sachen fester, was wahrscheinlich eine Reaktion auf ihr neues Misstrauen Tilly gegenüber war. Sie war eine Närrin gewesen, ihr überhaupt erst vertraut zu haben. Sie hatte gehofft, sich von Coventry Court fortstehlen zu können, ohne dass es überhaupt jemand

bemerkte. »Das muss ich, fürchte ich. Seine Lordschaft war
außer sich. Du hättest mir sagen sollen, dass er die Finte
durchschaut hatte.«

Tilly verschränkte die Arme. »Er sagte, er würde mich
der Obrigkeit melden. Ich bin kein gutes Mädchen wie du.
Ich habe Schulden. Mit Sicherheit wäre ich in Newgate
gelandet.«

Also hatte sie nur sich selbst im Sinn gehabt und die
Folgen für Olivia ignoriert. »Du hast nicht daran gedacht,
was er mir vielleicht antun könnte?«

Tilly machte große Augen und mit forschendem Blick
betrachtete sie Olivias Gesicht. »Er hat dir nicht wehgetan,
nicht wahr?«

Bei der Vehemenz in Tillys Tonfall wich Olivia instinktiv
zurück. »Nein. Warum glaubst du das?«

Ein Schaudern ließ Tillys Schultern erzittern. »Meg hat
ihn gestern Abend im Black Horse kämpfen sehen.«

Angesichts seiner offensichtlichen Neigung zu Gewalt
hätte sie das nicht überraschen sollen. Zweimal hatte sie ihn
getroffen und zweimal hatte er gekämpft. Zugegeben, beide
Kampfhandlungen hatten aus gutem Grund stattgefunden,
jedoch vermochte Olivia das Gefühl von Furcht nicht zu
unterdrücken, das ihr das Rückgrat emporkroch. Sie wusste
von dem Club, der von irgendeinem Viscount geführt wurde,
und deswegen war sie vom Black Horse Court so weit
entfernt geblieben, wie sie konnte. »Er ist Mitglied in diesem
Kampfclub?«

»Das muss er wohl sein. Lord Sevrin ist sehr wählerisch,
wen er aufnimmt und Meg sagt, dass er gekämpft hat.«

Ein Mann, der so großen Gefallen an Gewalt hatte, dass
er sich gleich zweimal an einem Abend auf einen Kampf
einließ, war kein Mann, mit dem Olivia ihre Zeit verbringen
wollte. Es war gut, dass sie Reißaus nahm. Notwendig sogar.

»Wohin gehst du?«, fragte Tilly.

»Ich bin nicht sicher.« Das würde sie Tilly nicht einmal erzählen, wenn sie es wüsste. Sie versuchte, so desinteressiert zu klingen, wie sie sein sollte, und fragte: »Hat Saxton irgendjemandes Dienste in Anspruch genommen?«

Tilly kicherte und es war ein überraschend charmanter Klang von solch einer groben Frau. »Ein bisschen eifersüchtig?«

»Also, hat er?«

Ihr Kichern steigerte sich zu einem Lachen. »Nicht, dass es mir zu Ohren gekommen wäre. Es ist noch nicht zu spät für dich. Lade ihn noch einmal ein.«

Olivia hielt den Kopf gesenkt, sodass Tilly die Röte nicht sehen konnte, die an ihrem Hals emporstieg. »Warum sollte ich ihn aufsuchen? Er ist wütend auf mich und es gefällt ihm, Leute aus Spaß zu verprügeln.«

»Er war reichlich wütend auf mich und hat mir dennoch kein Haar gekrümmt. Vielleicht sind diese ganzen Kämpfe wirklich nur ein Sport. Ich glaube nicht, dass du dich vor ihm fürchten musst, Livvie.«

Doch das tat sie. Sie fürchtete sich, ihn zu begehren – ohne Rücksicht auf sein Geld oder ihre Position – und dass er sie auf eine Weise verletzen würde, die nach außen hin niemals sichtbar wäre. »Auf Wiedersehen, Tilly. Tu mir einen Gefallen und sag niemandem, dass ich gegangen bin.«

Tilly nickte. »Du wirst auf deinen Füßen landen. Mädchen wie du tun das immer.«

An diesem Nachmittag, nachdem Olivia ein kleines Zimmer in einer sauberen Herberge gemietet hatte, die sie sich nur für kurze Zeit leisten konnte – es sei denn, sie wollte ihre gesamten zehn Pfund auf ihre zeitweilige Unterkunft verwenden –, machte sie sich auf den Weg zum Strand. Die zahlreichen Versuche, ihre Näherzeugnisse an den Mann zu bringen, waren bislang erfolglos geblieben und mit jeder Zurückweisung dachte sie mehr und mehr an Saxton. Sie konnte die zehn Pfund für eine ganze Weile strecken, aber sie vermutete, dass er ihr mehr geben würde. Wenn sie aber mehr akzeptierte, würde er im Gegenzug etwas erwarten – mehr noch als ohnehin schon.

Wären denn ein paar Nächte des Vergnügens so schrecklich? Es war schließlich nicht so, als wollte sie sich einem Leben verschreiben, in dem sie ihren Körper verkaufte, so wie ihre Mutter. Es wäre eine zeitlich befristete Situation, um für ihre langfristigen Bedürfnisse vorzusorgen. Dann war da noch diese winzige Stimme in ihrem Kopf, die sie die ganze Nacht wachgehalten hatte. *Tu es nicht für Geld. Tu es für dich selbst.*

Die Sonne brannte heiß durch ihre Haube und den Stoff ihres Kleides. Der Korb mit ihren Näherzeugnissen wog bei jedem Häuserblock schwerer. Als sie bei Mrs. Giffords Geschäft ankam, in dem sie vor einigen Tagen zehn Taschentücher auf Kommission hinterlassen hatte, fühlte Olivia sich errötet und überhitzt. Das Ladeninnere war zum Glück kühler und dankbar genoss sie die Erleichterung.

Bei ihrem Eintreten tauchte ein Mann aus dem hinteren Bereich des Ladens auf. Er war etwa in ihrem Alter, was ihre Befangenheit sofort schwinden ließ, und das taten auch seine freundlichen, bernsteinfarbenen Augen. Sie vermittelten ihr das Gefühl, willkommen zu sein und sich behaglich fühlen zu dürfen. Sie waren so anders als Saxtons hellblaue Augen, die so häufig etwas Gefährliches oder vielleicht genauer gesagt Erregung ausdrückten.

»Guten Tag«, begrüßte er sie und ein Lächeln ließ sein Gesicht freundlich aufleuchten.

»Guten Tag. Mein Name ist Olivia West und ich bin gekommen, um die Ladeninhaberin, Mrs. Gifford zu sprechen.«

»Das ist meine Mutter. Haben Sie einen Termin?«

»Das habe ich nicht, aber ich bin Näherin und habe kürzlich einige bestickte Taschentücher auf Kommission hierge-lassen. Ich hatte gehofft, dass sie Gelegenheit hatte, sie zu verkaufen.«

Kurz zogen sich seine Brauen zusammen, jedoch fragend und nicht besorgt. »Waren diese Taschentücher zufälliger-weise mit Rosen und Tauben verziert?«

Olivias Puls beschleunigte sich. »Einige darunter ja.«

»Gestatten Sie.« Er nahm ihr den Korb ab und glitt mit den Fingern über die zuoberst liegenden Muster. »Entzü-ckend. Ich glaube, meine Mutter hat all ihre Taschentücher gerade heute erst verkauft. Tatsächlich wollte die Frau, die sie gekauft hat, Sie kennenlernen. Sie war von Ihrer Stickar-beit überaus beeindruckt.«

Das waren ja großartige Neuigkeiten! Vielleicht würde sie Saxtons Geld nicht brauchen. Olivia konnte kaum an sich halten, um nicht wie ein Dummkopf zu grinsen. »Ich wäre erfreut, sie kennenzulernen.«

»Ich werde Mutter holen.« Er zwinkerte ihr fröhlich zu, ehe er den Korb auf den Boden stellte und sich in die Rich-tung entfernte, aus der er gekommen war.

Olivia, die ihrer Aufregung nicht nachzugeben versuchte, presste die Handflächen aneinander. Nur weil die Frau, die ihre Taschentücher erworben hatte, sich mit ihr treffen wollte, hieß das nicht, dass sie genügend Stickarbeit in Auftrag geben würde, um all ihre Probleme zu lösen. Ach, aber wäre das nicht herr-lich? Es war schwer, die Hoffnung nicht aufblühen zu lassen.

Mrs. Gifford, eine angenehme Frau von gedrungener Statur, erschien aus dem Hinterzimmer. Ihr heiteres Gesicht formte sich zu einem breiten Grinsen. »Guten Tag, Miss West. Ich bin so froh, dass Sie heute gekommen sind.«

Mr. Gifford kam hinter ihr her. Unverzüglich erkannte Olivia die Ähnlichkeit im Schnitt ihrer Augen und der vorspringenden Form des Kinns.

»Ich weiß, dass Sie meinen Sohn bereits kennengelernt haben. Samuel ist ein lieber Junge.« Sie sah ihn mit offenkundiger Liebe an, die Olivia schmerzlich an ihre eigene Einsamkeit erinnerte. »Hat er Ihnen von Ihren Taschentüchern erzählt? Vor nicht einmal einer Stunde habe ich sie allesamt an eine reizende Frau verkauft. Sie freut sich darauf, Sie kennenzulernen. Eigentlich kann sie noch nicht allzu weit sein und kauft möglicherweise noch immer entlang des Strands ein. Ich werde mein Lehrmädchen nach ihr schicken.«

Olivia konnte ihr gegenwärtiges Glück kaum fassen, wo sie es am meisten brauchte. Das Glück musste ihr heute wirklich wohlgesonnen sein. Es war auch an der Zeit.

»Ich danke Ihnen, Mrs. Gifford. Ich warte sehr gern.«

Die Ladenbesitzerin neigte ihren silbernen Schopf. »Ich schicke dann mal schnell Becky auf den Weg. Samuel, warum führst du Miss West nicht zum Tee in den Salon?«

»Natürlich.«

Mrs. Gifford verschwand wieder in den hinteren Teil des Ladens.

»Der Salon ist gleich hier hinten.« Mr. Gifford nahm Olivia den Korb ab und führte sie durch eine, mit einem Vorhang versehene Türöffnung in ein kleines Zimmer, das mit einem Sofa, Sessel, Tisch und Kleiderschrank ausgestattet war. Vermutlich führte Mrs. Gifford in diesem Raum die Anproben durch.

»Ich hole nur den Tee. Bitte, nehmen Sie Platz.« Mr. Gifford zeigte auf das gestreifte Sofa.

Olivia setzte sich und wartete auf seine Rückkehr. Ihre Gedanken kreisten immer weiter um die Möglichkeiten hinsichtlich der Frau, die ihre Taschentücher gekauft hatte. Vielleicht würde sie genug Geld anzahlen, damit Olivia sich eine neue Unterkunft leisten konnte. Neben Taschentüchern könnte Olivia auch bestickte Kleider, Möbelbezüge und unzählige Accessoires anbieten.

Mr. Gifford kehrte mit dem Teetablett zurück. Es war Jahre her, dass sie mit ihrer Pflegemutter, die auch ihre Tante war, im Pfarrhaus Tee getrunken hatte. Olivia vermisste das damit verbundene zivilisierte Ritual, insbesondere, weil die Teestunde mit Fiona Scarlet stets mit ausgelassener Unanständigkeit verbunden gewesen war.

»Mr. Gifford, darf ich Ihnen einschenken?«

»Sehr gern.«

Er setzte sich auf den einzelnen Sessel, während Olivia den Tee einschenkte. »Zucker?«

»Ja, bitte.«

Olivia reichte ihm seine Tasse, ehe sie sich selbst einschenkte. Der erste Schluck war himmlisch, aber er hätte auch abscheulich schmecken können, und es hätte sie nicht berührt. Allein die Tatsache, in höflicher Gesellschaft zu sitzen und eine Tasse Tee zu genießen, reichte bereits aus, um diesen Tag perfekt zu machen. Addierte man noch die Aussicht auf ein beträchtliches Einkommen hinzu, fühlte sie sich geradezu ekstatisch.

Er blickte sie über den Rand seiner Tasse hinweg an. »Ihr Können mit der Nadel ist beeindruckend. Sie müssen schon seit geraumer Zeit sticken.«

»Seit ich ein Kind war. Ich finde es entspannend und auch gewinnbringend.«

»Meine Mutter nannte Sie ›Miss West‹.« Sein Gesicht wurde rot. »Ich frage mich, ob Sie womöglich eine Adresse haben, unter der ich Ihnen einen Besuch abstatten kann?«

Ihr einen Besuch abstatten? In ihrer Jugend hatte sie sich Herrenbesuche vorgestellt, wie sie hofiert und heiraten würde. Aber in den darauffolgenden Jahren, die sie mit ihrer Mutter verbrachte, hatte sie diesen Unsinn aufgegeben. Darüber hinaus hatte sie noch keine feste Unterkunft. »Ich, es ist ... ich habe keine Wohnung, die für gesellschaftliche Besuche angemessen wäre.« Liebe Güte, das klang ja furchtbar.

»Allein in London ... Sie sind eine mutige junge Frau, Miss West.« Ein Ausdruck von Respekt glomm auf seinem Gesicht auf. »Sie sind also eine unabhängige Näherin?«

Olivia, der diese Beschreibung sehr gut gefiel, antwortete mit einem Nicken. Sie betrachtete Mr. Gifford einen Moment lang genauer. Der Hautbereich um sein linkes Auge war geschwollen und gerötet, mit einem Anflug von Violett, den man vielleicht als Eigenschaft seines Teints erklären könnte. Allerdings hatte sie, da sie jetzt so dicht beieinander saßen, einen besseren Blickwinkel. Er sah eindeutig verletzt aus. »Ist Ihnen etwas zugestoßen? Ihr Auge ...«

Er stellte seine Tasse ab und nickte verlegen. »Es ist mir furchtbar peinlich. Ich bin die Treppe hinuntergestolpert.«

»Ach du liebe Güte. Geht es Ihnen gut?«

»Ja. Ich hatte zu viele Rollen Wollstoff auf einmal getragen, fürchte ich. Ich gehe bei Mr. Weston in die Lehre.«

»Tatsächlich?« Er war gut aussehend, höflich und arbeitete für den berühmtesten Schneider Londons. Außerdem schien er sich ehrlich für sie zu interessieren – und nicht nur für die Person, die sie darstellte. Sie gestattete sich ... geschmeichelt zu sein.

Die Türglocke über der Vordertür bimmelte. Olivias Magen zog sich zusammen. Sie stellte ihre Teetasse auf den Tisch und froh, ihr anständigstes Kleid anzuhaben, strich sie glättend über ihren Rock.

Als der Vorhang in Bewegung geriet, sprang Mr. Gifford auf. Eine ältere Dame – sie war mit absoluter Sicherheit von Adel – trat durch die Tür. Sie war hochmodisch gekleidet aber mit keiner einzigen Stickerei irgendwo an ihrem Kostüm. Olivia durchlitt einen Moment der Besorgnis.

Die Dame heftete ihren Blick unverzüglich auf Olivia. Sie

nahm sie zur Genüge in Augenschein und dann erhellten sich ihre filigranen Züge mit einem Lächeln. Sie schlenderte zu Olivia und nahm ihre Hände. »Meine Liebe, ich bin so erfreut, Sie kennenzulernen. Ich bin Lady Merriweather.«

Mrs. Gifford kam durch die Hintertür herein, die vermutlich zu dem allerhintersten Zimmer im Erdgeschoss führte. »Lieber Himmel, Becky hat Sie aber schnell gefunden.«

»Ja, und ich bin so froh darüber«, entgegnete Lady Merriweather, mit einem Blick auf die junge Frau, die ihr durch den Vorhang gefolgt war.

Olivia stand auf und dann musste sie auf die zierliche Frau hinabblicken. Lady Merriweather besaß die lebhaftesten blauen Augen, die Olivia je zu Gesicht bekommen hatte. Sofort gaben sie ihr das Gefühl, wie bezaubert, von Freude erfüllt und umsorgt zu sein. Es war eine eigentümliche Reaktion bei einem Kennenlernen einer anderen Person.

Lady Merriweather drehte sich zu Mrs. Gifford, aber sie ließ Olivias Hände nicht los. »Ich frage mich, ob ich vielleicht allein mit Miss West sprechen könnte.«

»Natürlich. Kommt, Becky, Samuel.« Mrs. Gifford bedeutete den beiden, ihr zu folgen. Becky folgte umgehend. Mr. Gifford verweilte allerdings einen Moment.

Er verbeugte sich vor Olivia. »Es war mir ein besonderes Vergnügen, Tee mit Ihnen zu trinken, Miss West. Ich freue mich auf unser nächstes Treffen.«

»In der Tat. Vielen Dank.« Obschon Olivia ihren Tee sehr genossen hatte, konnte sie kaum erwarten, dass er endlich ging. Sie spürte eine kaum gezügelte Energie in Lady Merriweather und ihre Neugier gewann die Oberhand.

Sobald sie unter sich waren, zog Lady Merriweather – die immer noch Olivias Hände hielt – sie zu sich herunter auf das Sofa. Für einen Augenblick musterte sie sie mit strahlendem Gesicht. Olivia konnte sich nicht im Geringsten vorstellen, warum die Frau derart glücklich wirkte.

Nach einer ganzen Weile lockerte Lady Merriweather ihren Griff. Sie zog eines von Olivias Taschentüchern aus ihrem Retikül. Es war Olivias Lieblingsstück mit den Rosen und Ranken als Verzierung der Kanten.

»Können Sie mir sagen, wie Sie darauf gekommen sind, dieses Muster zu sticken?«

Sie hatte die Rosen und Ranken von der bemalten Schatulle kopiert, die ihrer Mutter gehört hatte. Der Schatulle, in der gegenwärtig Saxtons zehn Pfund lagen. »Ich habe sie von einem Erinnerungsstück in meinem Besitz kopiert.«

Lady Merriweather drückte die Augen für einen Moment zu. Als sie sie wieder aufschlug, hatten sich Tränen in den Augenwinkeln gesammelt. »Darf ich fragen, wie Sie zu diesem Erinnerungsstück gekommen sind?«

Olivia wusste nicht, was sie von dem Interesse der Frau halten sollte. »Es gehörte meiner Mutter. Sie ist letztes Jahr gestorben.«

Lady Merriweather tätschelte Olivia das Knie. »Mein Beileid, meine Liebe.«

Wenn sie sich bei diesem Gefühlsausdruck auch nicht wohlfühlte, war Olivia für die Freundlichkeit dankbar. »Wir standen uns nicht nahe.«

»Ach so?«, fragte Lady Merriweather mit einer Mischung aus Neugier und Besorgnis.

Olivia war diese Art von Aufmerksamkeit nicht gewohnt. Es gefiel ihr zwar, was sie bedeutete – das aufrichtige Interesse einer anderen Person –, aber sie war nicht besonders erpichte darauf, zu viel über sich selbst preiszugeben. »Ich wuchs in einer Pflegefamilie auf.«

»Ich verstehe. Und Ihr Vater?«

Diese Enthüllung hatte genügend Schmerz und Bitterkeit

für ein ganzes Leben hervorgebracht. Olivia zog es vor, mit einer Lüge zu antworten. »Er ist verschwunden.«

Lady Merriweather reagierte auf höchst ungewöhnliche Weise. Sie nahm Olivias Hände und grinste breit. »Miss West. Ich bin hier, um Ihnen zu helfen. Ich glaube – nein, ich weiß –, dass mein Ehemann Ihr Vater war.«

Das Zimmer verschwamm vor Olivias Augen. *Wie konnte das sein?* Ihre Hände erschlafften in Lady Merriweathers Griff. Sie war aufgezogen worden, ohne die Identität ihres Vaters zu kennen, bis sie aus dem Pfarrhaus geworfen worden war. Ihre Tante hatte wütend herausgefunden, dass ihr Onkel Olivia mit seiner Schwägerin, Olivias Mutter, gezeugt hatte. Diese beschämende Geschichte konnte sie der barmherzigen und ehrenwerten Lady Merriweather nicht erzählen. Denn damit würde sie sich als Bastard brandmarken, und ihres Onkels perfide Vaterschaft, sowie die Verschlagenheit ihrer Mutter zugeben. Olivia konnte es sich nicht nur nicht leisten, diese Chance auf ein Einkommen zu verspielen, sondern sie konnte sich auch nicht überwinden, solch einer ehrbaren Lady diese erniedrigenden Wahrheiten zu sagen.

Lady Merriweather drückte Olivias Hände. »Miss West? Geht es Ihnen gut?«

Olivia hatte einen Moment zu kämpfen, um einen klaren Kopf zu behalten. »Wo ist er, Ihr Ehemann?«

Die strahlende Glückseligkeit schwand aus Lady Merriweathers Gesicht und wurde durch Melancholie ersetzt. »Er ist verstorben. Ich bedaure, dass Sie keine Gelegenheit haben werden, ihn kennenzulernen. Ich würde das gern so gut ich kann wieder wettmachen, da er selbst nicht länger unter uns ist. Ich möchte gern, dass Sie bei mir wohnen.«

Das Sofa schien zu schwanken oder vielleicht war es auch nur Olivias Magen. Sie blickte Lady Merriweathers hellblondes, mit weißen Strähnen durchsetztes Haar an, und dann ihr

Gesicht, in dem sich Lachen und Traurigkeit zugleich spiegelten. Sie schien ein guter Mensch zu sein, und jemand, den Olivia bewundern könnte. Dazu noch glaubte sie, dass Olivia zur Familie gehörte.

War es möglich, dass dies stimmte? Fiona hatte Olivia trotz Fragens nie ihren Vater namentlich genannt. Darüber hinaus hatte Olivias Onkel seiner Frau erlaubt, sie vor die Tür zu setzen, als sie gerade erst vierzehn war. Würde ein Vater nicht versuchen, sein Kind zu beschützen?

Sich der Hoffnung bewusst, die in ihrer Brust aufkeimte, holte Olivia tief Luft. »Wie können Sie so sicher sein, dass ich Lord Merriweathers Tochter bin?«

Lady Merriweather griff in ihr Retikül und nahm das Taschentuch mit den Rosen heraus, das Olivia gestickt hatte. »Das Muster auf dem Taschentuch, meine Liebe. Sie sagten, Sie hätten es von einer bemalten Schatulle kopiert. Ich besitze eine exakte Replik von genau diesem Muster auf einem Porträt, das er gemalt hat. Es gibt noch andere Gründe, zu denen wir jedoch später kommen werden. Sie müssen nur verstehen, dass Sie Merrys Tochter *sind*. Fraglos.« Lady Merriweathers sah sie aus ihren sehr blauen Augen mit einem Ausdruck an, der Mitleid hätte sein können, doch Olivia glaubte nicht, dass dem so war. Nein, im Blick der Frau schimmerte Hoffnung.

Olivia starrte das Taschentuch an und konnte diese verwunderliche Wendung des Schicksals kaum glauben. »Sie wollen, dass ich bei Ihnen wohne?«

»Ja. Ich besitze ein Stadthaus in Mayfair. Bitte verstehen Sie, dass ich bis zu Merrys Ableben nichts von Ihrer Existenz gewusst habe. Erst kürzlich habe ich einen Brief gefunden, den er über Sie verfasst hatte. Er würde uns zusammen wissen wollen, da bin ich sicher. Ich würde mich geehrt fühlen, wenn Sie mir die Gelegenheit geben würden, Sie in unserer Familie willkommen zu heißen.«

Ihre Einladung schien zu schön, um wahr zu sein. Olivia konnte das Ausmaß an Großzügigkeit und Freundlichkeit einfach nicht fassen, das diese Frau ihr entgegenbrachte. Vermutlich war Lord Merriweather – ihr Vater – ihr untreu gewesen. Doch hier hieß seine Witwe nun seine uneheliche Tochter in ihrem Haus und in ihrem Leben willkommen. Es war das komplette Gegenteil von Tante Mildreds Reaktion.

»Warum?«

Lady Merriweather zog eine Schulter hoch. »Ich habe keine eigenen Kinder. Merrys Tochter ist meine Tochter.«

»Es ... stört Sie nicht, dass er eine Tochter mit einer anderen hatte?«

Sie antwortete mit einem Glitzern in den Augen. »Das hätte es wahrscheinlich, wenn er dies während der Zeit getan hätte, die wir verheiratet waren, aber er kannte Ihre Mutter schon lange, bevor er mich kennenlernte.«

Olivia fühlte sich ein bisschen entspannter und sie ließ zu, dass ihre Ungläubigkeit –wenn auch nur verhalten – in Akzeptanz umschlug. Das war schon ein bisschen verständlicher. Lady Merriweather hatte ihren, offenkundig geliebten Mann verloren, den sie vermisste. Olivia stellte eine Verbindung zu diesem Verlust dar. Trotzdem war all dies schwer zu begreifen. Eigentlich sollte sie die Einzelheiten ihres Heranwachsens und ihrer fragwürdigen Vaterschaft offenbaren, aber die Worte wollten nicht kommen, was insbesondere an ihrem sehnsüchtigen Wunsch lag, die Geschichte der Viscountess möge der Wahrheit entsprechen.

»Mylady, ich bin überwältigt.«

»Ich bestehe darauf, dass du mich Louisa nennst.« Sie schürzte die Lippen. Olivia konnte beinahe sehen, wie sich die Rädchen in ihrem Kopf drehten. »Wir werden natürlich eine Geschichte ersinnen müssen. Für die Gesellschaft kannst du unmöglich die Tochter meines Mannes sein, jedoch will ich dich auch nicht als meine bezahlte Begleiterin ausgeben. Du gehörst zur Familie.«

Gesellschaft? Großer Gott, welche Vorhaben könnte diese Frau für Olivia beabsichtigen? Der Gedanke, sich unter die Mitglieder der Londoner Gesellschaft zu mischen, löste eine Welle der Beklommenheit aus. Wegen Saxton. Doch ihm würde sie bestimmt nicht in die Arme laufen.

»Ich bin nicht sicher, ob ich der Gesellschaft angehören möchte, Mylady. Ich meine, Louisa.«

»Du brauchst dir keine Sorgen zu machen. Ganz offensichtlich verfügst du über eine ausgezeichnete Erziehung, meine Liebe.« Louisa drückte Olivias Hände. »Wir werden unverzüglich deine Sachen holen.«

Olivia drängte die in ihrer Kehle aufsteigende Panik zurück. Dies war eine außerordentliche Chance. Nicht nur, um ihre prekäre finanzielle Situation zu verbessern, sondern auch, um das zurückzugewinnen, was sie vor sieben Jahren eingebüßt hatte – die Möglichkeit auf eine echte Familie. Es war eine Chance, die sich ihr vielleicht nie wieder bieten würde. Als wäre dies nicht genug, und das war es wirklich, hatte sie der Möglichkeit ins Auge gesehen, im Austausch für ihre Tugend Geld von Saxton anzunehmen und das zu werden, was sie nie zu werden sich geschworen hatte.

Letztendlich hatte sie gar keine Wahl. Sie fasste sich ein Herz gegenüber der resoluten Frau neben ihr. »Ja, ich komme mit Ihnen.«

KAPITEL SECHS

Der Komfort und die Bequemlichkeit des White's hüllten Jasper so wohlig ein wie seine Lieblingsreitstiefel. Das Stimmengemurmel der Unterhaltungen, hin und wieder von sonoren Ausrufen unterbrochen, der liebliche Geruch von Brandy und der rauchige Duft von Whiskey, der Prunk und die Arroganz beinahe sämtlicher Anwesenden – ja, selbst das war spürbar. Jasper lehnte sich in seinem Stuhl an einem Tisch zurück, den er derzeit mit Angus Black und dem Earl of Penreith teilte, die ihn bei seinem Eintreten unverzüglich begrüßt hatten, um ihn dann mit Fragen über seine Abwesenheit, sowohl im White's als auch vom üblichen gesellschaftlichen Wirbel, bombardierten. Wenngleich ihm Verhöre seitens seines Vaters lästig waren, so hatten sich seine Freunde bei diesem hier zumindest als amüsant erwiesen.

Black füllte sein Glas mit Brandy aus der Flasche nach, die auf dem Tisch stand. Seine Brauen zogen sich argwöhnisch zusammen. »Wohin bist du an den letzten Abenden verschwunden?«

Jasper schob sein geleertes Glas Black hin, damit dieser

ihm nachschenkte. »Ich bin nicht verschwunden. Ich bin nur nicht bei den Veranstaltungen erschienen, die du besucht hast.«

»Ha«, grinste Penreith auf die für ihn typische, schiefe Art. »Du wurdest auf *überhaupt* keiner Veranstaltung gesehen. Abgesehen vom Tee bei deiner Mutter, aber wärst du dort nicht erschienen, hätte ich dich für tot gehalten.«

»Viele würden dieses Schicksal vorziehen.«

Black und Penreith lachten. Jasper musste darüber lächeln, wie leicht es war, seine neugierigen Freunde abzulenken.

Die Tür ging auf, und Sevrin betrat den behaglich erleuchteten Raum. Er übergab einem Lakaien seinen Hut und die Handschuhe. Als er weiter ins Innere vordrang, zog sich ein leises Gemurmel durch den Raum. Beim Wettbuch machte er Halt und überflog die Einträge, ehe er seinen Weg fortsetzte. Niemand hieß ihn bei seiner Ankunft willkommen oder nickte auch nur zur Begrüßung. Jasper ließ die Finger auf dem Tisch trommeln.

Nie zuvor hatte er Sevrin im White's angetroffen. Zumindest konnte Jasper sich nicht erinnern, ihn hier gesehen zu haben. Bei der Vorstellung, dass er Sevrin bis vor kurzem keinen zweiten Gedanken erübrigt hatte, verspürte Jasper einen Anflug von Beschämung. Er hob eine Hand zur Begrüßung. »Sevrin«, rief er. Köpfe drehten sich erstaunt, einige Kinnladen klappten auf und das Gemurmel schwoll zu einem Summen an. Merkwürdigerweise erkannte Jasper, wie sehr er es genoss, das Unerwartete zu tun. Es hatte etwas Befreiendes, sich ein bisschen Unbekümmertheit zu gönnen.

Während Sevrin auf ihren Tisch zustrebte, lehnten sich Penreith und Black vor.

»Was zum Teufel machst du da?«, zischte Penreith, doch warum er zu flüstern versuchte, konnte Jasper nicht verstehen. Als wäre Sevrin sich über seinen Ruf und der Reaktion, die Jaspers Einladung auslösen musste, nicht voll im Klaren.

»Sevrin ist ein guter Mann.« Jasper stand bei Sevrins Ankunft am Tisch auf.

Black und Penreith lehnten sich auf ihren Stühlen zurück.

»Saxton«, murmelte Sevrin gedehnt.

»Setzen Sie sich zu uns. Gönnen Sie sich einen Brandy.« Jasper wies auf einen der beiden freien Stühle am Tisch.

Sevrin und Jasper setzten sich. Ein Lakai stellte ein weiteres Glas auf den Tisch. Da der Brandy immer noch am nächsten zu Black stand, wartete Jasper, dass Black einschenkte. Als dieser nichts unternahm, schnappte Jasper sich die Flasche und übernahm diesen Dienst persönlich. Er achtete darauf, den Brandy neben Sevrins Glas hinzustellen.

Sevrin hob sein Glas. »Auf die Gemütlichkeit.«

Jasper schloss sich dem Trinkspruch an, indem er seinen Brandy hob. Penreith kippte den Inhalt seines Glases in einem Zug hinunter. Black hatte den Blick starrsinnig auf die Wand hinter Jaspers Kopf gerichtet und weigerte sich, auch nur zur Kenntnis zu nehmen, dass ein Trinkspruch ausgesprochen worden war.

Über den Rand seines Glases hinweg, runzelte Jasper die Stirn. Seine Freunde führten sich sehr unhöflich auf. Er trank einen Schluck, um sein Glas dann auf den Tisch zu stellen. Am liebsten hätte er ihnen die Köpfe aneinandergeschlagen.

»Ist das ein neues Pferd, auf dem ich Sie neulich im Park gesehen habe, Black?«, fragte Sevrin, dessen Leutseligkeit angesichts der Verachtung der anderen Männer überraschte.

»Ja.«

Normalerweise wäre Black über sein neuestes Pferd ins Schwärmen geraten. Jasper überlegte, ihm einen Tritt unter dem Tisch zu versetzen. Stattdessen bedachte er ihn mit einem bissigen Blick.

»Man sieht Sie nicht häufig bei White's, Sevrin«, bemerkte Penreith.

Den Mund zu einem belustigten, halben Lächeln geformt, schüttelte Sevrin den Kopf. »In der Regel ist es zu eintönig.«

»Für Ihresgleichen. Das kann ich mir vorstellen.«

»Was soll das heißen? Ihresgleichen?«, fragte Jasper, um Penreith absichtlich zu provozieren. Black und Penreith missgönnten Sevrin seine Mitgliedsrechte wegen des Gerüchts, das seinen Ruf befleckt hatte. Hätte Holborn vor zehn Jahren nicht eingegriffen, hätte Jasper jetzt die gleiche Schmach zu ertragen. Es schien kaum gerecht.

»Wie Sie wissen, Saxton«, meinte Sevrin, »bevorzuge ich in der Regel lebhaftere Unterhaltung.« Obwohl er ein bekannter Draufgänger und Wüstling war, hatte Jasper ihn noch nie mit einer Frau gesehen. Ihm war auch nicht bekannt, dass Sevrin an irgendwelchen Orgien oder anderen anzüglichen Aktivitäten teilnahm. Eigentlich war Jasper sich gar nicht sicher, was Sevrin außerhalb des Kampfclubs mit seiner Zeit anfing.

Sowohl Penreith als auch Black setzten sich auf ihren Stühlen etwas aufrechter. Blacks finstere Miene war verschwunden. Penreith deutete mit einem fragenden Blick auf die Brandyflasche. Sevrin antwortete, indem er Penreiths Glas einschenkte.

»Ähm, welche Art von Unterhaltung?«, wollte Black wissen.

Jasper verkniff sich ein Lachen. In ihrer lüsternen Neugierde hatten sie sich übertölpeln lassen. Diese Halunken. Sie waren nicht besser als Sevrin oder er selbst.

Sevrin zog eine Augenbraue hoch. »Feste und Etablissements, die kein Mitglied der feinen Gesellschaft zu besuchen wagt.«

»Ist das wahr …?« Penreith leckte sich die Lippen. »Das heißt, haben Sie wirklich eine eigene Suite im Red Door?«

Mit zuckenden Mundwinkeln hob Sevrin sein Glas. »Das werde ich nie verraten.«

Plötzlich schien sich die aufgeladene Luft am Tisch zu entspannen. Oder vielleicht war es auch nur die Steifheit, die von Penreith und Black abfiel.

Erneut senkte sich Stille über den Raum. Ein kurzer Takt des Schweigens, der die Ankunft einer furchtbar bedeutenden Persönlichkeit ankündigte. Jasper spürte ein Kribbeln am Hals. Der Herzog.

Holborns eisiger Blick erfasste geschwind den Raum. Er entdeckte Jasper, nahm seine Tischgenossen – oder besser gesagt, insbesondere einen Tischgenossen – in Augenschein und verzog den Mund zu einer strengen Linie. Mit der eleganten Anmut einer Katze auf Beutezug, anstatt dem Gang eines alternden Mannes von vierundfünfzig Jahren, strebte er auf sie zu. Wenngleich sein blondes Haar großzügig mit Silber durchsetzt und seine Gestalt nicht mehr so muskulös war wie in seiner Jugend, versäumten die Frauen nie, seine Aufmerksamkeit zu suchen. Im Gegenzug versäumte er nur selten, sie – natürlich heimlich – zu gewähren. Holborn war ein absoluter Meister der Diskretion. Jasper wäre nicht überrascht, wenn die Herzogin wenig Kenntnis von Holborns Affären hätte, doch in Wahrheit glaubte er, dass es ihr egal war. Eine so kalte Ehe.

Der Herzog blieb nahe beim Tisch stehen, doch er durchbrach den intimen Kreis nicht, der ihn umgab. Seine Haltung deutete eindeutig darauf hin, dass er von Jasper erwartete, zu ihm zu kommen, der angesichts seiner Abwesenheit in den letzten Tagen eine solche Aufforderung erwartet hatte.

»Bitte entschuldigt mich«, meinte er an seine Tischgenossen gewandt, als er aufstand.

Holborn ging ihm in seinen Privatraum voraus, den er für seine persönlichen Anforderungen nutzte. Der Raum war klein, aber opulent ausgestattet. Über dem Kamin hing ein

Gemälde aus der Sammlung des Herzogs und tat kund, dass dieser kleine Raum ihm gehörte. Selbst die Stühle hatten die Farbe der Holborn-Livree: dunkelblau mit goldverzierten Kissen.

Holborn knirschte mit den Zähnen, und dieser Klang hatte schon immer dazu geführt, Jaspers Nerven auf die Probe zu stellen. »Du hast mich lange genug warten lassen. Das war unklug, denn jetzt bin ich nur noch verärgerter über dich.«

Jasper fand gewöhnlich die Kraft, um die subtilen Sticheleien des Herzogs zu ignorieren, aber heute Abend wurde er nur durch Holborns bloße Anwesenheit so steif wie ein neuer Sattel. »Ist das wirklich möglich?«

Der Herzog trat an die Anrichte und schenkte ein Glas alten Whiskey ein. Er bot Jasper nichts an, der eine solche Höflichkeit ohnehin nicht erwartet hatte.

»Du hast mit diesem Schurken Sevrin zusammengesessen. Du darfst dich nicht mit seinesgleichen abgeben.«

Wenn der Herzog nur wüsste, dass Jasper sich im Kampfklub mit Schlimmeren abgab. Er würde Fitch, den Hafenarbeiter, oder Gifford, den Schneiderlehrling, hassen, was Jasper nur veranlasste, sie noch mehr zu mögen. Jasper durchquerte den Raum in Richtung der Anrichte und bediente sich an Holborns Privatvorrat. Sein Whiskey war wirklich ausgezeichnet. »Du bist doch sicher nicht gekommen, um Aufhebens darüber zu machen, mit wem ich trinke?«

Holborn ignorierte die Frage, um selbst eine zu stellen. »Was muss ich tun, damit du deine Pflicht ernst nimmst?«

Es war ja nicht so, als wäre Jasper ein kompletter Versager. Er spielte nicht. Er trank nicht übermäßig. Seine Neigung, verborgene Bordelle zu besuchen, hielt er, nun ja, verborgen.

»Abgesehen von dem Vorfall vor zehn Jahren – den du

mich wohl nie vergessen lassen wirst – bin ich ein muster-
gültiger Erbe gewesen. Dass ich nicht James bin, ist mir
bewusst, aber wenn man bedenkt, dass er seit zwei Jahr-
zehnten nicht mehr ist ...«

Des Herzogs Augen wurden beinahe so hart wie Silber.
»Vergleiche dich nicht mit deinem Bruder.«

James' Namen zu erwähnen, war ein törichter Lapsus,
der durch Jaspers Gereiztheit verursacht worden war. Er
versuchte, ihn nie zu erwähnen, denn obwohl James schon
lange tot war, würde er für den Herzog immer der Erbe bleiben. Dass Jasper den Ehrentitel geerbt hatte und es sein
Recht war, Saxton und eines Tages Holborn zu sein, spielte
keine Rolle. Die Vorliebe seines Vaters für seinen Bruder war
eine nie verheilende Wunde.

»Wenn sonst nichts anliegt, gibt es einhundert Orte, an
denen ich lieber wäre.«

»Sag mir, wem du den Hof zu machen gedenkst, und du
kannst gehen.«

»Wirklich, und wie willst du es anstellen, mich hierzube-
halten? Es ist eine Ewigkeit her, seitdem du das letzte Mal
körperlichen Zwang angewendet hast, und ich rate dir nicht,
dies jetzt zu versuchen.«

Der Herzog blähte die Nasenflügel und ballte die Hände
zu Fäusten. Jasper genoss die Frustration des Mannes.
Holborn wusste, dass er seine Drohungen nicht so einfach in
die Tat umsetzen konnte. Doch letztendlich war Jasper
bereit, ihren Namen zu nennen. Obschon er an den zurückliegenden Abenden nicht bei den üblichen Veranstaltungen
der Gesellschaft anzutreffen gewesen war, hatte er fleißig
daran gearbeitet, die Verfügbarkeit und die Neigungen der
fraglichen Dame herauszufinden. Sie war schön, intelligent
und absolut ohne jeden Makel. Außerdem war sie ebenfalls
auf der Suche nach einem Ehemann mit Titel und einem
tadellosen Ruf – keine Schurken, keine Trunkenbolde, keine

Spieler oder Verschwender. Sie würden ihre gegenseitigen Anforderungen perfekt entsprechen.

»Lady Philippa Latham.« Bei der Überraschung des Herzogs musste Jasper ein zufriedenes Grinsen unterdrücken.

Holborn ließ sich in einem der ausladenden Sessel nieder. »Ist sie einem Antrag wohlgesonnen?«

»Du brauchst dich nicht so schockiert anzuhören. Ich bin der Erbe deines Herzogtums.«

»Ist ihr Vater nicht dabei, einen flämischen Lord zu ködern?«

Jasper hatte von diesem Gerücht gehört, aber bis zu einer Verkündung der Verbindung war Lady Philippa frei, insbesondere, da sie offenkundig auf der Suche nach einem Ehemann war. »Ich habe dir den Namen genannt, also nehme ich an, dass wir fertig sind.«

Holborn kräuselte die Lippen, aber er sagte nichts, sondern nippte nur an seinem Whiskey. Nach einer längeren Verzögerung, die Jasper darüber nachdachte, wie es wohl wäre, Holborn im Hinterzimmer des Black Horse gegenüberzutreten, winkte der Herzog ab und entließ Jasper damit.

Jasper dachte kurz daran, zu bleiben, nur um gegensätzlich zu sein, doch solche Spielchen waren für Männer mit weitaus weniger Erfahrung als er. Er wandte sich zum Gehen, wobei er mit der Absicht, die durch den Herzog aufgekommene Anspannung zu lösen, tief ausatmete.

Als er zu seinem Tisch zurückkehrte, erwog er, Olivia später am Abend zu besuchen. Inzwischen hatte sie Zeit zum Nachdenken gehabt und wäre jetzt, hoffentlich, bereit, die Nacht mit ihm zu verbringen.

〜

*O*livia stand in der Mitte ihres neuen Ankleidezimmers in Lady Merriweathers – Louisas – Haus, das sich in der Queen Street in Mayfair befand. Sie war sicher, dass der dicke Plüschteppich ihre Zehen wie das federweichste Bett gepolstert hätte, wenn sie barfuß gewesen wäre. Ein blassgelber Farbton erhellte die Wände des fensterlosen Zimmers. Ein breiter Kleiderschrank aus Eiche nahm eine ganze Ecke ein, während ein zierlicher Tisch mit gedrechselten Beinen, ein kleiner Fußschemel und eine lange, gepolsterte Bank mit einem Muster in Rosa und Creme die Ausstattung vervollständigten. Noch nie hatte Olivia so schöne Dinge gesehen, geschweige denn, benutzen können.

Ihre spärliche Garderobe nahm nur einen Bruchteil des Raums im Kleiderschrank in Anspruch, aber Louisa hatte ihr eine Vielzahl neuer Kleider versprochen, sobald sie einkaufen gehen konnten, was sie für morgen vorgesehen hatte.

Benebelt schwankte Olivia zurück in das eigentliche Schlafzimmer. Es war ein riesiges Zimmer, in dem ihre gesamte Wohnung mühelos Platz gefunden hätte und noch Raum übrig wäre. Obschon sie vergangene Nacht hier geschlafen hatte, wunderte sie sich heute Morgen, ob der gestrige Tag nicht nur ein Traum gewesen war.

Ihre Zofe – ihre Zofe! – war mit dem Bettenmachen fertig. Dale, die etwa zehn Jahre älter als Olivia zu sein schien, wirkte versiert und intelligent – beinahe schon weltgewandt. Ihre Tracht war aus einem besseren Stoff gefertigt als die meisten von Olivias Kleidern. Olivia verschränkte die Arme vor der Brust und fummelte an den Ärmeln ihres Kleides herum, wobei sie sich fühlte, als gehöre sie nicht hierher.

»Oh, wie ich sehe, sind Sie bereits angekleidet. Ich hätte

Ihnen gerne geholfen, Miss.« Dale schenkte ihr ein herzliches, nettes Lächeln.

Olivia hatte noch nie Hilfe beim Ankleiden gehabt. Der Gedanke war neuartig, wenn nicht gar frivol. Doch andererseits mutete ihr vieles dessen frivol an, was sie seit ihrer Ankunft in der Queen Street erlebt hatte, im Vergleich zu dem, woran sie vorher gewohnt war. »Das ist schon in Ordnung. Danke.«

»Sehr wohl. Lady Merriweather hat gebeten, dass Sie sich mit ihr im Rosensalon zu treffen.«

Der Rosensalon? Olivia hatte gestern Abend genau drei Räume gesehen: die Eingangshalle, ihr Schlafgemach und das Speisezimmer. Es waren wohl vier Zimmer, wenn man das Ankleidezimmer mitzählte, und wie könnte sie es nicht hinzuaddieren? Sollte sie auch die große Treppe mit dem schimmernden Marmor und die Galerie mit ihren zahlreichen Gemälden und glitzernden Wandleuchtern mitzählen, die zu ihrem Schlafgemach führte?

Warum zählte sie überhaupt die Zimmer? Weil sie sich in dem Stadthaus klein fühlte. Unbeholfen. Unbedeutend.

Dale deutete mit einer Geste auf die Tür. »Ich zeige Ihnen den Weg.« Sie lächelte so freundlich und hilfsbereit, dass Olivia sich unweigerlich ein bisschen entspannte.

Olivia nickte und ließ die Arme sinken. Es dauerte einen Moment, bis sie begriff, dass sie Dale vorangehen sollte. Liebe Güte, es würde eine Zeit brauchen, bis sie sich daran gewöhnt hätte.

Sie kehrten auf demselben Weg zurück, den sie gestern Abend gekommen waren, doch als sie die Eingangshalle erreichten, wandten sie sich in Richtung der Rückseite des Hauses zu einem großen Raum mit zwei Bogenfenstern, die einen Blick auf einen gepflegten Garten boten. Olivia entdecke Rosen, Kräuter und eine Art rankende Kletterpflanze, bevor Dale ihr bedeutete, durch eine Tür auf der linken Seite zu gehen.

Dies musste der Rosensalon sein. Jegliche Ausstattung darin war in Rosa, Rot oder Cremefarben gehalten, und der Mittelpunkt, ein großes Gemälde, das zwischen den Fenstern hing, zeigte eine Fülle von rosa und roten Rosen, die üppig vor der Fassade eines steinernen Herrenhauses blühten. Das Muster der verschlungenen Ranken war unübersehbar – es glich den Ranken auf der bemalten Schachtel von Olivias Mutter aufs Haar.

Ihr Herz klopfte wie wild. Da stand er vor ihr – ein Beweis, dass sie irgendwo hingehörte. Ein Beweis dafür, dass sie *hierher* gehörte. Die Vorstellung, dass Lord Merriweather und nicht der Pfarrer ihr Vater war, gedieh zu mehr als nur einer bloßen Möglichkeit.

Louisa rauschte durch eine andere Tür in den Raum. »Guten Morgen! Hoffentlich hast du gut geschlafen. Dale, bitte trage Bernard auf, Tee und Scones zu bringen.« Sie wandte sich an Olivia. »Ich war mir nicht sicher, wie lange du schlafen würdest – die neue Umgebung und so. Normalerweise frühstücke ich im Frühstücksraum, aber wenn du möchtest, können wir auch hier eine kleine Mahlzeit genießen.«

Olivia erwärmte sich für Louisas Vorschlag. »Das wäre reizend.«

Bernard war der zuvorkommende Butler, den Olivia bei ihrer Ankunft kennengelernt hatte. Sie fragte sich – nicht zum ersten Mal –, wie viele Dienstboten Louisa beschäftigte. Olivia ließ den Blick wieder zu dem Gemälde schweifen, fasziniert davon, wie exakt es zu der Andenkenschatulle passte.

Louisa trat neben sie. »Siehst du, ich weiß eindeutig, dass du Merrys Tochter bist. Dein Taschentuch ist genauso.«

»Woher wussten Sie, dass er eine Tochter hat?« Olivia

erinnerte sich vage daran, dass Louisa einen Brief erwähnt hatte, aber sie konnte sich an nichts Genaues entsinnen. Der gestrige Tag war mit Überraschung und Verwunderung angefüllt gewesen.

Mit einem sanften Stoß an Olivias Ellbogen führte Louisa sie zu einem seidenbezogenen Sofa mit Rosenmuster. Als sie saßen, meinte Louisa: »Merry, Gott hab ihn selig, ist vor drei Jahren verstorben. Ich habe eine Weile gebraucht, mich davon zu erholen und seine Sachen durchzusehen.« Sie verstummte einen Augenblick. »Ich fand einen Brief von deiner Mutter – zumindest vermute ich, dass sie deine Mutter war, aber vielleicht bist du in der Lage, das zu bestätigen.«

Jetzt erst bemerkte Louisa ein Schriftstück in Louisas Hand.

Louisa fuhr fort: »Ich gestehe, ich war sehr aufgeregt, dass Merry mir nichts gebeichtet hatte, aber ich kann nur darauf vertrauen, dass er seine Gründe gehabt hatte. Du musst wissen, dass ich immer darauf hoffte, einmal eigene Kinder zu haben, doch das hatte nicht sein sollen. Ich war zu alt, als wir heirateten – über vierzig.« Ihr Lächeln wirkte traurig, voller Träume, die sich nie erfüllen sollten. Olivia spürte einen Kloß in ihrer Kehle. »Merry dachte vermutlich, dass es schmerzlich für mich sein könnte, zu wissen, dass er ein Kind mit einer anderen hatte. Er war ausgesprochen rücksichtsvoll.« Sie übergab den Brief an Olivia.

Olivia faltete das Schreiben auseinander und sie erkannte die Handschrift sofort. Sie hatte genügend Bühnen-Mitschriften ihrer Mutter gesehen, um zu wissen, dass dieser Brief tatsächlich von Fiona Scarlet verfasst worden war.

Liebster Merry,

    danke für das Geschenk. Ich habe mich des Kindes

angenommen – eine wunderschöne Tochter. Sie wird mit Liebe und
Güte aufgezogen werden.
    Deine,
    Fi

Kurz und sehr fragwürdig. Sie hat nicht *sein* Kind
erwähnt. Und sie hat auch nicht spezifisch darauf hingewiesen, eine bemalte Schatulle von ihm erhalten zu haben.
Dennoch waren diese Dinge angedeutet und wenn Louisa
gewillt war, ihnen Glauben zu schenken, würde Olivia nicht
widersprechen. Insbesondere deshalb nicht, weil sie ebenfalls
daran glauben wollte. An die Chance auf dieses Leben.
Daran, nicht mehr kämpfen zu müssen, dazuzugehören …
Ihre Kehle zog sich schmerzhaft zusammen. Tränen traten
ihr in die Augen. Sie blinzelte vehement, denn sie wollte
nicht vor Louisa weinen.

Sie faltete den Brief wieder zusammen und legte ihn
Louisa in den Schoß. »Ich kann immer noch nicht glauben,
dass Sie sich von mir wünschen, hier bei Ihnen zu leben.«

»Ach natürlich tue ich das, Liebes. Du bist nicht verheiratet. Du hast allein gelebt. Ganz eindeutig hast du Hilfe
gebraucht und ich …« Louisa wandte den Blick ab, doch
Olivia nahm ihr Blinzeln wahr. Sie nahm den Brief und legte
ihn auf den Tisch vor dem Sofa, ehe sie sich mit einem übertrieben strahlenden Lächeln zu Olivia umdrehte. »Darf ich
fragen, wer dich aufgezogen hat?«

Olivia wollte ihr Gegenüber umarmen, doch sie fürchtete,
dass es für solche Vertrautheit noch zu früh war. »Meine
Tante und mein Onkel, der Pfarrer ist.«

»Und was ist mit ihnen passiert?«

Was konnte sie sagen? *Meine Tante hat mich vor die Tür*
gesetzt, weil sie geglaubt hat, ich sei das uneheliche Kind ihres
Ehemannes? »Sie hatten Schwierigkeiten, für mich aufzukom-

men. Als ich alt genug war, bin ich nach London gegangen, um als Näherin zu arbeiten.«

Louisa tätschelte ihre Hand. »Ich muss sagen, ich bin schockiert, dass du auf dich gestellt warst und deine Pflegeeltern das zugelassen haben. Wo bist du aufgewachsen?«

»Devon.«

Sie schüttelte den Kopf. »Devon muss voller Dummköpfe sein. Ich kann kaum glauben, dass kein netter Gentleman dich geschnappt hat.«

Das hätte wahrscheinlich einer getan, wenn sie nicht mit vierzehn vor die Tür gesetzt worden wäre. Olivia sagte nichts.

Louisa, die wahrscheinlich Olivias Unbehagen spürte, lächelt breit. »Welch glücklicher Zufall, dass ich dich auf diese Weise gefunden habe.«

Bernard wählte diesen günstigen Augenblick, um mit dem Teeservice einzutreten. Seine zeitliche Anpassung war tatsächlich tadellos und Olivia fragte sich, ob er gelauscht hatte. Vielleicht war dies eines von vielen Mitteln, die von einem außerordentlichen Dienstboten eingesetzt wurden. Er schenkte den Tee ein und arrangierte die Butter-Scones auf zwei Tellern. Mit einer Verbeugung ging er ebenso leise hinaus, wie er eingetreten war.

»Nun, wie ich früher schon gesagt habe, müssen wir deine Anwesenheit erklären«, meinte Louisa, die einen geschäftsmäßigen Tonfall angenommen hatte. Olivia hatte das Gefühl, dass diese Frau daran gewöhnt war, die Führung zu übernehmen. »Ich kann dich natürlich nicht als Merrys Tochter vorstellen. Ich möchte, dass du dich in der Gesellschaft bewegst. Eine Saison genießt. Einen Ehemann findest.«

Olivia war sich nicht sicher, ob sie in der Gesellschaft sein oder eine Saison haben wollte. Einen Ehemann? Nach ihrem angenehmen Tee mit Mr. Gifford hatte sie gerade erst angefangen, über ein Liebeswerben nachzudenken.

Louisa fuhr fort: »Ich habe die Sache durchdacht. Ich werde dich als Merrys entfernte Base vorstellen. Wie es der Zufall will, ist ein weitgestreuter Familienzweig in Devon ansässig, und somit fügt sich die Sache sehr schön. Wir werden sagen, deine Eltern seien gestorben – was keine Lüge ist, weil sie beide dahingeschieden sind – und du nun bei mir lebst. Keiner wird sich groß für die Einzelheiten interessieren, also müssen wir nicht genauer werden. Wenn jemand fragt, wo du aufgewachsen bist, sagst du einfach die Wahrheit.«

Mit einem Nicken antwortete Olivia: »Newton Abbott, ein winziges Dorf mitten in Devon.« Wo jeder jeden kannte und obwohl sie vor sieben Jahren gegangen war, würde man sie dort wahrscheinlich noch anhand ihres Namens, wenn nicht ihres Gesichts erkennen. Sie versuchte, nicht daran zu denken.

»Richtig, Liebes. Wir werden sagen, dass deine Mutter mit Merrys Familienzweig verwandt war, aber leider sind jegliche Dokumente bei einem Brand verloren gegangen.« Louisa grinste. »Ich bin ziemlich gut in solchen Dingen. Vielleicht sollte ich einen Roman verfassen.«

Olivia wollte in Louisas Heiterkeit einstimmen, aber der Gedanke an die Möglichkeit, von ihrem kurzen Engagement am Haymarket erkannt zu werden, hielt sich ebenso beharrlich wie ihre Unbehaglichkeit. Sie erwog, Louisa einzuweihen. Obwohl sie das Gefühl hatte, dieser Frau ihre Aufrichtigkeit schuldig zu sein, wollten die Worte nicht kommen. Wie wahrscheinlich war die Möglichkeit, dass irgendjemand aufdecken würde, dass eine schlecht ausgebildete niedere Schauspielerin Lady Merriweathers neuer Schützling war? Sie entschied sich für die halbe Wahrheit.

»Was, wenn jemand mich von einem Laden erkennt? Ich habe für eine ganze Anzahl Nähereien gearbeitet.«

»Ich verstehe deine Beklommenheit, Liebes, aber du musst nicht nervös werden. Selbst wenn du irgendwie vertraut aussiehst, wird niemand unterstellen, dass du etwas anderes bist als das, wofür ich dich ausgebe. Zumindest niemand« mit einer anständigen Abstammung«, fügte sie mit einem blitzenden Lächeln hinzu.

Olivia war nicht sicher, ob sie zustimmte. Vielleicht würde sie sich in einigen Tagen weniger wie ein Kind fühlen, das von einem durchgehenden Pferd überrannt zu werden drohte.

»Es ist sehr wichtig, dass dieses Geheimnis zwischen uns bleibt, Olivia. Niemand darf die Wahrheit erfahren. Verstehst du?«

Olivia nickte, wenngleich der ernsthafte Tonfall von Louisas Worten nicht zur Zerstreuung ihrer Befürchtungen beitrug.

»Ausgezeichnet. Als Allernächstes sollten wir deine Garderobe erweitern.« Louisa tippte sich mit einem Finger elegant an die Lippe. »Es macht dir doch hoffentlich nichts aus, wenn wir Mrs. Gifford nicht aufsuchen. Ich bin ihr zutiefst dankbar, dass sie uns zusammengebracht hat, aber sie hat nicht die Auswahl oder Qualität, die uns auf der Bond Street geboten wird. Ich tendiere zu Madame Oseray.«

Olivias Aufregung, die Bond Street zu besuchen – einen Ort, an dem sie keine Arbeit hatte finden können, geschweige denn, etwas zu kaufen –, wurde von ihrer Furcht gedämpft, vielleicht auf jemanden zu treffen, der sie erkennen könnte. Sie hatte nur sehr selten direkt mit hochklassiger Qualität zusammengearbeitet und so war ihre Befürchtung wahrscheinlich unbegründet, doch sie konnte sie nicht ganz abtun. »Wenn es ginge, würde ich lieber meine eigenen Kleider nähen. Wir müssten nur Stoffe und das Zubehör einkaufen.« Je weniger Zeit sie damit verbrachte, mit Näherinnen zu arbeiten, die sie vielleicht kennen könnten oder ihren Namen gehört hatten – lieber Himmel, warum hatte sie nicht daran gedacht, sich einen anderen Nachnamen zuzulegen? – umso besser.

Louisas mitfühlendes Lächeln war wohlmeinend. »Meine Liebe, du musst dich nicht länger auf diese Weise plagen.«

Es war keine Plage, wenn sie es für sich selbst tat. »Wirklich. Ich nähe sehr gern. Wahrscheinlich könnte ich die nötigen Kleider anfertigen, ehe jemand anders das schaffen würde. Ich habe einige Entwürfe …«

»Du entwirfst Kleider?«

Angesichts des lebhaften Interesses Louisas errötete Olivia. »Ja.«

Louisa lächelte breit. »Noch ein Beweis! Als ob wir ihn bräuchten. Deine künstlerische Begabung ist sicherlich ein Geschenk deines Vaters.«

Erneut schweifte Olivias Blick zu dem Gemälde. Obschon Louisa von Olivias Abstammung väterlicherseits überzeugt war, fühlte sie selbst sich nicht ganz so sicher. Es war nicht einleuchtend, dass zwei unterschiedliche Frauen behaupteten, sie sei von zwei unterschiedlichen Vätern gezeugt worden. Sie wollte mehr Beweise als die Rosen und ihr Zeichentalent. »Haben Sie ein Portrait von ihm? Meinem Vater, meine ich?«

Louisa stellte ihre Tasse mit einem lauten Klicken ab. »Gewiss! Ich hatte es dir gleich zeigen wollen.« Sie trat an einen Tisch unter dem Gemälde mit dem von Rosen bedeckten Herrenhaus und nahm ein kleines Portrait.

Dann kehrte sie damit zum Sofa zurück und übergab es Olivia. »Dies ist dein Vater. Es gibt andere Portraits, die ich dir später zeigen werde, doch dies ist mein Lieblingsbild. Er hat es selbst gemalt und deshalb habe ich es hierbehalten, ganz dicht bei dem Gemälde, das er von unserem Haus in

Yorkshire geschaffen hat.« Sie setzte sich wieder neben Olivia.

Olivia betrachtete das kleine Portrait des Viscounts. Seine Augen wirkten dunkel, doch auf diesem kleinen Bildnis war das schwer zu erkennen. Vielleicht würden die anderen Portraits, die Louisa ihr zeigen wollte, die wahre Farbe verraten. Er trug eine gepuderte Perücke. »Von welcher Farbe war sein Haar?«

Louisa sah lächelnd zu dem Portrait in Olivias Händen. »Recht dunkel.« Sie sah zu Olivias Kopf. »Aber ich wage zu behaupten, dass dein Haar von deiner Mutter stammt.«

»Ja.« Ein extravaganter Bühnenname – Fiona Scarlet – der nicht nur zu ihrem Haar, sondern auch ihrem Lebensgeist passte. Olivia war dankbar, dass Louisa scheinbar nichts von der Identität ihrer Mutter wusste. Wie würde sie sich fühlen, wenn sie wüsste, dass ihr Ehemann mit einer berüchtigten Schauspieler-Kurtisane Londons ein Kind gezeugt hatte?

Olivia stellte das Portrait auf den Tisch neben dem Teeservice. »Das Talent Ihres Ehemannes war außerordentlich.«

»Du hast vermutlich noch nie Wasserfarben benutzt?«

Olivia schüttelte den Kopf.

»Du solltest Unterricht nehmen«, meinte Louisa. »Merry liebte es, nach Hampstead Heath zu fahren und zu malen. Wir werden dort ein Picknick veranstalten.«

Unterricht in Wasserfarben? Picknick? Dieses neue Leben kam Olivia ebenso verlockend vor wie die Scones auf dem Tisch. Olivia nahm ihren Teller auf den Schoß. Es war schon so lange her, dass sie solch ein schwelgerisches Mahl genossen hatte. So lange schon, seit sie irgendetwas so genossen hatte, wie den vergangenen Tag.

»Gewiss, Mylord.« Bernards Stimme war vor dem Rosensalon zu hören.

»Es klingt, als hätten wir einen Besucher«, stellte Louisa lächelnd fest. »Ich glaube, es ist mein Lieblingsmensch.«

»Und wer ist das?« Olivia brach etwas von dem Scone ab und schob es in ihren Mund.

»Mein Neffe.«

Ein großer, hellhaariger Teufel dominierte die Türöffnung. Prompt verschluckte Olivia sich.

KAPITEL SIEBEN

*J*asper blieb verblüfft stehen, doch Olivias Bedrängnis trieb ihn an ihre Seite. Ihr Mund bewegte sich und auch ihr Hals, während ihr Gesicht unter der Anstrengung, loszuwerden, was immer ihr in der Kehle steckte, feuerrot anlief.

Was um alle in der Welt tat sie hier?

Louisa blickte mit Panik in den Augen zu ihm auf. »Hilf ihr!«

Er zog Olivia auf die Füße. Sie würgte weiter. Instinktiv klopfte er ihr auf den Rücken. Keine Verbesserung. »Beugen Sie sich vor.«

Die Augen sturmerfüllt sah Olivia ihn an, und kam seiner Aufforderung nach.

Er gab ihr einen kurzen Schlag auf den Rücken und endlich hörte er ein tiefes Keuchen, als die Luft in ihre Lungen drang. Seine Hand verharrte auf ihrem Rückgrat. *War sie wirklich hier?* Nach einer kurzen Weile richtete sie sich auf und heftete ihren großäugigen Blick auf ihn. In der Hoffnung, etwas Abstand könnte seine Fähigkeit, zu klarem Denken verbessern, wich er zurück.

»Großer Gott, Olivia, geht es dir gut?« Louisa streichelte Olivia über den Rücken, als sie beide auf das Sofa sanken.

Olivia nickte. Bemühte sie sich immer noch, ihre Kehle wieder zum Funktionieren zu bringen oder war sie unfähig, ihre Sprache wiederzufinden?

Jasper versuchte, eine Erklärung für ihre Anwesenheit im Salon seiner Tante zu finden. Er war gestern Abend zu ihrer Adresse gegangen, um dann herauszufinden, dass sie das Logierhaus ohne neue Anschrift verlassen hatte. Abgesehen davon, dass sie gegangen war, schien niemand in dem schäbigen Mietshaus etwas zu wissen. Er hatte erwogen Portia's Garden aufzusuchen, um Tilly auszufragen, doch letztendlich war er nach Saxton House zurückgekehrt. Dort hatte er Mrs. Reddy befragt, die von seinem Diener March früher am Tag nach Saxton House gebracht worden war. Leider behauptete sie, nichts von Olivias Weggang gewusst zu haben und widerstrebend glaubte Jasper ihr.

Frustriert und bitter enttäuscht hatte er den restlichen Abend in der tröstlichen Umgebung des Hinterzimmers im Black Horse verbracht.

Heute war allerdings ein neuer Tag. Er hatte nach seinem Besuch bei Louisa vorgehabt, Olivia zu suchen, und hier war sie schon. Wenn er durch ihre Anwesenheit nicht so verdutzt wäre, hätte er sehr zufrieden sein können.

Er durchbohrte sie mit einem stechenden Blick, den sie ignorierte. Tatsächlich würde ihre Weigerung, ihn anzublicken, bestimmt die Aufmerksamkeit seiner Tante erregen. Im Augenblick schien Louisa allerdings nichts zu merken.

»Olivia, dies ist Saxton. Jasper, gestatte mir, dich mit Miss Olivia West bekannt zu machen. Sie ist eine Base von Merry und ich habe sie aufgenommen. Ist das nicht wundervoll?«

Base von Onkel Merry? Eine Abenteuergeschichte, wenn Jasper je eine gehört hatte. Ihre Masche, ihn zu betrügen, war fehlgeschlagen und hier saß sie im Haus seiner Tante. *Sie lebte hier.* Er musste annehmen, dass diese List etwas mit ihm zu tun hatte. Von den einhundert Fragen, die ihm plötzlich in den Sinn kamen, fing er mit dieser an: »Und wie bist du dazu gekommen, sie aufzunehmen, Tante?«

Louisa zog die Augen zusammen. »Also Jasper, jetzt benimm dich nicht wie der Herzog. Olivias Eltern sind dieses Jahr verstorben und sie ist auf der Suche nach ihrem erweiterten Familienkreis von Devon angereist. Es tut mir nur leid, dass wir so lange gebraucht haben, um einander zu finden.«

Er konnte nicht anders, als Olivia anzuschauen. »Devon?« Dann lenkte er seine Aufmerksamkeit zu seiner Tante. »Merkwürdig, dass du sie nie erwähnt hast.«

Louisa zog eine Augenbraue hoch. Mit ihren Augen sagte sie *Vorsicht.* »Habe ich das nicht? Nun, in letzter Zeit warst du schrecklich beschäftigt.«

Das entsprach beschämenderweise der Wahrheit. Er hatte seine Tante wegen des Kampfclubs und der Scharlatanin, die gerade Louisas Sofa zierte, nicht so häufig besucht, wie er das hätte tun sollen.

Endlich sah Olivia ihn an. »Ich bin erfreut, Sie kennenzulernen, Mylord.«

Er konnte es ihr nicht so einfach machen. Nicht, wenn er ihr keinen Deut traute. »Sie kommen mir sehr bekannt vor, Miss West. Ich bin mir sicher, dass wir uns schon einmal begegnet sind.«

Olivias Blick wurde schärfer.

Louisa blickte zwischen den beiden hin und her. »Du kannst ihr noch nicht begegnet sein, Jasper. Es sei denn, du kaufst am Strand ein.« Sie heftete ihren neugierigen Blick auf ihn. »Kaufst du am Strand ein?«

Die Schauspielerin hatte seine Tante gründlich hinters Licht geführt.

»Nein, natürlich nicht.« Er lächelte Olivia gekünstelt an.

»Ich glaube, ich weiß es. Sie sieht wie eine Schauspielerin aus, die ich neulich am Haymarket gesehen habe. Ja, das ist es.«

Olivias Augen weiteten sich den Bruchteil einer Sekunde und er gestattete sich ein süffisantes Lächeln.

Louisa schürzte die Lippen. »Ach, Papperlapapp. Jasper, du führst dich wie Holborn auf. Setz dich und benimm dich.«

Jasper nahm Platz, doch er hielt den Blick auf Olivia gerichtet. O ja, sie war eine ausgezeichnete Schauspielerin. Sie hatte den Austausch der beiden mit ruhigem Atem und ohne die geringste Verfärbung ihres Teints verfolgt. Absolute Gelassenheit. Als ob sie sich über das Mittagessen unterhielten, oder darüber, ob sie zum Park fahren oder laufen sollten. Doch andererseits hatte sie auch ihre verführerische List mit der geübten Leichtigkeit einer geborenen Betrügerin vollbracht.

Louisa tätschelte Olivia das Knie. »Ignoriere Jasper, Liebes. Er kann hin und wieder ein rechter Schafskopf sein, aber ich liebe ihn trotzdem, und so versuche ich, über seine Grobheiten hinwegzusehen.«

Jasper starrte auf die Hand seiner Tante und spürte das Erwachen eines Beschützerinstinkts. Louisa war seine Tante. Seine Familie. Die er vor Schaden bewahren sollte.

Olivia hustete. »Ich glaube, ich brauche etwas Wasser nach dem Vorfall mit dem Gebäck.«

Jasper stand auf, um zur Anrichte zu gehen, wo ein Krug Wasser stand, aber Olivias Blick traf den seinen und hielt ihn in der Bewegung an.

»Würden Sie mir bitte noch einmal auf den Rücken klopfen?«, bat sie. »Es könnte noch ein Krümel in meinem Hals stecken, glaube ich.«

»Ich gehe das Wasser holen.« Louisa lief eilig zur Anrichte.

Jasper setzte sich neben Olivia auf das Sofa und klopfte ihr auf den Rücken. »Sie lügen sie an, so wie mich ...«

»Nicht«, zischte sie. »Bitte. Erzählen Sie ihr nichts vom Haymarket, von ... uns. Sie wollten mir helfen, haben Sie gesagt.«

Er erwehrte sich der Qual in ihrer Stimme. »Nicht um den Preis des Wohlergehens meiner Tante. Sie hat Ihren Betrug noch weniger verdient als ich. Ich glaube nicht einen Moment lang, dass Sie Merrys Base sind.«

Die Augen weit aufgerissen, klammerte sie sich flehend an seinen Ärmel. »Sie will mich hier haben. Und einmal abgesehen von dem Verkauf von Taschentüchern habe ich kein Auskommen.« Ihr Blick schnellte zu Louisa, die mit dem Einschenken fertig war.

Natürlich war dies eine weitaus bessere Gelegenheit, als seine Geliebte zu sein, oder ein Bekleidungsgeschäft zu betreiben. Allerdings ging es hier nicht nur um sie. Er musste seine Tante beschützen. Er wollte sie nicht noch einmal verletzt sehen, nicht nach der Depression, unter der sie nach Merrys Tod gelitten hatte.

»Bitte, ich kann Ihnen alles erklären.« Der Schmerz in ihrer Stimme verschaffte ihr eine Schonfrist – vorläufig.

»Ich werde Sie im Auge behalten. Sehr, sehr genau«, antwortete er. »Und ich erwarte Ihre vollständige und *ehrliche* Erklärung.«

Obwohl er schon einmal auf Olivias Lügen hereingefallen war, müsste er schon so kalt wie sein Vater sein, um bei ihrer Verzweiflung kein Einsehen zu haben. Dazu kam Louisas Sehnsucht nach einem eigenen Kind, und er war keineswegs sicher, ob er sich entschließen könnte, ihre plötzliche Verbindung zu ruinieren. Zu guter Letzt, und vielleicht der Hauptgrund, fühlte sich die Einmischung in Louisas Angelegenheiten gefährlich ähnlich wie die Einmischung seines

Vaters in Jaspers Leben vor zehn Jahren an. Er schuldete ihm noch immer seinen Dank.

Louisa kehrte mit dem Wasser zurück. Olivia schielte Jasper über den Rand des Glases an, während sie trank. Als sie fertig war, reichte sie das leere Glas der besorgten Louisa, die es auf den Tisch stellte.

»Fühlst du dich jetzt besser, Liebes?«, fragte sie.

Olivia nickte und schenkte ihr ein schwaches Lächeln. Ihr Blick wanderte immer wieder zu Jasper. Er konnte die Sorge – und Angst – darin lesen und fand sich damit ab, diese Scharade vorerst bestehen zu lassen. Er wandte sich an seine Tante. »Welche Pläne hast du für Miss West? Darf ich euch irgendwohin begleiten?«

Louisa sah Jasper an und zog dabei eine Augenbraue hoch. Ihm wurde bewusst, dass er Olivia immer noch den Rücken tätschelte. Abrupt ließ er die Hand sinken und legte sie in seinen Schoß. Louisa nickte, um ihrer Anerkennung über seinen Stimmungswechsel, oder vielleicht, dass er seine Hand von ihrem Schützling genommen hatte, Ausdruck zu verleihen. »Das wäre schön. Olivia braucht eine neue Garderobe, also gehen wir morgen in die Bond Street. Stell dir vor, sie kann ihre Kleider selbst nähen! Und entwerfen kann sie sie auch!«

Er wusste nicht, wie er sich dazu äußern sollte, ohne eine familiäre Verbindung zu suggerieren, an deren Existenz er nicht glaubte. Also entgegnete er nur: »Ich begleite euch gerne morgen. Und am darauffolgenden Tag. Tatsächlich«, er warf Olivia einen vielsagenden Blick zu, »stehe ich euch vollkommen zu Diensten.«

»Wunderbar.« Louisa lächelte ihn breit an, und in ihren Augenwinkeln bildeten sich Fältchen. »Ich weiß, dass du nur mein Bestes im Sinn hast. Ich versichere dir, mein Lieber, dass Miss West genau das ist, was zu sein sie vorgibt. Du hast mein Wort.«

Leider hatte er Olivias Wort nicht. Sie bewegte die Finger und Jasper besann sich, wie sie seine nackte Brust streichelten, ihn entkleideten und seine Erektion berührten. Sie hatte ihn becirct, sich die Augen verbinden zu lassen, ihn an ihr Bett gefesselt und ihn den Diensten einer anderen Person überlassen. Miss Olivia West war eine Meisterin der Täuschung, und er beabsichtigte, jede einzelne Lüge aufzudecken.

~

*A*m folgenden Morgen traf Jasper – so hatte Louisa sich stets auf ihn bezogen und ihn auch so genannt, weshalb Olivia dazu übergegangen war, ihn in Gedanken beim Vornamen zu nennen – punkt zehn Uhr ein, um sie zu ihrer Einkaufstour zu begleiten. Der Rest seines Besuchs gestern war recht gut verlaufen, ohne weitere Erwähnung ihrer Herkunft. Nichtsdestotrotz blieb Olivia wachsam. Sein Erscheinen im Rosensalon hatte Olivia bis ins Mark erschüttert. Louisa hatte kein Wort über seine Andeutungen verloren, wofür Olivia dankbar sein sollte, aber sie konnte ein nagendes Schuldgefühl nicht abschütteln. Sie sollte Louisa die Wahrheit beichten, dass sie auf der Bühne am Haymarket gestanden hatte, doch vor Angst zu verlieren, was sie gerade gefunden hatte, hielt sie den Mund fest geschlossen.

Ihr erster Halt war bei Deacon und Bothe, einer der größten Tuchmacher Londons. Olivias Schritte schienen zu schweben, als sie ein Paradies für Näherinnen betrat. Stoffe jeder Art, Farbe und Muster füllten das Geschäft. Sehnsüchtig wollte sie mit den Fingern über jedes Tuch streicheln. Ihre Füße zuckten, als wollten sie zwischen den lebhaften Auslagen zu tanzen anfangen. Ihre Augen konnten sich einfach nicht auf eine Sache konzentrieren, sondern verschlangen alles mit der ausgelassenen Freude eines Kindes am Weihnachtsabend.

Jasper und Louisa traten ihr im Ladengeschäft gegenüber. »Wo sollen wir anfangen, Olivia?«, fragte Louisa.

Von dem Bedürfnis überwältigt, sich jeden Quadratzentimeter Tuch umzulegen, versuchte Olivia, sich zu konzentrieren. »Chronologisch, denke ich. Tageskleider?«

Mit einem knappen Nicken führte Louisa den Weg zu einer Auslage von Musselin- und Baumwollstoffen an. Sie verbrachten eine Viertelstunde mit der Besprechung der Muster und Stile. Eine Angestellte kam ihnen zur Hilfe und notierte, welche Stoffe und Mengen sie kaufen wollten. Sie gingen zu anderen Bereichen weiter, bis sie sich an einem Tisch mit schwerer Seide wiederfanden.

Olivias Blick fiel sofort auf ein Silberblau, das mit Streifen eines dunklen Indigos durchsetzt war.

Louisa bemerkte ihr Interesse. »Das gefällt dir? Der Stoff ist eher männlich, aber vermutlich würde er einen hübschen Rock ergeben.«

Olivia mochte ihn, aber nicht für sich selbst. Die Farbe – die Streifen natürlich ausgenommen – erinnerten sie an Jaspers Augen. Sie stahl sich einen Blick auf ihn und stellte fest, dass seine gesamte Aufmerksamkeit auf ihr lag. Der Blick, den er auf sie gerichtet hatte, als ob sie die einzigen Personen im Stoffgeschäft wären, war gefährlich.

Sie wandte sich wieder zu Louisa zurück. »Daraus würde eine ausgezeichnete Weste für Saxton werden.«

Louisa betrachtete den Stoff. »Du hast so ein gutes Auge. Das würde es ganz sicher.« Sie machte der Angestellten ein Zeichen, ihnen zu folgen, um diesen Stoff auf die Liste ihrer Einkäufe zu setzen. »Hast du einen Schnitt im Sinn? Ich habe nicht gewusst, dass du auch Herrengarderobe entwirfst. Wie außerordentlich.«

Und wahrscheinlich unangemessen. Nein, sie hatte noch

nie zuvor Herrenkleidung entworfen, doch der Stoff war einfach zu perfekt für ihn. Ein Bild seiner muskulösen, entblößten Brust kam ihr ungebeten in den Sinn und zusammen damit ein Entwurf für die Weste. War es furchtbar skandalös von ihr, sich vorzustellen, wie er sie ohne Hemd trug?

Ja.

Sie neigte den Kopf, um ihre aufgeheizten Wangen zu verstecken, in der Hoffnung, dass Louisa und Jasper ihre Reaktion auf diese Gedanken nicht bemerken würden. Nach einem Augenblick hatte sie sich wieder gefasst und meinte: »Ich habe bislang noch keine Herrengarderobe angefertigt. Ich bin sicher, dass sein Schneider das übernehmen könnte.«

Jasper zog seine Handschuhe aus und strich über die Seide. Die Geste war mehr als nur ein bisschen provokativ. Er sah zu Olivia. »Ich hätte es lieber, wenn Sie sie anfertigen würden.«

Wenn sie ehrlich war, dankte sie ihm für die Gelegenheit. Es war eine ungemein verlockende Herausforderung, etwas Neues zu erschaffen. Natürlich müsste sie bei ihm Maß nehmen und vielleicht eine oder zwei Anproben durchführen. All dies bedeutete Zeit mit ihm. Zeit, ihn zu *berühren*.

Louisa spürte wahrscheinlich Olivias Zögern. »Du solltest es tun, wenn du möchtest. Ich werde natürlich die Anstandsdame sein.«

Sie *wollte*. Und wenn Louisa als Anstandsdame fungierte, nun, dann wäre es absolut sicher, nicht wahr? »Also gut dann.«

Sie beendeten ihrer Einkäufe beim Tuchmacher und verließen das Geschäft. Louisa zeigte die rechte Straßenseite entlang. »Ich dachte, wir sollten als Nächstes den Schuhmacher aufsuchen, Du brauchst mehrere Paare, einschließlich Reitstiefel.«

»Das wird nicht nötig sein«, entgegnete Olivia. »Ich reite nicht.«

»Du reitest nicht gern, Liebes?«

»Nein, das ist es nicht. Ich habe es noch nie getan.« Olivia hasste es, dies vor Jasper zuzugeben. Wahrscheinlich würde er diese Information als Unterstützung seiner Theorie werten, dass sie darüber log, Merrys Base zu sein. Sicherlich hätte die Base eines Viscounts schon einmal ein Pferd geritten. Allerdings hatte Louisa ihr geraten, nicht zu lügen, und so tat sie das auch nicht. Sie entschied, hinzuzufügen. »Meine Eltern hatten nur ein Pferd.« Was der Wahrheit entsprach – ihre Tante und ihr Onkel hatten einen recht betagten Klepper besessen. »Wir haben es meist vorgezogen, überallhin zu Fuß zu gehen. Auf dem Land ist das so, natürlich.«

Louisa nickte. »Nun, eine Reitstunde kann nichts schaden! In einigen Tagen wird sie auch Unterricht im Malen mit Wasserfarben bekommen, Jasper.«

Aber Jasper schien den beiden keine Aufmerksamkeit mehr zu widmen. Er hatte den Blick starr auf einen Jungen gerichtete, der etwa zehn Jahre alt war – und zu kämpfen hatte, die für seine schmächtige Gestalt, viel zu vielen Pakete zu tragen. Er schien einem Frauenpaar hinterherzulaufen, das nicht bemerkt hatte, dass er zurückgefallen war, um ein Paket aufzuheben, das er fallen gelassen hatte. Er beugte sich in den Knien und versuchte, die übrigen Pakete auf seinen Armen zu balancieren, als die ganze Ladung *krachend* auf den Gehsteig polterte.

Die beiden Frauen drehten sich mit identischen Gesichtern um, auf denen sich Schock und Missbilligung spiegelten. Identisch, weil sie Zwillinge zu sein schienen. »Logan, du jämmerlicher Winzling! Heb sofort die Pakete auf!«, befahl eine der beiden, während die andere sich ihm mit ihrem ausgestreckten Regenschirm näherte. Sie konnte doch nicht wirklich beabsichtigen ...

Der Regenschirm landete auf dem Rücken des armen Jungen, als er sich hinkniete und die Päckchen aufhob. Sie hob die Waffe ein zweites Mal, die allerdings nicht niedersauste. Jasper hatte die Hand um die Spitze gelegt und entzog der Frau nun den Regenschirm.

Sie sog die Luft ein und hob den Kopf, um Jasper anzuschauen. »Von allen dreisten –« Sobald ihr Blick auf Jaspers traf, erstarben ihr die Worte auf den Lippen. Lippen, die sich plötzlich in einem grotesken Versuch zu einem Lächeln dehnten. »Liebe Güte, Mylord. Ich habe Sie dort gar nicht gesehen. Es tut mir leid, ist unser Junge Ihnen im Weg?«

»Überhaupt nicht.« Er hielt immer noch den Regenschirm der Frau. Mit seiner anderen Hand half er dem Jungen beim Aufstehen. »Ist alles in Ordnung?«

»Ja, Mylord.« Er hielt den Blick fest auf den Boden gesenkt.

Jasper schien den Jungen zu kennen. »Logan, ich würde mich freuen, wenn du Saxton House in der Upper Brook Street aufsuchst. Ich kann sehen, dass diese Aufgabe nicht die beste für dich ist, und ich habe etwas Besseres im Sinn. Hier.« Er zog eine Karte aus der Tasche und gab sie Logan. »Gib dies meinem Butler – Thurber ist sein Name – und sag ihm, ich hätte dich geschickt.«

Schließlich sah der Junge zu ihm auf und in seinen großen haselnussbraunen Augen brannten die Tränen. »Aber Mylord, meine Mutter ...«

»Dieses neue Arrangement bezieht auch deine Mutter mit ein.«

Der Junge wischte sich mit der Hand über die Augen. »Ja, Mylord.«

»Also gut, dann.« Er wandte seinen jetzt frostigen Blick den Zwillingen zu. »Bitte lassen Sie Logans Sachen so rasch wie möglich nach Saxton House liefern. Logan, halte auf dem Weg an und hole deine Mutter ab.«

Der Junge lächelte zitternd. »Danke, Mylord.« Er stürmte davon.

»Aber«, wimmerte eine der Zwillinge, »wer wird nun unsere Sachen tragen?«

Jasper stieß eines ihrer Pakete mit seinem glänzenden schwarzen Stiefel an. »Das ist nicht meine Sorge.«

Olivia wusste, wie eisig sein Blick sein konnte, doch angesichts der Art und Weise, wie diese Frauen den kleinen Logan behandelt hatten, konnte sie kein Mitleid für sie empfinden. Jasper allerdings konnte sie verwundert ansehen. Er war wirklich von der anständigen Sorte. So anders als jeder andere Mann aus ihrer Erfahrung. Was ihre Täuschung noch schmerzlicher machte.

Olivia sah ihn mit einem Ausbruch von Respekt an. »Das war überaus barmherzig von Ihnen.«

Mit einem bestärkenden Nicken tätschelte Louisa Jaspers Unterarm. »Es schien, als ob du den Jungen kanntest.«

»Nur jemand in einer bedauernswerten Zwangslage. Ich habe seine Tante kürzlich eingestellt und hatte geglaubt, für ihn und seine Mutter eine gute Situation zu arrangieren. Mit meinem ersten Versuch war ich eindeutig nicht erfolgreich.« Der grimmige Zug um seinen Mund sagte Olivia, dass er nicht daran gewöhnt war, zu versagen und dass dies heftig an ihm fraß.

Dann kam es ihr – Mrs. Reddy. Das war Mrs. Reddys Neffe. Er hatte nicht nur ihr geholfen, sondern auch dafür gesorgt, dass ihre Schwester und das Kind nicht litten.

»Wohin werden sie gehen?«, fragte sie neugierig, zu erfahren, wie Saxton für ihr Wohlergehen sorgen würde, aber auch wissend, dass er dies auf jeden Fall tun würde.

Der Anflug eines Lächelns zupfte an seinem Mundwinkel. »Wie es der Zufall will, kenne ich einen Stiefelmacher, der eine neue Haushälterin braucht.« Er blickte sie in unausgesprochener Kommunikation an.

Meinte er etwa die Beattys? Hatte er ihnen ebenfalls geholfen? Sie konnte nicht anders, als ihn anzulächeln. Tatsächlich musste sie ihren Drang unterdrücken, ihn zu umarmen.

Ihr Lächeln welkte – seit ihrem Onkel hatte sie keinen Mann umarmen wollen und das war viele, viele Jahre her. Ihre Wachsamkeit ließ nach und obwohl Jasper anders war als die Männer ihrer Mutter, konnte sie es sich dennoch nicht leisten, ihm zu vertrauen.

KAPITEL ACHT

*M*ehrere Abende später hielt Louisas Kutsche um Punkt acht Uhr am Berkley Square vor einem großen Stadthaus. Mit seinen hell erleuchteten Fenstern und den fröhlichen Gästen, welche die Steintreppe emporstiegen, wirkte es einladend. Olivia wurde allerdings an ein Gebet an Gott erinnert, das sie in ihrer Jugend häufig aufgesagt hatte. *Führe uns nicht in Versuchung ...*

»Bist du bereit, Liebes?« Louisa tätschelte Olivias Arm, während Jasper aus der Kutsche stieg.

Sie setzte ein Lächeln auf, aber es fühlte sich an, als ob ihr Gesicht auseinanderbrechen würde. »Jederzeit.«

Louisa nickte und stieg mit Jaspers Hilfe aus. Mit angespannten Nerven rutschte Olivia zum anderen Ende des Sitzpolsters. Im Verlauf der letzten Tage hatte sie ihr Bestes getan, um sich auf dieses gesellschaftliche Debüt vorzubereiten, doch jetzt, da sie mit ihrer unmittelbar bevorstehenden Präsentation konfrontiert war, fand sie sich durch eine heftige Angst auf ihrem Sitz verhaftet. Obwohl Louisa ihr versichert hatte, es handle sich lediglich um eine kleine Dinnerparty und wäre somit perfekt für einen ersten

Vorstoß, krampfte sich Olivias Magen vor lauter Beklommenheit zusammen.

Jasper hielt ihr seine Hand hin. Trotz ihres übermäßig angespannten Zustands huschten kleine Schauder über ihre bloße Haut oberhalb des Handschuhs und unterhalb des gebauschten Ärmels ihres Seidenkleides. In den letzten Tagen hatten sie viel Zeit miteinander verbracht, aber nie allein, und seine unbeantworteten Fragen brannten zwischen ihnen.

»Kommen Sie heraus?« Er warf ihr ein halbes Lächeln zu, das ihr Herz einen Schlag aussetzen ließ.

»Ja.«

Olivia raffte ihren Rock zwischen den Fingern und stieg mit seiner Hilfe aus. Das Trio schritt die Stufen zu Lord Farringdons Stadthaus hinauf. Sie wurden in eine große, von poliertem Marmor glitzernde Eingangshalle eingelassen, von der aus sie in den Salon geführt wurden, in dem sich die anderen Gäste versammelt hatten. Olivia klammerte sich an Jaspers Arm. So viele Menschen. Es waren mehr als dreißig. Es war mehr, als sie erwartet hatte. Nächstes Mal würde sie von Louisa genau erfahren wollen, was diese mit »winzig« meinte.

Jasper beugte sich zu ihr und flüsterte in ihr Ohr. »Seien Sie nicht nervös. Wenn irgendjemand mit diesen Leuten klarkommt, sind Sie das.«

Louisa hielt sich noch immer an seinem anderen Arm fest, und sie fing unverzüglich eine Unterhaltung mit der ersten Person an, auf die sie stieß. Man machte sich miteinander bekannt und Olivia gab sich alle Mühe, den Namen des Gentlemans zu behalten, Sir Barnaby Addicock.

Jasper erbot sich, Getränke zu besorgen. Olivia sah ihm zu, wie er diese Aufgabe ausführte. In der Zwischenzeit gesellten sich andere zu ihrem Kreis, was weiteres miteinander Bekanntmachen und noch mehr Namen nach sich zog.

»Und woher stammen Sie, Miss West?«, fragte Sir Barnaby, sein Monokel schwenkend.

»Devon.«

»Großer Gott, das ist ganz schön weit.«

Die Frau neben ihm – Lady Addicock – tippte ihn mit ihrem Fächer an den Ellbogen. »Meine Mutter ist in Exeter aufgewachsen.« Sie blickte Olivia interessiert an. »Kennen Sie Exeter?«

»Ich stamme aus einem sehr kleinen Dorf.«

Jasper kehrte mit Sherrygläsern für sie beide und Louisa zurück. Als Olivia ihr Glas nahm, streifte sie dabei seine Finger.

Lady Addicock fragte: »Kennen Sie Whitestone?««

Olivia schüttelte den Kopf und war froh, dass die Frau nicht Newton Abbott gesagt hatte.

»Mutter hat von dort so schnell sie konnte geheiratet und nie wieder zurückgeblickt. Wie finden Sie London?«

»Fantastisch, danke«, antwortete Olivia couragierter. Die Unterhaltung verlief gar nicht so schlecht. Jasper hatte recht. Sie würde klarkommen.

Die Frau zwinkerte Louisa zu, als sie fortfuhr: »Lady Merriweather muss Ihnen alle Sehenswürdigkeiten zeigen. Waren Sie schon in Vauxhall?«

Wieder schüttelte Olivia den Kopf. Sie war schon viele Male in Vauxhall gewesen, aber niemals in den Logen, die von diesen Leuten gewiss besucht wurden.

»Das Theater? Natürlich nicht, da Sommer ist. Oh, aber der Haymarket ist geöffnet.«

Eine Woge der Angst schlug in Olivias Brust hoch und legte sich auf ihre Lungen. Sie vermied absichtlich, Jasper anzuschauen und nippte stattdessen an ihrem Brandy. Unvermittelt schien es sehr verlockend, von dieser bernsteinfarbenen Flüssigkeit zu nippen.

Die Frau drehte sich zu ihrem Begleiter um. »Ist Colman

nicht ein Freund von dir?« Der Mann nickte.

Sie sah zu Olivia zurück. »Colman leitet den Haymarket. Ein lebenslustiger Zeitgenosse.«

Diese Leute kannten Colman? Olivia kannte Colman. Er war derjenige, der sie vor die Tür gesetzt hatte. Es war bedrohlich nahe und einfach zu verstörend. Verzweifelt nach einer Art Notausgang suchend sah sie sich im Raum um. Eine junge Frau, die Olivias eigenem Alter nahekam, stand neben ihren Gastgebern. Sie lächelte Olivia freundlich an.

Lady Addicock sprach weiter: »Warum sehen wir uns morgen Abend eigentlich nicht alle zusammen ein Stück am Haymarktet an? Es wäre sicherlich großartig!«

Olivia lenkte ihre Aufmerksamkeit gerade wieder auf die Unterhaltung zurück, die um sie herum stattfand, als Jasper sie an den Ellbogen stieß und der Sherry sich über ihre Vorderseite ergoss. »Verzeihung, Miss West. Normalerweise bin ich nicht so ungeschickt.« Er sah sie eindringlich an.

Sie betupfte ihr Mieder mit einem Taschentuch. Das war kein dummer Unfall gewesen. Er hatte eingegriffen, um die Unterhaltung zu unterbrechen, aber warum? Um sie zu beschützen? Sie sah zu ihm auf, doch seine hellblauen Augen verrieten nichts.

»Komm Liebes, wir werden den Ruheraum aufsuchen«, bot Louisa an, die sie am Ellbogen fasste.

Als sie den Raum durchquerten, wurden sie von einer jungen Frau gegrüßt. Sie war ein wenig größer als Olivia, mit einem heiteren, runden Gesicht, das von Locken eingerahmt war, die vom gleichen satten Braun waren, wie die Schokolade, die Olivia heute Morgen bei Louisa genossen hatte – welch ein Luxus. »Guten Abend, Lady Merriweather. Großvater hat mir erzählt, Sie würden einen neuen Schützling mitbringen. Das muss sie sein.«

»Ja, Audrey, meine Liebe, dies ist Miss Olivia West. Olivia, dies ist Mr. Farringdons Enkeltochter, Miss Audrey

Cheswick. Ich frage mich Audrey, ob es dir etwas ausmachen würde, uns zum Ruheraum zu führen. Ich fürchte, mein Neffe war ein wenig ungeschickt mit seinem Getränk.«

»Das ist kein Problem.« Sie nahm Olivia am Arm. »Sie können gern hierbleiben Lady Merriweather. Ich werde dafür Sorge tragen, dass Miss West im Handumdrehen wieder in Ordnung gebracht ist.«

»Vielen Dank, aber ich sollte Olivia wahrscheinlich begleiten.«

Wenngleich Olivia für Louisas Fürsorge dankbar war, wollte sie ihr aber auch demonstrieren, dass sie zurechtkam. Vielleicht wünschte sie sich sogar, dass Louisa stolz auf sie wäre. »Warum bleibst du nicht und amüsierst dich? Es wird nur einen Augenblick dauern.«

»Bist du sicher?« Louisa sah sie mit einem prüfenden Blick an, um ihrer Frage Nachdruck zu verleihen. Ihre Aufmerksamkeit und Gespür für Olivias Nervosität waren rührend.

»Ganz bestimmt.« Sie tätschelte Louisas Hand zur Beruhigung und ließ sich dann von Miss Cheswick aus dem Zimmer führen.

Die junge Frau geleitete sie zur Eingangshalle zurück und zu einer Marmortreppe. »Großvater sagt, Sie seien neu in der Stadt.«

Olivia schritt die Stufen mit ihr hinauf. »Ja.«

»Ist es überwältigend? Ich habe mein gesamtes Leben in London verbracht, die Sommermonate natürlich ausgenommen. Nun, außer diesen Sommer. Ich bin bei Großvater geblieben, anstatt mich mit meinen Eltern nach Sussex aufs Land zurückzuziehen.« Ein schwacher Hauch von Rosa färbte ihre obere Wangenpartie. »Verzeihung, manchmal schweife ich ab. Deshalb bin ich auch hier und nicht in Sussex. Mutter dachte, ich könnte ein bisschen mehr städtischen Schliff gebrauchen.«

Bei Miss Cheswicks Vertraulichkeit löste sich Olivias Anspannung. Vielleicht würde Louisa recht behalten, und sie hatte bereits eine Freundin gefunden.

Als sie oben an der Treppe angekommen waren, führte Miss Cheswick sie nach rechts und dann in ein Zimmer. »Das ist das Ruhezimmer. Eigentlich handelt es sich um das Wohnzimmer des Obergeschosses. Und gleich dahinter«, sie wies auf eine andere Tür, »ist ein kleines Arbeitszimmer, in dem meine Großmutter ihre Briefe zu schreiben pflegte. Sie war eine großartige Briefschreiberin.« Miss Cheswick lächelte liebevoll.

Ihre beiläufige Erinnerung an die Familie brachte Olivia zu Bewusstsein, wie glücklich sie sich schätzen konnte, Louisa gefunden zu haben. Anstelle eines hohlen Schmerzes, durch die glücklichen Erinnerungen eines anderen ausgelöst, verspürte sie eine wohlige Zufriedenheit, die sich in ihr ausbreitete.

Miss Cheswick blickte stirnrunzelnd auf Olivias Kleid hinunter. »Das ist ein beachtlicher Fleck. Hat Saxton sein Getränk über sie verschüttet?«

»Ja, aber ich bin sicher, dass ich den Fleck herausbekommen kann.« Olivia versuchte, sich die Worte zu verkneifen, aber es war zu spät. »Ich meine natürlich meine Zofe.«

Ihre haselnussbraunen Augen funkelten vor Interesse. »Haben Sie früher Ihre Kleidung selbst gewaschen?«

Olivia war sich nicht sicher, wie sie darauf antworten sollte, doch abermals befolgte sie Louisas Ratschlag und sagte die Wahrheit. »Das Landleben ist völlig anders als hier.« *Wie auch das unprivilegierte Leben in London.*

»Nicht zu glauben. Sie können den Fleck aus Ihrem Kleid bekommen?«

»Wahrscheinlich.« Olivia konnte es und würde eventuell Dale ihre Vorschläge unterbreiten. Aber jetzt wollte sie erst einmal wieder nach unten zu Louisa gehen. »Miss Cheswick,

hätten Sie vielleicht etwas, womit ich dieses Malheur bede-
cken kann – ein Tuch vielleicht?«

»Bitte, nennen Sie mich Audrey.« Sie nickte. »Ich habe
genau das Richtige. Ein wunderschönes elfenbeinfarbenes
Norwich-Umschlagtuch. Ich gehe es holen.« Sie verließ das
Zimmer auf demselben Weg, auf dem sie hereingekommen
waren, und schloss die Tür hinter sich.

Olivia drehte sich, um sich im Zimmer umzusehen, das
einige Sessel und ein Sofa enthielt. Über einem Tisch, mit
einem Wasserkrug und mehreren kleinen Tüchern, hing
außerdem ein großer Spiegel. Vermutlich war dieses Arrangement für den heutigen Abend vorbereitet worden.

Sie betrachtete ihr Spiegelbild. Ein bernsteinfarbener
Streifen befleckte ihr Kleid vom Mieder bis zur Taille.

Das Klicken der sich öffnenden Tür weckte ihre
Aufmerksamkeit. Als sie im Türrahmen nicht Audrey,
sondern Jasper erblickte, erstarrte sie. Er schloss die Tür
hinter sich. »Ich bin gekommen, um nachzusehen, ob es
Ihnen gut geht. Es tut mir leid, dass ich den Sherry
verschüttet habe, aber ich musste eine Möglichkeit finden,
dieser Unterhaltung ein Ende zu setzen.«

»Das habe ich mir schon gedacht. Ich danke Ihnen für
Ihre Hilfe.« Sie schenkte ihm ein Lächeln und wollte ihm
ebenfalls für die Hilfe danken, die er Mr. Beatty und seinen
Kindern hatte zukommen lassen, doch bei seiner gestrengen
Miene erstarben ihr die Worte auf den Lippen.

Die Stirn tief in Falten gelegt, schritt er auf sie zu. »Ich
habe nicht Ihnen geholfen. Ich habe Louisa geholfen. Ich bin
ziemlich beschämt über mich, weil mir vollkommen
entfallen war, dass Sie unter falschem Vorwand bei ihr sind.
Sie hält Sie für eine Base ihres geliebten Mannes, doch Sie
sind nichts weiter als eine gewöhnliche Schauspielerin.«

Olivia verstand sein Schutzbedürfnis für Louisa und
bewunderte ihn sogar dafür. »Ich werde ihr keinen Schaden

zufügen.« Jedenfalls nicht willentlich. Wie sie zugeben musste, war die Unterhaltung im Erdgeschoss gefährlich nahe an die Enthüllung ihrer Herkunft gekommen, und das nicht nur vor Louisa, sondern auch vor der Creme de la Creme der feinen Gesellschaft Londons.

»Ich fürchte, Ihre Zusicherungen sind unzureichend. Schon einmal habe ich versucht, Ihnen zu vertrauen und bin krachend gescheitert.« Eine Armlänge von ihr entfernt blieb er stehen. »Es ist an der Zeit, dass Sie mir sagen, was Sie mit Louisa vorhaben.«

Olivias Magen ballte sich zusammen. Sie bewegte sich auf einem schmalen Grat zwischen Wahrheit und Täuschung. Sie spielte mit dem Gedanken, ihm zu eröffnen, dass sie tatsächlich Merrys Tochter war, aber Louisa hatte ganz klar gesagt, sie solle absolute Verschwiegenheit darüber wahren. Allen gegenüber. »Ihre Tante hat mich gefunden. Sie hat Ihnen meine Taschentücher gezeigt und wie sie zu Merrys Entwurf passen. Sie haben die Schachtel gesehen, von der ich sie kopiert habe.«

Seine Augen glitzerten im Kerzenlicht eines Leuchters neben dem Spiegel. »Sie sagte auch, Sie seien auf der Suche nach Ihren Verwandten nach London gekommen. Bei unserem Kennenlernen haben Sie nichts von einer solchen Suche erwähnt. Ich frage mich, warum eine junge Frau mit solchen Aussichten einen Earl zu betrügen versucht.« Er legte den Kopf schief. »Sie erkennen also, wie leicht es für mich war, daraus zu schließen, dass es sich lediglich um einen weiteren Ihrer schlecht ausgeklügelten Pläne handelt.«

Seine Nähe verstärkte ihre Not noch und verflixt nochmal, sie weckte ihr Verlangen. Sie wich einen Schritt von ihm zurück. »Ich schwöre, das ist es nicht. Ich hatte gehofft, meine Verwandten zu finden, aber ich hatte keine Mittel.« Die Lüge brannte ihr auf der Zunge. Sie nahm sich vor, sich so bald als möglich mit Louisa darüber abzustimmen, Jasper die Wahrheit zu sagen. Sie wusste nicht, wie viel länger sie noch tolerieren konnte, ihn zu betrügen.

»Doch als ich Ihnen meine Karte anbot, war Ihr erster Gedanke, mich zu beschwindeln, anstatt mich um Hilfe auf der Suche nach Ihrer Familie zu bitten.« Er schüttelte den Kopf. »Bemühen Sie sich noch einmal.«

»Ich habe mich entschuldigt. Ich bedaure mein Verhalten zutiefst.« Sie konnte den flehenden Tonfall in ihrer Stimme nicht verhindern und verabscheute, diesen Mann um irgendetwas bitten zu müssen. »Ich habe wirklich nicht daran gedacht, Sie um Hilfe zu bitten. Sie haben mich für eine Hure gehalten. Männer wie Sie helfen Frauen wie mir nicht.«

»Männer wie ich?« Sein Blick wurde schmal und er trat auf sie zu. Wie leicht es ihm fiel, trotz seines hellen Haars und der noch helleren Augen finster und bedrohlich zu wirken. Seine Hitze strahlte in Wellen von ihm ab. »Sie wissen sehr wenig von mir, aber was Sie wissen, insbesondere, was Sie in der Nacht unseres Kennenlernens beobachtet haben, hätte Ihnen zeigen sollen, dass ich ein Mann bin, der den Leuten hilft.«

»Das weiß ich … jetzt.« Die Wahrheit überschwemmte ihre Gedanken und wollte hervorsprudeln. Sie konnte diese List nicht mit ihm aufrecht erhalten. Das wollte sie wirklich nicht. Aus welchem Grund auch immer brannte seine Unfähigkeit, ihr zu vertrauen und wenn es auch nur ein kleines bisschen war. Sie warf einen Blick zur Tür hinter ihm. »Sie müssen gehen. Audrey kehrt zurück.«

Er reagierte nicht auf ihre Warnung. »Ich glaube nicht, dass Sie Merrys Base sind, und offenkundig haben Sie meine Tante über Ihre Arbeit am Haymarket und unsere bereits bestehende Bekanntschaft belogen. Würde es Louisa nicht interessieren zu hören, wie Sie versucht haben, mich zu beschwindeln? Darüber hinaus haben Sie meine zehn Pfund genommen, also muss ich Diebstahl zu Ihren Delikten hinzufügen.«

O Gott, die zehn Pfund. Wie konnte sie nur vergessen haben, das Geld zurückzuzahlen? »Ich werde das Geld morgen zurückschicken. Das hatte ich beabsichtigt. Immer. Ich habe es Ihnen immer zurückzahlen wollen.« Sie plapperte. Ihr zitterten die Knie. Ihr Magen war ein einziges Knäul. Vielleicht war es noch nicht zu spät, Louisa zu fragen, ob sie gehen könnten.

Louisa.

Freilich hatte Olivia ihr nichts über ihre Arbeit am Theater erzählt oder wie sie Jasper zu überlisten versucht hatte. Sie glaubte nicht, dass Louisas Großherzigkeit sich auf eine beinahe Hure erstrecken würde. Olivia schluckte. »Bitte sagen Sie Louisa nichts.«

Er antwortete nicht sofort, sondern ließ die Stille unendlich andauern. »Das werde ich nicht. Zumindest jetzt nicht, aber nur, weil es sie aufregen würde. Ich ziehe vor, das zu vermeiden.« Sein Blick schweifte mit beharrlicher Präzision über sie hinweg. »Ich habe versucht, hinter Ihre Motive zu kommen. Ist es nur das Geld? Oder sind Sie auch hinter gesellschaftlicher Position und Ansehen her? Schauen Sie sich jetzt an. Nur vor einer Woche haben sie Schlachtpläne ausgekocht, wie Sie Gentlemen wie mich für läppische zehn Pfund betrügen könnten.«

Wie lang würde er sie noch damit quälen? »Bitte hören Sie auf, darauf herumzuhacken! Ich habe meinen Fehler zugegeben und ich werde das Geld morgen zurückgeben. Könnte das bitte das Ende davon sein?«

»Nicht, wenn Sie einen Weg gefunden haben, sich in das Leben meiner Tante einzumischen. Das ist erst der Anfang, fürchte ich.«

»Ich verspreche, ihr nicht wehzutun«, gelobte sie.

»Das werden Sie nicht, denn dafür werde ich Sorge

tragen. Konzentrieren Sie sich einfach darauf, Ihren Plan beizubehalten und Louisa herauszuhalten. Was sich dort unten zugetragen hat, darf nicht noch einmal passieren. Wenn irgendjemand herausfindet, dass Sie Schauspielerin waren und von Gott-weiß-woher, aber nicht von Devon stammen, würde sie zur Zielscheibe von Hohn und Spott werden.«

Olivia zuckte bei dem Gedanken zusammen, dass Louisa ausgelacht werden könnte. Mit schwacher Stimme meinte sie: »Ich bin tatsächlich in Devon aufgewachsen.«

Er kräuselte die Lippen in einer rundweg arroganten Weise. »Wahrscheinlich sollte ich das einmal überprüfen.«

Panik stieg in ihrer Brust auf, doch Olivia weigerte sich, ihn dies sehen zu lassen. Es war nicht *sie*, die darüber log, Merrys Base zu sein. Dieser Teil – das Einzige, worüber er so furios disputierte, war ironischerweise die Erfindung seiner Tante.

»Nur zu«, ermunterte sie ihm mit aller Tollkühnheit, die sie aufbringen konnte.

»Wie ist der Name des Dorfes?« Er rührte sich nicht, doch sie fühlte sich dennoch in die Ecke gedrängt. Trotz des wilden Zitterns ihre Beine würde sie den Kopf nicht einziehen. »Newton Abbott.«

Plötzlich öffnete sich die Tür und Jaspers Verhalten änderte sich vollkommen. Er bewegte sich rasch und schob einen Stuhl zwischen sie. Seine Gesichtszüge entspannten sich zu einem heiteren Ausdruck.

»Verzeihen Sie, Miss Cheswick«, meinte er. »Ich habe nur gerade nach Miss Wests Wohlergehen sehen wollen. Es war so ungeschickt von mir, ihr Kleid zu ruinieren. Ich fühle mich ganz furchtbar deswegen.«

Audrey stand dort mit dem Tuch, das sie zwischen den Fingerspitzen hielt. Ihre Wangen färbten sich rosa und ihr

Mund stand ein bisschen offen. Endlich stammelte sie: »L-l-ord Saxton.«

Jasper verbeugte sich knapp vor Olivia. »Ich sehe Sie dann unten. Ich bitte nochmals um Verzeihung.«

Er schritt an Audrey vorbei und sah sie mit einem umwerfenden Lächeln an. Audreys Augen verschleierten sich und ihre Mundwinkel zogen sich nach oben. Olivia konnte fast sehen, wie sie unter dem Glanz von Jaspers Aufmerksamkeit dahinschmolz. Reagierten die Frauen normalerweise so auf ihn? Hatte ihre Abweisung seine Wut nur noch angefacht, die bereits so ausgeprägt gewesen war, nachdem sie ihn ausgetrickst hatte?

»Es besteht keine Notwendigkeit, dies irgendjemandem gegenüber zu erwähnen.« Er nahm Audreys Hand und streichelte ihren Daumen, ehe er das Zimmer verließ.

Verblüffend. Olivia konnte kaum glauben, dass der gleiche Gentleman sie gerade mit Beschuldigungen und Drohungen geplagt hatte.

Audrey drehte sich um und sah noch lange auf die Tür, nachdem Jasper gegangen war. Schließlich trat Olivia zu ihr. »Danke für das Tuch.«

Sie drehte sich um und übergab Olivia das Accessoire aus Spitze. Noch immer waren ihre Augen groß und die Lippen zu einem Lächeln geformt. »Er hat noch nie vorher zu mir gesprochen. Und er … *hat meine Hand berührt. Hier.*« Audrey half ihr, das Tuch um die Schultern zu arrangieren und es so zurechtzuziehen, dass der Fleck verdeckt war. »So, das wird für den restlichen Abend genügen.« Sie drehte sich um und betrachtete sich im Spiegel. Augenscheinlich zufrieden mit dem, was sie dort erblickte, drehte sie sich wieder zu Olivia zurück. »Ich hatte heute Abend gehofft, Saxtons Aufmerksamkeit zu erregen. Wenn er Ihnen nicht den Sherry auf das Kleid gespritzt hätte, wären wir nicht hier oben gewesen und er wäre nicht gekommen, um nach Ihnen zu sehen ...« Ihr Gesicht nahm einen träumerischen Ausdruck an.

»Gibt Ihr Großvater deshalb dieses Fest? Damit Sie Saxton kennenlernen können?«, fragte Olivia, die dankbar für etwas war, womit sie ihren Verstand ablenken konnte, einmal abgesehen von Jaspers Verhör.

Sie errötete auf eine hübsche Art. »Gewissermaßen. Es gehen Gerüchte um, dass er endlich in Erwägung zieht, eine Braut zu wählen. Bei so vielen heiratsfähigen Anwärterinnen, die für den Sommer aus London fort sind, dachte ich, meine Chance zu nutzen.« Ihre Augen leuchteten auf. »Sie sind seine Base. Vielleicht könnten Sie mir helfen?«

Warum nicht? Ein Jasper, der mit einer anderen Frau beschäftigt war, war ein Jasper, der sich nicht mit ihr befasste. Und vielleicht könnte sie dann die restliche Dinnerparty durchstehen. »Ich bin sehr gern behilflich.«

Doch der morgige Tag würde unweigerlich kommen und Jasper beabsichtigte nicht, ihre Lügen zu akzeptieren. Sie hätte wissen sollen, dass dieses Leben zu schön war, um wahr zu sein.

⁓

*A*m nächsten Morgen traf Jasper in Louisas Stadthaus ein, damit Olivia für die Weste bei ihm Maß nehmen konnte, die sie schneidern wollte. Er war keineswegs sicher, ob er imstande war, diese Maskerade der Akzeptanz beizubehalten, wenn ihre Lügen völlig durchsichtig waren.

Außerdem war er sich der Reaktion seines Körpers nicht sicher, wenn sie ihn berührte.

Trotz ihrer Täuschung begehrte er sie immer noch. Tatsächlich sogar stärker denn je. Der zurückliegende Abend bei den Farringdons war eine knappe Angelegenheit gewesen. Miss Cheswick hatte sie nicht auf frischer Tat ertappt, aber Jasper durfte nicht mehr mit ihr allein sein. Leider war sie zu einer zweiten Abigail geworden. Zu einer Frau, die er begehrte, aber unmöglich heiraten konnte. Zu einer Frau, die er ruinieren konnte.

Bernard kündigte ihn an, und er betrat das Wohnzimmer. Olivia stand vom Sofa auf. Sie war genauso schön wie gestern Abend und ihre Augen so leidenschaftlich wie stets.

»Guten Morgen, Jasper, mein Lieber.« Louisa stand direkt bei der Tür und war voller Energie. »Bist du bereit, dich vermessen zu lassen? Ich habe meine Maße heute Morgen schon nehmen lassen. Olivia hat ein besonderes Kleid für mich entworfen. Entschuldige mich einen Moment. Ich muss Bernard anweisen, jemanden zu schicken, einen Stoff zu kaufen, den wir bei Deacon und Bothe gesehen haben.« Wie ein kleines Vögelchen flatterte sie aus dem Zimmer.

Jasper wandte seine Aufmerksamkeit Olivia zu. Sie trug ein schlichtes, gelbes Kleid und sah frisch und unschuldig aus. Jammerschade, dass er es besser wusste.

Ihre Finger spielten mit einem Maßband in ihrer Hand. »Guten Morgen, Mylord.«

»Wir müssen uns nicht mit Höflichkeiten aufhalten. Ich habe beschlossen, es ist an der Zeit für Sie, Louisa die Wahrheit zu sagen.«

Ihre Augen blitzten auf und sie ruckte mit dem Kopf zurück. »Welche Wahrheit?«

»Über Ihr früheres Leben. Wie ich weiß, besitzen Sie diese Schatulle, die Merry bemalt hat – und ich zweifle nicht an, dass er sie bemalt hat –, doch wir können wirklich nicht wissen, wo Sie das Stück gefunden haben.«

Sie hatte die Stirn, empört auszusehen. »Sie gehörte meiner Mutter. Das ist die Wahrheit.«

»Das sagen Sie.«

»Es stimmt!« Sie ballte das Maßband in ihrer Faust zusammen. »Ach, glauben Sie nur, was Sie wollen. Louisa und ich kennen die Wahrheit.«

»Louisa kennt die Wahrheit, die Sie ihr eingeredet haben. Sie waren nicht in London, um Ihre Familie zu suchen, und Louisa verdient, zu erfahren, was für eine Ränkeschmiedin Sie sind.«

»Warum? Ich würde dagegenhalten, dass sie die Beziehung verdient, die wir aufbauen. Sie wünscht sich eine Tochter, und ich will ...«

Er rückte näher. »Was wollen Sie?«

Ein Teil der Glut schwand aus ihrem Blick. »Ich möchte hierbleiben.«

Er konnte die Sehnsucht in ihrem Tonfall hören und empfand beinahe Mitleid mit ihr. Doch er durfte Louisa nicht für sie opfern. »Ich kann Ihnen nicht helfen, meine Tante anzulügen.«

Olivia machte den Mund auf, um mehr zu sagen, doch Louisa kehrte geschäftig ins Zimmer zurück. »Ich dachte, ihr hättet schon längst angefangen.«

Jasper sah Olivia an. »Wie hätten Sie mich gern?«

Ihre Augen weiteten sich geringfügig. Er hatte diese Anspielung nicht beabsichtigt, doch sie hatte es eindeutig so aufgefasst. Und darauf geriet sein eigenes Blut in Wallung, ohne dass er es hätte verhindern können.

Olivia wandte den Blick ab. »Sie sollten Ihren Frack ablegen.«

»Und deine Weste, denke ich. Vielleicht sogar dein Hemd«, überlegte Louisa. Olivia warf ihr einen beunruhigten Blick zu. »Das ist schon in Ordnung, Liebes. Wir werden niemandem sagen, dass du Jasper mit freiem Oberkörper gesehen hast.«

Jasper bellte beinahe vor Lachen. Das hatte sie längst gesehen und mehr.

Olivia zitterten die Hände, als sie das Maßband zwischen den Fingern hielt. »Das wird nicht nötig sein. Immerhin wird er seine Weste nicht ohne Hemd tragen.« Sie warf ihm einen heimlichen Blick zu, und Jasper fragte sich, ob sie ihn sich nicht so vorgestellt hatte. Sein Körper spannte sich an. Dies war gefährliches Terrain.

Er streifte den Frack ab und legte ihn genauso über einen Stuhl, wie in ihrer Wohnung, als sie ihn verführt hatte. *Denke nicht daran.* Rasch streifte er seine Weste ab und deponierte sie auf dem Frack.

Louisa saß auf dem Sofa, während Olivia auf ihn zuging. »Heben Sie bitte die Arme. Gerade ausgestreckt, ja.« Sie stellte sich vor ihn und maß ihn von der Schulter bis zur Taille.

Bei der ersten Berührung ihrer Hand sog er die Luft ein. Gott, das würde so nicht gehen. Er wurde bereits hart. Er drehte sich leicht, um Louisa mehr von seinem Rücken zu zeigen.

Olivia sah zu ihm auf. »Bleiben Sie bitte ruhig stehen.«

»Ich dachte, Sie könnten das Licht von den Fenstern nutzen.« Er richtete den Blick starr geradeaus und versuchte, an die Äpfel zu denken, die draußen am Baum reiften.

Sie spannte das Maßband von einer Schulter zur anderen über den oberen Teil seines Brustkorbs. Da bloß das Gewebe seines Hemdes ihre Berührungen von seiner Haut abschirmte, empfand er jede einzelne mit verheerender Genauigkeit. Sein Körper heizte sich bis zu einem fast unerträglichen Grad auf. Er konzentrierte sich auf die verdammten Äpfel und darauf, die Arme ausgestreckt zu lassen. Himmel, sie duftete nach Lavendel und Honig, so süß und köstlich. *Denk an die Äpfel* – die sind auch süß und köstlich. *Gottverdammt nochmal.*

Die Stimme seiner Tante unterbrach den Disput in

seinem Kopf. »Wir freuen uns schon sehr auf den Faversham-Ball, Jasper. Du wirst natürlich mit Olivia tanzen.«

»Natürlich.« Vor lauter Verlangen hatte seine Stimme eine tiefere Tonlage angenommen. Olivia hörte auf zu messen und den Blick unterhalb seines Hosenbundes geheftet, erstarrte sie.

Wieder sah sie zu ihm auf, und beinahe wäre ihm der elektrisierende Blick zum Verhängnis geworden, den sie austauschten. Er riss seinen Blick von ihrem los und verdammte jeden einzelnen Apfel an diesem Baum.

Sie trat hinter ihn und maß von seinem Hals bis zum Ansatz seines Rückgrats. Diese Tortur wurde nicht besser. Dann schlang sie das Maßband um seinen Oberkörper herum und er schloss die Augen in süßer Qual. Ihre Finger streiften über seine Brustwarze und sein Schaft spannte sich gegen seine Hose. Wenn sie nicht bald fertig wäre, würde er sich vollkommen lächerlich machen.

Sie ließ das Maßband zu seiner Taille sinken und es entglitt ihr. Sie musste um ihn herumgreifen, um es wieder an die richtige Stelle zu schieben, und ihre Hände kamen seiner Erektion gefährlich nahe. Er konnte das Zucken seiner Hüften zur Antwort nicht verhindern.

»Fertig!« In aller Hast packte sie das Maßband, um von ihm fortzukommen.

Jasper wagte nicht, sich umzudrehen. Er streckte die Hand nach hinten aus und zog die Weste vom Stuhl, ehe er eine geraume Zeit damit verbrachte, sie zuzuknöpfen. Das gleiche tat er mit dem Frack.

»Hast du ein Muster für die Weste, das du uns zeigen könntest, Olivia?«, fragte Louisa.

»Noch nicht.« Sie klang ein bisschen atemlos und die Tatsache, dass sie ebenso berührt war wie er, trug nichts dazu bei, sein Glühen abzukühlen.

»Jasper, Olivia schneidert ein sehr schönes Kleid für mich. Würdest du gern die Skizzen sehen?«

Als er seiner Lust endlich Herr geworden war, drehte er sich um. Louisa hatte das Skizzenbrett auf ihrem Schoß liegen, sodass Jasper nichts anderes übrig blieb, als hinzugehen und es sich anzuschauen. Die Skizze war wundervoll. Es würde Louisas zierlicher Statur wunderbar schmeicheln.

Er sah zu Olivia, deren Wangen nach ihrer Begegnung noch immer gerötet waren. »Sie sind sehr talentiert.« Er wollte wissen, warum Olivia sich weiter als Näherin plagte, da sie jetzt doch solch ein leichtes Leben gefunden hatte. »Aber Tante, warum stellst du nicht jemanden ein, der das Kleid näht? Olivia hat sicherlich bessere Dinge mit ihrer Zeit anzufangen.«

Olivia verstaute ihre Maßbänder und die Notizen mit Jaspers Maßen in einem Korb voller Nähutensilien. »Ich mache das sehr gern. Betrachten Sie es als ein Hobby, Mylord.« Sie hielt den Blick von ihm abgewandt.

»Tatsächlich«, meinte Louisa, »haben wir eine Bedienstete zur Vollzeitnäherin befördert. Olivia hat nun alle Hilfe, die sie braucht, um ihre Kreativität zu fördern.« Louisa strahlte sie an und Jasper bemerkte den Gebrauch des Wortes »wir«, als ob sie Partner wären. Eine Familie. Und in dem Moment wusste er, dass er seiner Tante mit der Wahrheit über Olivias Hintergrund nicht das Herz brechen konnte. Wenn Louisa wollte, dass Olivia Merrys Base wäre, nun, dann würde er sie lassen. Er würde allerdings verdammt nochmal Sorge dafür tragen, dass niemand sonst die Wahrheit erfuhr, und dass Olivia seine Tante nicht für irgendeinen schändlichen Zweck benutzte.

»Ich mache mich auf den Weg zu meinem nächsten Termin.« Auf dem Weg hinaus küsste er seiner Tante die Hand, doch er hielt sich davon ab, Olivia das Gleiche anzubieten. Nicht, weil er nicht wollte, sondern, weil es zu leicht wäre, seine Lippen für einen Augenblick länger verweilen zu lassen, als der Anstand erlaubt – und das konnte er nicht tun.

Sie war keine gewöhnliche Schauspielerin mehr, der er in den dunklen Nachtstunden weitab von Mayfair nachstellen konnte. Jetzt war sie die respektable – zumindest in den Augen der Gesellschaft – Base eines Viscounts und neu gefundener Schützling der geschätzten Viscountess Merriweather. Sie war unberührbar und leider auch nicht heiratsfähig, da er die Wahrheit über sie kannte.

Er musste sich von ihr fernhalten, während er dafür sorgte, dass sie Louisa in keiner Weise in Verlegenheit brachte. Als würden solche Überlegungen ihn nicht schon genügend beschäftigen, musste er auch verhindern, dass der Herzog von Olivias Hintergrund erfuhr. Falls ihm dies nicht gelingen würde, wären alle anderen Dinge belanglos.

KAPITEL NEUN

Jasper hielt sich in den folgenden Tagen von Louisa und Olivia fern. Er hatte einen Mann nach Newton Abbott geschickt, einfach um zu sehen, was sich herausfinden ließe. Er musste in Erfahrung bringen, ob jemand, wie beispielsweise Holborn in der Lage wäre, Olivias Herkunft erfolgreich auf die Spur zu kommen. Noch wichtiger war allerdings, dass Jasper es selbst wissen wollte. Er hatte ihre Rolle in Louisas Leben akzeptiert, aber er traute ihr immer noch nicht.

Er hatte eine Ausfahrt in den Park unternommen und sich zur Aufgabe gemacht, mit Lady Philippa zu sprechen, um die Gerüchte über eine mögliche Brautwerbung anzufachen. Sie hatte sich entzückend und gelassen gegeben, ganz wie es sich für eine zukünftige Herzogin gebührte. Warum war Jasper dann immer noch von Gedanken an Olivia besessen?

Weil er sie mehr denn je begehrte. Zur Bezwingung seiner Lust hatte er jeden Abend im Black Horse verbracht, wo er seine Kampfkunst perfektionierte. Heute Abend musste er allerdings auf den Faversham Ball gehen. Er *musste*.

Wenn man im August in der Stadt war, verpasste man dieses Ereignis einfach nicht. Schon gar nicht, weil er Lady Philippa angekündigt hatte, dort zu sein.

Sein Kammerdiener, ein kräftiger Waliser mittleren Alters namens Williams, den er in seine Dienste genommen hatte, nachdem dieser auf der Straße nach York gestrandet war, starrte auf den Puder auf dem Frisiertisch. »*Das* wollt Ihr Euch aufs Auge schmieren?«

Sevrin hatte ihm den kosmetischen Puder empfohlen, um die Verfärbung des Blutergusses um das Auge abzuschwächen, den er sich gestern Abend eingehandelt hatte. Entweder dieser Puder oder er müsste mit einem Veilchen aus dem Haus gehen, das unweigerlich die Blicke auf sich ziehen würde.

»Hast du eine bessere Idee?«, fragte Jasper und betrachtete Williams im Spiegel.

»Ich bin keine Kammerzofe.«

»Du bist das Nächstbeste.«

Williams brummte, und das war zugleich seine bevorzugte Ausdrucksform. »Nun denn, dann dreht Euch um. Ihr könnt das nicht so einfach mit dem Rücken zu mir aufgetragen bekommen.«

Jasper drehte sich um. Williams war nicht groß, was für das Auftragen der Kosmetik recht praktisch war. Mit einem Tuch tupfte er den Puder unter Jaspers Auge. Williams runzelte die Stirn. Er tupfte noch ein wenig mehr auf. »Schade, dass Sie kein Waliser sind. Mit einem dunkleren Teint würden Ihre blauen Flecken kaum auffallen.« Wieder Stirnrunzeln. Gefolgt von noch mehr Tupfen. Wenn seine Lippen noch tiefer wanderten, könnten sie ihm einfach aus dem Gesicht rutschen. Endlich brummte er.

»Was?« Jasper drehte sich wieder dem Spiegel zu. Ein grässlicher weißer Kreis umgab sein Auge. Er sah aus, als hätte ihn jemand in Mehl getunkt.

»Wenn wir diese Farbe in Eurem gesamten Gesicht verteilen würden, sähe es nicht so ... seltsam aus, vermute ich.«

»Schon gut.« Jasper nahm ein weiteres Tuch und wischte den Puder ab. Er verschmierte, ließ sich jedoch nicht sauber entfernen. »Wasser, bitte.«

Williams tauchte sein Tuch in ein Wasserbecken auf dem Schminktisch. »Dreht Euch um.«

Jasper tat es und gestattete seinem Diener, ihm sein normales Aussehen zurückzugeben, auch wenn es mit einem Bluterguss war.

Beinahe eine Stunde später schritt er in den Ballsaal der Favershams. Es wehte kaum ein Lüftchen in der heißen Spätsommerluft, und in der Hoffnung auf ein wenig Erleichterung waren die Fenster geöffnet. Obschon die Menschenmenge nicht so umfangreich wie in Zeiten der regulären Saison war, handelte es sich hier zweifellos um die meistbesuchte private Veranstaltung des Sommers.

Er ließ den Blick über die Menge schweifen und schaute sich nach den dunkelbraunen Locken von Lady Philippa um. Doch dann geriet Olivias rotbraune Schönheit in sein Sichtfeld. Sie stand neben Louisa und kühlte sich mit einem sanften Schwingen ihres Fächers ab. Eine Handvoll männlicher Verehrer scharten sich um sie wie brünstige Hengste.

Obschon er ihr besser aus dem Weg gehen sollte, ging er dennoch auf sie zu. Es war, als wären seine Füße nicht mit seinem Gehirn verbunden. Leider war er nicht der Einzige, der ihre Gesellschaft suchte. Seine Mutter und sein Vater hatten denselben Moment gewählt, um Louisas Schützling kennenzulernen. Die um sie versammelte Gruppe von Gentlemen, löste sich in Anwesenheit des Herzogs und der Herzogin auf.

Jaspers Magen ballte sich zusammen. Er hatte keine

Vorstellung, was Holborn von Olivia halten würde. Würde er ihre List durchschauen und sie zur Rede stellen?

Louisa neigte den Kopf in Richtung ihres Bruders und ihrer Schwägerin. »Holborn, Euer Gnaden, das ist Merrys Cousine, Miss Olivia West. Olivia, mein Bruder, Seine Gnaden, und seine Frau, Ihre Gnaden.«

Olivia vollführte einen annehmbaren Knicks.

Holborn bedachte sie mit einem oberflächlichen Blick. »Sie sind aus Devon, ist das richtig? Ich habe einmal Pferde aus Devon gekauft. Ich war natürlich nie selbst dort.«

Olivia nickte. Ihr schauspielerisches Können schien jegliche Nervosität zu verheimlichen. Vielleicht war sie aber auch einfach nicht nervös. Für manche Menschen war Lügen so einfach wie das Atmen.

Jaspers Mutter richtete ihren blaugrauen Blick auf Olivia und sah sie mit einem recht verkniffenen Blick an. Sie behandelte allerdings jeden auf diese Weise. »Wie erfreulich, dass Sie Lady Merriweather gefunden haben.« Sie schenkte Louisa ein nichtssagendes Lächeln. »Ich kann mir vorstellen, dass dies eine ziemliche Verbesserung zu Ihrem Leben in Devon ist.«

Louisas Augen wurden schmal, aber sie besaß genügend Verstand, um nicht die Aufmerksamkeit auf den unhöflichen, anzüglichen Kommentar der Herzogin zu lenken.

Olivia blinzelte nur und entgegnete: »Ich freue mich sehr, mit Louisa hier zu sein, danke.« *Gut gemacht.*

Die Herzogin schüttelte den tadellos frisierten Kopf. »Trotzdem muss es schwierig sein. Ein erheblicher Wechsel des Standes, würde ich sagen.«

Und das reichte vollkommen. Jasper bot Olivia seinen Arm. »Miss West, ich glaube, das ist unser Tanz.«

Olivia legte die Hand um seinen Arm und neigte den Kopf vor dem Herzog und der Herzogin, als Jasper sie auf die

Tanzfläche führte. »Eigentlich stehen Sie nicht auf meiner Tanzkarte«, bemerkte sie.

»Würden Sie lieber bei meinen Eltern bleiben? Ihre Gnaden kommt gerade erst in Fahrt.«

»Nein, danke. Wie sind Sie mit ihnen aufgewachsen?«

»Ich hatte Kindermädchen, Gouvernanten, Lehrer. Eine jüngere Schwester zum Quälen. Ich habe meine Eltern nur selten gesehen.« Das war bis zu James' Tod so gewesen. Dann hatte Jasper Holborn erheblich öfter gesehen, als ihm lieb war.

Sie nickte, als sie sich für den Tanz auf ihren Platz begaben.

Er neigte den Kopf dicht zu ihr und murmelte: »Ich habe gar nicht daran gedacht, zu fragen. Wissen Sie überhaupt, wie man tanzt?«

Sie zog eine Augenbraue hoch und hob ihr Handgelenk. »Offensichtlich, denn ich habe eine Tanzkarte.«

Er hatte die Karte natürlich bemerkt. »Das war eine berechtigte Frage, wenn man bedenkt, was ich über Sie weiß. Ich wollte Sie nicht beleidigen.«

Die Musik setzte ein, und in den ersten Minuten konzentrierte sie sich sehr aufmerksam auf die Schritte. Sie kannte den Tanz tatsächlich, aber es schien schon eine Weile her zu sein, seit sie ihn getanzt hatte.

Sie bewegten sich im Quadrat der Tänzer erst auseinander und dann zusammen. Er erblickte Lady Philippa, die in einem anderen Viereck tanzte. Er sollte seine Aufmerksamkeit auf sie richten und nicht auf die schöne Sirene, die ihn betört hatte, aber er musste Olivias Vorgehen weiterhin im Auge behalten. Die Schritte fielen ihr jetzt leichter, und sie bewegte sich mit Anmut und Präzision. Sie schien sich gut aufführen zu können, und von Farringdons Dinnerparty wusste er, dass sie mehr als fähig war, sich in einem

Gespräch zu behaupten. Er war es gewesen, der in Panik geraten und ihr den Sherry aufs Kleid geschüttet hatte.

Trotz alledem konnte er nicht darauf vertrauen, dass ihre Lügen nicht auffliegen würden. Er musste dafür sorgen, dass dies nicht passierte, oder die Bedrohung irgendwie aus dem Weg schaffen. Leider konnte man den Herzog von Holborn nicht »entfernen«.

Als sie wieder zusammenkamen, runzelte sie die Stirn. »Sie sehen aus, als hätten Sie eine weitere Auseinandersetzung gehabt, seit ich Sie das letzte Mal gesehen habe.« Sie senkte die Stimme zu einer diskreten Lautstärke. »Ich weiß, dass Sie im Black Horse kämpfen.«

Niemals hätte er sich gestattet, inmitten eines Ballsaals Überraschung oder eine andere starke Emotion preiszugeben, doch er strauchelte und musste kämpfen, um sich an den nächsten Schritt zu erinnern. Er spürte, wie ihre Hände sich an den Stellen, an denen sie ihn berührten, fester anspannten, als wolle sie seinen Fokus erhalten. »Es tut mir leid. Ich hätte das hier nicht erwähnen sollen«, flüsterte sie.

Mit ihrer Neugier und Besorgnis hatte sie ihn aus der Fassung gebracht. Hätten sie sich unter anderen Bedingungen kennengelernt, wäre er sich sicher, dass er sie gemocht hätte. Doch angesichts der komplizierten Umstände ihrer Bekanntschaft konnte er sich nicht leisten, zu vertraut mit ihr zu werden. »Nein, das hätten Sie nicht tun sollen. Aber Sie sollten es auch nirgendwo anders erwähnen. Es geht Sie nichts an.«

Der Tanz neigte sich endlich dem Ende zu, und rasch führte Jasper sie zu Louisa zurück. Glücklicherweise hatten seine Eltern den Ballsaal verlassen.

Es wurde Zeit, sich auf die Suche nach Lady Philippa zu machen. Sie hatte ebenfalls soeben die Tanzfläche verlassen und war nun auf den Weg zum Tisch mit den Erfrischungen in einer der Ecken.

Auf halbem Weg dorthin trat ihm ein unerfreulicher Zeitgenosse namens Twickersham in den Weg. »Ich muss einmal fragen, wer ist denn eigentlich die reizende junge Dame, mit der Sie gerade getanzt haben? Sie soll eine entfernte Base sein, habe ich gehört?«

Jasper spähte dem kleineren Mann über die Schulter zu Lady Philippa. Mehrere Männer wetteiferten um ihre Aufmerksamkeit, während einer ihr ein Glas Ratafia brachte. Sein Langmut, der ihn in der Öffentlichkeit nie zu verlassen drohte, war beinahe aufgezehrt. Was stimmte heute Abend nicht mit ihm? War er wegen Olivia gereizt? Und falls ja, lag es dann an ihrer Täuschung, oder weil er sie in ein dunkles Zimmer führen und ihr die Röcke hochschieben wollte? *Denk nicht daran.*

Oder war seine miserable Stimmung durch Olivias Frage nach dem Club aufgekommen? Er wusste, dass er mit dem blauen Fleck in seinem Gesicht die Neugier wecken würde, aber sie war einen Schritt weiter gegangen. Sie wusste etwas, was sonst niemand wusste. Der Gedanke behagte ihm nicht. Er zog es vor, dass die Leute nur das wussten, was er sie wissen lassen wollte.

»Darf ich Sie vielleicht bitten, mich vorzustellen?«, fuhr Twickersham fort, als hätte Jasper auf seine anfängliche Frage geantwortet.

Er ballte die Hände zu Fäusten. Twickersham war ein kriecherischer Blutsauger. Jasper würde ihn lieber einer sinkenden Fregatte vorstellen. »Da müssen Sie meine Tante fragen.«

Twickershams kleine braune Augen wurden schmal. »Das werde ich vermutlich tun. Haben Sie sich den blauen Fleck bei Jackson eingehandelt? Ich habe Sie dort schon lange nicht mehr gesehen. Hat Ihr Gegner auf Handschützer verzichtet? Sieht übel aus. Sie sollten nicht ohne ordentliche Ausrüstung boxen. Äußerst gefährlich.«

Gewiss wollte er Jasper doch nicht über die Regeln beim Boxens belehren? Er war bereits gereizt und nun provozierte Twickersham ihn mit seinem Unsinn nur noch mehr. Jasper verkniff sich eine Beleidigung und wollte seinen Weg fortsetzen.

Twickersham allerdings tat daraufhin etwas äußerst Unkluges. Er fasste Jasper am Arm und hielt ihn im Gehen auf. »Wie ich sehe, haben Sie ein Auge auf Lady Philippa geworfen. Ihr Titel mag einer der besten Englands sein, aber ihr Vater ist auf der Suche nach einem ausländischen Ehemann, vielleicht sogar von königlichem Blut. Ich habe im White's meine Wette darauf gesetzt – sie wird sich einen Prinzen schnappen.«

Die letzten Überbleibsel von Jaspers Beherrschung bröckelten. Er schüttelte Twickershams Griff mit einem harschen Hieb seines Ellbogens ab, der den kleineren Mann in seinen übergroßen Bauch traf. Jasper nagelte Twickersham mit einem bedrohlichen Blick fest. »Fassen Sie mich nicht noch einmal an. Nicht, wenn Sie diese Hand noch benutzen wollen.«

Der andere riss die Augen auf. Schon jetzt konnte Jasper sehen, dass Twickersham es kaum abwarten konnte, diese Begebenheit weiterzuerzählen.

In seinem Bemühen, das bald aufkommende Gerücht ein wenig abzuschwächen, murmelte Jasper: »Verzeihung.« Rasch entfernte er sich auf der Suche nach Lady Philippa.

Sie stand nicht mehr beim Tisch mit den Erfrischungen. Tatsächlich konnte er sie überhaupt nicht entdecken. *Gottverdammt nochmal.* Der Raum vor ihm schien sich vor seinen Augen zu einem Nadelöhr zu verengen. Wieder ballten sich seine Hände, und er wollte Twickersham in die Bodenbretter prügeln. Auf der Suche nach ein bisschen kühler Luft, um sein Temperament abzukühlen, trat er näher an eines der geöffneten Fenster. Schließlich wurde sein Herzschlag wieder normal und er konnte den Ballsaal wieder klar sehen. Er konnte seine Reaktionen heute Abend nicht ganz verstehen. Was war über ihn gekommen?

»Warum zum Teufel schmollst du hier in der Ecke?«

Holborn. Das hatte ihm in diesem Augenblick nur noch gefehlt.

Jasper kämpfte, um ruhig und kontrolliert zu bleiben. »Ich suche eine kleine Atempause.«

»Wovon? Du hast nichts weiter getan, als mit diesem wertlosen West-Mädchen zu tanzen. Es ist mir egal, ob du versucht hast, meine Schwester zu erfreuen. Du verschwendest ohnehin viel zu viel Zeit damit, Louisa Aufmerksamkeit zu schenken. Du solltest Lady Philippa den Hof machen.«

Jasper entflammte innerlich, und er zwang sich, seinen Zorn im Zaum zu behalten. »Ich suche gerade nach ihr.«

»Ich habe sie auf ihrem Weg in das Spielzimmer gesehen. Es ist die zweite Tür auf der linken Seite.«

Ohne ein Wort machte Jasper sich auf den Weg zum Spielzimmer. Die vom Herzog beschriebene Tür war geschlossen. Jasper trat ein. Das Zimmer enthielt weder Spieltische noch Gäste.

Außer einem.

Mit verschränkten Händen stand Lady Philippa mitten im Zimmer, als ob sie auf ihn gewartet hätte. Er kämpfte seine aufsteigende Panik zurück. Wenn sie allein erwischt würden …

»Lord Saxton. Ich hatte Sie nicht erwartet.«

Was etwa so viel hieß, dass sie *jemanden* erwartete. Himmel, er vermutete, dass er sie heiraten wollte, aber ein weiterer Kompromiss, selbst wenn es mit der »richtigen« Frau war? Wieder verengte sich sein Sichtfeld zu einem Tunnel.

Wie ein Schock traf ihn die Erkenntnis. Er berührte ihren

Arm, als sie näherkam, doch sofort zog er seine Hand zurück. »Wen haben Sie erwartet?«

»Meine Mutter. Ein Diener sagte mir, dass sie mit ihrem Kleid Hilfe braucht und ich sie deshalb hier treffen sollte.«

»Hat Sie irgendjemand hereinkommen sehen?«

Ihre bernsteinfarbenen Augen weiteten sich. »Ich glaube nicht. Ich weiß es nicht«, antwortete sie alarmiert.

»Das ist in Ordnung, aber Sie verstehen, dass wir nicht zusammen hier erwischt werden dürfen?« Mit der Absicht, die Beunruhigung in ihrem Blick zu beschwichtigen, schenkte er ihr ein gutmütiges Lächeln. »Ich habe weiterhin geplant, Sie bei meiner Mutters Picknickausflug übermorgen zu sehen.«

Sie nickte. *Braves Mädchen.*

»Gehen Sie jetzt. Ich werde auf einem anderen Weg hinausgehen.« Er zeigte auf die Tür, durch die er eingetreten war. Eine weitere Tür führte wahrscheinlich in einen angrenzenden Raum. Einen hoffentlich leeren Raum.

»Danke«, sagte sie, ehe sie aus dem Zimmer eilte.

Jasper trat in das eigentliche Spielzimmer hinaus und wäre beinahe mit Holborns engstem Freund zusammen-gestoßen.

Lord Dalton sah verdutzt zu Jasper auf. »Ich wollte gerade die Tür öffnen, damit die Luft ein bisschen zirkuliert. Verflucht heiße Nacht heute, nicht wahr?«

Holborns Plan war offensichtlich. Zweifelsohne war er darauf gekommen, wie leicht es sein würde, eine Kompro-mittierung in Szene zu setzen, besonders bei einem Mann, der in dieser Kunst so erfahren war, wie Jasper.

Ehe Jasper etwas sagen oder tun konnte, was er bedauern würde, winkten ihm Black und Penreith von einem nahege-legenen Tisch zu. Eilig ging er zu ihnen.

»Setz dich zu uns, Sax«, lud Penreith ihn ein.

Doch dann erhob sich Sevrin von einem Tisch in der

Ecke. Ihre Blicke trafen sich und in stummer Frage zog er eine Augenbraue hoch.

»Danke, aber nein.«

Penreith folgte seinem Blick und runzelte leicht die Stirn. »Sevrin?«

Jasper starrte auf Penreith hinab. »Was ist mit ihm?«

»Es ist eine Sache, mit ihm im White´s zu plaudern …«

Sevrin strebte zur Tür. Jasper folgte. Es war ihm egal, was Black und Penreith dachten. Noch nie hatte er etwas so gebraucht, wie er den Club jetzt brauchte. Keiner der anderen Kämpfer verlangte irgendetwas, das sie nicht bereitwillig zurückgeben würden. Es war ein geteiltes Erlebnis. Eine Bruderschaft.

Im Augenblick schien es der einzige Ort, dem er sich wirklich zugehörig fühlte.

~

Sehnsüchtig wollte Olivia auf die Terrasse hinaustreten, um der erstickenden Hitze im Ballsaal zu entkommen. Oder vielleicht wollte sie sich nur der Stelle nähern, an der Jasper im Gespräch mit seinem Vater stand. Ihre Beziehung schien kompliziert zu sein, und ohne einen eigenen Vater wollte sie wissen, warum.

Stattdessen wedelte sie mit ihrem Fächer und stellte sich vor, um was es bei der lebhaften Unterhaltung gehen könnte. Plötzlich ging Jasper davon und ließ den Herzog mit einem zufriedenen Zug um den Mund zurück. Er stolzierte wieder durch den Ballsaal zu seiner Herzogin zurück. Die Leute nickten, als er an ihnen vorüberging, oder sie versuchten, ihn in eine Unterhaltung zu verstricken. Nirgends blieb der Herzog stehen. Seine Augen, die nicht ganz so hell aber ebenso eisig wie Jaspers waren, schweiften durch den Raum, ohne irgendwo zu verweilen. Sie stellte sich vor, dass sie in ihrer Richtung kurz zauderten, aber wahrscheinlich nahm er lediglich den Standort seiner Schwester zur Kenntnis.

»Olivia?« Audrey Cheswick, das Mädchen, das sie bei Lord Farringdon kennengelernt hatte, stand mit einer weiteren jungen Frau vor ihr. Olivia war überrascht, nicht bemerkt zu haben, wie die beiden sich genähert hatten. War sie so eingehend mit ihrem Studium von Herzog Holborn beschäftigt gewesen?

»Guten Abend, Miss Cheswick.«

»Ehrlich, Sie sollten mich Audrey nennen. Hatte ich Ihnen nicht gesagt, mich Audrey zu nennen?« Sie winkte ab, als wäre ihre Anrede eine Belanglosigkeit. »Ich habe meine liebste Freundin mitgebracht, damit Sie sie kennenlernen. Lydia, dies ist Miss Olivia West. Olivia, dies ist Lady Lydia Prewitt.«

Lady Lydia neigte den Kopf. Sie war außergewöhnlich hübsch – in allen Aspekten, die eine junge Londoner Dame Olivias Meinung nach aufweisen sollte: eine perfekte, porzellanene Haut, warme braune Augen, glänzendes, blondes Haar. »Audrey hat mir von Ihnen erzählt. London muss eine gehörige Veränderung sein, von … wo war es noch mal? Ach ja, *Devon*.« War das ein Schauder, der Lady Lydias Gestalt hatte erzittern lassen oder hatte Olivia sich das nur eingebildet?

»Ich finde London äußerst unterhaltsam, vielen Dank.«

Louisa wandte sich von ihrer Freundin ab, mit der sie sich gerade unterhalten hatte. Sie lächelte die beiden jungen Frauen an. »Hallo ihr Lieben. Olivia, ich werde einen kurzen Spaziergang mit Lady Montrose unternehmen.« Ihr Blick war leicht fragend. Sie wollte sich vergewissern, dass Olivia sich wohl fühlte. *Sie war so rücksichtsvoll.*

Olivia lächelte sie beruhigend an. »Wenn ich bei deiner Rückkehr nicht hier bin, tanze ich wahrscheinlich gerade mit Mr. Lyle, mit dem ich verabredet bin.«

Mit einem Nicken hakte Louisa sich bei ihrer Freundin unter und ging davon.

»Mr. Lyle?«, fragte Lady Lydia, deren nasale Stimme eine Oktave höher gestiegen war. »Audrey, du hast mir nicht gesagt, dass Olivia so dringend unserer Hilfe bedarf.«

Olivia klappte ihren Fächer zu »Was stimmt denn mit Mr. Lyle nicht?«

Lady Lydia beugte sich etwas vor, doch sie senkte die Stimme nicht. Es sah so aus, als würde sie eine Vertraulichkeit weitergeben, aber in Wahrheit verbreitete sie Klatsch und Tratsch an jeden, der zufällig des Weges kam. »Ein fürchterlicher Taugenichts. Er hat keinen Heller in der Tasche. So charmant er auch ist, so arm ist er auch. Ein Tanz kann nicht schaden, aber tanzen Sie nicht noch einmal mit ihm.«

Olivia ging langsam auf, welchen Vorteil es hatte, Freundschaften zu schließen, obwohl sie annahm, dass Louisa sie später über Mr. Lyle in Kenntnis gesetzt haben würde. Und zwar höchstwahrscheinlich in der Privatsphäre des Rosensalons in der Queen Street. »Das werde ich nicht. Mehr als ein Tanz mit einem Partner bedeutet, glaube ich, eine Art von Brautwerbung.«

»Nicht nur heute Abend. Ich meinte, tanzen Sie *nie* wieder mit ihm.« Lady Lydia schüttelte den Kopf, als ob Olivia ein bisschen naiv wäre.

Audreys Freundin ging Olivia rasch auf die Nerven. Audreys Schweigen war ebenfalls beunruhigend. Begründete es sich darin, dass sie kein Wort in die Unterhaltung einbringen konnte, oder war sie mit Lady Lydia einer Meinung?

Es verging ein unbeholfener Moment, bevor sich Lady Lydias Gesicht erhellte. »Vom Waschen der eigenen Garderobe bis zur wichtigsten Londoner Veranstaltung der Saison. Liebe Güte, da haben Sie aber ein Glück! Lady Merriweather ist äußerst großzügig, aber sie verfügt ja auch über reichliche finanzielle Mittel. Noch glücklicher sind Sie, Ihre Zeit mit Saxton in einer familiären Umgebung verbringen zu können. Sagen Sie uns, wie ist er so?«

Olivia fielen viele Antworten auf diese Frage ein, doch die meisten waren unpassend. Ein kleiner teuflischer Impuls verlockte sie zu antworten: *Wenn man über seine Streitlust und Arroganz hinwegsehen kann, ist er wundervoll barmherzig und gütig, und seine Küsse ...* Sie wagte nicht einmal, diesen Satz zu Ende zu denken. »Ich habe noch nicht so viel Zeit mit ihm verbracht. Er ist sehr beflissen.«

Lady Lydia verdrehte die Augen. »Wie langweilig. Er zeigt auch in der Öffentlichkeit immer so tadellose Manieren. Immer trägt er die steifste Krawatte im ganzen Raum. Was für ein Jammer, wo er doch so attraktiv ist. Nun ja, im Hinblick auf seinen Titel und sein umfangreiches Vermögen würde ich seinen übertriebenen Anstand in Kauf nehmen.« Sie sah Audrey grinsend an. »Audrey hofft auf eine Chance bei ihm, aber ich wage zu behaupten, dass er sich für jemanden mit einer makellosen Ahnenreihe entscheiden wird. Lady Philippa Latham vielleicht. Tatsächlich ...« Mit einem Blick durch den Raum verschaffte sie sich einen Überblick. »Keiner der beiden befindet sich gerade im Ballsaal. Wie ... interessant.«

»Sie sind nicht zusammen hinausgegangen. Lord Saxton ist allein fortgegangen«, entgegnete Olivia, die über Lady Lydias Anspielung gar nicht glücklich war.

Lady Lydias Lachen klirrte wie winzige Glasscherben, wenn sie auf dem Holzboden aufprallen. »Audrey, offenbar ist Olivia über Saxtons Treiben ebenso gut unterrichtet wie du.«

Olivia hoffte, ihre Verlegenheit würde sich nicht in ihrem Gesicht widerspiegeln. Lady Lydia hatte sie aus der Fassung gebracht. Erst hatte Olivia ihr erzählen sollen, was sie über

Jasper wusste, und dann machte sie sich über sie lustig, weil sie seinen Fortgang bemerkt hatte.

»Haben Sie wirklich keine Ahnung, wen Saxton zu heiraten gedenkt?«, fragte Lady Lydia. »Sie müssen doch bestimmt etwas wissen. Wenigstens ein Informationshäppchen, das die liebe Audrey ermutigen oder«, sie formte die Lippen zu einem übertriebenen Schmollmund, »von der Idee abbringen könnte.«

Wie konnte Audrey diese Harpyie als ihre liebste Freundin bezeichnen? »Es tut mir leid, ich kann Ihnen nicht helfen.« Diese Worte richtete sie an Audrey, wobei sie so viel Mitgefühl wie möglich in ihren Tonfall legte.

Audrey lächelte schüchtern. »Das ist schon in Ordnung. Ich hatte höchstens auf einen Tanz gehofft. Wenn Saxton mir nur ein bisschen Interesse schenken würde, könnte das möglicherweise andere aufmerksam machen.«

Wie ... traurig. Und manipulativ. Und ausgeklügelt. Aber im Ernst, was hatten diese Mädchen auch zu tun, außer einen Ehemann zu finden? Das hauptsächliche Augenmerk richtete sich eindeutig darauf, den bestmöglichen Partner zu finden, wobei ein Titel und Vermögen ganz oben auf der Liste der Anforderungen standen. Das gesamte Unterfangen war ungemein gewinnsüchtig. Olivia war nicht sicher, ob sie daran teilhaben wollte, jedoch war sie sich auch nicht sicher, ob ihr Traum von einem Bekleidungsgeschäft noch ausreichte. Das Leben mit Louisa hatte ihr gezeigt, dass ihr etwas gefehlt hatte: die Liebe einer Familie.

»Nun, hier kommt unsere Antwort.« Lady Lydia zeigte mit ihrem Fächer auf die Tür.

Eine wunderschöne junge Frau mit dunkelbraunem Haar und dem kostbarsten Ballkleid, das Olivia je gesehen hatte, trat gerade ein. In das Mieder aus dunkelgelber Seide waren Zuchtperlen eingenäht, und der Rock wies einen eleganten Faltenwurf bis zum Boden auf. Dies war ein Beispiel für erstklassige Mode an einer wunderschönen Gestalt. »Ist das Lady Philippa?«

»Ja, und ihre Mutter.« Lady Lydia seufzte ziemlich laut. »Das bedeutet vermutlich, dass sie nicht bei einem skandalösen Stelldichein mit Saxton erwischt worden ist.«

Olivia verschluckte sich beinahe.

Audrey stieß ihre Freundin mit dem Ellbogen an. »Saxton würde so etwas nie tun! Haben wir nicht bereits festgestellt, dass sein Verhalten tadellos ist?« Es war süß, wie schnell Audrey sich in Jaspers Verteidigung stürzte, wenn nicht sogar ein wenig unangebracht. Olivia konnte nicht bestreiten, dass er äußerst gut erzogen war, aber »tadellos«?

Ein sehr großer, schlanker Mann mit ergrauendem, bräunlichen Haar kam auf sie zu. »Lydia, ich habe mich schon gefragt, wo du abgeblieben bist. Es ist an der Zeit, Großmutter deinen Respekt zu erweisen.«

Lady Lydia verdrehte die Augen – eindeutig eine ihrer Lieblingsgesten, wie Olivia schnell bemerkte. »Großmutter wird nicht wissen, ob ich meine Aufwartung gemacht habe oder nicht.«

Der Gentleman lächelte gutmütig. »Nichtsdestotrotz stimmt es mich glücklich.« Er neigte den Kopf zu Audrey. »Guten Abend, Miss Cheswick und ...« Seine Stimme versiegte, als er den Blick auf Olivia richtete. Seine Augen weiteten sich kurz. »Meine Güte, Sie sind das Ebenbild von ... ach, egal, entschuldigen Sie.« Der hohe Bogen seiner Wangenknochen überzog sich mit einem schwachen Anflug von Röte.

»Vater, das ist Lady Merriweathers Base, Miss Olivia West. Erinnert sie dich an jemanden?«, fragte Lady Lydia, deren innere Enden ihrer hellblonden Augenbrauen sich beinahe berührten.

Lord Prewitt musterte Olivia einen Moment eingehend.

»Miss West, sagten Sie? Es ist mir eine Freude, Sie kennen-zulernen, Miss West.«

Irgendetwas an seinem eindringlichen Blick beunruhigte Olivia. Er hatte sagen wollen, sie sähe der berüchtigten Schauspielerin Miss Scarlet ähnlich, da war sie sicher. Sie hatte die Ähnlichkeit mit ihrer Mutter nicht berücksichtigt, und das hätte sie wirklich tun sollen.

»Komm mit, Lydia«, meinte er. »Es wird Zeit, deine Großmutter zu beschwichtigen.«

Lady Lydia zog an Audrey. »Du musst mich begleiten.«

Audrey blinzelte und wirkte, als wollte sie am liebsten etwas ganz anderes tun. Schließlich sah sie Olivia jedoch mit einem beschämten Lächeln an und folgte ihrer Freundin.

Mr. Lyle kam auf Olivia zu. Ihr sank der Magen bis in die Knie. Sie war nicht nur im Begriff, mit einem absoluten Nichtsnutz von Mann zu tanzen, sondern sie lief auch noch Gefahr, zum Gegenstand der *Gerüchte* des Abends zu werden.

Mr. Lyle blieb vor ihr stehen. »Sollen wir uns auf die Tanzfläche begeben, Miss West?« Als er grinste, entblößte er dabei ziemlich schiefe Zähne.

Da sich nichts zur Lösung eines ihrer Probleme unter-nehmen ließ, tat Olivia das Einzige, was sie tun konnte und woran sie sich von ihrer Erziehung im Pfarrhaus am meisten erinnerte: Sie hielt das Haupt hoch erhoben.

Und betete.

KAPITEL ZEHN

$\mathcal{A}$m nächsten Tag fuhren Olivia und Louisa nach Benfield, einem der vielen Anwesen des Herzogs von Holborn. Der Besitz lag nicht weit außerhalb Londons und grenzte an Hampstead Heath. Louisa bezeichnete ihn als ihren Lieblingsort – einmal abgesehen von Merriweather Hall, das sie natürlich nicht mehr besaß, da es an den neuen Viscount übergegangen war.

Die Aufregung über ihre bevorstehende erste Reitstunde zerrte an Olivias Nerven, vor allem aber wegen ihres vorgesehenen Reitlehrers: Jasper.

Sie bogen auf die lange, von Eichen gesäumte Auffahrt ein. Olivia betrachtete die prachtvolle Parklandschaft, die das Herrenhaus umgab. Noch nie hatte sie ein so großartiges Anwesen gesehen, geschweige denn besucht. »Benfield ist wunderschön.«

Louisa nahm den Kopf hoch, um das große Haus am Ende der Auffahrt zu betrachten, und ihre Augen blinzelten gegen das strahlende Sonnenlicht an. »Wir haben jeden Sommer hier verbracht – Holborn und ich. Man kann es sich heute kaum noch vorstellen, aber wir haben viele Nachmittage damit verbracht, den Hügel dort hinunterzukugeln.« Sie wies auf einen Hang, der vom Herrenhaus weg führte.

Olivia konnte sich Louisa zwischen den gepflegten Rasenflächen spielend vorstellen, aber der Herzog? Nur schwer konnte sie glauben, dass er überhaupt ein Kind gewesen war.

Louisa lachte leise. »Du denkst, es ist unmöglich, dass Holborn ausgelassen war. Seine Anspannung ist heute viel höher. Unser Vater besaß nur wenig Toleranz für Leichtsinnigkeit. Ebenso wenig wie mein Bruder als Erwachsener.«

Olivia fragte sich, ob Jasper ein verspieltes Kind gewesen war und er, genau wie sein Vater, seiner fröhlichen Natur jetzt nicht mehr frönte. »Die Verantwortung eines Herzogs muss sehr groß sein, stelle ich mir vor.«

Louisa wedelte mit der Hand, als wolle sie eine Fliege verscheuchen. »Pah. In Holborns Vorstellung ist sie vielleicht größer als in der Realität. Ja, er hat Pflichten. Ja, eine große Anzahl von Menschen ist auf ihn angewiesen, aber ich glaube nicht, dass sein Titel seine wichtigste Rolle ist.« Sie lächelte kummervoll. »Es liegt vermutlich daran, dass ich keine eigenen Kinder habe. Ich bin der Ansicht, er solle zuallererst Jasper und Miranda ein Vater sein, insbesondere seit James gestorben ist.«

Olivia sah sie mit gespannter Neugier an. »James?«

»Ach, das kannst du natürlich nicht wissen, Liebes. Er war Jaspers älterer Bruder. Im Alter von neun Jahren starb er an Fieber und Jasper war damals erst sieben.« Sie hielt einen Moment inne, wobei sie den Blick in ihren Schoß lenkte und die Lippen fest zusammenpresste, als würde sie sich auf eine düstere Begebenheit besinnen. »Holborn hat sich nie davon erholt, ihn verloren zu haben. Das hat Jasper meiner Vermutung nach in gewisser Weise auch nicht.«

Olivia war die Anspannung zwischen Jasper und seinem Vater aufgefallen. War James der Grund? Sie verspürte eine plötzliche Traurigkeit für Jasper. Es war herzzerreißend, einen Bruder zu verlieren, und noch dazu so jung.

Die offene Kutsche kam vor der warmen Sandsteinfassade von Benfield zum Stehen. Ein Diener war ihnen beim Aussteigen behilflich.

»Bist du für deine Reitstunde gewappnet?«, fragte Louisa. *Nicht genug.*

Sie gingen um das Haus herum zu den Stallungen, und Olivias neue Reitstiefel knirschten auf dem Weg aus Muschelkalk. Ein gebrechlicher alter Mann schlurfte auf sie zu. »Louisa, Teuerste.«

»Carter!« Louisa umarmte den kleinen Mann, ehe sie sich wieder an Olivia wandte. »Carter arbeitet in diesem Stall, seit ich ein Kind war. Er hat mich auf mein erstes Pony gesetzt.«

»Aye, das habe ich. Boots war ein braves Tier.« Er grinste und entblößte dabei seinen fast zahnlosen Gaumen. »Wir satteln jetzt Tilda für Sie.«

»Carter könnte jedes Pferd im Stall der vergangenen sechzig Jahren aufzählen.« Louisa warf Olivia ein Augenzwinkern zu. »Sag uns, wen du für Miss West empfiehlst? Sie ist noch nie geritten.«

Olivia fühlte sich allerdings nicht so unbefangen. Obwohl sie ein nagelneues Reitkleid trug – es war das einzige Kleidungsstück, das sie für sich hatte anfertigen lassen –, wurde sie von Zweifel beschlichen, ob sie überhaupt ein Pferd besteigen sollte.

Carter zupfte sich kurz am Kinn. »Tulip, will ich meinen.«

Ein Pferd namens Tulip? Dies hörte sich auf jeden Fall gutmütig an. Carter begab sich auf den Rückweg in den Stall, um – wie anzunehmen war – denjenigen zu benachrichtigen, der die Pferde vorbereitete.

Louisa rückte ihren kecken Hut gegen das grelle Sonnenlicht zurecht. »Wenn du mit Tulip zurechtkommst, frage ich Holborn vielleicht, ob wir sie mit in die Stadt nehmen können. Auf diese Weise hast du ein Reittier für den Park.«

Dass sie in absehbarer Zeit für einen Ausritt über die Auffahrt hinaus – geschweige denn in den Park – gewappnet sein würde, bezweifelte Olivia, fasste jedoch ihre Bedenken nicht in Worte. Hinzu kam noch ihre geringe Zuversicht, dass der Herzog ihr trotz der Bekanntschaft, wenn auch äußerst kurz, gestatten würde, sein Pferd irgendwo hin mitzunehmen.

»Ich bin ein bisschen nervös, Louisa.«

»Mach dir keine Sorgen, Liebes. Jasper wird bald zurück sein und es gibt keinen besseren Reiter, selbst der Herzog nicht. Auch wenn er das erbittert abstreiten würde«, fügte sie schmunzelnd hinzu.

War Jasper ein williger Beteiligter an der heutigen Lektion? Dass er seiner Tante eine Bitte ausschlagen würde, glaubte sie nicht, aber er traute ihr immer noch nicht. Und natürlich hatte sie ihm auch keinen Anlass dazu gegeben.

Der von ihm nach Newton Abbott geschickte Ermittler würde die Lüge aufdecken, die sie und Louisa verbreiteten, fürchtete sie. Ihre beinahe Identifizierung durch Lord Prewitt auf dem Faversham-Ball, hatte sie noch nervöser gemacht. Sie wartete nur darauf, dass jemand mit dem Finger auf sie zeigte und »Scharlatan!« rief.

Sie hatte ihr Vorhaben, Louisa zu bitten, ob sie Jasper in ihr Geheimnis einweihen könnten, zunächst aufgeschoben, weil sie sich nicht zu viel anmaßen wollte. Trotz des Tempos, mit dem sie ein enges Band geknüpft hatten, kannte Olivia Louisa nicht so gut. Doch nun war es an der Zeit, dass Olivia ihr Anliegen in Worte fasste. »Könnten wir Jasper nicht sagen, dass ich Merrys Tochter bin?«

Louisa schüttelte den Kopf. »Ich fürchte nein. Es ist besser, wenn nur wir beide das wissen.«

Olivia würde sich erheblich besser fühlen, wenn Jasper die Wahrheit kennen – und akzeptieren – würde. Sie hätte ihn viel lieber als Verbündeten und nicht als Feind, der sie zu behindern versuchte. Wenn Louisa vielleicht begriff, warum Olivia es ihm sagen wollte, würde sie möglicherweise ihre Meinung ändern. »Ich glaube, er traut mir nicht.«

»Ach, ignoriere ihn, Liebes. Manchmal ist er seinem Vater ähnlicher, als ihm bewusst ist – sieh nur, wie er reagiert hat, als er dich zum ersten Mal traf. Ich liebe meinen Neffen sehr, aber er ist darauf gedrillt, sich aus Skandalen herauszuhalten. Ich bin mir nicht sicher, ob er dich in der Familie willkommen heißen würde, wenn er wüsste, dass du Merrys uneheliches Kind bist.« Sie hielt einen Moment inne, ihre Stirn runzelte sich. »Er war doch nicht etwa rüde zu dir? Ich werde unverzüglich mit ihm sprechen, falls das der Fall ist.«

»Nein.« Olivia lag nichts daran, dass Louisa mit ihm sprach, es sei denn, sie beabsichtige, ihm die Wahrheit zu sagen. Jede andere Unterredung könnte ihn verleiten, sein Wissen über Olivias Hintergrund zu enthüllen, insbesondere, dass sie versucht hatte, ihn zu betrügen. Es wäre besser, wenn sie sein Misstrauen einfach weiterhin über sich ergehen ließe.

Sanft drückte Louisa ihr die Finger. Ihr Blick schweifte an Olivia vorbei. »Ah, da ist er ja schon.«

Olivia drehte sich um. Ein einsamer Reiter erklomm den Hügel hinter dem Stall. Er stürmte den Abhang hinunter, und seine Schenkel schmiegten sich dabei um den Leib des Tieres. Sie schienen sich wie eine Einheit zu bewegen.

»So ein ausgezeichneter Reiter«, bemerkte Louisa stolz. »Allerdings hat sein Vater dafür gesorgt, dass er der Beste ist.«

Er parierte das Pferd im Stallhof zum Stehen und saß ab. Die Bewegungen waren geschmeidig, als hätte er sie schon tausende Male ausgeführt. In seiner wildlederfarbenen

Reithose und einem waldgrünen Reitrock sah er ganz wie ein charmanter Gentleman vom Lande aus.

Jasper bewegte sich mit einem umwerfenden Lächeln auf sie zu. Olivia konnte einen Salto ihres Magens als Reaktion darauf nicht verhindern. »Guten Morgen, meine Damen. Sie haben sich einen schönen Tag ausgesucht, um Benfield zu genießen.«

Carter führte ein Pferd aus dem Stall. Das dunkelbraune, fast schwarze Tier hielt den Kopf erhoben und wirkte majestätisch. Ein anderer Pferdeknecht führte ein zweites, kleineres Pferd. Dieses war karamellfarben mit einer wallenden, dunklen Mähne und lieben, braunen Augen.

Louisa tätschelte Jaspers Arm. »Carter hat Tilda für mich satteln lassen und Tulip für Olivia empfohlen. Du wirst Olivia natürlich unterrichten, da sie noch Anfängerin ist.« Hatte Louisa Jasper nicht von ihrem Plan in Kenntnis gesetzt, dass er ihr eine Reitstunde geben sollte?

Jasper sah mit hochgezogener Augenbraue zu Olivia. »Ich verstehe.«

Sie konnte nicht sagen, ob er mitspielen wollte. Plötzlich verlegen bemerkte sie: »Es sei denn, Sie sind zu beschäftigt …«

»O nein, Liebes«, schmunzelte Louisa. »Du wirst dich nicht drücken. Jasper freut sich, sein Können weiterzuvermitteln. Reiten gehört zu seinen liebsten Beschäftigungen. Vielleicht ist sie sogar seine liebste.«

Er blickte Olivia an, und seine klaren blauen Augen strahlten in der Morgensonne. »Tatsächlich. Es ist kein Problem. Ich freue mich darauf, Sie zu unterrichten.«

Er war seiner Tante behilflich – die gerade ein freches Grinsen auf dem Gesicht hatte – auf Tilda aufzusitzen, was sie mit einer vollendeten Anmut fertigbrachte. Trotz ihres jugendlichen Vorsprungs hatte Olivia keine Hoffnung, die elegante Bewegung nachahmen zu können. Sie tastete an den voluminösen Röcken ihres Reitkostüms herum und versuchte sich vorzustellen, wie sie alles ordentlich in Position bringen und dabei ihre Beine richtig anwinkeln sollte.

»Hab keine Angst«, beruhigte Louisa sie. »Jasper wird dir aufhelfen, Liebes.«

Er begab sich zu Tulip und blieb an ihrer Nase stehen. »Kommen Sie, Miss West. Tulip ist so sanft, wie der Tag warm ist.«

Olivia trat neben ihn und blickte ihrem Pferd in die Augen. Das Tier blinzelte, doch sein Blick blieb stetig.

»Sie sollten sie begrüßen.«

»Ach«, setzte Olivia an. Was um in aller Welt sagte man zu einem Pferd? »Ähm, guten Morgen, Tulip?« Sie sah Jasper an, der aufmunternd nickte. Er schien nicht der Typ zu sein, der mit seinen Tieren sprach. »Unterhalten Sie sich mit Ihrem Pferd?«

»Das tue ich. Meiner Ansicht nach fördert dies eine enge, vertrauensvolle Beziehung zwischen Mann und Tier. Oder in Ihrem Fall, Frau und Tier.« Letzteres sagte er mit einem Glitzern in den Augen. Flirtete er etwa?

Olivia freute sich, neuerlich diese Seite von Jasper zu sehen. Sie wandte sich wieder Tulip zu. »Es freut mich, dich kennenzulernen. Wir werden bestimmt gut miteinander auskommen, da bin ich sicher. Ich hoffe, dass wir gut miteinander auskommen werden.« Sie lächelte das Pferd an, das mit dem Kopf nickte, als würde es Olivias Worten beipflichten.

»Jasper, Tilda hat mich vermisst«, bemerkte Louisa. »Macht es dir etwas aus, wenn ich einen der Pferdeknechte mitnehme?«

Und sie mit Jasper allein ließe, damit er sie wieder ins Verhör nehmen konnte? Nein, danke. »Ich bin immer noch nervös, Louisa.«

»Du bist mit Jasper viel besser dran als mit mir, Liebes.«

Jasper wies auf einen der Stallknechte. »Reite nur aus, Tante. Ich bin sicher, dass Miss West es vorziehen wird, die Dinge langsam anzugehen.« Er wandte sich an Olivia. »Sie wollen Louisa doch nicht etwa eines erfrischenden Ausritts berauben, oder?«

Jetzt hatte sie keine andere Wahl, als mit ihm allein zu sein. »Gewiss nicht.«

Nach einem fröhlichen Abschiedswinken ritt Louisa auf ihrem Pferd den Hügel hinauf. Einer der Pferdeknechte folgte ihr. Sie beschloss, ihre sämtlichen Streitereien und ihren beschämenden Täuschungsversuch zumindest für heute zu vergessen, und fragte: »Ist das Galoppieren oder Traben?«

»Galoppieren. Wollen Sie es ausprobieren?«

Erleichtert stellte Olivia fest, dass auch er an einem freundlichen Austausch interessiert zu sein schien. Sein zuvorkommendes Verhalten minderte jedoch nicht ihre Angst vor dem Galoppieren. »Nein. Ich meine, nicht heute. Ich bin schon zufrieden, wenn ich es schaffe, auf dem Pferd zu sitzen.«

Er lächelte, und es schien aufrichtig zu sein. *Vorsichtig, Olivia.*

»Das Sitzen ist der leichte Teil. Sind Sie bereit, einen Versuch zu wagen?«

Sie nickte und war dankbar für diese unbeschwerte Unterhaltung. Er führte sie an Tulips Seite. »Wir könnten einen Aufsitzblock benutzen, aber beim ersten Mal helfe ich Ihnen.« Er fasste sie um die Taille, und die Berührung ließ sie selbst durch die Schichten ihres Kostüms hindurch aufschrecken. Sie zwang sich, ihre Konzentration auf den Sattel vor ihr zu lenken.

»Ich soll mich seitwärts draufsetzen, wie Louisa?«

Sein Atem kitzelte ihr Ohr und sie schreckte auf. »Ja. Ich werde Sie hochheben. Ihr rechtes Bein wird um diesen

Knauf gelegt.« Er deutete auf einen runden Stummel an der Vorderseite des Sattels. »Und Ihr linker Fuß gehört in diesen Steigbügel hier.« Er deutete auf eine Schlaufe, die seitlich am Pferd herunterhing.

Sie lenkte den Blick zu ihm zurück. Das war ein Fehler. Er war ihr so nahe. Sein Kinn war frisch rasiert und er duftete nach Immergrün. In seinen Augen spiegelte sich der Himmel, und seine Miene war beinahe fröhlich. Der blaue Fleck unter seinem Auge war verblasst. Sie wollte ihn fragen, warum er heute so leutselig war. Doch der Morgen war so wunderschön und seine Fürsorge so himmlisch, dass sie sich nicht dazu durchringen konnte, den Moment mit derartigem Gerede zu überschatten.

»Bereit?«

Sie nickte. Er hielt seine Hand unter ihren Hintern und hob sie hoch. Auf solch eine intime Berührung war sie nicht vorbereitet, doch hoch ging sie, bis sie auf dem Sattel saß. Ihre Wangen waren wahrscheinlich scharlachrot angelaufen, doch sie hielt das Gesicht nach vorn gerichtet und hoffte, er würde nichts davon bemerken.

»Jetzt legen Sie Ihren rechten Schenkel auf den Sattel vor sich und winkeln Sie Ihr Knie um den Knauf.«

Sie tat, wie ihr geheißen.

»So ist es richtig. Beugen Sie sich nicht nach vorne, auch wenn es sich so anfühlt, als sollten Sie das. Versuchen Sie, Ihr gesamtes Gewicht auf Ihren Oberschenkel zu verlagern.« Er legte kurz die Hand darauf, was einen weiteren Bewusstseinsschock auslöste.

Scheinbar unbeeindruckt nahm er die Zügel auf und übergab sie ihr. »Das sind die Zügel. Haben Sie keine Scheu, sie zum Lenken zu benutzen. Es wird Ihnen schwerfallen, ihr wehzutun. Ich sage Ihnen das, weil jedes Pferd ein bisschen anders ist. Tulip ist sehr willig, und so werden Sie sich nicht allzu sehr anstrengen müssen. Und das ist der Führstrick. Ich werde ihn dem Pferdeknecht übergeben, der mit Ihnen laufen wird.« Wollte nicht er mit ihr gehen?

Sie ergriff die Zügel. »Was werden Sie tun?«

»Ich werde mein Pferd neben Ihnen reiten.« Sein Blick schnellte zu ihren Händen. »Halten Sie die Zügel nicht zu fest.«

Sie lockerte ihren Griff. »Das ist eine Menge, was man sich merken muss.«

»Nicht mehr als das Auswendiglernen eines Rollenhefts mit vielen Zeilen, nehme ich an.« Er zwinkerte ihr zu, und wieder einmal war sie verwirrt. Scherzte er wirklich über den Umstand, dass sie Schauspielerin war? Als handelte es sich dabei nicht um einen Schlüsselpunkt des Konflikts zwischen ihnen?

Er reichte den Führstrick an einen Pferdeknecht weiter, aber zum Glück nicht an Carter. Olivia bezweifelte, dass der alte Mann um das Haus herumlaufen, geschweige denn, ein Pferd im Zaum behalten konnte, wenn es beschloss, davon zu stürmen.

Jasper schwang sich auf sein Pferd, das weitaus größer als Tulip war. Eine lange Narbe zierte seine Flanke.

»Wie heißt Ihr Pferd?«, fragte sie.

»Malheur.«

»Ist das nicht französisch?« Im Pfarrhaus hatte Olivia ein bisschen gelernt, doch das meiste hatte sie wieder vergessen.

»Ja, es bedeutet ›Misere‹.

Was für ein merkwürdiger Name. »Gibt es einen Grund, warum Sie das Tier so nennen?«

Er streichelte dem Pferd über den Kopf. »Er war misshandelt worden, als ich ihn gekauft habe.«

Ihr Blick wanderte zu der Narbe des Pferdes. »Sie haben ihn also gerettet?«

Er zuckte mit den Schultern, als wäre die Rettung eines misshandelten Tieres ein regelmäßiges Vorkommnis. Vielleicht war es das tatsächlich für ihn. »Ich habe ein hervorragendes Tier in ihm erkannt und wusste, dass ich es zu einem guten Reitpferd ausbilden konnte.«

Sie weigerte sich, ihn so tun zu lassen, als sei es keine gute Tat gewesen. »Sie haben ihn gerettet.«

»Was macht das schon aus?«

»Es macht Sie edel.« Sie wunderte sich über seinen Hang, als Retter zu wirken. Hatte man ihn schlecht behandelt? Plötzlich bekam die Anspannung zwischen ihm und seinem Vater eine neue Bedeutung.

Er sah sie mit einem dieser für ihn typischen Blicke an, die nichts verrieten. Er hob Malheurs Zügel und sagte: »Los.« Das Pferd setzte sich in Bewegung.

Olivia holte tief Luft. »Los.« Sie ahmte seine Vorgehensweise nach, und als Tulip voraneilte, lächelte sie.

Er erwiderte ihr Lächeln. Wieder machte ihr Herz einen Satz. Dann lenkte sie die Aufmerksamkeit auf Tulip. Ihr Stolz konnte es sich nicht leisten, von ihm verführt zu werden.

Nach einigen Minuten, während derer sie in völliger Stille dahinritten, nahm Olivia die Unterhaltung wieder auf. »Louisa behauptete, Sie seien der beste Reiter, den sie kennt. Wie alt waren Sie, als Sie Ihr erstes Pferd geritten haben?«

»Vier. Und er war ein Pony.«

»So jung?«

»Mein Vater hat auf einen frühen Anfang bestanden. Dibbles war recht klein und für ein Kind absolut passend.«

Sie lachte. »Dibbles? Das ist weit entfernt von Malheur.«

Seine Augenwinkel legten sich in Falten, wenngleich er nicht mit ihr lachte. »Ich habe keine Ahnung, wer diese arme Kreatur getauft hatte. Er war recht betagt. Ich hatte ihn nur ein Jahr. Dann habe ich ein neues Pony bekommen.«

»Wie viele Ponys hatten sie?«

Er zuckte mit den Schultern. »Vielleicht ein halbes

Dutzend. Mein Vater besitzt große Stallungen. Allein hier hält er zwei Dutzend Tiere.«

»Und Sie reiten sie alle?«

»Nein. Einige sind Kutschpferde. Er züchtet hier allerdings nicht. Das tut er auf unserem Familiensitz in Middlesex.«

Horden von Pferden. Sein Reichtum war gigantisch.

»Darf ich zu fragen wagen, wie viele Häuser Ihre Familie besitzt?«

»Es gibt acht ererbte und weitere zwei nicht ererbte, von denen eines durch meine Mutter in die Familie kam. Ach, und meine Schwester hat eines von unserer Großmutter mütterlicherseits geerbt.«

Zehn – elf – Häuser! Bis sie angefangen hatte, bei Louisa zu leben, hatte Olivia nie in einem Haus mit zehn *Zimmern* gewohnt.

»Haben Sie Ihre Meinung über das Galoppieren geändert?«, fragte er.

Olivia gewöhnte sich gerade erst an die Bewegungen im Schritt. »Ich denke nicht. Vielleicht beim nächstem Mal.«

»Würde es Ihnen etwas ausmachen, wenn ich auf der Auffahrt herumritte?«

»Ganz und gar nicht. Ich kann sicherlich davon profitieren, Ihre Technik zu beobachten.«

Er sagte etwas zu Malheur und schüttelte leicht die Zügel. Das Pferd lief schnell los und der Kies spritzte unter den Hufen des Tieres auf.

Nach einiger Zeit, während derer sie Jaspers Können bewunderte, ritt Louisa neben sie und parierte Tilda zum Schritt. »Du hältst dich sehr gut, Liebes! Ich wusste, dass Jasper dich richtig anleiten würde.«

Olivia sah ihm beim Reiten zu. Sie wusste fast nichts über Pferde oder Reiten, aber es war offensichtlich, dass er außergewöhnlich gut war. »Er hat mir erzählt, dass er dieses Pferd gerettet hat.«

»Malheur?« Louisa nickte. »Ja, das ist, liebe Güte, fast zehn Jahre her. Merry begleitete Jasper damals, als sie sich aufmachten, um sich diese arme Kreatur anzuschauen. Holborn war außer sich, als Jasper ihn gekauft hatte. Er hielt das Tier für Zeitverschwendung. Jasper hat zwei Jahre gebraucht, doch am Ende hat er das Pferd geritten. Schau ihn jetzt an.« Ihre Stimme war stolzgeschwellt.

Olivia kannte den Herzog kaum, doch von vornherein empfand sie eine eingehende Abneigung gegen ihn. Er schien weniger wie ein Vater und mehr wie ein Autokrat, wohingegen Merry ganz so schien, als sei er von der allerbesten Sorte gewesen. Bei diesem Gedanken zog sich ihr Herz schmerzlich zusammen.

Jasper kam nach einigen Minuten zu ihnen zurückgeritten. Seine Wangen waren vor Anstrengung gerötet und die Lippen geteilt, als er wieder zu Atem kam. Jedes Fältchen war aus seinem Gesicht verschwunden. Er wirkte entspannt … frei. Noch nie hatte sie ihn so gesehen.

»Du warst ausgezeichnet.« Louisa strahlte ihn an. »Wie hat Olivia sich geschlagen?«

Jasper warf Olivia einen anerkennenden Blick zu. »Sehr gut, aber sie wollte sich nicht über den Schritt hinauswagen.«

Louisa zügelte Tilda, als das Pferd zwei Schritte zur Seite tänzelte. »Stimmt das, Olivia? Du musst Jaspers ausgezeichneten Unterricht ausnutzen. Nach dem Mittagessen solltest du Tulip einen kurzen Lauf erlauben.«

Nach dem Mittagessen? Sie war noch nicht abgesessen und ihr nächster Ritt war bereits geplant.

Im Schritt ritten sie ihre Pferde zum Stallhof zurück. Olivia war mehr als zufrieden, dem Pferdeknecht weiterhin zu gestatten, Tulip zu führen.

»Ja, nach dem Mittagessen und nachdem du Jasper die Entwürfe gezeigt hast, die du für seine Weste angefertigt hast.«

Jasper sah Olivia fragend an. »Ich dachte, Sie hätten es vielleicht vergessen.«

Sie sah Louisa mit einem vielsagenden Blick an. »Als ob Louisa mir das erlauben würde.« Olivia grinste, um die beiden wissen zu lassen, dass sie scherzte. »Wenn es Ihnen recht ist, können Sie den Entwurf auswählen, der Ihnen mehr zusagt.«

»Es wird mir ein Vergnügen sein.« Sein Blick verweilte auf ihr und er schien zu glühen.

Olivia schluckte in der Hoffnung, die Feuchtigkeit in ihrem plötzlich ausgedörrten Mund anzuregen.

»Autsch!«

Beide – Olivia wie auch Jasper – wandten bei Louisas Ausruf rechtzeitig die Köpfe, um sie vom Aufsteigeblock rutschen zu sehen. Sie humpelte ein bisschen, ehe sie halb sitzend, halb fallend auf dem großen Block niederkam.

Rasch saß Jasper ab und eilte zu ihr. »Geht es dir gut?«

»Ich habe mir den Fuß verdreht.« Sie streckte die Hand nach unten und schlang sie um ihren Stiefel. »Gestatte mir einen Augenblick und dann kann ich wahrscheinlich mein Gewicht wieder darauf verlagern.«

»Unsinn.« Jasper hob sie bereits auf seine Arme. »Ich werde dich ins Haus tragen.«

»Ach!«, rief Louisa lachend. »Du kümmerst dich so gut um mich.«

Olivia war nicht sicher, ob Jasper für sie zurückkehren würde oder nicht. Sie sah zu dem Knecht hinab, der noch immer den Führstrick hielt. »Sollte ich es dann mit dem Block versuchen?«

»Wie Sie wünschen, Miss. Es ist mir ein Vergnügen, Ihnen behilflich zu sein.«

Es stellte sich als sehr einfach heraus, Tulip zu dem Block zu führen, doch ihre Röcke vom Sattel zu heben und abzusteigen, erforderte die Hilfe des Knechts. Olivia bedankte sich bei ihm, bevor sie sich auf den Weg zum Haus machte. Jasper traf sie an der Tür.

»Ist Louisa wohlauf?« Olivia hoffte, dass sie sich nicht das Fußgelenk gebrochen hatte.

»Ja. Sie hat keine Schmerzen, wenn sie den Fuß nicht belastet. Somit hat sie sich in die Bibliothek zurückgezogen. Ich habe das Personal angewiesen, das Mittagessen dort aufzutragen, damit wir zusammen speisen können.«

Außerordentlich rücksichtsvoll.

»Es wird einige Minuten dauern. In der Zwischenzeit dachte ich, dass Sie vielleicht an einer Führung interessiert sind.« Er zog die Tür weit auf und bat sie hinein.

Olivia zögerte. Er hatte sie in ein Gefühl von Sicherheit eingelullt, aber war es aufrichtig? Oder hatte er Hintergedanken, jetzt, da er sie für sich hatte?

»In der Galerie hängen einige von Merrys Gemälden.«

Die Versuchung war zu groß, um ihr zu widerstehen. Er wusste, wie er sie verführen konnte – zumindest in dieser Hinsicht.

»Ja, vielen Dank.« Sie nahm seinen dargebotenen Arm und hoffte, dass sie nicht gerade eingewilligt hatte, den Löwen in seine Höhle zu begleiten.

KAPITEL ELF

aspers Körper spannte sich vor Lust an. Es war solch eine schlichte Berührung, doch ihre Nähe reichte aus, um ihn bis an die Grenze zu treiben. Sofort bereute er seine Einladung zu einem Rundgang.

Sie warf ihm einen raschen Blick zu. Er war kurz, aber er enthielt dieselben Emotionen, die sie den ganzen Morgen widergespiegelt hatte. Angst. Unsicherheit. Vorsicht. Er vertraute ihr nicht – und hatte tatsächlich gerade gestern erst einen Mann nach Newton Abbott losgeschickt –, doch er war willens, ihr zu sagen, dass seine Geheimnisse bei ihm sicher waren. Vorausgesetzt, sie hatte ihm die Wahrheit erzählt.

Ein Diener hielt ihnen die Tür auf, als sie ins Haus traten. Olivia riss sich den großen, schwarzen Reithut vom Kopf und übergab ihn dem livrierten Lakaien.

Jasper führte sie in den hinteren Bereich der Eingangs-halle, zu einer Marmortreppe, die sich bis zur Galerie im zweiten Stock aufschwang. »Sie sind heute Morgen gut geritten. Sie brauchen nach dem Mittagessen nicht zu reiten, es sei denn, Sie wollen. Tante Louisa kann eine Naturgewalt sein.«

Ein Lächeln umspielte ihre Lippen. »Das gefällt mir so an ihr. Sie besitzt solch eine Vitalität.«

»Ja.« Das mochte er ebenfalls an ihr. In Wirklichkeit liebte er es.

Er führte Olivia die Stufen hinauf und dann die Gemälde-galerie entlang. »Dies sind alles Werke wohlbekannter Künstler.« Er zeigte auf das erste Bild, das eine Landschaft darstellte. »Poussin.«

Das von den Wandleuchtern gespendete Kerzenlicht flutete über ihr kastanienrotes Haar. Die Farbe war reich und lebhaft, genau wie sie.

Sie ging zum nächsten Gemälde weiter. »Rembrandt?«

Überraschend. »Ja.«

»Ich kann es an dem Schein sehen. Seine Bilder haben ein gewisses inneres Licht, nicht wahr?«

Eine ausgezeichnete Beobachtung. Er hatte nicht erwar-tet, von ihr beeindruckt zu sein, aber sie hatte den ganzen Morgen Mut, Intelligenz und Geistesgegenwart unter Beweis gestellt. »Was Sie da beschreiben, wird Chiaroscuro genannt. Dies bezieht sich darauf, wie die Künstler Licht und Dunkelheit in ihren Bildern einsetzen. Sie haben eine außer-gewöhnliche Beobachtungsgabe.«

Sie errötete. »Meine Erfahrung ist eher beschränkt. Louisa hat mich mit nach Somerset House genommen. Ich mochte die Rembrandts.«

Das war an einem der Tage, an denen er ihnen ausgewi-chen war. Wie schade, denn er hätte es genossen, die Bilder mit ihr anzusehen und darüber zu sprechen. Ihr leiden-schaftliches Interesse erinnerte ihn an Onkel Merry, der ebenfalls eine besondere Vorliebe für Rembrandt besessen hatte. Bestand vielleicht eine Möglichkeit, dass sie tatsächlich mit Merry verwandt *war*?

Sie wandten sich dem nächsten Gemälde zu. Er beobachtete sie beim Studium des Portraits zweier Jungen. Einer saß in einem Stuhl unter einem ausladenden Eichenbaum und las in einem Buch. Der andere rannte über den Rasen und zwei Hunde sausten hinter ihm her.

Nach einer ganzen Weile sagte sie: »Merry hat das gemalt.«

Ein unglaublich gutes Auge. Er hielt die Luft an und fragte sich, was sie außerdem über das Gemälde herausfinden würde. »Ja.«

Ein weiterer Augenblick verstrich. Dann legte sie den Kopf schief und sah ihn an. »Sind das Sie?« Sie zeigte auf den rennenden Jungen.

»Ja. Der lesende Junge ist mein Bruder.« Warum erzählte er ihr das? Das hatte er nicht geplant.

»Louisa sagte, er sei gestorben.« Sie sah zu ihm auf. »Es tut mir leid.«

Er hätte damit rechnen sollen, dass Louisa diese Information weitergab. Es war letztendlich kein Geheimnis. Nur etwas, das seine Familie vorzugsweise ignorierte. »Ich war sehr jung und wir waren uns nicht sehr nahe. Wie Sie sehen können, haben wir nicht dieselben Interessen geteilt.«

Sie lächelte und linderte damit die Anspannung, die ihn bei der Erwähnung seines lang verstorbenen Bruders überkommen hatte. »Sie scheinen dort so sorglos zu sein. Es ist ein anderer Lord Saxton, der mich das Reiten lehrt und mir seine Lieblingsgemälde zeigt.«

»Auf dem Gemälde bin ich nicht Lord Saxton.«

»Ach, natürlich. Das war Ihr Bruder.« Sie war sehr scharfsinnig, obwohl sie nicht ansatzweise verstehen konnte, was James´ Tod für Jasper bewirkt hatte, und für seine gesamte Familie.

Es verstrich eine Weile, doch Jasper wollte keine Antwort einfallen, die nicht zu einer Gesprächsrichtung führen würde, die er nicht einschlagen wollte. Er zeigte auf das nächste Portrait. »Dies ist noch eines von Merry. Meine Schwester Miranda.«

Sie ging mit ihm, um das Gemälde eines zehnjährigen Mädchens zu betrachten, das an einem See stand und die Nase ihres Pferdes streichelte. »Louisa hat mir von ihr erzählt. Stimmt es, dass ihr Ehemann und sie ein Waisenhaus in Wiltshire betreiben?«

Ein Lächeln zuckte um Jaspers Lippen. »Erstaunlicherweise tun sie das. Nun, erstaunlich für Miranda. Ich hätte nie gedachte, dass sie einen Landedelmann heiraten und weit fort von London leben würde, einmal ganz abgesehen davon, in einem Waisenhaus zu arbeiten.«

Olivia sah zu ihm auf. »Sie muss glücklich sein.«

Überglücklich. »Ja, sie ist glücklich.« Und er hatte dafür gesorgt, indem er sich einverstanden erklärt hatte, zu heiraten, wen immer Holborn bis Ende September anordnete. Der Herzog war bereit gewesen, Mirandas Ehemann zu vernichten, um sie an einer Heirat zu hindern, also hatte Jasper seine Freiheit für ihre eingehandelt. Holborn hatte es nicht gekümmert, dass Miranda Fox über alle Maße liebte – und es war eine Liebe, die mit einer Wildheit erwidert wurde, bei der Jasper sich fragte, ob das, was er vor einem Jahrzehnt für Abigail empfunden hatte, wirklich überhaupt Liebe gewesen war.

Olivia zeigte auf das Gemälde. »Sie sieht hier auch glücklich aus. Alles, was Merry gemalt hat, ist so … lebendig, oder vielleicht so greifbar. Mir will das richtige Wort nicht einfallen. Er hat perfekte Augenblicke eingefangen.«

Er war ergriffen, wie entzückend sie war, wie selbstsicher. Es war ein Jammer, dass sie nicht wirklich Merrys Cousine war. In den Augen des Herzogs würde sie dennoch nicht akzeptabel sein, doch dieses Hindernis ausgeräumt, wäre sie alles, was Jasper sich laut Louisa in einer Frau wünschte … ihre Unfähigkeit, ehrlich zu sein, ausgenommen.

Er wandte sich ihr zu und sah somit sie an, anstatt das Gemälde. »Warum können Sie mir nicht die Wahrheit sagen? Ich würde dieses Wissen nicht benutzen, um Ihnen Leid zuzufügen. Louisas Glück ist mein größtes Ziel.«

»Ich habe Ihnen die Wahrheit gesagt.« Ihr Tonfall war ruhig. Sie blieb dem Portrait zugewandt.

Er runzelte die Stirn. »Verstehen Sie nicht, warum ich Ihnen nicht glaube? Sie haben mich von Anfang an angelogen.«

Sie erbleichte, aber irgendwie fand sie den Mut, ihn anzuschauen. »Das habe ich – am Anfang –, und ich schäme mich immer noch so sehr für das, was ich versucht hatte.«

Zum ersten Mal glaubte er ihr oder das wollte er zumindest. Sie hatte ganz eindeutig Reue gezeigt.

Er rückte näher. »Also bleiben Sie dabei, dass die ganze Geschichte mit Louisa und Merry die Wahrheit ist?«

»Ja.« Ihr Blick geriet nicht im Geringsten ins Wanken. Entweder waren ihre schauspielerischen Fähigkeiten wirklich außergewöhnlich oder sie sagte tatsächlich die Wahrheit. Die Zeit würde es erweisen. Sein Ermittler würde ihre Beziehung zu Merry bestätigen können und vielleicht herausfinden, woher sie Merrys bemalte Schachtel erhalten hatte. In der Zwischenzeit konnte er seine eigenen Nachforschungen anstellen.

»Vermissen Sie Ihre Eltern?«, fragte er neugierig darauf, was sie vielleicht preisgeben würde.

Sie blinzelte und dann drehte sie sich zu dem Gemälde an der Wand gegenüber um. »Gewissermaßen.«

»Nur gewissermaßen?«

»Wir standen uns nicht besonders nahe. Ich dachte … ich meine, ich habe mich gefragt, ob Sie so eine Beziehung vielleicht verstehen.«

Sie war überaus scharfsinnig, aber es brauchte keinen Gelehrten, um die Kluft zu erkennen, die ihn vom Herzog und der Herzogin trennte. »Das tue ich.« Sie schritten zum nächsten Gemälde. »Wie lange sind sie schon verstorben?«

»Erst im vergangenen Jahr.«

Er hätte schwören können, dass sie bereits länger in London war. Sie besaß nicht die Eigenheiten eines Mädchens vom Lande. Es wäre recht einfach für ihn, das herauszufinden, also beschloss er, sie rundheraus zu fragen. »Ich habe jemanden nach Newton Abbott geschickt, um Ihre Behauptungen zu überprüfen. Sagen Sie mir, was wird er herausfinden?«

Sie drehte sich zu ihm und sah ihn mit einem überraschend kühlen und gelassenen Blick an. »Louisa besteht darauf, dass ich Merrys Familie bin. Warum wollen Sie sie aufregen?«

Sie hatte genau den Punkt getroffen, an dem er am verwundbarsten war – Louisas Wohlergehen. »Ich verspüre keinen Wunsch dazu, aber ich muss sie vor Schaden beschützen.« Er hielt eine Hand hoch, um ihren Einwand aufzuhalten. »Ich weiß, dass Sie behaupten, ihr nicht wehzutun, aber wir haben meinen verständlichen Mangel an Vertrauen in Sie bereits besprochen. Nun, Sie haben meine Frage nicht beantwortet. Was werde ich finden?«

Er durchbohrte sie mit dem stechenden Blick, den der Herzog ihn so gut gelehrt hatte. Sie blinzelte rasch, aber nicht, bevor er ein winziges Aufblitzen von etwas bemerkt hatte.

»Sie werden nichts finden, außer der Wahrheit, so wie Louisa sie präsentiert hat.«

»Also werde ich Einträge über Ihre Geburt und die Ihrer Eltern finden, die sie alle mit den Merriweathers verbinden?«

»Nein, weil diese Aufzeichnungen bei einem Feuer zerstört worden sind.«

»Wie praktisch. Dennoch kann ich mir vorstellen, dass die Bewohner der Gemeinde recht hilfreich sein werden. Ein Jahr ist nicht sehr lang, um die Existenz einer Familie in Vergessenheit geraten zu lassen.«

Scheinbar unbeeindruckt vom argwöhnischen Tonfall in seiner Stimme, zog sie eine Schulter hoch. Sie drehte sich wieder zu dem Bild um. »Weiß Louisa, dass Sie jemanden nach Devon geschickt haben?«

»Nein.« Er trat auf sie zu und trotz ihrer Lügen genoss er das Katz- und Mausspiel.

»Warum? Glauben Sie, ich sollte es ihr sagen?«

Sie warf ihm einen finsteren Blick zu. »Ja. Oder ich kann das tun.«

Widerwillig zollte er ihr Anerkennung. Louisa wäre wütend auf ihn und Olivia wusste das. »Oder Sie könnten mir die Wahrheit jetzt gleich sagen und wir könnten dieser ganzen Farce ein Ende machen.«

»Das ist keine Farce. Es sind nur Sie, der hier nach einer unlauteren Absicht sucht, wo keine ist.«

Er ließ seine Hand um ihren Unterarm zuschnappen und zog sie zu sich. »Seit unserem Kennenlernen hatten Sie reichlich ›unlautere Absichten‹. Es scheint logisch, dass Sie in dieser Weise weitermachen würden. Frauen wie Sie wachen nicht plötzlich mit einem Gewissen auf.«

Jetzt waren ihre Augen sturmerfüllt. »Sie waren wütend, als ich eine Vermutung über die Art von Mann angestellt habe, der Sie offenbar angehören, also tun Sie das nicht mit mir. Sie haben keine Ahnung, was für eine Art von Frau ich bin.« Sie schüttelte ihren Arm und er ließ sie los.

Er rückte vor und sie wich zurück, bis sie mit der Wand zwischen den Bildern in Kontakt kam. »Ich weiß, dass Sie eine Schauspielerin sind«, meinte er mit sanfter Stimme,

»und fähig, alle Arten von Täuschungsmanövern miteinander zu verweben.«

Sie formte die Lippen zu einem humorlosen Lächeln.
»Fehlannahme Nummer eins. Ich bin nicht wirklich eine
Schauspielerin. Ich war nur zwei Wochen auf der Bühne.«

»Und warum haben Sie Louisa das nicht erzählt, wenn
Sie nichts zu verbergen haben? Ich garantiere Ihnen, dass sie
enttäuscht sein wird, aber hauptsächlich, weil Sie die Wahrheit verschwiegen haben. Sie sollten überlegen, es ihr zu
sagen. Wie auch ich, schätzt Louisa Aufrichtigkeit.«

Sie zog eine Augenbraue hoch. »Vielleicht werde ich das
tun.«

In dem Augenblick bewunderte er sie, auch wenn er ihr
nicht glaubte. »Eine ausgezeichnete Idee. Ich bin sicher, dass
Sie gute Gründe hatten, um am Haymarket zu arbeiten. Wie
ist es überhaupt dazu gekommen?«

Sie stand hoch erhobenen Hauptes vor ihm und reckte
ihm ihr Kinn entgegen. »Ich bin vor einigen Monaten aus
Devon gekommen und nahm am Theater einen Posten als
Näherin an. Ich war nur als Ersatz auf der Bühne, für eine
Schauspielerin, die zeitweise ausscheiden musste, um sich
um einen kranken Verwandten zu kümmern. Dann hatte ich
das Pech, Ihnen zu begegnen – und von Ihnen verteufelt zu
werden.«

Verteufelt? Er würde ihr verteufelt zeigen. Er verringerte
den Abstand zwischen ihnen, bis sie sich beinahe berührten.
»Und wann *genau* sind Sie aus Devon gekommen?«

Sie legte den Kopf in den Nacken, aber sie wich nicht vor
ihm zurück. Eine kastanienrote Locke löste sich und streifte
über ihre elfenbeinfarbene Wange. »Im März.«

Er nahm den grazilen Schwung ihres Nackens wahr, der
durch den gestärkten Kragen ihrer Bluse unter dem satten
Smaragdgrün ihres Reitkostüms vor seinem hungrigen Blick
verborgen war. Seine Lust drohte jeden Anschein von

Anstand zu zerstören, der – da sie allein in der Galerie standen – nicht existent war. »Sie stammen also wirklich aus Devon.«

»Ja.« Ihre Stimme war tiefer geworden und fachte sein Verlangen weiter an.

Er schob ihr die vereinzelte Locke hinter das Ohr. »Und Ihre Eltern sind letztes Jahr gestorben. Waren sie krank?«

Ihr Atem stockte, als seine Finger über die äußere Ohrmuschel streiften, und er fühlte eine Woge des Triumphs. »Ein Unfall mit der Kutsche.«

»Sie sagten, Sie besäßen keine eigenen Pferde.«

Das Aufblitzen von Unruhe in ihrem Blick bestätigte ihre Lüge. Sie zog sich zurück und sein Körper bedauerte, dass sein Verstand diesen Kurs verfolgt hatte, anstatt sie bis zur Besinnungslosigkeit zu küssen. »Sie hatten sich die Kutsche bei jemandem geborgt.« Eine plausible Erklärung, aber er glaubte ihr immer noch nicht.

Es war so enttäuschend – sowohl ihre Unehrlichkeit als auch seine ungestillte Lust. »Ach, und darin liegt die Tragödie.«

Sie drehte sich schnell weg, ehe sie ihm irgendein Gefühl offenbarte.

Lügnerin.

*E*r glaubte ihr nicht. Und warum sollte er, nachdem sie ihn hinters Licht geführt *und* er sie heute Nachmittag bei einer weiteren Lüge erwischt hatte? Die Lügen von der Wahrheit zu trennen, forderte seinen Tribut von Olivias Gehirn. Sie hatte schreckliche Kopfschmerzen. Wenn ihre Hände nicht mit dem Tragen des Teetabletts zu Louisas Zimmer beschäftigt gewesen wären, hätte sie sich die Schläfen massiert.

»Bist du das, Liebes?«, rief Louisa von dem großen Himmelbett mit seinen hellblauen Vorhängen.

»Ja, ich habe dir Tee gebracht.« Olivia balancierte das Tablett in das weiträumige Schlafzimmer und stellte es auf den Tisch neben dem Bett. Wegen Louisas geschwollenem Knöchel hatten sie beschlossen, über Nacht in Benfield zu bleiben.

Louisa saß gegen eine Reihe sonnengelber und elfenbeinfarbiger Kissen gelehnt, aufrecht im Bett. Sie lächelte, während Olivia einschenkte. »Wunderbar, danke.«

Olivia zog einen Stuhl ans Bett und setzte sich mit ihrer Teetasse. »Wie geht es deinem Knöchel?«

»Er schmerzt noch ein bisschen, aber er sollte mich in der Nacht nicht wach halten. Hast du ein bisschen Brandy in die Teekanne gegeben, wie ich dich gebeten hatte?«

»Das habe ich.« Olivia probierte das heiße Getränk und entschied, dass es von gewöhnungsbedürftiger Wertschätzung war.

Louisa nippte an ihrem Tee und gab ein zufriedenes Seufzen von sich. »Wundervoll, Liebes. Tut es dir leid, dass wir nicht zum Musikabend in die Stadt gehen konnten?«

»Liebe Güte, nein. Ich bevorzuge deine Gesellschaft gegenüber Leuten, die ich kaum kenne.« Olivia war für die Verschnaufpause von Lady Prewitt und Leuten ihrer Art dankbar.

Louisa legte die Stirn in Falten. »Du bist doch nicht unglücklich, nicht wahr, Liebes?«

»Natürlich nicht. Ich genieße nur unsere gemeinsame Zeit.« Der heutige Tag war tatsächlich beinahe idyllisch gewesen, abgesehen von Louisas Verletzung und Jaspers Verhör.

»Das tue ich auch«, entgegnete Louisa mit einem warmen Lächeln.

Wie war es möglich, dass Olivia Louisa in so kurzer Zeit

ins Herz geschlossen hatte? Vielleicht weil sie wusste, dass Louisa es ebenfalls fühlte.

»Ach, wir haben die Skizzen für Jaspers Weste ganz vergessen«, seufzte Louisa. »Dieser lästige Knöchel bringt den ganzen Tag durcheinander. Ich nehme nicht an, dass du ihm die Zeichnungen gezeigt hast, als er dich durchs Haus geführt hat?«

»Nein, er hat mir Merrys Bilder gezeigt und ich fürchte, dass wir die Weste ganz vergessen hatten.« Er war zu beschäftigt damit gewesen, sie auszufragen, und sie war mit der Versuchung, ihm nicht alles zu beichten, zu beschäftigt gewesen.

Nach dem Besuch der Galerie waren Jasper und sie zur Bibliothek zurückgekehrt, um mit Louisa zu speisen, und fast direkt danach war er aufgebrochen. Er hatte ihr keinen zweiten Ritt angeboten, nicht dass es Olivia etwas ausgemacht hätte. Ihr Hinterteil war ein bisschen wund, und sie war nicht sicher, ob sie sich selbst traute, noch einmal allein mit ihm zu sein – und ein Pferdeknecht, der die Zügel hielt, galt Olivias Meinung nach nicht als Anstandsperson.

»Schade. Na schön, ich bin sicher, dass wir ihn morgen sehen werden.«

So bald? Seine bohrenden Fragen hatten jedes Sicherheitsgefühl, zu dem sie imstande gewesen war, weiter zunichtegemacht. Er hatte jemanden nach Newton Abbott geschickt, und was er finden würde – obwohl sie das ihm gegenüber natürlich nicht zugeben konnte –, wäre der Beweis für ihre Lügen. Es gab keine Eltern, die bei einem Unfall mit einer Kutsche ums Leben gekommen waren … oder auf irgendeine andere Weise. Und sie war vor sieben Jahren gegangen, anstatt Anfang des Jahres. Ihre Tante würde Jaspers Ermittler sicherlich genau erzählen, wann genau, und wahrscheinlich sogar, warum Olivia gegangen war. Es war nur eine Frage der Zeit, ehe Jasper alles erfuhr.

»Louisa, wäre es so schrecklich, wenn die Leute die Wahrheit über mich erführen?«

Louisa stellte ihre Tasse auf den Tisch. »Ich habe dich wirklich sehr gern, also werde ich dich nicht anlügen. Uneheliche Kinder, insbesondere weibliche, werden von der Gesellschaft nicht wohlwollend aufgenommen. Deine Möglichkeiten wären weitaus geringer.« Sie bedachte Olivia mit einem besorgten, aber mitfühlenden Ausdruck. »Bitte fürchte dich nicht, Liebes. Niemand wird die Wahrheit herausfinden. Wie sollten sie auch?«

»Lady Addicock stammt aus einer Gemeinde, ganz in der Nähe von meiner. Ich begreife, dass die Möglichkeit, auf jemanden zu treffen, der mich oder meine Pflegefamilie kennt, gering ist, aber es ist nicht vollkommen unmöglich.« Insbesondere, wenn jemand Nachforschungen anstellt. Jemand wie Jasper. Warum tat sie nicht, was sie angedroht hatte, und erzählte Louisa von Jaspers Taten? Vielleicht würde das dem Ganzen ein Ende machen.

Überraschenderweise formten sich Louisas Lippen zu einem verschmitzten Grinsen. Das war nicht die Reaktion, die Olivia erwartet hatte. »Ich hätte es dir bereits heute früh erzählen sollen, aber über meine Aufregung, dich nach Benfield zu bringen, habe ich es ganz vergessen. Ich hatte jemanden nach Newton Abbott geschickt, um mit deiner Tante und deinem Onkel zu sprechen, und ich bedaure, dir sagen zu müssen, dass dein Onkel gestorben ist.«

Obwohl sie das Pfarrhaus auf eine abrupte und verstörende Weise verlassen hatte, verspürte Olivia einen Stich des Kummers. Sie hatte vierzehn, hauptsächlich glückliche Jahre als ihre Tochter verbracht. »Und meine Tante?«

Louisa schüttelte den Kopf. »Sie ist zu Verwandten gezogen, die tatsächlich nicht weit von hier leben. Ein kleines Dorf namens Cheshunt. Möchtest du, dass ich jemanden schicke, der sich ihres Wohlergehens versichert?«

Olivia hatte viele schlaflose Nächte mit dem Gedanken daran verbracht, was sie möglicherweise zu ihrer Tante sagen könnte, wenn sie zu dem schrecklichen Tag vor sieben Jahren zurückkehren könnte. Wenngleich der Schmerz noch vorhanden war, so war Olivia jedoch nicht mehr wütend. Tatsächlich hoffte sie, dass ihre Tante die Vergangenheit vielleicht hinter sich gelassen hatte, insbesondere, da sowohl ihr Onkel als auch Fiona verschieden waren. »Ich denke, ich würde sie gern persönlich besuchen.«

»Ich kann dich begleiten, wenn es meinem Fußgelenk besser geht.«

Olivia wollte nicht, dass Louisa Tante Mildred mit ihrem kühlen und rigiden Verhalten kennenlernte. Eigentlich konnte Olivia sich keine zwei unterschiedlicheren Frauen vorstellen. »Danke, aber ich denke, ich sollte allein gehen. Ich danke dir für deine Güte.«

Olivia lächelte, doch innerlich machte sie sich weiterhin Sorgen. Obwohl ihre Tante nicht mehr in Newton Abbott war und Jaspers Ermittler somit nicht die Wahrheit erzählen konnte, gab es viele andere Leute im Dorf, die sich auch nach sieben Jahren noch an sie erinnern würden.

Louisa klopfte auf das Bett neben sich. »Du siehst immer noch besorgt aus. Komm, und setz dich zu mir, Liebes.«

Olivia stellte ihre Teetasse auf den Tisch und setzte sich neben Louisa.

Die ältere Frau ergriff ihre Hand. »Ich möchte, dass du weißt, dass ich dich unter allen Umständen unterstützen werde.«

Diese Worte bedeuteten ihr mehr als alles andere. Olivia war von einer Mutter vor die Tür gesetzt und von der anderen nur widerwillig aufgenommen worden. Endlich gewollt zu werden fühlte sich wundervoll an. Mit dem Kloß in ihrem Hals brachte sie kein Wort hervor, also nickte sie nur.

Louisa drückte Olivias Finger. »Ich habe diese List ersonnen, um dich zu schützen. Ich möchte nicht, dass du dir Sorgen machst. Ich möchte, dass du Freude hast. Lieber Himmel, in deinem jungen Leben hat es bereits viel zu viel Kummer und Verdruss gegeben. Du hast noch so vieles zu erleben. Ich freue mich schon so sehr auf deine Saison nächsten Frühling.«

»Ich muss keinen Ehemann auswählen, nicht wahr?«

»Liebe Güte, nein!«, antwortete Louisa schmunzelnd. Sie ließ Olivias Hand los und nahm ihre Teetasse. »Es besteht keine Eile. Du bist nicht annähernd davor, ein Mauerblümchen zu werden. Viele Mädchen heiraten während ihrer ersten Saison nicht.«

Wie Louisa, die Merry erst viele Jahre danach geheiratet hatte. »Du warst also eines dieser Mädchen?«

»Oh, nein. Ich habe mich in meiner ersten Saison mit jemandem verlobt.« Ihre Augen funkelten, als sie mit den Brauen wackelte. »Ich war recht beliebt. Meines Vaters, jetzt meines Bruders Herzogtum ist eines der ältesten und wohlhabendsten im Königreich.«

Dies war eine Tatsache, keine Prahlerei, doch sie riefen Olivia die großen Unterschiede zwischen ihnen in Erinnerung. »Ich wusste nicht, dass Merry nicht dein erster Ehemann war. Warst du glücklich?«

»Nicht besonders, aber es war meine Pflicht. So viele junge Frauen beklagen sich, dass ihr Stand nicht hoch genug sei, doch das kann furchtbar bedrückend sein.« Louisa hielt ihre Tasse mit beiden Händen und nippte an ihrem Tee.

Sie konnte sich nicht vorstellen, dass jemand wie Louisa sich gefangen fühlte. Ging es Jasper auch so? Seine Rolle als Erbe eines Herzogtums musste mit vielen Verpflichtungen verbunden sein. »Du hast also einen Mann geheiratet, den dein Vater ausgesucht hatte?«

Louisa nickte, während sie ihre Tasse auf den Tisch

stellte. »So wird das allgemein gehalten.« Sie verzog das Gesicht, was bei einer Frau mit ihrer hervorragenden Erfahrung sehr lustig anmutete. »Wokenham war viel älter. Beinahe fünfzig.« Sie kicherte. »Jünger als ich jetzt, natürlich.«

Olivia, die Louisas Heiterkeit ansteckend fand, musste lächeln.

»Aber er war nicht annähernd so lebhaft. Er hatte kein Interesse, zu reiten. Er hatte keine Lust auf Gesellschaft. Viel mehr, als Abhandlungen über Ackerbau zu lesen, wollte er nichts tun.« Mit ernster, respektvoller Miene neigte sie den Kopf. »Was ihm sehr nützlich war, denn er besaß das beste Anwesen in Staffordshire.«

»Was ist mit ihm geschehen?«

»Nur vier Jahre nach unserer Heirat starb er. Vier lange, kinderlose Jahre.« Ihr Gesicht nahm einen düsteren Ausdruck an und sie schüttelte den Kopf. »Oh, das ist furchtbar undankbar von mir. Er war ein gütiger Mann gewesen, und einfach nur zu alt für jemanden mit meiner Jugend und Lebhaftigkeit.«

Olivia wusste, dass Louisa sich nach Kindern sehnte und konnte es jetzt in ihrer Stimme hören. »Was hast du danach gemacht?«

»Nun, ich genoss das zauberhafte Leben einer jungen Witwe!« Sie lächelte und bekam dabei einen entrückten Blick. »Die Dinge, die man nur tun kann, wenn man weder seinem Vater noch seinem Ehemann verpflichtet ist ... einfach wundervoll.«

Olivia wusste nicht genau, was dies für Dinge sein könnten, war sich aber ziemlich sicher, dass ihr als junge, unverheiratete Frau nichts davon gestattet war.

»Ich vermisste zwar das Gefühl, meine eigene Familie zu haben, doch ich war zufrieden, Entscheidungen zu treffen, ohne jemanden zu fragen. Bis ich Merry kennenlernte.« Ihre

Gesichtszüge glätteten sich und zeigten nun diese Liebe, die Olivia so oft gesehen hatte, seit sie bei ihr wohnte. »Plötzlich war es mir nicht mehr wichtig, ob ich die ganze Nacht Karten spielen oder spontan nach Bath fahren konnte. Weil ich den Menschen gefunden hatte, mit dem ich nicht nur diese Vergnügungen gemeinsam erleben wollte, sondern auch die einfachen Dinge, wie beispielsweise beisammenzusitzen und Tee zu trinken.« Sie hob ihre Tasse und prostete ihr spielerisch zu.

Olivia verstand. Einen Gefährten zu haben, der nicht nur die Freuden und Kämpfe, sondern auch die alltäglichen Ereignisse mit einem teilte, schien etwas Besonderes zu sein. Dass ihre Pflegeeltern solch eine Beziehung genossen hatten, glaubte sie nicht. Und ihre Mutter war sicherlich nie auf so etwas Zivilisiertes aus gewesen. Im Laufe der letzten Jahre hatte Olivia gedacht, dass auch sie das nicht sei. Sie hatte sich mit ihrem Los abgefunden und das Beste daraus gemacht. Doch jetzt hatte sie Louisa und durfte vielleicht wagen, von mehr zu träumen.

Vorausgesetzt, dass Jasper nicht alles aufdeckte. Sie wünschte, sie könnte ihm die Wahrheit sagen. Seine Liebe zu Louisa war so ausgeprägt, dass er sie akzeptierte, nicht wahr? Darüber hinaus wünschte sie sich sein Vertrauen. Nach ihrem Versuch ihn auszutricksen, war sie ihm das schuldig. »Heute hat Jasper sich bei seinen Anleitungen sehr aufmerksam gezeigt. Ich denke, wir könnten ihm die Wahrheit über meine Beziehung zu Merry erzählen.«

Bedauernd verzog Louisa das Gesicht. »Ich fürchte nein, Liebes. Ich kenne Jasper weitaus besser als du, und obwohl er deinen Platz in meinem Haushalt um meinetwillen tolerieren würde, weigere ich mich, ihm die Wahrung unseres Geheimnisses aufzuhalsen.«

Olivia wollte widersprechen, doch sie konnte nicht abstreiten, dass Louisa ihn besser kannte. Das änderte jedoch den Umstand nicht, dass eine Katastrophe drohte, die sie irgendwie umgehen musste. Sie erwog, es Jasper trotzdem zu sagen, doch damit würde sie Louisa belügen. *Wieder einmal.* Außerdem konnte Olivia sich Jaspers Reaktion nur zu gut vorstellen, wenn sie behauptete, Merrys Tochter zu sein. Seine *uneheliche* Tochter.

Oh, was für ein betrügerisches Durcheinander! Und all das nur, damit sie ihren Platz in einer Gesellschaft finden konnte, von der sie nicht einmal wusste, ob sie ihr gefiel. Und wofür?

Sie richtete den Blick auf Louisa, die an ihrem Tee nippte, während der Anflug eines Lächelns um ihre Mundwinkel spielte. Olivia konnte die Woge der Zuneigung nicht aufhalten, die sich ihrer Brust bemächtigte. Zum ersten Mal in ihrem Leben gehörte Olivia wirklich zu jemandem, und dafür würde sie sogar den König höchstpersönlich belügen.

KAPITEL ZWÖLF

In Begleitung von Sevrin und Gifford schlenderte Jasper aus dem Black Horse. Heute Abend war der Club nur spärlich besucht gewesen. Trotzdem hatten sie es auf vier Kämpfe gebracht. Anstatt sich zu beteiligen, hatte Jasper den größten Teil des Abends mit dem Leeren einer Flasche Whiskey verbracht, während er an Olivia in Benfield dachte. Diese Besessenheit – und es war eine Besessenheit – wuchs sich allmählich zu einem Ärgernis aus.

»Du bist so schweigsam, Sax«, stellte Sevrin fest. Er war beim letzten Kampf des Abends herausgefordert worden und hatte nun eine angeschwollene Lippe. Sevrin trug selten sichtbare Verletzungen davon, aber heute Abend war er ein bisschen zu langsam gewesen.

»Hast du dich deshalb wie zäher Teer bewegt?«, stichelte Jasper. »Warst wohl zu sehr auf mich konzentriert?«

Sevrin sah ihn scharf an. »Nein. Obschon es mich überrascht, dass du überhaupt etwas bemerkt hast, so beschäftigt, wie du mit den Unwägbarkeiten deines Whiskeys warst.«

Gifford lachte. »Ihr klingt wie Brüder. Wie lange seid ihr schon befreundet?«

Jasper schaute Sevrin an, der ihn ebenfalls musterte. »Nicht lange.« Aber Jasper empfand eine gewisse unerklärliche Verbundenheit zu ihm. Wahrscheinlich, weil sie beide Schurken waren.

Sevrin führte sie vom Hof auf den Haymarket. »Wohin jetzt, Jungs?«

Jasper kehrte nach seinem Besuch im Club in der Regel nach Saxton House zurück. Heute Abend fühlte er sich allerdings unruhig und hungrig. Nach der Zeit, die er heute mit Olivia verbracht hatte, war er mit dem Gefühl zurückgeblieben, dass ihm etwas fehlte.

Gifford gestikulierte nach Osten. »The Locust?«

Soweit Jasper informiert war, handelte es sich bei dem Locust um eine Spielhölle, wenngleich er selbst noch nie dort gewesen war. Er war über den Vorschlag überrascht. Ein junger Schneiderlehrling schien nicht der Typ zu sein, der solche Stätten aufsucht.

Sevrin nickte. »Warum nicht?«

Weil er nicht allein in sein kaltes Bett zurückkehren wollte, schloss er sich ihnen an. Hieß das etwa, er würde sich mit jemandem zufriedengeben, der nicht Olivia war? Dieser Gedanke ließ ihn zurückschrecken, doch seine Vernunft riet ihm, die Gesellschaft einer anderen Frau zu erwägen, um Olivia aus seinen Gedanken zu verbannen. Wenn er das könnte. Zweifel nagten an ihm, als er seinen Freunden mit langen Schritten nachlief, um sie einzuholen.

Das kleine, verkommene Lokal lag im Erdgeschoss eines Backsteingebäudes. Um in den, mit Tischen vollgestellten Schankraum zu gelangen, mussten sie sich an einem Betrunkenen vorbeidrücken, der mit einer alternden Hure verhandelte.

Sevrin baute sich über einem Tisch auf, der mit vier Personen besetzt war – eine darunter schnarchte laut – und räusperte sich. »Würde es Ihnen etwas ausmachen?«

»Schaut her.« Einer der Angesprochenen stieß einen anderen mit dem Ellbogen an, der daraufhin zu Boden sackte und nicht mehr aufstand.

Sevrin nahm den nun freien Stuhl in Besitz und ließ sich darauf nieder. »Ihr seht ziemlich erledigt aus, habe ich recht?« Er lächelte, wobei er allerdings erwartungsvoll mit den Fingern auf die mit Kerben verunzierte Tischplatte trommelte. Die beiden noch wachen Männer packten den am Boden liegenden Mann und zerrten ihn mit sich zum Ausgang.

Jasper musterte den schlafenden Mann. »Was ist mit dem hier?«

»Ach, lass ihn«, antwortete Sevrin.

Ein Weibsbild in einem viel zu tief ausgeschnittenen Kleid torkelte auf sie zu. Sie sah genauso betrunken aus wie die anderen. »Was kann ich euch bringen?« Sie reckte anzüglich die Brust vor, doch das Tablett in ihrer Hand war Beweis, dass sie neben ihrer fleischlichen Ware auch Getränke anbot.

»Gin«, bestellte Sevrin. Gifford nickte zustimmend.

Sie nahm zwei Becher von ihrem Tablett und knallte sie auf den zerfurchten Tisch. »Du?«, fragte sie und richtete ihre blutunterlaufenen Augen auf Jasper.

»Whiskey.«

»Aus, ich bedaure. Ich hole noch welchen. Geht nicht fort. Ich muss Ada sagen, dass der Vicious Viscount hier ist!« Sie lächelte breit und zeigte ein paar Lücken, wo eigentlich Zähne hätten sein sollen.

Jasper stieß innerlich sauer auf. Jeder Gedanke, den er vielleicht gehegt hatte, sich mit einer anderen Bettgenossin als Olivia zufriedenzugeben, war so gut wie gestorben.

»Da hast du dir ja eine turbulente Stätte ausgesucht, Giff«, meinte Sevrin.

»Der Vicious Viscount. Wirklich?«, konterte er mit einer hochgezogenen Braue.

Sevrin grinste. »Das ist gewiss nur wegen des Stabreims. Wirke ich bösartig auf euch?«

Oberflächlich betrachtet war er respektlos, unverantwortlich und unbezähmbar. Allerdings vermutete Jasper, dass sich unter der Oberfläche noch mehr verbarg. Vielleicht etwas Gefährliches.

Das Weibsbild kehrte mit seinem Whiskey zurück. »Kann ich noch etwas für euch drei besorgen?« Sie drängte sich dicht an Jasper heran, der allerdings seinen Stuhl von ihr wegrückte und dem schnarchenden Mann gegen das Knie stieß. Er hielt inne, aber nur für eine Sekunde, bevor der Schläfer sein lautes Grunzen wieder aufnahm.

Sie sah Jasper schmollend an. »Kein Grund, unhöflich zu sein. Da drüben sind ein paar Mädchen, die interessiert sind.« Sie deutete mit dem Finger auf die andere Ecke auf ihrer Seite dieser Hölle.

Jasper drehte den Kopf. Drei jüngere, attraktivere Frauen blickten von der Stelle aus herüber, an der sie sich in einem kleinen Kreis zusammengefunden hatten. Sie warfen immer wieder Blicke in Richtung des Männertisches, um sich dann untereinander zu unterhalten.

Fest entschlossen, sich die Frauen vom Leib zu halten, wandte Jasper sich demonstrativ zum Tisch um und gab sich absichtlich unwissend, ob seine Freunde damit einverstanden waren. »Ignoriert sie.«

Die Schankmagd schlurfte davon.

Sevrin ließ sich tiefer in seinen heruntergekommenen Stuhl sinken und gab mit keinem Hinweis preis, ob er sich für die leichten Mädchen interessierte. »Du hast mich vor einer Weile nach einer Schauspielerin gefragt, Olivia West. Ich habe neulich Abend bei den Favershams eine Frau gesehen, die ihr ähnlich sah. Ich war der Ansicht, mich geirrt zu haben, doch dann hörte ich ihren Namen heute Morgen bei White's. Irgendein Kerl, Twickenham oder so, hat von ihr gesprochen. Ist es die gleiche Frau?«

Jasper legte die Finger um den Becher mit seinem Whiskey und presste sie gegen das Steingut. Ehe er antwortete, kippte er die feurige Flüssigkeit herunter. »Das ist sie.«

Gifford saß ein bisschen aufrechter in seinem Stuhl. »Olivia West sagtest du?«

»Kennst du sie?«, fragte Sevrin, ehe Jasper Gelegenheit hatte.

»Der Name klingt vertraut.« Gifford nippte an seinem Gin und betrachtete sie über den Rand seines Glases hinweg.

Sevrin drehte sich zu Jasper. »Twickenham sagte, sie sei Lady Merriweathers Schützling. Lady Merriweather ist deine Tante, soviel ich weiß.«

»Beide Aussagen sind korrekt.«

Sevrin beugte sich vor. »Du bist verdammt wortkarg. Wie kommt diese Frau in die Gesellschaft?«

Jasper hätte darauf kommen müssen, dass irgendjemand sie erkennen würde. Er war nur froh, dass es Sevrin war und nicht jemand mit mehr … Einfluss. In Vorbereitung darauf, die spektakuläre Geschichte von Miss Olivia West zum Besten zu geben, machte er ein Zeichen, damit mehr Whiskey gebracht wurde.

»Miss West behauptet, die entfernte Cousine meines Onkels zu sein. Praktischerweise existiert kein Beweis für diese Behauptung, einmal abgesehen von einer bemalten Schachtel, die eindeutig von meinem Onkel stammt, aber meine liebe Tante glaubt, dass sie eine junge Dame gefunden hat, die ihrer Liebe und Fürsorge bedarf. Und diese zwei Dinge bringt sie ihr begeistert entgegen.«

Sevrin schüttelte den Kopf. »Willst du sagen, Miss West sei eine Betrügerin?«

»Das ist meine Vermutung, ja.«

»Warum?«, fragte Gifford mit gerunzelter Stirn. »Könnte diese Geschichte nicht möglich sein?«

»Viele Dinge sind möglich, aber Miss West hat die Gewohnheit zu lügen.« Er konnte sich nicht überwinden, ihnen zu sagen, warum das der Fall war. Das war eine Sache zwischen Olivia und ihm.

Giffords Augen wurden schmal. »Wie kannst du das wissen?«

Jasper warf dem jungen Kerl einen eisigen Blick zu. »Es genügt zu sagen, dass ich es tue.«

Gifford antwortete nichts, doch er spannte die Hände fest um das Glas, bevor er einen weiteren Schluck trank.

»Saxton hat recht, ihr nicht zu trauen«, mischte Sevrin sich ein und sah ihn mit einem entschuldigenden Blick an. »Ich bin bereit, zu wetten, dass sie dir nicht erzählt hat, dass sie Fiona Scarlets Tochter ist.«

Der Alkoholdunst verflüchtigte sich vollkommen aus Jaspers Gehirn. »Fiona Scarlet? Warum ist mir dieser Name so vertraut?«

»Sie war eine berüchtigte Schauspielerin und Kurtisane. Leuchtend rotes Haar. Sie hat ihre Liebhaber öfter gewechselt, als die Postkutsche nach Cornwall die Pferde austauscht.«

Gottverdammt nochmal. Er wusste, dass sie gelogen hatte, aber dies war unzumutbar. Jede beliebige Anzahl von Leuten bei den Favershams hätte dieselbe Verbindung herstellen könne, wie Sevrin. »Von welcher Sorte waren ihre Liebhaber? Die Art, die deinen Club besuchen oder die Sorte, die das White´s frequentiert?«

»Irgendetwas dazwischen, glaube ich. Niemand wie du hätte sie ausgesucht.«

Also hatte sie bei den Favershams vielleicht niemand erkannt. Doch das konnte er nicht sicher wissen. Was für eine Katastrophe. Wenn Holborn die Wahrheit herausfände, würde er Olivia schneller wieder loswerden als Abigail. Jasper musste verhindern, dass das passierte, und er musste auch dafür sorgen, dass seine Tante die Wahrheit von jemandem erfuhr, der sich um sie sorgte. Louisa würde am Boden zerstört sein.

»Ist es möglich, dass sie die Tochter dieser Frau ist und die Cousine deines Onkels?«, fragte Gifford.

»Ich beabsichtige, das herauszufinden.« Jasper wollte nach Benfield fahren und Antworten verlangen. *Jetzt.* Er erhob sich von seinem Stuhl.

Sevrin sah zu ihm auf. »Es ist nach drei Uhr in der Frühe. Du kannst jetzt nicht mit ihr sprechen.«

Obwohl Jasper das gern wollte, würde es eine Stunde dauern, ehe er in Benfield eintraf. Dann wäre es fast morgen. Und morgen würde bald genug sein müssen. *Allerdings,* wie sein Verstand ihn erinnerte, *findet morgen das Picknick deiner Mutter statt und du hast Lady Philippa versprochen, dort zu sein.*

»Verflixt nochmal«, murmelte er und sank auf seinen Stuhl zurück. Dann eben nach diesem verdammten Picknick.

Endlich kehrte die Schankmagd mit einem weiteren Becher Whiskey zurück. Jasper sah zu ihr auf. »Bring die Flasche.«

~

Olivias geborgte Kutsche von Benfield kam kurz nach Mittag beim Pfarrhaus in Cheshunt an. Der Diener öffnete die Tür und half ihr beim Aussteigen auf den trockenen gestampften Boden. Sie musterte das Gebäude und stellte fest, dass es etwa zweimal so groß war wie das Pfarrhaus, in dem sie als Kind gelebt hatte. Tante Mildreds Verwandte waren offensichtlich in ihren Bemühungen erfolgreicher, als ihr Onkel es gewesen war.

Sie wandte sich zu dem Diener. »Ich weiß nicht, wie lange ich bleiben werde. Werden Sie hier warten?«

»Ja, Miss.« Er hatte sie nicht gefragt, warum sie gekommen war, und Olivia konnte sich nur vorstellen, was er spekulierte. Sie hatte Louisa über ihre spezifischen Plänen informiert, doch den Dienern hatte sie erzählt, dass sie bloß die Heidelandschaft erkunden wollte. Als sie bereits deutlich weiter gefahren waren, hatte sie dem Kutscher gesagt, sie hätte eine Besorgung zu machen.

Seit Louisa ihr am Vorabend von Tante Mildreds Umzug erzählt hatte, hatte Olivia nur an wenig anderes denken können, als diese Frau zu besuchen, die sie aufgezogen hatte. Sie hatte kaum geschlafen, da sie den heutigen Ausflug im Geiste plante.

Als sie auf das Pfarrhaus von Mildreds Bruder blickte, wehte ihr eine warme, sanfte Brise über das Gesicht, die im völligen Gegensatz zu ihrem inneren Aufruhr stand, der Frau von Angesicht zu Angesicht gegenüberzutreten, die sie vor sieben Jahren fortgeschickt hatte. Zaudernd schritt sie den kurzen Weg entlang, der zum Haus führte. Der Duft von Rosen erfüllte die Luft und erinnerte sie an die Andenkenschachtel ihrer Mutter, an Merry und an Louisa. Sie hatte die Hand gehoben, um anzuklopfen, doch dann berührte sie das Holz nicht. Mit einem lauten Seufzen ließ sie die Faust sinken.

Was tat sie da? Sie hatte Louisa, die sie liebte. War irgendetwas davon noch wichtig? Vielleicht war sie gekommen, um Mildred West zu zeigen, dass sie nicht nur überlebt hatte, sondern nicht zu dem gefallenen Mädchen geworden war, wie Mildred es von ihr erwartet hatte. Und sie war auch nicht das uneheliche Kind des Pfarrers. Wie befriedigend würde es sein, Tante Mildred darüber in Kenntnis zu setzen, dass sie sie grundlos vor die Tür gesetzt hatte.

Oder vielleicht war sie gekommen, um zu sehen, ob sie

Mildred überhaupt etwas bedeutete. Die Vorstellung, dass sie Olivia nie gewollt und ihre Gegenwart nur aus einem Pflichtgefühl heraus geduldet hatte, grub einen hohlen Schmerz in Olivias Seele.

Sie straffte die Schultern und klopfte an die dicke Eichentür. Einen Augenblick später schwang die Tür auf und gab den Blick auf eine Haushälterin mittleren Alters frei.

Neugierig beäugte sie Olivia und nahm dabei die Kutsche hinter ihr zur Kenntnis. »Kann ich Ihnen behilflich sein?«

»Ich bin hier, um Mrs. West zu besuchen.«

»Mrs. West erwartet keinen Besuch, fürchte ich.«

»Würden Sie ihr bitte ausrichten, dass Miss Olivia West hier ist? Ich bin sicher, dass sie mich sehen möchte.«

Die Haushälterin machte große Augen, als sie Olivias Zunamen hörte. »Ich kann vermutlich fragen.«

Sie konnte nicht abgewiesen werden. Nicht jetzt. »Macht es zu viele Umstände, wenn ich drinnen warte? Ich werde gehen, wenn sie wirklich nicht gestört werden will. Ich bin einen recht weiten Weg gekommen …« Sie sah die Haushälterin mit einem bittenden, hoffnungsvollen Lächeln an.

Nach einem umherschweifenden Blick hatte die Haushälterin Erbarmen mit ihr und öffnete die Tür weiter, um sie ins Haus zu bitten.

Das Pfarrhaus wirkte nach Benfield klein und finster, doch es war gut gepflegt. Die Haushälterin führte sie zu einem Raum gleich rechts von ihnen. Das Fenster ging zur Auffahrt hinaus und ließ das dringend benötigte Licht in den mit Eichenpanelen verkleideten Raum fallen.

Die Haushälterin nickte Olivia zu. »Ich werde nun mit Mrs. West sprechen.«

Olivia betrachtete die Inneneinrichtung, während sie wartete. Mildreds Nähkorb stand neben einem Sessel, der zwischen dem Kamin und dem Fenster aufgestellt war. Wie viele Male hatten sie in stiller Kameradschaft zusammengesessen und gestickt? Oder zumindest das, was Olivia für Kameradschaft gehalten hatte.

»Olivia?«

Beim vertrauten Klang von Tante Mildreds Stimme drehte Olivia sich zur Tür. »Guten Tag, Tante Mildred.«

Das dunkelblonde Haar zu einem strengen Knoten zusammengenommen stand Mildred mit gerunzelten Augenbrauen dort und hatte die dünnen Lippen zusammengepresst, sodass sie ganz verschwanden. »Was für eine unerwartete … Überraschung.«

Angesichts des mangelnden Entgegenkommens der anderen sanken Olivias Hoffnungen. Sie hatte so gehofft, die Zeit hätte Mildreds Feindseligkeit gelindert. »Eine Überraschung in der Tat. Ich habe gerade erfahren, dass du nach Cheshunt umgezogen bist, das so nah bei London liegt. Ich war traurig, von Onkels Tod zu hören. Ich wünschte, du hättest Nachricht geschickt.«

Mildred fuhr sich mit den Händen über die Hüften, was ihre extreme Schlankheit noch betonte. »Zu welchem Zweck? Damit du und deine Mutter, diese Schlampe, zu seiner Beerdigung kommen konntet? Ich denke nicht.«

Betroffen suchte Olivia nach einer Antwort. Sie hatte keine offenen Arme erwartet, aber auch nicht dieses Maß an Frigidität wie vor sieben Jahren. Es war, als hätte Mildred sie erst gestern hinausgeworfen. »Weißt du nicht, dass Fiona letztes Jahr gestorben ist?«

In ihrer Miene spiegelte sich keine Überraschung wider – und keine Betroffenheit. »Nein, und es tut mir nicht leid.«

Olivia wusste es besser, als Mitgefühl zu erwarten, insbesondere nicht für die Halbschwester, die von ihrer Tante verabscheut worden war. »Deshalb bin ich nicht hier. Ich bin gekommen, um dir mitzuteilen, dass ich kürzlich die wahre Identität meines Vaters erfahren habe, und es ist nicht Mr. West, wie du angenommen hattest.«

Mit argwöhnischem Blick trat Mildred weiter ins Zimmer vor. »Natürlich war er das. Ich weiß nicht, was für einen Unsinn du herausposaunst, aber du wirst es nicht hier tun.«

»Ich lebe jetzt mit meiner Stiefmutter, der verwitweten Viscountess Merriweather. Ihr Ehemann war mein Vater.«

Das schrille, freudlose Gelächter ihrer Tante erfüllte den Raum. »Was für eine schöne Geschichte. Und sie glaubt dir?«

Olivia strengte sich an, einen ruhigen Tonfall zu bewahren. »Sie ist diejenige, die es mir erzählt hat.«

Mildred starrte sie an. »Ich weiß nicht, was für ein Spiel du spielst, und außerdem interessiert es mich nicht. Ich möchte, dass du gehst.«

Olivia konnte ihre Gefühle nicht unter Kontrolle halten. Sie wusste, dass sie nie wieder eine Gelegenheit haben würde, ihre Tante zu fragen. »Warum hast du mich fortgeschickt?«

»Du weißt, warum«, schnaubte sie. »Deine Hure von Mutter hat meinen Ehemann zu Untreue verlockt. Es stimmt, dass Männer gewisse Bedürfnisse haben … aber nicht mit der Halbschwester ihrer Ehefrau.«

»Das ist nicht meine Schuld. Warum verurteilst du mich?«

Von Mildred, deren Lippen sich kräuselten und deren Nasenflügel bebten, strahlte Feindseligkeit aus. »Du bist ihr Ebenbild. Dich anzuschauen ist so, als würde ich sie anschauen. Der Anblick dreht mir den Magen um.«

Olivias Nerven waren dem Zerreißen nahe. »Meine Mutter war keine Hure. Sie hat getan, was sie hatte tun müssen, um zu überleben. Es ist nicht, als hätte sie sich an irgendjemanden verkauft.« Verteidigte sie Fiona etwa gerade?

»Eine Kurtisane ist immer noch eine Hure, Olivia, insbesondere eine, die ihre Beine für ihren Schwager spreizt.

Gratis.« Das letzte Wort spie sie mit solch einem Gift aus, dass Olivia zurückschrak.

»Wie kannst du so sicher sein?«

»Weil sie Mr. West verhext hatte! Selbst Jahre später – vierzehn Jahre später, um genau zu sein – hatte er sich nach ihr verzehrt und ihr erbärmliche Liebesbriefe geschrieben. Ich habe einen davon gefunden und er konnte es nicht leugnen. An genau jenem Tag habe ich dich fortgeschickt, um mit dieser Schlampe zu leben. Ich hätte nie zustimmen sollen, dich aufzunehmen, aber Mr. West war entschlossen, der *Familie* zu helfen, wie er es ausdrückte. Was ich nicht getan hätte, hätte ich damals die Wahrheit gewusst.«

Wenn ihr Onkel ihre Mutter geliebt hatte, war dieses Gefühl nicht erwidert worden. Sie war sich nicht bewusst, dass ihre Mutter überhaupt irgendeinen Mann geliebt hatte. Wie hatte er sich wohl gefühlt, als seine Frau seine Tochter fortgeschickt hatte – zumindest das Mädchen, das er für seine Tochter gehalten hatte?

Olivia dachte an die Dinge, die sie mit Merry gemeinsam hatte. Hatte sie irgendwelche ihrer Attribute mit ihrem Onkel gemeinsam? Sie versuchte, nachzudenken. »Ich sehe nicht wie Onkel aus.«

»Nein, weil du wie deine Mutter, diese Hure, aussiehst.«

»Ich teile keinerlei von Onkels Interessen, aber ich besitze einige Talente des Viscounts.«

»Unsinn. Das einzige Talent, dass du meiner Erinnerung nach gezeigt hast, war die Stickerei, die *ich* dir beigebracht habe.«

»Ich kann zeichnen und malen. Der Viscount war ein begabter Künstler.«

»Das beweist nichts. Dieser *Viscount* ist nicht dein Vater. Du und Mr. West könnt beide schneller ein Buch lesen als irgendjemand anderer, den ich kenne, und ihr könnt beide nicht eine Note richtig singen.«

Beides stimmte. Olivia ignorierte das aufkommende Unbehagen. »Mein Haar hat sowohl meiner Mutters Farbe als auch die des Viscounts.«

»Was? Dein Haar ist mehr kastanienrot als das deiner Mutter, und vielleicht hast du das dunklere Haar deines Vaters geerbt. Ich weiß, die Erinnerung fällt schwer, da er kahlköpfig war, aber Mr. Wests Haar war einst sehr schwarz. Wirklich Olivia, das ist alles Unsinn.« Sie trat vor und blieb direkt vor Olivia stehen. Der verkniffene Ausdruck auf ihrem Gesicht sagte, dass sie lieber in einem Schweinekoben stünde. »Du hast ein Geburtsmal auf deinem Kopf, das jetzt unter deinem Haar verborgen ist, aber als du ein Baby warst, war es gut sichtbar. Dunkelrosa und birnenförmig. Mr. West hatte ein ähnliches Mal auf seinem Kopf, obwohl es größer war. Angesichts seiner Kahlköpfigkeit erinnerst du dich gewiss daran, es gesehen zu haben.«

Olivia durchforstete ihre Erinnerung. Es war Jahre her, seit sie ihn gesehen hatte, aber ja, sie besann sich auf das Mal. Sie schrumpfte innerlich zusammen, bis sie zu Boden sinken und sich eine Decke über den Kopf ziehen wollte.

Mildred trat zurück und ein triumphierender Blick erhellte ihr nichtssagendes Gesicht. »Na also. Ich möchte, dass du deine Märchengeschichten nimmst und dorthin zurückkehrst, wo auch immer du hergekommen bist. Ich bedaure die arme Frau, die dich für die Tochter irgendeines Viscounts hält.« Tante Mildred trat ans Fenster. »Ist das ihre Kutsche? Ist sie dort drin? Vielleicht sollte ich ihr die Wahrheit sagen.«

»Nein.« Olivia war sehr froh, dass sie Louisa nicht mitgebracht hatte. »Sie ist nicht hier. Ich werde gehen.« Die Schultern in ihrer schrecklichen Niederlage gebeugt, trottete sie in die kleine Eingangshalle.

Sie drehte sich um und sah ihre Tante ein letztes Mal an. »Ich verstehe, warum es für dich vielleicht schmerzhaft gewesen ist, mich in deinem Haus zu haben, aber hegst du mir gegenüber denn gar kein Wohlwollen?«

Nach einem kurzen, frustrierten Seufzen presste sie die Lippen zusammen. »Nein. Ich habe dich aufgezogen, weil es eine gottgefällige Tat war, und nicht aus irgendeinem Wunsch, das uneheliche Kind meiner Schwester unter meinem Dach zu haben.«

Endlich verstand Olivia. Sie hatte Mildred einfach für eine reservierte Frau gehalten. Nie hatte sie gesagt, dass sie Olivia liebte, aber sie hatte sich um sie gekümmert und sie gerecht, wenn auch nicht liebevoll behandelt. Doch das hatte sie nur aus Pflichtgefühl getan, und in dem Moment, als sie erfahren hatte, dass ihr Ehemann, Olivias Vater war … nun, das hatte ihr gereicht, sich ihrer Bürde zu entledigen. Der Schmerz zerschnitt Olivia, weil sie ehrlich nicht wusste, wer ihr Vater war, und weil diese Frau sie ohne ihr eigenes Verschulden hasste.

Die letzten Augenblicke im Pfarrhaus vor so vielen Jahren wurden in Olivias Erinnerung lebendig, wie so viele Male zuvor. Es gab unzählige Dinge, die sie gern gesagt hätte. Olivia richtete sich auf. Trotz ihrer Niederlage würde sie stolz sein. Es war nicht ihr Verschulden.

»Es tut mir leid, dass du so fühlst. Familie ist Familie und ich werde dich trotz allem lieben. Danke, dass du mich damals aufgenommen hattest. Ich habe nichts getan, dessen ich mich schämen müsste, und ich glaube wirklich, dass du sehr zufrieden mit mir sein würdest, wie ich die Dinge geregelt habe, was deinem Einfluss zu verdanken ist.«

Mildred blinzelte. Sie machte den Mund auf, doch dann schloss sie ihn wieder.

»Guten Tag, dann.« Zitternd drehte Olivia sich um und verließ das Pfarrhaus. Der Diener half ihr in die Kutsche und im Handumdrehen waren sie auf dem Weg. Sie drehte sich, um zum Haus zurückzublicken, wo sie ihre Tante, die Hände in den Hüften, auf der Vordertreppe stehen sah.

Sie ließ den Kopf gegen das samtbezogene Polster zurückfallen. Töricht, es war ein törichtes Unterfangen. Sie hatte nichts gelöst. Tatsächlich hatte sie nur einen Samen des Zweifels bewässert und genährt. Der Zweifel florierte sogar jetzt noch in ihrem Verstand und streckte seine eisigen Tentakel nach ihren Gliedern aus.

Welcher Mann war ihr Vater? Noch wichtiger war allerdings die Frage, warum keiner dieser Leute sich genügend um sie gesorgt hatte, um ihr nahe zu bleiben.

KAPITEL DREIZEHN

*J*asper blinzelte gegen das helle Sonnenlicht an, als er durch den Hyde Park zum jährlichen Pick-nick seiner Mutter schritt. Auf dem Gras waren kunstvoll Decken ausgebreitet. Kleine Ruderboote dümpelten auf dem sonnenüberfluteten Serpentine-Teich. Die Szenerie hätte einladend wirken können, hätte der exzessive Genuss von Whiskey letzte Nacht ihm nicht höllische Kopfschmerzen eingebracht, und würde Olivias Täuschung seine Gedanken nicht völlig ablenken. Er würde klugerweise rasch seinen Pflichten nachkommen, damit er sich auf den Weg nach Benfield machen konnte.

Lady Philippa saß mit ihrer Mutter, Lady Herrick, etwa fünf Meter entfernt auf einer großen blauen Decke. Jasper schob seine, von Olivia beherrschten Gedanken beiseite und ging zu ihnen.

»Guten Tag, die Damen.« Er lächelte Lady Philippa zu, die mit ihrem hochgesteckten, kastanienbraunen Haar und einem prachtvollen, breitkrempigen Hut, der mit gelber Gaze unter dem Kinn zusammengebunden war, ein Bildnis von dezent eleganter Schönheit bot.

Jasper ließ sich auf der hellblauen Decke nieder. Der verfilzte Rasen unter dem Baumwollstoff bot lediglich ein geringes Polster auf der harten Erdoberfläche, doch er beabsichtigte auch nicht, lange hier zu sitzen. »Sind Sie schon auf dem Serpentine-Teich gewesen?«, fragte er Lady Philippa.

Sie schüttelte den Kopf. »Ich fürchte, ich bin nicht besonders begeistert von Ruderbooten.«

Jasper stieß innerlich einen Seufzer der Erleichterung aus. Das war eine Sache weniger, die er heute zu erledigen hätte, was bedeutete, dass er noch früher nach Benfield aufbrechen konnte.

»Du solltest ein wenig spazieren gehen, Philippa. Genieße den Tag«, ermunterte ihre Mutter sie mit einem Blick auf Jasper.

»Es wäre mir ein Vergnügen, Sie begleiten zu dürfen«, bot er an.

Lady Philippa blickte zu ihrer Mutter, die mit einem winzigen Nicken antwortete. Jasper stand auf und half Lady Philippa hoch. Ihre behandschuhten Hände trafen sich, und er fühlte ... nichts, was ein wenig enttäuschend war, da er sie heiraten würde. Für seinen Mangel an Reaktion machte er seine Besessenheit von Olivia verantwortlich. Bald würde er sich wieder auf die Pflicht konzentrieren können.

Er legte Lady Philippas Arm um den seinen und führte sie am Serpentine-Teich entlang. »Stört es Sie, am Wasser entlangzugehen?«

»Ganz und gar nicht. Ich habe nur keine Lust, auf dem Wasser zu sein.« Sie lächelte und ihre Augen funkelten. Sie war sehr hübsch, aber er war immer noch nicht berührt. Sie war nicht Olivia.

Jasper sinnierte über ein Gesprächsthema, um sich sowohl wie ein Gentleman zu betragen, als auch, um nicht dauernd an Olivia zu denken. »Ist Ihr Vater heute hier?«

»Nein, er ist in Oxfordshire. Sie müssen sich keine

Sorgen machen, dass er auf der Suche nach Ehemännern für mich unterwegs ist. Jedenfalls noch nicht.« Sie lächelte. »Ich scherze. Ich werde die Wahl haben.«

Ihre Unverblümtheit überraschte ihn. »Die Wahl ist ein kostbares Gut.«

Sie schaute ihn mit intelligenten, goldbraunen Augen an. »Ja, wir Frauen haben nicht viel davon. Sie hingegen ...«

Er brach in Gelächter aus. »Ich habe nicht so viel davon, wie Sie denken.«

Sie kniff die Augenbrauen zusammen. »Ich verstehe.« Sie gingen eine Weile schweigend weiter. »Sind Sie hier aus freien Stücken bei mir?«

Jasper konzentrierte sich darauf, seine Füße in Bewegung zu halten. »Ja, natürlich. Es gibt keinen anderen Ort, an dem ich lieber wäre.« Wer war denn nun der Lügner?

»Wie ich sehe, werfen Ihre Eltern verstohlene Blicke in unsere Richtung. Haben Sie eine Erwartung?« Sie blickte ihn mit ihren warmen, prüfenden Augen an. »Es ist schon gut. Der letzte Frühling war nicht meine erste Saison, wissen Sie.«

Er empfand ihre Klugheit als beunruhigend. Aber auch ermutigend. Er wollte keinen Dummkopf zur Frau. Sein Blick fiel auf seinen Vater, der etwas abseits auf der rechten Seite stand und sich mit einigen anderen Gentlemen unterhielt. Der Herzog würde sich auch keinen Dummkopf als Schwiegertochter wünschen. Nun, dass stimmte so nicht ganz. Sie konnte ein Dummkopf sein, wenn sie gesellschaftlich gut platziert war.

Und nur darum ging es doch, nicht wahr? Lady Philippa war ungeachtet ihrer Intelligenz mehr als gut genug, wegen der »Lady«, die ihrem Namen voranstand. Und Olivia war es nicht. Selbst wenn sie Merrys Cousine war, machte ihr Mangel eines Vaters mit einem Titel sie weniger begehrenswert als Lady Philippa. Genau wie Jaspers Status als zweiter

Sohn ihn in den Augen des Herzogs weniger liebenswert machte.

Lady Philippa hielt inne. »Sollen wir umkehren?«

Jasper wurde klar, dass er sich weiterbewegt hatte, während sie stehen geblieben war. Er schüttelte die Gedanken an den Herzog ab und drehte sie zurück zur Decke ihrer Mutter. »Darf ich Sie morgen aufsuchen?«

Sie antwortete nicht sofort. »Nein.«

Mit seiner Unachtsamkeit hatte er die Sache verpatzt. »Ach.«

Sie lachte leise. »Ich habe morgen schon eine Verabredung. Wie wäre es mit übermorgen? Es wäre ... schön, Sie zu sehen, ohne dass Ihre Eltern auf der Lauer liegen.«

Sehr weise. Und verständnisvoll. »Das würde mir gefallen.« Er fühlte sich schuldbewusst, weil er ihr den Hof machte, während Olivia in seinen Gedanken allgegenwärtig war. Er schuldete Lady Philippa mehr, als er ihr zugestand. »Wir haben Dinge zu besprechen.«

Sie zog eine Augenbraue hoch. »Ach ja? Sind Sie dafür bereit?«

»Sind Sie es?«, konterte er und wünschte fast, sie würde nein sagen.

»Das muss ich wohl vermutlich.«

Jetzt war es an ihm zu lachen. »Ihr Überschwang überwältigt mich.«

Sie errötete, und er fragte sich, ob er zu weit gegangen war. »Sie wissen, wie das ist, Saxton. Ein lächerliches Theater. Doch ich mag Sie, und ich glaube, wir könnten gut miteinander auskommen.«

Jasper empfand ebenso, doch das flaue Gefühl in der Magengrube vermochte er nicht ganz zu ignorieren.

Nachdem er sie zu Lady Herrick zurückbegleitet hatte, pflegte er einige Minuten lang höfliche Konversation, ehe er sich entschuldigte. Hastig schritt er auf die Stelle zu, an der

Malheur mit den anderen Pferden angebunden war. Als
Jasper gerade einem der Pferdeknechte Malheurs Zügel
abnahm, traf sein Vater ein.

Holborn sah den Pferdeknecht funkelnd an, worauf sich
dieser eiligst zurückzog. Als er seine Aufmerksamkeit
wieder Jasper zuwandte, waren seine Augen wie harte
Eissplitter in seinem wütenden Gesicht. »Wo, zum Teufel,
willst du hin? Dies ist das jährliche Picknick deiner
Mutter!«

»Ja, und es ist entzückend. Ich habe noch andere
Geschäfte zu erledigen.«

»Geschäfte? Was könnte wichtiger sein, als Lady Philippa
den Hof zu machen?«

Jasper gab sich keine Mühe, seine Verachtung zu verbergen. »Ich werde deine Schwester besuchen. Ich glaube, du
weißt, dass Louisa sich den Knöchel verstaucht hat und sich
in Benfield erholt, aber das scheint dich nicht zu interessieren. Außerdem habe ich heute meine Pflicht getan. Du hast
mich mit Lady Philippa gesehen, da bin ich sicher.«

»Ein   zehnminütiger   Spaziergang   ist   keine
Brautwerbung!«

»Das ist es, für einen Tag. Wäre es dir lieber, ich würde sie
hinter einen Baum locken und ihre Röcke hochwerfen?«

»Niederträchtig, so verdorben ...« Der Herzog knirschte
mit den Zähnen. »Aber was soll ich nach dieser Landpomeranze schon erwarten? Du bist eine Peinlichkeit.«

Seine ständige Erinnerung an diesen zehn Jahre alten
Fehltritt war mehr als langweilig. Jasper bemühte sich, seine
aufsteigende Wut zurückzudrängen. »Ich werde Lady Philippa übermorgen aufsuchen. Ich habe zwar eingewilligt, eine
Frau zu heiraten, die deine Billigung findet, aber versuche
nie wieder, mich mit ihr oder einer anderen Frau zu
verstricken.«

Der Herzog trat vor und riss die Schultern zurück. »Ich

werde tun, was ich tun muss, um zu bekommen, was ich will, Saxton.«

Als Jasper die Arroganz der Worte des Herzogs erfasste, erstarrte er. Das war genau das, was er Olivia antun wollte. Er würde alles Notwendige tun, um das zu bekommen, was er wollte: *die Wahrheit von ihr*. Seine Nachforschungen über ihre Vergangenheit ... ging es darum, Louisa zu schützen, oder war es Munition, um Olivia irgendwie zu manipulieren?

Statt eines Abschiedswortes blinzelte er und schwang sich auf Malheurs Rücken. Das Pferd, das genauso begierig darauf war, das Picknick zu verlassen wie Jasper, fing zu tänzeln an. Sie machten kehrt und galoppierten durch den Park davon.

Fast eine Stunde später fühlte sich Jasper belebt, als er in Benfield ankam. Er nahm zwei Stufen auf einmal. Der Lakai schaffte es gerade noch, die Tür zu öffnen, bevor Jasper die Schwelle erreicht hatte.

Der Butler, ein kräftiger Mann Mitte vierzig namens Ruben, empfing ihn in der Eingangshalle. »Guten Tag, Lord Saxton. Ihre Tante ruht sich gerade im oberen Stockwerk aus.«

Ausgezeichnet. »Und wo ist Miss West?«

»Aus, fürchte ich.«

Die Enttäuschung dämpfte Jaspers erwartungsvolle Stimmung. »Sie reitet doch nicht etwa?«

Ruben schüttelte fast unmerklich den Kopf. »Sie erkundet die Heide mit der Kutsche.«

Verflixt. »Wann wird sie zurückerwartet?«

»Ich bin mir nicht sicher, Mylord.« Ruben zog die buschigen, dunklen Brauen zusammen – die einen krassen Gegensatz zu dem schütteren Haar auf seinem Kopf bildeten. »Tatsächlich ist sie schon seit mehreren Stunden fort. Ich hätte sie schon längst zurückerwartet.«

Ein Anflug von Besorgnis kroch über Jaspers Rücken. »Meinen Sie, wir sollten nach ihr suchen?«

Wieder schüttelte Ruben leicht den Kopf. »Sie hat einen Kutscher und einen Diener bei sich, Mylord. Ich bezweifle, dass sie in Konflikt geraten sind.«

Es ging ihm gegen den Strich, dass sie jetzt nicht hier war. Er hatte sich auf dem Ritt von der Stadt aus in Rage geredet und jeden Moment ihrer Begegnung geplant.

»Ich werde Euch gerne bei ihrer Ankunft informieren«, bot Ruben an.

Er hatte eine bessere Idee. »Nein, danke. Ich begebe mich in mein Schlafzimmer, und ich möchte nicht gestört werden.«

»Sehr wohl, Mylord.«

Jasper stieg die Treppe mit bemerkenswert weniger Enthusiasmus hinauf als noch vor wenigen Augenblicken die Vortreppe, aber mit äußerster Entschlossenheit. Er wusste, welches Schlafgemach Olivia benutzte, und er würde sie dort mit großer Ungeduld erwarten.

～

*E*s war später Nachmittag, als Olivia nach Benfield zurückkehrte. Sie hatte seit dem Frühstück nichts mehr zu sich genommen, doch sie war nicht hungrig. Mehr als alles andere sehnte sie sich nach der stillen Einsamkeit ihres Zimmer, doch sie bezweifelte, dass sie gleich in diesen Genuss kommen würde, sondern erst später. Louisa musste sich wundern, wo sie gewesen war.

Sehr zu Olivias Erleichterung begrüßte Ruben sie an der Tür und informierte sie, dass Louisa sich ausruhte. Olivia ergriff die Gelegenheit, um sich auf ihr Zimmer zurückzuziehen. Als sie die Treppe hinaufstieg, sinnierte sie darüber, dass Benfield sogar noch größer und prachtvoller als sonst

wirkte, was ihr Gefühl von Isolation und Verbindungslosig-
keit noch betonte.

Für beide Männer fanden sich gleichermaßen plausible
Argumente, ihr Vater sein zu können, aber es schien wahrscheinlicher, dass sie ein Spross des Pfarrers war. Das
gemeinsame Muttermal – was zu suchen sie sofort vorhatte
– schien der überzeugendste Beweis, weil es ein sichtbarer
Beleg von etwas war, was sie mit einem der Männer gemein
hatte. Die anderen »Beweise« waren einfach Zufall oder
konnten mit beiden in Verbindung gebracht werden, womit
sie nutzlos waren. Sie zog ihren Hut und die Handschuhe
aus, ehe sie die Tür öffnete. Sobald sie im Heiligtum ihres
Schlafzimmers angekommen war, verriegelte sie die Tür und
sank gegen das Holz zurück.

Sie blinzelte.

Jasper, dieser hellhaarige Teufel, saß auf der anderen Seite
ihres Bettes, die langen Beine vor sich ausgestreckt. Er hatte
seinen Frack ausgezogen, und seine Krawatte war gelockert.
Sein Haar war ein bisschen zerzaust, was ihm einen unbe-
kümmerten Anschein verlieh und sein gutes Aussehen nur
noch unterstrich.

Sofort spannten sich ihre Muskeln zur Flucht bereit an.
»Was tun Sie hier?«

Er erhob sich rasch. »Ich sollte die Fragen stellen, denke
ich. Wo sind Sie gewesen?«

Die Worte blieben ihr im Hals stecken, als er auf sie
zukam, wobei er aus seinen hellblauen Augen ein Feuer spie,
das nicht wärmte.

Er blieb kurz vor ihr stehen und nahm sie mit einem
gründlichen, abschätzenden Blick in Augenschein. »Wo.
Sind. Sie. Gewesen?«

Sie fühlte sich bei der von ihm ausgehenden Energie
unbehaglich, doch sie schritt um ihn herum und warf Hut
und Handschuhe auf einen Stuhl. So wütend er auch nach

ihrem missratenen Verführungsversuch gewesen war, wirkte er jetzt noch wütender. Ihr drehte sich der Magen um. Welche Lüge hatte er aufgedeckt? Denn das musste der Grund für seine Wut sein.

Er packte sie am Arm und wirbelte sie herum, damit sie ihn ansah. »Sie weichen mir nicht aus. Nicht heute.«

Mit bemerkenswert erbarmungsloser Absicht durchbohrte er sie mit seinem Blick. Ihre Glieder zitterten vor Schreck. Angst? Sie weigerte sich, das zu fühlen. Er würde ihr nicht wehtun, selbst wenn sie ihm die Wahrheit über den Besuch bei ihrer Tante sagte. Was sie nicht tun konnte. Solch eine Abweisung preiszugeben, wäre die äußerste Beschämung. »Ich bin in der Heide herumkutschiert.«

»Lügnerin.« Sein leiser Tonfall bildete einen merkwürdigen Gegensatz zur Bedeutung dieses Wortes. »Versuchen Sie es noch einmal.«

Auf der Suche nach einer Spur Feuchtigkeit in ihrer ausgedörrten Kehle schluckte sie. »Ich habe eine Freundin besucht.«

»Welche Freundin?« Er lockerte den Griff um ihren Arm, doch er ließ sie nicht los. Er hielt sie beinahe zärtlich.

Wie sie sich nach Trost sehnte, sich nach … etwas und jemandem verzehrte. »Niemanden, den Sie kennen. Jemanden von … früher.«

»Jemanden, der Fiona Scarlet kannte?«

Sie erstarrte innerlich zu Eis. »Wie haben Sie es erfahren?«

»Es war nicht so schwer herauszufinden. Ich frage mich, *warum* ich es nicht wusste.«

Sie glaubte nicht, dass es eine Frage war, die er beantwortet haben wollte.

»Da Fiona Ihre Mutter ist, scheint es höchst unwahrscheinlich, dass Sie Merrys Cousine sind. Worüber haben Sie außerdem gelogen?«

Olivia schluckte. Der Moment war gekommen, ihm die Wahrheit über Merry zu erzählen und diese Bürde endlich mit jemandem zu teilen, doch Louisas Einwände klangen noch in ihrem Kopf nach.

Es hatte zumindest keinen Sinn, über Fiona zu lügen. »Na schön, dann wissen Sie jetzt, dass ich ein uneheliches Kind bin. Fiona war meine Mutter und mein Vater war ein Verwandter von Merry.«

In seinen Zügen flackerte eine gewisse Regung auf – Mitleid, Verständnis? Sie konnte es nicht sagen, denn sie war ebenso rasch verschwunden, wie sie gekommen war.

»Sie bestehen immer noch darauf, mit Merry verwandt zu sein?« Sein Griff um ihren Arm wurde fester, aber nicht schmerzhaft. Er stieß sie rückwärts, bis sie mit der Hinterseite ihrer Oberschenkel gegen das Bett stieß. »Hören Sie auf zu lügen. Ich werde jemanden in Newton Abbott finden, der Sie bloßstellen wird.«

Er hatte recht. Sie hatte gewusst, dass es nur eine Frage der Zeit war. Der Zeitpunkt war einfach nur früher gekommen. Sie schloss die Augen und hoffte, dass Louisa nicht zornig auf sie sein würde.

»Ich bin nicht Merrys Cousine. Ich bin seine Tochter.« *Oder das dachte ich zumindest bis heute Nachmittag und jetzt weiß ich gar nichts mehr.* Tränen drohten, ihr in die Augen zu treten, doch sie weigerte sich, vor Jasper zusammenzubrechen, wie sie sich auch weigerte, die Beschämung zu offenbaren, die sie aufgrund ihrer fragwürdigen Vaterschaft verspürte.

»Verfluchter Unsinn.« Er ließ ihren Arm los und hielt sich mit der Hand am Bettpfosten rechts von ihr fest. Er türmte sich über ihr auf. »Seien Sie ehrlich mit mir. Ein für alle Mal.«

Plötzlich müde, nach jedermanns Pfeife zu tanzen – die ihrer Tantes, ihrer Mutters, sogar Louisas und ganz besonders Jaspers – stieß sie ihn so fest an, dass er rückwärts taumelte. »Lassen Sie mich in Ruhe!«

Sie wollte weinen, bei dem Widerspruch des Augenblickes - einerseits verlangte es sie, dass er sie in Ruhe ließe, und andererseits wünschte sie sich eigentlich nur jemanden, der ihre Qualen linderte. Er konnte diese Person nicht sein.

Olivia betrat ihr Ankleidezimmer mit der Absicht, die Tür zu schließen und ihn auszusperren. Aber er war zu schnell. Er holte sie ein und sie stießen zusammen gegen die Wand. »Bei Gott, ich werde meine Antworten bekommen.«

»Sie werden nichts von mir bekommen«, spie sie. »Warum können Sie mich nicht für das akzeptieren, was ich bin?«

Er starrte sie an. »Sie reden Unsinn.« Er stieß sie an die Wand zurück und warf sich ihr entgegen, wobei er sein Knie zwischen ihre Beine presste.

Olivia schnappte nach Luft, und das sowohl wegen seiner raschen Bewegung als auch der Reaktion ihres Körpers. Die Hitze, die zu ihren Gliedern und in ihren Rumpf rauschte, ließ sie vor Verlangen pochen.

Sie wollte ihn nicht begehren. »Bitte, lassen Sie mich los.«

»Ich kann nicht.« Er senkte den Mund auf ihren und saugte an ihrer Unterlippe. Seine Zähne knabberten an ihrer zarten Haut und ohne darüber nachzudenken, zog sie seinen Kopf herunter.

Der Kuss explodierte mit leidenschaftlicher Begierde. Dann deckte er seinen offenen, heißen und feuchten Mund über ihren. Als er ihre absolute Erwiderung forderte, gewährte sie sie ihm. Mit den Fingern zog sie an seinem Haar am Hinterkopf. Er stieß mit dem Knie höher, bis er ihren pulsierenden Mittelpunkt gefunden hatte.

Abrupt zog er sich zurück und ließ sie mit ihrer Lust allein. Seine Pupillen hatten sich geweitet und etwas von dem eisigen Blau getilgt. Sie wurde in die Bewusstheit zurückgerissen und stolperte aus dem Ankleidezimmer. Sie drehte sich nicht um, bis sie die andere Seite des Zimmers erreicht hatte und das Bett eine Barriere zwischen ihnen bildete. »Sie müssen gehen.«

Er war ihr ins Schlafzimmer gefolgt und mit bebender Brust hatte sie das Bett beinahe umrundet. »Ich werde nicht ohne die Wahrheit gehen. Warum würden Sie so dumm sein und mir eine weiter Lüge auftischen? Merry kann nicht Ihr Vater sein.«

»Fragen Sie Louisa. Sie war diejenige, die es mir gesagt hat. Wie Sie wissen, hat sie mich durch meine Taschentücher gefunden. Sie wissen allerdings nicht, dass sie einen Brief von meiner Mutter an Merry hat. Über mich. Ihre Tante hat die Geschichte ersonnen, dass ich Merrys Cousine bin. Sie hatte nicht gewollt, dass irgendjemand von meiner Abstammung als uneheliches Kind erführe.«

Er starrte sie an. »Ich kann all dies bestätigen lassen, indem ich einfach zu Louisa gehe und sie frage.«

»Ich weiß, dass Sie das können. Ich lade Sie ein, das zu tun, obwohl sie verärgert sein wird, da sie mich gebeten hatte, Ihnen nichts zu sagen.«

»Was?« Er wirkte verdattert, und sie verspürte einen Stich des Mitleids für ihn. »Warum will sie nicht, dass ich die Wahrheit erfahre?«

»Louisa wollte Sie nicht mit dem möglichen Skandal belasten. Und sie ist nicht sicher, wie ähnlich Sie ihrem Vater wirklich sind.«

Der Kummer, der sich nun auf seinem Gesicht widerspiegelte, war unmissverständlich. Es war ihm ein Gräuel, dass seine geliebte Tante ihn in der gleichen Kategorie einordnete wie den Herzog. »Sie hätte mir vertrauen sollen. Ich kann nicht glauben, dass sie das nicht getan hat.« Er wandte sich ab.

Unabhängig davon, was zwischen ihnen beiden vorgegangen war oder wohin ihre Beziehung führen mochte, musste Olivia einer anderen Person in ihrem Schmerz beistehen. Sie trat zu ihm und stellte sich neben ihn. »Es tut mir leid.«

Er sah stur geradeaus. Sie umrundete ihn, um sich vor ihn zu stellen und versuchte, seinen Blick auf sie zu lenken. Sie sehnte sich, ihn zu berühren und die Linien auf seinem Gesicht zu glätten.

Schließlich sah er sie an und bei dem Verlangen in seinem Blick hätten ihr beinahe die Knie nachgegeben. Sie sollte ins Ankleidezimmer zurückkehren und die Tür versperren. Stattdessen trat sie noch näher.

Mit den Fingerspitzen wanderte er ihre Wange hinab. Wollust wallte in ihr, die ihren Puls schneller schlagen ließ und ihre Haut erhitzte. Seine Hand schmiegte sie um ihre Halsseite und sie schloss die Augen. Er hob ihr Kinn mit dem Daumen an und zwang ihren Kopf zurück. Sie fühlte sich entblößt, verletzlich. Ihr Körper summte vor Verlangen.

Weiche Lippen zogen sich über ihre Kehle. Er öffnete den Mund und mit seiner Zunge beschrieb er heiße Wirbel auf ihrer empfindlichen Haut. Gott, wie sehr sie dies wollte. Mit ihrem Körper und ihrer Seele schrie sie nach seiner Aufmerksamkeit. Louisas Zuneigung war Balsam, aber Jaspers Verlangen war wie Nahrung und Wasser und Obdach – alles, was sie zum Überleben brauchte.

Seine andere Hand stahl sich um ihre Taille und zog sie eng an ihn. Er war hart und heiß. Als er den Weg nach unten mit dem Mund fortsetzte, schlug sie die Augen auf. Er zog das Schultertuch vom Oberteil ihres Tageskleides und seine Lippen beschrieben eine fieberhafte Spur über die Rundung ihrer Brust.

Er schwang sie herum, bis sie neben dem Bett waren. Mit einer Hand wanderte er an ihrem Hals hinab, um sie um ihre Brust zu legen. Sie schnappte nach Luft und er erstarrte.

Dann richtete er sich auf und blickte ihr in die Augen. »Willst du, dass ich aufhöre?«

Das sollte sie. Dies war Wahnsinn. Seit sie fünfzehn war, hatten Männer Geld für ihren Körper geboten, doch ihre Mutter hatte es – Gott sei Dank – nie zugelassen. Ein paar Männer hatten sie umworben, aber keiner mit der Präzision und Fürsorge dieses Mannes. Er war ein großzügiger, beflissener Gentleman, der Tiere rettete und Menschen in Not, und der seine Tante liebte, wie ein Sohn seine Mutter lieben würde. Sie wollte einen Teil von ihm, wie auch immer sie ihn bekommen konnte.

Olivia streckte die Hand aus und strich mit den Fingerspitzen glättend über die Linien in seinem Augenwinkel. Dann liebkoste sie wieder seine Wange. Anschließend fuhr sie mit der Fingerspitze über seinen Mundwinkel und schließlich zog sie sie über seine Unterlippe. So weich. »Nein, ich möchte nicht, dass du aufhörst.«

Sie schauten einander einen Moment an. Dann legte er den Mund auf ihren und sie zerschmolz an ihm.

Seine Finger machten sich dringlich an den Verschlüssen ihres Kleides zu schaffen. Er war schnell und versiert. Ihr Kleid klaffte an der Vorderseite auf und er stieß es bis zu ihrer Taille herunter. Sie schlängelte sich aus dem Stoff, bis er ihr um die Füße fiel. Mit seinen Fingern lockerte er ihr Korsett und das Kleidungsstück gesellte sich zu ihrem Kleid. Er hatte sie die ganze Zeit über geküsst, die er damit beschäftigt war, sie von ihrer äußeren Kleidung zu befreien. Er drängte die Zunge in ihren Mund, um sie zu erobern. Mit ihren eigenen Bewegungen antwortete sie auf sein Vorstoßen und Lecken, und mit wilder Entschlossenheit versuchte sie, mit seinem Tempo mitzuhalten. Sie umklammerte seinen Nacken und presste ihn an sich, damit er es sich nicht anders überlegte und sie allein ließ.

Er hob sie hoch und setzte sie auf die Bettkante. Er stand

zwischen ihren Schenkeln und zog sie nach vorn, bis sein Schaft sich gegen ihren Rumpf presste. Sie zog ihn näher und schlang ihm die Beine um die Hüften. Er stöhnte.

Begierig, seine bloße Brust zu bewundern und zu streicheln, knöpfte sie seine Weste auf. In ihrer Hast tastete sie umher. Er stieß ihre Hände beiseite und vollendete die Aufgabe, wobei seine Fingerknöchel über ihre empfindsamen Brüste streiften.

Sie drängte sich ihm entgegen und bettelte um mehr. Seine Hände legten sich auf ihre Brüste und jede wurde von Wärme umhüllt. Sie schob seine Weste beiseite und zog den Saum seines Hemdes aus seiner Hose.

Mit einem Grunzen zog er sich das Kleidungsstück über den Kopf. Während er sich seines Hemdes entledigte, versuchte sie, das Gleiche mit ihrem Unterhemd zu tun, aber es verfing sich um ihre Taille. Er fasste das Kleidungsstück am Halsausschnitt und riss es in der Mitte entzwei. Er beugte sich vor und sie dachte, er wolle sie küssen, doch er schloss die Lippen um eine der entblößten Brustwarzen. Die straffe Spitze war in Hitze und Feuchtigkeit getaucht. Stöhnend hielt Olivia seinen Kopf umklammert.

Drängend stieß er mit den Hüften vor und presste seine Erektion an ihre Scheide. Sie erwiderte seinen Stoß, wobei von dieser herrlichen Verbindung die Begierde in sie ausstrahlte.

Sanft zupfte er mit dem Mund an ihrer Haut, ehe er leidenschaftlicher wurde. Er legte die Hand um die vernachlässigte Brust, und dann schloss er die Finger über der empfindlichen Brustwarze und rollte sie. Sanft zuerst und dann folgte ein Kneifen. Sie keuchte. Er bewegte seinen Mund, um an ihrem gequälten Fleisch zu saugen. Olivia spreizte die Beine weiter, denn sie musste ihn näher bei sich spüren, und fester. Sie wusste nicht, was sie suchte, doch mit jedem Lecken und jedem Streicheln kam es immer näher.

Er richtete sich auf und beinahe hätte sie vor Wollust geschrien. Er massierte ihre Brüste, indem er sie umspannte, bedeckte und lockte. Die Lust pulsierte zwischen ihren Beinen. Es reichte nicht. Sie brauchte mehr.

Er streichelte sie am Bauchnabel und tiefer. Mit den Fingern strich er über das Haar am Ansatz ihrer Oberschenkel und sie ruckte hoch. Wenn er sie doch nur dort streicheln würde. Er streifte über die Haut zu beiden Seiten ihrer pulsierenden Spalte.

Dann wanderte er noch tiefer bis zu ihren Strumpfhaltern. Mit einem Finger umkreiste er ihren linken Strumpf. Mit Bedacht rollte er die Baumwolle an ihrem Bein hinab. Seine Lippen folgten dem Strumpf und hinterließen einen erotischen Pfad aus samtigen Küssen und sinnlichem Lecken, während er jeden Zentimeter ihrer Haut entblößte.

Sie keuchte vor Vorfreude, als er mit ihrem rechten Bein begann. Er drängte ihre Oberschenkel weiter auseinander und sie fühlte sich unbehaglich offen. Es war eine Sache, ihn dort stehen zu haben, aber ihn *dort* hinsehen zu lassen … sie versuchte, ihre Beine zu schließen.

Mit einer schnellen Bewegung streichelte sein Finger über ihr Geschlecht. Scharf sog sie die Luft ein, doch er wandte sich wieder ihrem rechten Strumpf zu, um ihn ihr auszuziehen. Er ließ eine Hand auf ihrem Oberschenkel liegen, und sie wagte nicht, ihre Beine noch einmal zusammenzupressen.

Immer tiefer wanderte der Strumpf. Und immer höher kletterte ihr Verlangen. Als sie endlich nackt war und ihr gesamter Körper von einem Verlangen bebte, das sie nicht ganz verstand, betrachtete er sie ausgiebig.

Ganz langsam trat ein Lächeln auf sein Gesicht. Diese schlichte Tat erwies sich als ebenso erregend wie das, was er gerade mit ihr getan hatte.

Sie musste ihn fühlen. »Küss mich noch einmal.«

Er beugte sich über sie und nahm ihr Gesicht zwischen die Hände, um sie dann bis zu ihrer Halsbeuge zu schieben. Mit seinen Daumen streichelte er über ihre Kehle. »Ich könnte dich hier küssen.«

Er schob die Hände tiefer, wobei er mit den Handflächen über ihre Brustwarzen streifte. »Oder hier.«

Sie bäumte sich auf und ihre Brüste drängten sich ihm entgegen.

Er umkreiste jede Brustwarze mit der Fingerspitze seines Zeigefingers. Dann setzte er seinen Weg nach unten fort und zog die Fingerspitzen über ihren Bauch. »Oder hier.«

Sie bebte vor Erwartungsfreude und hoffte, seine Hände würden noch weiter abwärts wandern. Er ragte über ihr auf, während sie vor ihm auf dem Rücken lag. Mit einem Finger umkreiste er ihren Schamhügel. Ihre Hüften hoben sich ihm entgegen.

»Oder ich könnte dich dort küssen.« Er streichelte ihre Oberschenkel.

Sie mit seinem Mund dort berühren? *Das konnte er nicht tun.*

Jeder Nerv in ihrem Körper erwachte zu voller Aufmerksamkeit. Sie schwebte zwischen Unsicherheit und Verlangen, und sie war nicht sicher, was zu tun war, doch da war etwas, das sie so verzweifelt brauchte und sie betete darum, dass es kommen mochte.

Sanft bewegten sich seine Finger über ihre Haut. Es fühlte sich wunderbar an, aber sie wusste, dass dort mehr sein musste. Er flirtete mit ihr und kam ihrer Öffnung immer näher. Endlich ließ er seinen Mittelfinger in sie gleiten. Sie keuchte auf und er zog sich zurück. Dann ging er wieder dazu über, sie von außen zu massieren, wobei er seinen Daumen über eine unbeschreiblich empfindliche Stelle kreisen ließ. Sie hob das Becken, denn sie wollte seine Finger wieder in sich spüren. Sie brauchte mehr und konnte es nicht aushalten, wenn er ihr nicht gab, wonach sie sich sehnte.

»Willst du das?«

Ihre Beschämung bedrohte ihre Lust, aber wenn sie etwas begehrte, sollte sie es sich nehmen. Für all die einsamen Nächte, die sich vor ihr erstreckten.

»Ja. Bitte«, fügte sie hinzu, damit er sie nicht weiter neckte.

Wieder glitt er mit dem Mittelfinger in sie. Sie war schlüpfrig und er drang leicht in sie ein. Die Schauder ihrer Ekstase strahlten von ihrem Rumpf ab. Sie drängte sich ihm entgegen. Er bewegte sich und ließ den Finger wieder aus ihr herausgleiten. Sie stieß vor und flehte ihn an, zurückzukehren. Er antwortete mit einem raschen Stoß. Olivia warf den Kopf in den Nacken.

Er schob seinen Finger in sie und wieder hinaus – ganz langsam am Anfang. Dann wurde er schneller und stieß immer wieder rasch zu, bis sie ihm die Hüften entgegenreckte, um seine Bewegungen zu erwidern.

Sie hatte die Hände um die Bettdecke zu Fäusten geballt und zwang sich, die Augen aufzuschlagen, damit sie ihn beobachten konnte. Damit sie ihm zusehen konnte, wie er sie ansah. Er blickte eingehend in ihr Gesicht, während seine Finger sie innerlich berührten. Die Verbindung zwischen ihnen ging über das Visuelle und das Fühlbare hinaus. Und dann war der Moment gebrochen, als er seinen Finger zurückzog. Olivia schrie auf. Sie griff nach seiner Hand.

Er lockte sie, sich wieder aufs Bett zu legen, und beugte sich zwischen ihre Beine. Und dann legte er seinen Mund dorthin, wo seine Finger gewesen waren. Es war genau wie sein Kuss. Er schien sie nicht verwöhnen oder ihre Sinne allmählich wecken zu wollen. Er verlangte völlige Ergebenheit und saugte fest an der empfindlichen Knospe am Eingang ihrer Öffnung. Olivia schloss die Augen und konnte dem Druck dort unten kaum widerstehen. Dann leckte er. Die Feuchtigkeit seines Mundes verband sich mit ihrer eigenen, bis sie nicht mehr wusste, wo sie endete und er begann.

Olivia atmete in scharfen Stößen. Sie war so nahe. Wenn er sie nicht von dieser Tortur erlöste, würde sie sterben.

Dann drückten seine Finger diesen köstlichen Teil von ihr, der am stärksten nach seiner Aufmerksamkeit verlangte. Er rieb ihre Haut in einem fieberhaften Tempo. Sie bäumte sich vom Bett auf und es war so weit ... *ja.*

So lange war sie allein gewesen. Seine Berührung, seine Fürsorge, seine Hingabe, erfüllten sie mit Freude, selbst dann, wenn sie nur ihrem Körper galten. Die Welt öffnete sich und alles schien möglich.

Er rückte von ihr ab und zog seine Stiefel aus. Die untergehende Sonne tauchte das Zimmer in einen warmen, goldenen Schein. Fasziniert betrachtete sie seine nackte Brust, während er seine Strümpfe auszog. Er war prachtvoll gebaut. Dunkle Brustwarzen krönten die perfekt geformten Muskeln. Ihr juckte es in den Fingern, ihn zu berühren. Und nach dem, was er ihr gerade gegeben hatte ..., konnte sie nicht einfach daliegen.

Sie erhob sich auf die Knie und fuhr mit den Händen über seine Brust. Er war heiß. Sie stieß auf eine kleine Stelle feinen Haars in der Mitte, doch der Rest von ihm war so glatt und hart, wie gemeißelter Stein. Er spannte sich an, doch sie nahm an, dass es vor Vergnügen war.

»Meine Hose.« Seine Stimme war dunkel, rau und gefährlich.

Olivia tauchte mit den Fingern bis zu seinem Hosenbund. Hier fand sie eine weitere Spur aus Haaren, die in seinem Taillenbund verschwanden. Sie knöpfte den Schritt auf und folgte dem blonden Pfad, den angestrengten Klang seiner Atmung genießend.

»Zieh sie aus.« In seiner Stimme klang Ungeduld mit.

Sie verstand, wie er sich fühlte und lächelte in sich hinein. Ihre Fingerknöchel streiften über den Teil von ihm, den er zwischen ihre Beine gepresst hatte. Es war der Teil, den er bald in sie einführen würde. Eine neue Welle Feuchtigkeit rauschte zu ihrer Mitte. Er stieß mit den Hüften nach vorn. Wieder berührte sie ihn und dieses Mal geschah es vorsätzlich. Mit den Fingern streifte sie über die Spitze, die sich gegen seine Unterwäsche drängte. Er schob seine Kleider an seinen Beinen hinab, doch in seiner Hast verhedderte sich die Hose mit der Unterwäsche. Olivia legte die Hände über seine und zog zuerst die Hose herunter. Sobald sie seine Oberschenkel erreicht hatte, riss er sie sich vom Körper. Dann zog sie ihm die Unterhose über die Hüften. Sein Schaft barst aus dem Leinenstoff hervor. Sie schluckte.

Während er die Unterwäsche abstreifte, sah sie ihn weiter an. Seine Erektion war von Haar umgeben. Und darunter hingen zwei feste Hoden. Neugierig, wie sie sich anfühlten, berührte sie einen. Sie spannten sich an. Kühn geworden, fuhr sie mit dem Finger an der Länge seines Schafts hinauf. Die Haut war überraschend samtig, aber das Fleisch war hart wie seine Brust. Sie war verblüfft, wie er sich so weich und gleichzeitig so hart anfühlen konnte. Männer bestanden scheinbar aus zwei Gegensätzen.

Sie erreichte die Spitze. Dort hatte sich, wie auch zwischen ihren Beinen, Feuchtigkeit angesammelt. Konnte sie ihn schmecken, wie er sie geschmeckt hatte? Seine Hand schloss sich über der ihren. Er legte ihre Finger um seinen Schaft und führte ihre Handfläche bis zum Ansatz hinunter und wieder zurück. Als er die Bewegung wiederholte, geschah es mit größerer Dringlichkeit. Er wollte, dass sie ihn mit demselben Tempo massierte, das er bei ihr an den Tag gelegt hatte.

Mit Freuden gehorchte sie ihm und seine Hand fiel von ihrer ab. Er hatte die Augen geschlossen und den Kopf in den

Nacken gelegt. Das schwindende Licht gewährte ihr einen dämmrigen Blick auf seine maskulinen Züge. Die Gesichtsflächen wurden nur vom Schwung seiner goldenen Wimpern auf seinen Wangen unterbrochen. Sie drückte die Lippen auf seine und wollte ihm den Kummer nehmen, der sich in den Linien verbarg. Er öffnete den Mund und küsste sie mit wilder Leidenschaft.

Sie bewegte die Hand heftiger. Er stieß mit seiner Zunge und seinem Schaft vor, um in ihren Mund und ihre Faust zu gleiten. Sie zog mit ihrer freien Hand an seiner Hüfte und dirigierte ihn auf sie zu.

Mit einem lauten Stöhnen schlang er die Arme um sie und drückte sie mit dem Rücken aufs Bett. Er folgte ihr und sank mit seiner kräftigen Gestalt auf die Matratze, um sich zwischen ihren Beinen niederzulassen. Dann führte er die Spitze seines Schafts an ihre Öffnung. Sie riss die Hüften empor und er drang vor. Sie dehnte sich, um sein Eindringen in sich aufzunehmen, doch es blieb ein brennendes Unbehagen, als ihre Muskeln sich auf eine neue Art zusammenzogen. Sie keuchte und versuchte, sich zurückzuziehen. Er stützte die Hände auf ihre Hüften und stieß in sie.

Dann erstarrte er über ihr. »Ich wusste nicht ... Du wolltest weitermachen ... Gott, was habe ich getan?« Er hatte nicht erwartet, dass sie noch Jungfrau war.

Olivia zuckte bei dem Bedauern in seiner Stimme zusammen. Sie berührte sein Gesicht. »Nein. Ich wollte dich. Das will ich immer noch.«

Er beugte sich zu ihr herab und flüsterte in ihr Ohr. »Es tut mir leid.« Er bewegte sich nicht, sondern blieb einfach still in ihr. Ganz allmählich schwand das Unbehagen. Er richtete sich auf und schob einen Finger zwischen sie, um ihre Haut zu streicheln, bis sich die Lust wieder aufbaute.

Ihr Inneres pulsierte um ihn und sie hob ihr Becken in

kreisenden Bewegungen. Dann zog er sich zurück. *Nein, komm wieder her.*

Er stieß vor und dann zurück. Die Reibung – *Gott* – es war köstlich. Er streichelte sie weiter mit dem Finger, während er immer wieder in sie eindrang und. Sie wollte mehr und musste ihn tief in sich spüren. Dann schlang sie die Beine um ihn. Mit beiden Händen packte er ihre Hüften und stieß mit glühender Kraft zu. *Ja.* Genau das brauchte sie. Sein Atem ging stoßweise, sein Griff wurde grober, als er die Finger in ihre Haut grub. Dann schob er sie zu ihren Brüsten hinauf und drückte.

Olivia streckte die Hand aus und zog seinen Kopf zu einem heißhungrigen, leidenschaftlichen Kuss zu sich heran.

»Olivia, ich muss …«, stöhnte er in ihren Mund. Was immer er zu sagen beabsichtigt hatte, wurde von einem Krächzen verschluckt, als er sich aus ihr zurückzog. Ihre Lust war sehr intensiv gewesen, doch sein abrupter Rückzug verhinderte, dass sie den gleichen Höhepunkt erreichte. Mit einem Aufschrei bog er den Hals zurück und dann sank er neben sie.

Ihr war kalt ohne sein Gewicht, das sie auf das Bett drückte. Sie bemerkte die Feuchtigkeit auf ihrer Wange. Doch sie weinte nicht. Hatte er? Nein, sie konnte sich einen Mann wie ihn nicht vorstellen – irgendeinen Mann eigentlich –, der Tränen vergoss. Seine Haut war erhitzt und schlüpfrig vom Schweiß. Das musste der Grund sein.

Er drehte sich und zog sie mit dem Rücken zu sich. Ihr Atem kam zur Ruhe. Sie entspannte sich in seiner Umarmung. Später würde sie aufstehen und sich in Ordnung bringen. Im Augenblick gönnte sie sich, sich beschützt zu fühlen. Begehrt.

Ein Klopfen an der Tür ließ sie beide aufschrecken.

»Olivia, bist du wach, Liebes?«

Ruiniert.

KAPITEL VIERZEHN

*J*asper kroch vom Bett herunter. Hatte er wirklich soeben seine zweite Jungfrau ruiniert? *Verdammt nochmal.*

Olivia verließ das Bett ebenfalls, und ihr zerrissenes Hemd hing ihr noch immer von den Schultern. Sie hob ihre abgelegten Kleidungsstücke auf, als sie auf das Ankleidezimmer zueilte. »Ja, gib mir nur einen Augenblick Zeit, Louisa«, rief sie.

Er nahm seine Garderobe und folgte ihr in das Ankleidezimmer.

Olivia machte große Augen. »Was hast du vor?« Sie zog einen Morgenrock an, der ihre sinnlichen Kurven bedeckte.

»Ich werde mich ankleiden.«

Ihr Blick wanderte über seinen nackten Leib. Lust durchdrang ihn.

Sie drehte den Kopf, doch nicht, bevor er ihre Wangen erröten sah. »Du wirst Louisa nichts sagen?«

»Himmel, nein.« Er zog die Hose an.

Mit einem Nicken ging sie hinaus, wobei sie die Tür hinter sich schloss.

Er zog sein Hemd über den Kopf. Sie war eine Jungfrau gewesen. Das hätte er nie getan, wenn er das gewusst hätte. Aber andererseits hatte er auch nicht gefragt. Er ballte die Hände zu Fäusten.

Nachdem er einem Augenblick lang keinen zusammen-hängenden Gedanken fassen konnte, drückte Jasper ein Ohr an das Holz. Olivia hatte Louisa eingelassen. Ihre Unterhal-tung war zu gedämpft. Er zog die Tür vorsichtig auf, um einen dünnen Streifen des Schlafzimmers preiszugeben. Ihm ging es nicht darum, etwas zu sehen, sondern nur, zu hören.

»Wie war dein Ausflug, Liebes?«

»Angenehm. Ich werde dir beim Abendessen darüber berichten. Dein Knöchel muss sich besser anfühlen.«

»In der Tat. Ich denke, wir können morgen nach London zurückkehren. Wie ich erfahren habe, ist Jasper zurückge-kehrt. Vielleicht wird er mit uns dinieren.«

Er konnte nicht mit ihnen zu Abend essen. Nicht nach dem, was er gerade getan hatte.

Jasper sank auf eine gepolsterte Bank. Langsam zog er sich einen Strumpf an. Lieber Himmel! Seine Stiefel waren noch dort draußen.

Jasper sprang auf und fing vor Besorgnis an, in dem kleinen Raum umherzugehen. Er war ein Verführer von Jungfrauen. Wieder einmal. Ja, sie waren beide ebenso eifrig gewesen wie er, aber verdammt, er war nicht besser, als sein Vater mutmaßte.

Zumindest kannte er jetzt die Wahrheit hinter ihrer Verlockungstaktik und dem anschließenden Täuschungsver-such vor einiger Zeit. Ihre Jungfräulichkeit war nicht der Beweis, aber ihre Verletzlichkeit. Er wusste, dass ihre Reue echt war, denn er erkannte sie in sich selbst wieder. Und wenn sie darüber nicht gelogen hatte ... Konnte er ihr vertrauen? Konnte sie Merrys Tochter sein? Louisa dachte das offenbar. Und wenn sie Olivia vertrauen wollte, sollte er das vielleicht auch tun. Doch da waren immer noch zu viele Lügen. Louisa musste erfahren, dass Olivia Fionas Tochter war. Es hatte allerdings keinen Sinn, sie je von seiner und Olivias früheren Bekanntschaft wissen zu lassen, und ganz bestimmt nicht von ihrer augenblicklichen Beziehung.

Die welche war? Sie konnte nicht seine Geliebte sein. Das würde Louisa zerstören. Aber sie konnte auch nicht seine Frau sein. Was zum Teufel hatte er sich bloß dabei gedacht? Sie war die uneheliche Tochter einer berüchtigten Schauspielerin. Der Herzog würde sich ihrer ebenso entledigen, wie Abigails. Das würde Louisa ebenfalls zerstören. Was für ein gottverdammtes Durcheinander.

Die Tür des Ankleidezimmers schwang auf. Er öffnete die Augen und hob den Kopf. Olivia stand mit seinen Stiefeln in der Hand in der Tür.

Jasper verzog das Gesicht. »Hat meine Tante sie gesehen?«

Sie ließ sie zu seinen Füßen fallen. »Nein. Gott sei Dank.«

Still zog er seinen anderen Strumpf über und dann seine Stiefel. »Ich wusste nicht, dass du noch Jungfrau bist.«

Olivia hatte auf der anderen Seite des Zimmers neben der Frisierkommode Position bezogen. »Ich weiß. Ich hätte es dir sagen sollen.«

Sie verschränkte die Arme. »Hätte dich das abgehalten?«

»Ja.«

»Dann bin ich froh, dir nichts gesagt zu haben.« Sie richtete sich auf und sah ihn mit einem aufsässigen Blick an. Sie wäre imposant gewesen, hätte sie nicht einen Morgenrock getragen und würde ihr Haar nicht so aussehen, als wäre sie gründlich und glückselig gevögelt worden.

»Von jetzt an verlange ich vollkommene Ehrlichkeit von dir.« Er stand auf. »In allem.«

Sie nickte. »Was wirst du unternehmen, jetzt, da du die Wahrheit weißt?«

»Wir haben ein Problem. Ich fürchte, es wird sehr leicht für jemanden sein, dich mit Fiona Scarlet in Verbindung zu bringen. »Deine uneheliche Herkunft – Verzeihung – darf nicht ans Licht kommen. Louisa würde zum Gespött werden und mein Vater würde dir das Leben sauer machen. Wenn du glaubst, vorher schon in einer prekären Lage gewesen zu sein …« Er konnte sich nur zu gut vorstellen, was der Herzog unternehmen würde. Er hatte Abigail und ihre Eltern auf ein Schiff nach Amerika verfrachtet, als ob sie Marktware gewesen wären.

Sie setzte sich auf den Stuhl bei der Frisierkommode. »Ich sollte fortgehen.«

Er wollte, dass sie ging, aber er wusste, dass es ein Fehler wäre. Er konnte sie nicht noch einmal berühren. Nie wieder. »Louisa würde das nicht wollen. Ich werde mir etwas ausdenken.«

»Wirst du zum Dinner bleiben?«

Er gestattete sich ein ironisches Lächeln. »Ich glaube nicht, dass das klug wäre.« Er sollte Louisa vor seinem Aufbruch aufsuchen, aber ihr mangelndes Vertrauen in ihn tat weh. Er musste diese Sache mit ihr erörtern, aber nicht jetzt.

Jasper war bereits aus Olivias Schlafzimmer getreten, ehe er erkannte, dass sie ihm nicht über ihre Ausfahrt berichtet hatte. Das würde er sie ein anderes Mal fragen. Er hatte es ernst gemeint, als er gesagt hatte, keine weiteren Lügen zu dulden – weil er Louisa beschützen wollte. Doch jetzt musste er auch Olivia beschützen.

～

*W*enn Olivias Bett in Benfield sie nicht gänzlich und schmerzlich an Jasper erinnert hätte, würde sie sich den ganzen Tag darin versteckt haben. Stattdessen hatte sie den Vormittag in der Bibliothek verschanzt verbracht, während ihre Zofe ihre Rückkehr nach London vorbereitete.

Die Worte in dem Buch, dass sie vergeblich zu lesen versuchte, verschwammen. Weil sie seit einer Viertelstunde nicht eine Seite umgeblättert hatte, ließ sie den Roman auf einen Tisch neben ihrem Ohrensessel fallen. Sie griff nach ihrem Nähkorb und nahm die Einzelteile von Jaspers Weste heraus. Gestern Abend, als sie nicht hatte schlafen können, hatte sie sich aufgerafft und ein Muster ausgewählt, für das sie den Stoff zugeschnitten hatte. In der Regel würde das Nähen ihre Nervosität beschwichtigen, doch selbst das erschien derzeit zu schwierig.

In einem Anfall von nervöser Energie legte sie die Weste beiseite, sprang auf und ging vor dem Kamin hin und her. In ihren Gedanken hatte sie die Ereignisse des Vortages wieder und wieder durchlebt, und sie konnte sich nicht daran hindern, das zu tun. Ihre Begegnung mit Tante Mildred hatte sie empfindsam und verletzlich gemacht.

Nach solch einer Verzweiflung hatte Jasper ihr unbeschreibliche Freude bereitet. Für einen kurzen Augenblick hatte sie vergessen, dass Merry vielleicht gar nicht ihr Vater war und dass sie Louisa sofort verlassen sollte.

Louisa. Indem sie ihre Fürsorge akzeptierte, könnte Louisa nicht nur eine Lüge verüben, sondern sie hatte sich hinzu noch direkt unter Louisas Nase skandalös aufgeführt, und mit niemand Geringerem als ihrem Neffen.

Olivia hatte auch einen beachtlichen Teil ihrer schlaflosen Nacht mit der vergeblichen Suche nach dem Muttermal auf ihrem Kopf verbracht. Anstatt eines kleinen, rosafarbenen Mals hatte sie nur eine bräunliche Verfärbung an der Rückseite ihres Schädels gefunden. Ihr Haar hatte es ihr unmöglich gemacht, die Form zu erkennen. Sie konnte Tante Mildreds Theorie über das übereinstimmende

Geburtsmal weder bestätigen noch leugnen, was bedeutete, dass sie immer noch nicht wusste, welcher Mann ihr Vater war.

Die Tür zur Bibliothek öffnete sich und brachte Olivias Schritte zum Stillstand. Der Diener ließ Jaspers Eltern ein. Lieber Himmel. Das hatte ihr an diesem entsetzlichen Tag gerade noch gefehlt. Olivia setzte die liebenswürdigste Miene auf, die sie zustande brachte. »Eure Gnaden.«

Jaspers Mutter war mit blau-grauen Augen und blondem Haar auf eine kühle Art schön. Ihr einziges nachteiliges Merkmal bestand in den Linien um ihren Mund, die darauf hindeuteten, dass sie wahrscheinlich recht oft das Gesicht vor Missbilligung verzog. Selbst jetzt waren ihre Lippen zu einem Ausdruck von Abscheu oder Missfallen zusammenge-presst. Oder wahrscheinlich beides.

Der Herzog half seiner Frau in einen Sessel vor dem Kamin, wo Olivia hin und her gegangen war. »Wir sind gekommen, um mit Louisa zu Mittag zu essen. Wir haben erfahren, dass sie einen kleinen Unfall hatte.«

Olivia kam nicht umhin, zur Kenntnis zu nehmen, dass sie zwei Tage gebraucht hatten, um herzukommen, obschon Benfield nur eine kurze Wegstrecke von London entfernt lag. Er hatte auch ausdrücklich betont, sie seien gekommen, um mit Louisa zu speisen, und nicht mit Louisa und Olivia. »Das ist überaus freundlich von Ihnen. Ja, sie hat sich den Knöchel verstaucht, aber sie fühlt sich viel besser. Wir werden tatsächlich in Kürze nach London zurückkehren.«

Der Herzog formte den Mund zu einem dünnen Lächeln. »Nach dem Mittagessen hoffentlich. Ich wage zu sagen, dass ich enttäuscht wäre, den ganzen Weg umsonst gekommen zu sein.«

Ihre Gnaden musterte Olivia, als sei sie ein eigentümli-ches Objekt. Nein, das war zu gutmütig. Eher vielleicht ein altes Paar Schuhe, dessen Existenz in Vergessenheit geraten war – und das sie nicht besonders interessierte. »Was sind Ihre Pläne, Miss West? Jetzt, da Sie Louisas ... Unterstützung haben?«

Wie ihr Sohn bezweifelten die beiden die Echtheit ihrer Verbindung zu Louisa. Warum schenkte keiner dieser Leute Louisas Wort Glauben, obwohl sie ein Mitglied ihrer eigenen Familie war? So sehr Olivia Louisa auch mochte, war sie froh, diese Leute nicht als Verwandte betrachten zu müssen.

»Ja«, meinte der Herzog. »Berichten Sie uns von Ihrem Plan.«

Olivia sah zur Tür und wünschte sich Louisas Ankunft herbei. »Mir genügt es, mich an Louisas Gesellschaft zu erfreuen.«

Die Herzogin blickte an ihrer langen, dünnen Nase hinab. »Sicherlich haben Sie weitreichendere Vorstellungen als das.«

War Olivia so anders, weil sie nicht ihren Ehrgeiz besaß? Sie würde diesen Leuten nie erklären können, dass sie bis vor zwei Wochen sehr zufrieden damit gewesen wäre, einen winzigen Nähladen zu besitzen. »Nein, nicht wirklich.«

Die Augen der Herzogin verengten sich beinahe unmerklich. »Sie machen sich sehr gut in der Rolle als Gesellschafterin. Wir haben Louisa, so allein wie sie dasteht, seit Jahren solch ein Arrangement ans Herz gelegt.«

Der Herzog blieb weiterhin hinter dem Sessel seiner Frau stehen, wobei er mit den behandschuhten Fingern unaufhörlich auf die Oberseite der Rückenlehne trommelte, direkt über dem Kopf der Herzogin. »Und von wo stammen Sie noch einmal?«

»Devon.«

Er nickte einmal. »Sie haben vermutlich eine ordentliche Erziehung genossen.« Er ließ den Blick zu dem Buch wandern, das Louisa gerade beiseitegelegt hatte. »Sie haben gerade gelesen?«

Olivia verkniff sich eine sarkastische Erwiderung, in der sie geantwortet hätte, dies versucht zu haben, doch dann bei Erreichen des Wortes *unausstehlich* aufgehört hätte. »Ja, Euer Gnaden. Ich bin in einem Pfarrhaus aufgezogen worden.«

Die Herzogin drehte sich um und sah zu ihrem Ehemann auf. »Ein Pfarrhaus? Ich erinnere mich nicht, dass Merriweather mit einem Pfarrer verwandt war.«

Olivia zuckte innerlich zusammen. Jasper hatte recht. Sie konnte nicht verhindern, dass die Wahrheit ans Licht käme.

Der Herzog erwiderte den Blick seiner Frau. »Soweit ich weiß, besaß Merriweather keinen verarmten Familienzweig, ob Pfarrer oder anderweitig.« Langsam lenkte er seine Aufmerksamkeit wieder zu Olivia zurück. »Wir nehmen an, dass Sie ohne finanzielle Unterstützung waren, da Sie den ganzen langen Weg auf der Suche nach Ihrer Familie gereist sind. Welch glückliche Fügung für Sie, dass Sie meine Schwester gefunden haben.«

Olivia wusste nicht, wie sie ihm antworten sollte, also ließ sie es.

Die Herzogin setzte sich wieder im Sessel zurecht und fasste Olivia mit einem weiteren vernichtenden Blick ins Auge. »Zweifelsohne könnten Sie Arbeit als Gouvernante annehmen, falls Sie entscheiden sollten, dass Ihnen ein Auskommen als Gesellschafterin nicht gefällt oder falls Louisa verstirbt.«

Sie spekulierten auf Louisas Tod? Olivia biss die Zähne zusammen. »Mir gefällt es, mit Louisa als *Familie* zusammenzuleben. Ich habe wirklich keine anderen Erwartungen.«

»Nicht einmal Heirat?« Ihre Gnaden zog eine Schulter hoch. »Es ist nicht unmöglich, dass Sie das Interesse eines anständigen jungen Mannes wecken. Sie sind recht hübsch, trotz des Rottons in Ihrem Haar.«

Olivia betete um Louisas baldiges Eintreffen und hoffte inständig, dass diese bereit wäre, sofort nach London aufzubrechen. Zum Teufel mit dem Herzog und der Herzogin und ihren Plänen für das Mittagessen.

»Mmm, du hast ganz recht, meine Liebe«, meinte er. »Trotzdem glaube ich nicht, dass Louisa ihre Bemühungen bei der Suche nach einem Ehemann verstärken muss, insbesondere nicht, wenn Miss West nicht besonders interessiert ist. Sie könnte allerdings ihre Meinung ändern.« Er sah Olivia mit einem vielsagenden Blick an, der ganz eindeutig zum Ausdruck brachte, dass er ihr ihren Mangel an Ehrgeiz nicht abnahm und er sie im Auge behalten würde.

So erschütternd es auch war, die Identität ihres Vaters nicht wirklich zu kennen, so war sie doch froh, dass es sich nicht um jemanden wie den Herzog handelte. Sie verspürte plötzlich Mitleid für Jasper.

Nein, sie fühlte mehr als nur Mitleid. Sie verspürte ein Aufbranden der Sehnsucht, die ihre Brust wärmte und bis in ihre Gliedmaßen ausstrahlte. Außerdem stellte sie ein Erwachen ihres Beschützerinstinkts fest. Gestern hatte er ihr Trost gespendet, als sie es am nötigsten gebraucht hatte. Wie die Begegnung mit Tante Mildred gezeigt hatte, gab es nur wenige Menschen, denen sie wirklich etwas bedeutete.

Könnte Jasper einer darunter sein?

»Was ist das auf dem Stuhl?«, fragte die Herzogin.

Oje. Die Teile von Jaspers Weste. Olivia verstaute sie schnell wieder in ihrem Nähkorb. »Nur eine Stickerei, an der ich gerade arbeite.«

Die Herzogin machte den Eindruck, als wollte sie noch etwas sagen, doch Louisa humpelte mit ihrem Gehstock in die Bibliothek.

»Oh, da bist du ja, liebe Olivia.« Louisa neigte den Kopf in Richtung ihres Bruders und seiner Frau. »Holborn, Euer Gnaden.«

Olivia sah den Herzog an, überrascht und betroffen, dass er seiner Schwester nicht behilflich war. Ja, sie war außerordentlich froh, dass *er* nicht ihr Vater war. Sie eilte zu Louisa, um ihr den Arm anzubieten.

»Wir sind gekommen, um uns von deiner Gesundheit zu überzeugen«, meinte Holborn. »Und um mit dir zu Mittag zu essen.«

Louisa schürzte die Lippen. »Nun, ich fühle mich rüstig genug, um in die Stadt zurückzukehren, danke. Schade, dass ihr extra hergekommen seid und wir gerade aufbrechen.« Ihr sprödes Lächeln und ihr zu süßer Ton verrieten, dass es alles andere als das war. Olivia strengte sich sehr an, nicht zu grinsen, was ihr gerade eben gelang.

»Ach, komm. Du musst einfach bleiben.« Es klang wie ein Befehl, nicht wie eine höfliche Bitte.

»Warum, weil du dich herabgelassen hast, mich zu besuchen?« Louisa schnalzte mit der Zunge. »Die Köchin wird ein ausgezeichnetes Mittagessen servieren. Ich wage zu behaupten, dass es euch ohne meine Anwesenheit ebenso gut schmecken wird wie mit. Darüber hinaus hat Olivia heute Nachmittag eine Unterrichtsstunde in Aquarellmalerei.«

Olivia spitzte die Ohren. Neben allem anderen, was ihr durch den Kopf ging, hatte sie den Termin ganz vergessen. Sie nahm ihren Nähkorb und wollte gehen.

»Sie ist genauso eine begabte Künstlerin, wie Merry es war.«

Olivia war sich nicht sicher, ob sie so viel Talent bewies, wie Lord Merriweather, was ihre Zweifel nur noch verstärkte. Wenn er nicht ihr Vater war, hatte sie kein Recht, hier bei Louisa zu sein.

Aber hatte der Herzog nicht gesagt, Louisa bräuchte eine Gesellschafterin? Außerdem empfand sie eindeutig eine starke Zuneigung zu Olivia. War die Absicht, einer alten Frau Freude zu bereiten, Grund genug, eine Lüge fortzusetzen? Wenn es eine Lüge war. Konnte Olivia die Wahrheit herausfinden?

Plötzlich sehnte sie sich danach, nach London zurückzukehren – und das nicht nur, um der widerwärtigen Gesellschaft des Herzogs und der Herzogin zu entkommen. Vielleicht konnte sie dort eine Antwort bezüglich der Frage nach der Identität ihres Vaters finden. Sicherlich konnte ihr jemand, der mit ihrer Mutter bekannt war, behilflich sein herauszufinden, welcher Mann sie gezeugt hatte.

»Olivia, Liebes? Ist alles in Ordnung mit dir?«, fragte Louisa.

Zu spät bemerkte Olivia, dass das Gespräch ohne sie fortgesetzt worden war. Sie brachte ein verlegenes Lächeln zustande. »Ich habe mich nur gefragt, was Mr. Landsdowne wohl heute von mir skizziert haben möchte. Beim letzten Mal haben wir Obst gemalt.«

Der Herzog und die Herzogin verengten ihre Augen.

Olivia begann zu verstehen. Es spielte kaum eine Rolle, ob sie intelligent war oder gut reden konnte. Mit einer zweifelhaften Vergangenheit und geringen Ambitionen waren ihre Eigenschaften und Fähigkeiten in dieser Welt bedeutungslos. Weitaus wichtiger war ihr Hintergrund und ihr Potenzial für zukünftigen Erfolg – wie ihn die Gesellschaft definierte. Mein Gott, wie konnte sie da jemals hoffen, in Louisas Leben zu passen?

Louisa wies Olivia den Weg zur Tür. »Komm, Liebes, unsere Kutsche ist bereit. Genieße dein Mittagessen, Holborn.«

Der Herzog verfolgte ihre Abreise mit einem schweren Blick voller Verachtung.

～

*J*asper lenkte seinen Phaeton den Piccadilly entlang, auf dem der nachmittägliche Verkehr dichter war als gewöhnlich. Neben ihm betrachtete Sevrin die Leute, die unten auf dem Bürgersteig flanierten.

»Ich danke dir für die Einladung heute Nachmittag. Ein spektakuläres Gefährt, Saxton«, bemerkte er. »Ich fühle mich, als wäre ich vielleicht bereits angekommen. Auf dem begehrten Sitz neben dir gesehen zu werden, wird mich sicher von einem jämmerlichen Entarteten zu einem verwegenen Wüstling erheben.«

Trotz der Reue und der Sorgen, die seinen Verstand bedrückten, formte Jasper den Mund zu einem halben Lächeln, »Du bist beides und noch mehr.«

Zwei Damen blickten unter den breiten Krempen ihrer Hauben zu ihnen herauf. Sevrin tippte an seine Hutkrempe. »Das ist wahr. Aber warum ich? Dieser illustre Platz ist normalerweise für deine ... akzeptablen Freunde reserviert. Penreith. Oder Black.«

»Spielt es eine Rolle, warum?« Jasper wollte nicht in der Gesellschaft seiner »akzeptablen« Freunde sein. Mit Sevrin zusammen zu sein, machte seinen wiedergewonnenen, wenn auch geheimen, Status als »Schänder« etwas erträglicher. Wenigstens war er mit Sevrin unter seinesgleichen – elende Entartete und verwegene Wüstlinge waren sie.

»Nein«, sagte Sevrin mit einem Seitenblick zu ihm. »Das passt einfach nicht zu dir. Und gestern Abend im Club hast du kaum einen Satz zustande gebracht, auch das ist untypisch für dich. Wenn der Club eine Art grunzendem Wilden aus dir gemacht hat, der die Gesellschaft von Schurken bevorzugt, werde ich dich vielleicht ausschließen.«

Jasper warf ihm einen säuerlichen Blick zu. Dabei fiel ihm eine Gestalt auf, die sich zwischen den Passanten auf dem Bürgersteig bewegte. *Olivia.* Das musste sie sein. Wenn sie ihren Kopf nur ein wenig nach oben neigte ... da!

Er brachte die Pferde zum Stehen. Was tat sie hier auf dem Piccadilly?

»Warum halten wir an?«, fragte Sevrin.

Jasper, der sich nicht darum kümmerte, dass er den Verkehr aufhielt, drehte sich auf seinem Sitz um.

»Was zum Teufel tust du, Saxton? Du kannst nicht hier mitten auf der Straße halten.« Sevrin verrenkte sich den Hals. »Wonach schaust du? Moment, ist das Miss West?«

Jasper übergab ihm die Zügel. »Hier.«

»Was?« Sevrin starrte ihn an, als ob ihm noch eine Nase gewachsen wäre. »Nein.«

»Ich muss mit ihr reden.« Herausfinden, warum sie allein unterwegs war. Ihr Hintergrund war schwierig genug, aber musste sie sogar noch mehr Aufmerksamkeit auf sich ziehen?

»Das tust du nicht.«

»*Doch*.«

»Weiterfahren!«, rief jemand hinter ihnen.

Fluchend entriss Jasper Sevrin die Zügel aus seinem losen Griff. »Nutzlos. Ich hätte Penreith oder Black bringen sollen. Sie geben keine Widerworte.«

»Wenn du die Gesellschaft von Kriechern bevorzugst, werde ich dich ganz bestimmt aus dem Club ausschließen.«

»Gut.« Jasper beobachtete, wie Olivia in der Menge verschwand. «Vielleicht werde ich meinen eigenen Verein gründen.«

»Ich scherze doch nur, Sax.« Sevrin musterte ihn eingehend, und seine ewig präsente Fassade der Jovialität war verschwunden. »Das tust du eindeutig nicht. Was zum Teufel geht mit Miss West vor sich?«

Jasper umklammerte die Zügel und drehte den Kopf. »Wir werden ihr folgen.«

»Nein.« Sevrin legte Jasper die Hand fest auf den Arm. »Du kannst ihr nicht nachlaufen. Sie ist keine unbekannte Schauspielerin mehr. Wenn du hinter ihr herläufst, wird dies heute Abend auf jedermanns Teller die saftigste Portion

Klatsch sein – und nicht auf eine positive Weise. Glaube mir, ich weiß, wie es ist, der Mittelpunkt des Skandals zu sein. Du tust das nicht.«

»Nur, weil ich Holborns Sohn bin.«

»Willst du damit sagen, dass du ohne diesen Namen, hinter dem du dich verstecken kannst, nicht besser bist als ich? Das glaube ich nicht.«

Plötzlich wusste Jasper, warum er Sevrin heute eingeladen hatte: um sich zu erleichtern. Er krümmte sich innerlich. »Glaub es mir. Ich bin … wie du.«

Sevrin starrte ihn an. »Wie ich?«

Jasper wandte den Blick nicht ab. Er hatte verdient, was immer Sevrin sagen würde und mehr.

Nach einem weiteren langen Augenblick fingen Sevrins Nasenflügel zu flattern an. »Du hast sie ruiniert – Miss West.«

Das Gewicht der Zügel in Jaspers Händen fühlte sich leichter an, als ob er seinen Griff für alles um sich herum verloren hätte. »Ja.«

»Glaube nicht, dass dich das in jemanden wie mich verwandelt.« Sevrins dunkle Augen verengten sich leicht. »Alle wissen über meine Vergangenheit Bescheid. Niemand hat eine Ahnung, dass du dich mit dem neuen Schützling deiner Tante hast hinreißen lassen.«

Hier lag seine Chance für … was? Absolution zu erbitten? Verständnis? Mitgefühl? Er stieß die angehaltene Luft aus. »Und eine junge Frau vor zehn Jahren.«

Sevrin drehte sich auf dem Sitz zu ihm um. »*Was?*«

Jasper sah geradeaus auf die Fahrzeuge, die vor ihm herzogen. »Sie lebte nahe bei Edgewater – meinem Anwesen in Yorkshire.«

»Du hast eine weitere junge Frau ruiniert?« Der Unglauben in seiner Stimme war beinahe amüsant.

»Du siehst, ich bin nicht besser als du.« Er warf Sevrin

ein zynisches Lächeln zu. »Schlimmer eigentlich. Ich habe dir eine voraus.«

»Was ist passiert? Warum hast du sie nicht geheiratet?«

Er dachte an Abigail, doch merkwürdigerweise kamen ihm die Züge des Flittchens von Coventry Court zuerst in den Sinn. Er suchte in seiner Erinnerung nach Abigails Gesicht, doch es schien verschwommen. Woran er sich allerdings erinnerte, war sein verzehrendes Bedürfnis, sie zu besitzen. Und dieses Gefühl war erwidert worden. Sie hatten beide nicht warten können, mit dem anderen zu schlafen, und so hatten sie es getan – dem Anstand zum Teufel.

Er sagte Sevrin die Wahrheit. »Der Herzog wollte es nicht erlauben.«

Sevrin gaffte ihn an. »Du lässt ihn Entscheidungen für dich treffen? Wenn du sie hättest heiraten wollen, hättest du es tun sollen.«

»Das würde ich getan haben, aber sie war fortgegangen.« Sie und ihre Familie waren verschwunden. Der Herzog hatte ihn damit getröstet, dass sie keine gute Herzogin abgegeben und sich als ein Landmädchen in der Stadt nicht wohlgefühlt hätte. »Erst nach mehreren Monaten habe ich erfahren, dass Holborn sie fortgeschickt hatte.« Er krächzte die Worte hervor und seine Stimme wurde vor Emotion hart.

Sevrin schüttelte den Kopf. »Es ist schrecklich, was mit ihr passiert ist, aber du musst es vergessen.«

Der Verkehr wurde flüssiger und Jasper trieb die Pferde zu einem gleichmäßigen Schritt an. »Hast du das getan?«

Er wandte den Blick ab. »Du hast jetzt eine neue Situation, eine, in der du etwas dagegen unternehmen kannst.«

Sevrin hatte recht. Olivia brauchte seine Hilfe. Er musste sie vor Holborns Machenschaften schützen. Irgendwie musste er das Geheimnis um ihre Abstammung wahren.

»Du musst mir helfen«, meinte er.

»Bitte mich nicht noch einmal, deinen Phaeton zu fahren, während du hinter Miss West herjagst.«

»Genau darum wollte ich dich bitten, aber nicht, damit ich hinter Olivia herjagen kann. Du wirst mich in der Queen Street absetzen, damit ich mit meiner Tante sprechen kann.« Jasper musste ihr sagen, dass er die Wahrheit kannte und dass er plante, dafür zu sorgen, dass Olivia bei ihr blieb. »Du musst auch mit diesen Frauen reden, die zum Black Horse kommen. Finde heraus, was sie über ihren Hintergrund wissen. Wenn irgendeine von ihnen weiß, dass sie Fiona Scarlets Tochter ist, dürfen sie diese Verbindung niemandem gegenüber verraten. Biete ihnen eine beliebige Summe an.«

»Eine beliebige Summe? Saxton, du kannst nicht hinter dieser Frau her sein. Selbst ich weiß von meinem gemütlichen Platz in der Gosse aus, dass du sie nicht heiraten kannst.«

Warum war Sevrin zu dieser Schlussfolgerung gekommen? »Ich habe nie etwas darüber gesagt, sie zu heiraten. Um meiner Tante willen muss ich ihre Geheimnisse wahren. Wenn Holborn von ihrer Abstammung erfährt, wird er sie so schnell und endgültig abschieben, wie das letzte unangemessene Mädchen, das versucht hatte, sich in seine Familie einzuschleichen.«

»Also willst du dir das Schweigen aller erkaufen, die aufdecken können, dass sie Fiona Scarlets Tochter ist. Und was dann? Wird von dir nicht erwartet, Lady Philippa den Hof zu machen?«

In etwas mehr als einer Stunde sollte er in ihrem Stadthaus vorsprechen. »Das wird es, und das werde ich tun.« Gleich nachdem er zur Queen Street gegangen war.

KAPITEL FÜNFZEHN

O livia schritt den Piccadilly zügig entlang, denn sie wollte nach Hause kommen, bevor Louisa von ihren Nachmittagsbesuchen zurückkehrte. Ihr Ausflug zum Haymarket hatte sich weniger erfolgreich erwiesen, als sie erhofft hatte. Niemand im Theater hatte Fiona Scarlet vor mehr als zwanzig Jahren gekannt. Olivia erfuhr jedoch den Namen einer alten Frau, die zahlreiche Londoner Schauspieler, sowohl am Haymarket als auch an den königlichen Theatern, eingekleidet hatte. Sie plante, diese Frau so bald als möglich unter der Anschrift zu besuchen, die sie erhalten hatte.

»Guten Tag, Olivia.« Die übertrieben süßliche Stimme Lady Lydia Prewitts ließ Olivia mitten im Lauf stehen bleiben. »Meine Güte, Sie sind doch nicht *allein* unterwegs, oder doch?«

In ihre Gedanken vertieft, hatte Olivia ihrer Umgebung keine Beachtung geschenkt. Folglich war ihr entgangen, wie Lady Lydia und Audrey Cheswick auf sie zu schlenderten. In Begleitung ihrer *Anstandsdamen*. Olivia überlegte kurz, ob sie die beiden ignorieren und an ihnen vorbeilaufen sollte, doch dann verwarf sie diese Idee, da sie der Ansicht war, damit mehr Schaden anzurichten, als eine vernünftige Erklärung für ihr Alleinsein vorzubringen. Wenn ihr diese Erklärung jetzt doch nur noch einfallen wollte ...

»Guten Tag, Lady Lydia, Audrey.« Olivia bot den beiden ihr sonnigstes Lächeln. Es würde nicht klappen, wenn sie schuldbewusst wirkte. »Ich war nur kurz spazieren.«

Audreys Augenbrauen zogen sich zusammen. »Wohnen Sie nicht in der Queen Street? Das ist recht, ähm, belebend.«

»Ich wollte mir das Reservoir im Green Park anschauen«, improvisierte Olivia. Der Green Park lag direkt auf der anderen Seite des Piccadilly. Hoffentlich fiel den beiden nicht auf, dass sie gar nicht aus dieser Richtung gekommen war.

Lady Lydia schüttelte den Kopf. »Meine liebe Olivia, Sie müssen begreifen, dass wir hier nicht in Devon sind! Sie können nicht einfach auf eigene Faust in der Stadt spazieren gehen. Wenn Ihnen nach Alleinsein zumute ist, lassen Sie Ihre Anstandsdame zehn Schritte hinter Ihnen gehen. Ich handhabe das so.«

In der Tat verharrten zwei Zofen einige Meter hinter den beiden jungen Frauen. »Das werde ich mir merken, danke.« Olivia wollte ihren Weg fortsetzen, doch Lady Lydia ergriff erneut das Wort.

»Ich habe tatsächlich an Sie gedacht.« Lady Lydia betrachtete sie aus schmalen Augen.

Olivia blieb stehen und trotz der Nachmittagshitze fröstelte ihr. Sie hoffte, dass Lady Lydias Interesse nichts damit zu tun hatte, dass Lord Prewitt sie beinahe erkannt hatte. Hatte er seiner Tochter später anvertraut, wen er in Olivia vermutete?

»Ach ja?«, war alles, was Olivia zu sagen vermochte.

»Ja, ich habe an das Kleid gedacht, das Sie auf dem Faversham-Ball getragen haben. Es war in der Tat atemberaubend. Und heute, das Kleid, in dem Sie spazieren gehen ... dieser Korallenton wirkt Wunder für Ihren Teint. Sie müssen mir den Namen Ihrer Modistin verraten.«

Louisa und Olivia hatten sich abgesprochen, wie sie auf genau diese Frage eingehen würden, aber bislang war sie noch nicht gestellt worden. Sie hatten sich auf eine sehr einfache und ehrliche Antwort geeinigt. »Ich habe die Kleider entworfen.«

Beide, sowohl Audrey als auch Lady Lydia, machten große Augen. Audrey lächelte und ihr Miene wandelte sich in ... Bewunderung? »Wie außergewöhnlich.«

Wie immer die Neugierige, fragte Lady Lydia: »Wer hat sie genäht?«

»Wir beschäftigen einige bemerkenswert talentierte Dienstmädchen.« Olivia schenkte ihnen absichtlich ein rätselhaftes Lächeln.

Geübt formte Lady Lydia den Mund zu einem Schmoll-mund. »Wie enttäuschend.« Für einen Moment spielte sie mit dem Band ihrer Haube. Dann leuchteten ihre Augen auf. »Es sei denn, Sie hätten noch einen Entwurf übrig, von dem Sie sich trennen könnten. Meine Schneiderin könnte das Kleidungsstück bestimmt anfertigen, da bin ich sicher.«

Olivia hatte nicht die Absicht, ihre Entwürfe von jemand anderem nähen zu lassen. Sie überlegte, wie sie höflich ablehnen konnte.

Audrey stieß ihre Freundin sanft mit dem Ellbogen an. »Das ist doch gewiss ein Steckenpferd von Olivia. Wenn sie dir einen Entwurf schenken würde, stell dir nur vor, wie die Leute sie um einen für sich selbst belästigen würden.« Sie drehte sich zu Olivia um. »Sie sind sehr begabt.«

»Danke.« Olivia freute über Audreys Verteidigung und ihr ehrlich gemeintes Lob.

Lady Lydias Gesichtszüge verhärteten sich. Die Reaktion gehörte nicht zu ihrer typisch einstudierten Sorte. »Du hast recht, Audrey. Wie ungehobelt von mir, überhaupt gefragt zu haben.« Sie warf Olivia einen Blick zu, der von einem gewissen Gefühl untermalt war. Eifersucht vielleicht?

Olivia wollte nicht, dass Lydia ihre Absage persönlich nahm. Sie wollte ihre Entwürfe mit niemandem teilen, mit Ausnahme der Familie, wie Louisa. Und Jasper. Großer Gott, seit wann gehörte er zur »Familie«?

Sie riss sich von ihren abschweifenden Gedanken los, lächelte Lydia an und machte den Vorschlag: »Vielleicht können Sie mich eines Tages in der Queen Street besuchen kommen, und ich zeige Ihnen meine Skizzen.«

Audrey nickte. »Das wäre zauberhaft.«

»Ja, das werden wir«, pflichtete Lady Lydia bei, die ihre normale wichtigtuerische Miene wieder aufgesetzt hatte. »Vater legt mir immer ans Herz, neue Freunde in der Gesellschaft willkommen zu heißen.«

Die Erwähnung von Lady Lydias Vater erinnerte Olivia daran, welch gefährliches Spiel sie spielte. Sogar in diesem Augenblick könnte Lady Lydia von Olivias Verbindung zu der berüchtigten Fiona Scarlet wissen. Doch da sie nichts gesagt hatte, wusste sie es vielleicht nicht. Oder, was Olivia wahrscheinlicher erschien, sie wartete auf einen günstigen Moment, um diesen pikanten Leckerbissen aufs Tapet zu bringen. So oder so hatte Olivias Geduld mit diesem Zwischenspiel ein Ende gefunden.

»Ich muss jetzt gehen, fürchte ich. Sie haben ganz recht, ich sollte eine Anstandsdame haben.«

»Möchten Sie meine Zofe mitnehmen?«, bot Audrey an.

»Nein«, sagte Olivia. »Danke, aber ich habe es nicht allzu weit. Da ich vom *Lande* komme, bin ich sehr gut zu Fuß und im Nu wieder zu Hause.«

»Also dann, einen schönen Tag noch!«, rief Audrey ihr hinterher, als sie ihren Weg, den Piccadilly entlang, fortsetzte.

Entschlossen, die Queen Street so rasch wie möglich zu erreichen, machte Olivia große Schritte in schnellem Tempo, sodass sie außer Atem war, als sie an ihrem Ziel angelangte. Ihre Erschöpfung nahm ihr den Schwung beim Erklimmen der Vordertreppe. Sie lächelte Bernard an, als er die Tür öffnete und sie einließ.

»Guten Tag, Bernard.«

»Ich hoffe, es geht Ihnen besser?«, fragte er.

Olivia hatte Kopfschmerzen vorgeschoben, um Louisa heute Nachmittag nicht bei ihren Besuchen zu begleiten. Dann hatte sie Dale und Bernard von ihrem Einfall erzählt, dass ein Spaziergang vielleicht helfen würde. »Ja, danke. Ist Louisa schon zurück?«

»Nein, aber Lord Saxton wartet im Rosensalon.«

Olivias Puls – der von ihrem Spaziergang bereits im Stakkato pochte – schlug plötzlich noch schneller. Was tat er hier? Ohne Louisa ... Sie weigerte sich, diese Möglichkeit in Betracht zu ziehen. Was zwischen ihnen passiert war, durfte sich nicht wiederholen.

Mit einem Nicken schritt Olivia in den Salon.

Den Rücken zur Tür stand Jasper vor Merrys Gemälde. Er drehte sich um, und Olivia konnte ein Aufkeuchen nicht verhindern. Seine Unterlippe war am linken Mundwinkel geschwollen, und eine Schürfwunde zeichnete sich an dieser Stelle auf seiner Haut ab.

Sie lief direkt zu ihm hinüber. »Du hast dich wieder geprügelt.«

Er schürzte die Lippen. »Ich bin nicht gekommen, um das zu besprechen.«

Sein ernster Ton verscheuchte ihre Sorge. »Also schön. Was führt dich dann hierher?«

»Ich habe dich heute auf dem Piccadilly gesehen. Wo wolltest du allein hin?«

Sie wollte ihm nicht von ihren Nachforschungen bezüglich ihres richtigen Vaters erzählen. Dass er von ihrer unehelichen Abstammung wusste, war schon schlimm genug. Falls er oder Louisa erführen, dass Merry vielleicht nicht ihr Vater war, könnten sie sie einfach vor die Tür setzen, so wie Tante Mildred es getan hatte.

»Ich bin spazieren gegangen«, entgegnete sie. Er hob an, etwas zu erwidern, doch sie hielt ihm eine Hand entgegen. »Ja, ich weiß, ich hätte eine Anstandsdame mitnehmen sollen, und ich werde denselben Fehler nicht noch einmal machen.«

»Sehr gut. Ich bin froh, dass du verstanden hast, dass du jetzt Jemand bist. Wenn du dich in dieses Leben mit Louisa fügen willst, musst du all das hinter dir lassen, was du einst warst.«

Er hatte recht, was allerdings nicht bedeutete, dass sie seine diktatorische Haltung begrüßte. Warum verhielt er sich so kalt?

»Bist du böse auf mich, weil ich allein ausgegangen bin?« Oder war er wegen der Geschehnisse auf Benfield aufgebracht? Sie hatte ihn seither nicht mehr gesehen, und während sie innerlich wie ein Weihnachtspudding zitterte, wirkte er frostig kalt.

Kopfschüttelnd ging er zum Kaminsims, wobei er das Gesicht von ihr abwandte. »Ich bin nicht verärgert.« Er drehte sich um, und seine abweisende Miene war verschwunden. »Wir müssen die Identität deiner Mutter geheim halten. Wer weiß über sie Bescheid?«

Lieber Gott, die Liste könnte endlos sein. »Die Angestellten beim Theater.«

»Sehr gut, um sie kann ich mich kümmern. Aber es ist wirklich schade, dass du keinen anderen Zunamen verwendet hast.«

Sie lächelte schief. Wie oft hatte sie schon das Gleiche

gedacht? »Das hätte ich vielleicht, wenn ich mich dir nicht schon als Miss West vorgestellt hätte.«

Er zog eine Augenbraue hoch. »Ja, und mir Wahrheit vorzuenthalten, war überaus wichtig.« Sein Tonfall troff vor Sarkasmus.

»Für Louisa«, erinnerte sie ihn sanft. Obwohl es ihr zuwider war, dass Louisa ihm nicht vertraut hatte, wollte sie ihm aber auch zu verstehen geben, dass dies nicht ihr Wunsch gewesen war.

Er nickte fast unmerklich. »Wer noch?«

Sie durchforstete ihr Gedächtnis. »Meine Mutter ist vor nicht ganz einem Jahr gestorben, und die letzten sieben Jahren habe ich die meiste Zeit bei ihr gelebt.«

»So lange?«, fragte er. »Wie hast du es geschafft, deine –?«

»Unschuld zu bewahren? Manchmal war es schwierig, doch mich zu beschützen war das Einzige, worin meine Mutter wirklich gut war.« Mehr als einmal hatte ihre Mutter besondere Gefälligkeiten erwiesen, um Olivia aus der Gefahrenzone zu halten. Olivia konnte einen Schauer ihres Ekels nicht unterdrücken.

Jasper kam auf sie zu. »Was ist los?«

»Nichts. Das Leben mit Fiona war ... problematisch.«

Er blieb nur eine Armlänge von ihr entfernt stehen. »Erzähl mir davon.«

Zumindest in dieser Sache konnte sie ehrlich zu ihm sein. »Ich habe dich nach deinen Kämpfen gefragt, weil sie mir Angst machen. Mehrere ihrer Liebhaber hatten sie geschlagen. Sie hatten Spaß daran, ihr Schmerzen zuzufügen.« Sie sah ihn mit einem stechenden Blick an und wünschte, bis in sein Herz sehen zu können. »Das gefällt dir nicht, nicht wahr?«

Seine blassen Augen weiteten sich beinahe unmerklich.

»Nein. Hat dir einer dieser Männer Leid zugefügt?« Er ballt die Hände zu Fäusten.

Nur das eine Mal, als sie versucht hatte, um Fionas Willens einzugreifen, aber das konnte sie Jasper nicht sagen. Nicht, wenn er schon so wütend aussah. Sie konnte ihn nicht auch noch zu gewalttätigen Gedanken aufmuntern. »Nein. Sie haben Fiona Leid zugefügt. Der Letzte hat sie die Treppe hinuntergestoßen, und sie ist gestorben.«

Er stieß die Luft aus. »Das tut mir leid. Das ist nicht der Grund, warum ich kämpfe«, erklärte er, und der Zorn in seinem Blick verrauchte. »Du hast gesehen, was ich für Mrs. Reddy getan habe. Ich würde nie einer Frau wehtun.«

Das wusste sie, tief in ihrem Herzen. Dennoch fühlte sie sich von einem Mann beunruhigt, der scheinbar Freude an Gewalt hatte. Nicht, dass irgendetwas eine Rolle spielte, was Jasper tat, denn dies hatte nichts mit ihr zu tun. Ihre Beziehung existierte für Louisa. Wenn nicht wegen ihr, würden sie auseinandergehen und nie wieder ein Wort miteinander sprechen.

»Was gedenkst du wegen der Theaterangestellten zu unternehmen?«, fragte sie.

»Gibt es außer ihnen nicht noch mehr? Wie steht es mit den Liebhabern deiner Mutter?«

Olivia erinnerte sich an Mr. Clifton und Lord Prewitt. Ersterer war sich sehr sicher gewesen und hatte sie richtigerweise erkannt, während Letzterer lediglich eine Ahnung gehabt hatte. War dem tatsächlich so? Sie nahm an, er würde das Gerücht nun in London verbreiten, hätte er die Verbindung hergestellt.

»Da waren so viele. Ich weiß nicht, ob mich einer unter ihnen wiedererkennen würde.« Clifton verkehrte nicht in den gleichen gesellschaftlichen Kreisen, und so sah Olivia sich nicht veranlasst, ihn zu erwähnen, aber sie musste Jasper von Lord Prewitt erzählen. Sie schluckte. »Es gab da einen Vorfall ...«

Seine Augen blitzten auf und er trat einen halben Schritt vor. »Was? Berichte mir davon.«

»Auf dem Faversham-Ball bemerkte Lord Prewitt, ich käme ihm bekannt vor. Er hat Fionas Namen nicht erwähnt, also könnte er gemeint haben, ich sähe aus wie seine Gouvernante aus Kindertagen.«

Jasper presste die Lippen zu einem dünnen Strich zusammen. In diesem Moment sah er ein bisschen wie sein Vater aus. »Das ist zweifelhaft. Aber er war sich nicht sicher, sagst du?«

»Es war eine beiläufige Bemerkung, und die Sache liegt jetzt schon Tage zurück. Wenn er ein Gerücht in die Welt gesetzt hätte, wüssten wir doch gewiss davon?«

Er nickte. »Wahrscheinlich. Dennoch werde ich ein wenig nachbohren müssen.«

»Was wirst du unternehmen?«

»Ich werde Sorge dafür tragen, dass keiner dieser Leute irrtümlicherweise behauptet, du seist Fiona Scarlets Tochter.« Er wandte sich ab und schlenderte zu den Fenstern hinüber, vor denen er mit dem Rücken zu ihr stehen blieb.

»Louisa ist der Meinung, die Leute würden glauben, was wir ihnen sagen, und dass niemand so unzivilisiert sein würde, ihre Aussage in Zweifel zu ziehen.«

»Vielleicht.« Er drehte sich um. »Ich hatte dich auch nach deinem Ausflug in die Heide neulich fragen wollen. Du hast mir nie verraten, wo du gewesen bist.«

Sie wollte diesen entsetzlichen Besuch aus ihrem Gedächtnis verbannen. »Ich war bei meiner Tante. Sie war meine Pflegemutter.«

Seine Augen verengten sich. »Also hast du gelogen, als du sagtest, du hättest in Devon gelebt?«

»Nein, nein«, widersprach sie eiligst. »Mein Onkel ist

gestorben, und sie ist nach Cheshunt gezogen, um dort bei Verwandten zu leben. Da sie in der Nähe war, hatte ich beschlossen, ihr einen Besuch abzustatten.«

Mit einem Nicken akzeptierte er ihre Aussage, doch dann schaute er sie mit einem abwartenden Blick an. »Du sagst, du hättest sieben Jahre bei deiner Mutter gelebt. Warum bist du aus Devon weggezogen?«

Obwohl sie ehrlich zu ihm sein wollte, gab es gewisse Dinge, die einfach zu schmerzhaft waren, um sie preiszugeben. Sie konnte ihm nicht sagen, dass Mildred sie hinausgeworfen hatte, nachdem sie erfahren hatte, dass es sich bei Olivias Vater um ihren eigenen Ehemann handelte, selbst wenn sich dies als Unwahrheit erwies. Stattdessen wartete Olivia mit einer Halbwahrheit auf. »Meine Tante hatte sich nie sonderlich um mich gesorgt. Das Kind ihrer Halbschwester aufzuziehen – einer Halbschwester, die eine Hure war –, war eine Bürde, die sie nie ganz angenommen hatte. Ich bin gegangen.«

Jasper presste die Lippen zu eine grimmigen Linie zusammen. »Ich glaube nicht, dass das alles ist. Du solltest inzwischen wissen, dass ich sehr wohl merke, wenn du mir Informationen vorenthältst.«

»So wie du dich weigerst, mir zu sagen, warum du kämpfst?« Sie trat auf ihn zu und obwohl sie die Antwort auf ihre nächste Frage fürchtete, war sie fest entschlossen, sie trotzdem zu stellen. »Hatte der Herzog ... dich geschlagen?«

Er starrte auf einen Punkt über ihrem Kopf und entgegnete nichts.

Ihre Frustration staute sich auf. »Sag mir, *warum*. Ich kann diesen einen gewalttätigen Charakterzug nicht mit deinen anderen Eigenschaften in Einklang bringen, wozu auch eine umfangreiche Großherzigkeit für die weniger Begünstigten zählt.« Von ihren Erfahrungen mit Fiona wusste sie, dass manche Männer Gewalt einfach brauchten.

So wie andere Liebe brauchten. Die Frage kam ihr über die Lippen. »Musst du kämpfen, um dich ... im Einklang zu fühlen?«

Sein Blick wurde eisig. »Ich hatte auch mit meiner Tante sprechen wollen, aber da sie noch nicht zurück ist, werde ich sie morgen aufsuchen.« Er trat um sie herum, wobei er darauf achtete, einen großen Bogen zu beschreiben, und ging.

Als sie sich umdrehte und ihm nachsah, fühlte sie sich enttäuscht, da sie beide trotz ihrer Zeit der Zweisamkeit in Benfield nicht bereit waren, einander zu vertrauen.

～

Jasper stürmte aus Louisas Stadthaus und wäre beinahe die Treppe hinuntergestolpert. Er wünschte, er hätte Sevrin nicht gestattet, seinen Phaeton zu benutzen. Ohne ihn konnte er nicht so schnell die Flucht ergreifen.

Warum hatte Olivia ihn immer wieder auf das Kämpfen angesprochen? Angesichts dessen, was sie mit ihrer Mutter durchgemacht hatte, verstand er ihre Abscheu dagegen, doch das, was er tat, hatte nichts mit ihr zu tun. Und es würde nie wieder etwas mit ihr zu tun haben, nachdem er jeden Klatsch über sie im Keim erstickt und Lady Philippa geheiratet hätte.

Was ihn jedoch wirklich aufbrachte, war sein Unvermögen, ihre Frage zu beantworten. *Warum* kämpfte er? Er genoss diesen Sport schon lange Zeit, doch im Black Horse war mehr daraus geworden. Bei genauerem Nachdenken wurde ihm klar, dass er seit seinem Beitritt das Hinterzimmer der Taverne *täglich* aufgesucht hatte, sei es, um zu kämpfen, oder um nur zuzusehen. Und der Gedanke, nicht mehr dorthin zu gehen, durchbohrte ihn innerlich, wenngleich er wusste, dass dieser Tag kommen musste. Wie sollte er dieses Hobby, die zahlreichen blauen Flecken und Schnitte, seiner neuen Ehefrau erklären?

Die Kutsche seiner Tante kam auf der Straße zum Stehen. *Verflixt.* Wenngleich er ursprünglich gekommen war, um mit ihr zu sprechen, wäre es ihm jetzt lieber, ihr auszuweichen. Seine Unterhaltung mit Olivia hatte sich unerwartet ergeben, und sowohl ihre Fragen als auch ihre verstörende Präsenz hatten seinen Gleichmut in beträchtlichem Maße beeinträchtigt. Er musste für seinen Besuch bei Philippa einen gewissen Anschein von Beherrschung wahren. Mit seiner Tante über ihr mangelndes Vertrauen in ihn zu sprechen, würde seine Fähigkeit, sich zu beherrschen, nur noch weiter gefährden.

Der Kutscher sprang herunter, um die Tür zu öffnen. Jasper hatte keine andere Wahl, als sein angespanntes Gesicht hinter einem aufgesetzten Lächeln zu verstecken. Ein Lächeln, das sofort verschwand, als der Herzog aus der Kutsche stieg. Das wenige, was von seiner Fassung noch übrig war, sackte ein weiteres Stück in sich zusammen.

»Saxton.« Seine Stimme war von Spott geprägt. »Du bist gerade im Gehen begriffen?«

Jaspers Schläfe begann zu pochen. »Ja, ich habe eine Verabredung mit Lady Philippa.« Obwohl der Gedanke an sie nur noch zu seinen aufkommenden Kopfschmerzen beitrug.

»Ich vermute, dass du gekommen bist, um deine Tante zu sehen, und hier ist sie.« Er half Louisa beim Aussteigen und blickte sich in der Straße um. »Wo ist deine Kutsche? Du kannst noch nicht lange genug hier sein, um sie zu den Stallungen geschickt zu haben, es sei denn, du wartest schon einige Zeit auf Louisa.« Louisa sah ihren Bruder mit einem spöttischen Blick an. »Vielleicht hat er Olivia besucht. Wie geht es ihr? Sie hatte ein bisschen Kopfschmerzen vorhin.«

Louisa starrte auf Jaspers Mund. »Ach du liebe Güte, was ist mit deiner Lippe passiert, mein Lieber?«

»Ähm, nichts.«

Der Herzog fasste ihn mit einem prüfenden Blick ins Auge, doch er ging nicht auf die Verletzung ein. Das Ausbleiben seines Kommentars war verdächtig. »Hmm, da muss wohl etwas in der Luft liegen. Deine Mutter hat den Tee mit Kopfschmerzen verlassen.«

»Deshalb bist du also in Louisas Begleitung?« Jasper war überrascht, dass der Herzog den Kutscher nicht angewiesen hatte, ihn zuerst bei Holborn House abzusetzen.

»Und um sie nach Hause zu eskortieren. Ihr Knöchel schmerzt ein wenig.« Er warf Jasper einen finsteren Blick zu. »Ich sorge mich um meine Schwester. So wie du dich scheinbar um Miss West sorgst. Sie fühlt sich doch hoffentlich besser?«

Jasper musste zugeben, dass er sie besuchte hatte, obwohl er wusste, dass sein Vater genau nach dieser Information lechzte. »Ja, es geht ihr gut.«

Der Herzog kniff die Augen zusammen. Ganz eindeutig verarbeitete er dieses Wissen, und wie es aussah, zog er auch seine Schlüsse daraus. »Da du im Gehen begriffen bist, werde ich dich zu deinem Besuch bei Herrick House absetzen. Es sei denn, du wartest auf dein Pferd oder den Phaeton?«

Normalerweise wäre Jasper lieber zu Fuß gegangen – sogar den ganzen Weg bis nach York – als mit seinem Vater zu fahren, aber er konnte die Warnung nicht ignorieren, die in seinem Kopf aufflackerte. Der Herzog war gefährlich, wenn er den Dingen auf den Grund ging, und Jasper gefiel es nicht, dass er Olivia ins Visier genommen hatte – denn genau das mussten sie vermeiden.

Louisa runzelte leicht die Stirn. Ihr war die Anspannung

zwischen Vater und Sohn nicht entgangen. »Es tut mir leid, dass ich deinen Besuch verpasst habe, Jasper.«

»Das macht doch nichts. Ich komme dich morgen besuchen.« Er küsste sie flüchtig auf die Wange, ehe er seinem Vater in die schummrige Kabine von Louisas Kutsche folgte.

Der Herzog verschwendete keine Zeit, um einen Angriff zu starten. Natürlich konnte er Jaspers demolierte Lippe nicht unkommentiert lassen. »Ich weiß, dass du nicht bei Jackson kämpfst, aber beinahe immer, wenn ich dich in letzter Zeit gesehen habe, weist du irgendeine Art von Verletzung auf. Entweder bist du der ungeschickteste Mann Englands geworden, oder du kämpfst woanders. Und schlecht, möchte ich hinzufügen, wenn man bedenkt, wie du die meiste Zeit über aussiehst.«

»Nicht ungeschickt.«

»Wo?«

»Keinen Ort, den du kennen würdest. Warum hast du Louisa wirklich nach Hause begleitet?« Jasper hatte der Erklärung des Herzogs, er kümmerte sich um sie, nicht wirklich geglaubt. Nein, es war viel wahrscheinlicher, dass er weitaus abtrünnigere Motive hatte. Motive, die vielleicht mit Olivia zu tun hatten.

»Deine Mutter und ich misstrauen Miss West. Ihr plötzliches Auftauchen und ihre sofortige Akzeptanz seitens Louisa sind verstörend. Wir können uns auch nicht auf einen Pfarrer in Merriweathers Großfamilie besinnen.«

»Ihr könntet euch irren.« Jasper befürchtete, dass es bereits zu spät war, Olivias Herkunft geheim zu halten.

Der Herzog stieß ein hohles Lachen aus. »Das ist verdammt unwahrscheinlich. Sie muss eine Hochstaplerin sein.«

Vielleicht gab es eine Möglichkeit, Holborns Verdacht zu entkräften. »Ich hatte denselben Gedanken. Ich habe sofort nach ihrer Ankunft einen Ermittler losgeschickt. Ich erwarte jeden Tag Informationen.«

Holborns Augen weiteten sich. Er grunzte ... anerkennend? »Ich bin überrascht, dass du daran gedacht hast. Erfreut, aber überrascht.«

Das war das größte Kompliment, das Jasper je von diesem Mann erhalten hatte. »Ich würde mir um Miss West keine Sorgen machen. Sie ist von geringer Bedeutung. Ich glaube nicht, dass sie besondere Ambitionen hat, und sie scheint auch nicht auf Louisas Vermögen erpicht zu sein.«

»Das sagt sie. O ja, deiner Mutter und mir hat sie dieselbe schöne Rede gehalten. Ich traue ihr dennoch nicht. Wahrscheinlich liegt es an diesem grässlichen roten Haar.«

Jasper bemühte sich, sein Temperament im Zaum zu halten. »Ich werde dir den Bericht übersenden, sobald ich ihn von meinem Ermittler bekomme.«

Der Herzog lehnte sich gegen das Rückenpolster. Die durch das Fenster fallenden Sonnenstrahlen blitzten in seinen saphirblauen Augen. »Du hast ein besonderes Interesse an diesem Mädchen, aber du weißt, dass sie nicht gut genug ist.«

»Natürlich nicht.« Obwohl er im Geiste wusste, dass die Worte des Herzog die Wahrheit waren, kratzte es ihn innerlich, das laut zuzugeben. »Ich gedenke, Lady Philippa zu heiraten. Wir sind tatsächlich bereits auf dem Weg zu ihrem Haus«, fügte er mit mehr als einer Spur von Ironie hinzu.

Holborn schnaubte. »Nun gut. Wann willst du es bekannt geben? Ihre Gnaden und ich werden natürlich ein Abendessen ausrichten.«

»Ich beabsichtige heute, offen mit Lady Philippa zu reden. Ihr Vater befindet sich derzeit in Oxfordshire, um sich um Gutsangelegenheiten zu kümmern, aber ich denke, sie plant, ihm zu schreiben und ihn um seine Rückkehr zu bitten.«

»Tatsächlich? Der heutige Tag steckt voller Offenba-
rungen über meinen eigensinnigen Sohn. Vielleicht bringst
du es ja doch noch fertig, die Anforderungen zu erfüllen.«

Die Kutsche hielt vor dem Herrick House an. Ehe Jasper
aussteigen konnte, meinte der Herzog: »Ich erwarte diesen
Bericht. Wenn er ausbleibt, werde ich meinen eigenen Mann
schicken, um der wahren Herkunft des Mädchens auf den
Grund zu gehen. Ich werde es nicht dulden, dass eine in der
Gosse geborene Heuchlerin sich an die Rockschöße der
Holborns hängt. Und du hältst dich am besten von ihr fern.
Wenn du sie ohne Louisa als Anstandsdame besuchst, wirst
du dich in genau der gleichen prekären Lage wiederfinden,
wie zehn Jahre zuvor. Falls dies nicht bereits passiert ist.« Er
warf ihm blitzartig einen bohrenden Blick zu, der Jaspers
leise wallenden Zorn zu regelrechter Wut aufkochen ließ.

Jasper stieg ohne ein weiteres Wort aus und blieb auf dem
Bürgersteig stehen, bis der Herzog abgefahren war. Er war
nicht in der Verfassung, Lady Philippa gegenüberzutreten,
die ihn allerdings erwartete. Er musste seine Gefühle zur
Räson bringen. Gott, wie es ihm zuwider war, dass der
Herzog in Bezug auf ihn recht hatte. Er hatte die Hände
nicht von Olivia lassen können, und ob ihre Herkunft nun
fragwürdig war oder nicht, hatte sie nicht verdient, ruiniert
zu werden.

Olivias Fragen hallten in seinen Gedanken nach.
Brauchte er diese Gewalt, um im Einklang zu sein? Er hatte
immer geglaubt, sein Vater hätte diese körperliche Überle-
genheit gebraucht, um die Kontrolle zu behalten – nachdem
der Herzog erkannt hatte, dass er Jasper seinen Willen nicht
mehr buchstäblich aufzwingen konnte, hatte sich ihr
Verhältnis verschlechtert. War Jasper nicht besser als er?

Plötzlich machte ihn sein lang gehegter Zweifel über
Olivia krank. Wen kümmerte es, ob sie ein Niemand aus
irgendeinem abgelegenen Dorf war? Hatte seine Schwester

nicht mit genau solch einer Person ihr Glück gefunden? Ein Gentleman ohne Titel, ohne Zukunft und ohne Wohlwollen seitens Holborns. Darüber hinaus brauchte Louisa unter allen Umständen eine Gefährtin, und Olivia erfüllte diese Rolle. Perfekt. Jasper glaubte, was er gerade über ihren Charakter gesagt hatte. Sie war ohne Arglist und schien Louisa aufrichtig zugeneigt zu sein. Wohingegen er ein Schurke war, eine Kopie seines Vaters.

Zaudernd stieg er die Stufen zu Herrick House empor. Mit unglaublicher Anstrengung rang er seine Emotionen nieder und setzte sein charmantestes Lächeln auf. Seine Vorhaben waren nicht leicht: sicherzustellen, dass Olivia und Louisa ungestört glücklich sein könnten, Lady Philippa heiraten und die Hände von Olivia lassen.

KAPITEL SECHZEHN

asper traf recht früh am nächsten Morgen bei Louisas Stadthaus ein. Das Gespräch mit seiner Tante konnte keinen weiteren Moment aufgeschoben werden. Ihr Mangel an Vertrauen fraß ihn langsam auf, und gepaart mit seiner gestrigen Begegnung mit Holborn, hatte er seinen Besuch bei Lady Philippa vollkommen verpfuscht. Er hatte überhaupt nicht über eine Verlobung mit ihr gesprochen. Das hatte er vor sich selbst damit gerechtfertigt, dass er zuerst die Probleme mit Olivia lösen musste. Dann könnte er sich auf Lady Philippa konzentrieren.

Bernard führte ihn in den Rosensalon, in dem Louisa ihn jeden Moment begrüßen würde. Jasper stand vor dem Gemälde von Merriweather Hall. Es war bemerkenswert, wie perfekt die Rosen und Ranken mit denen auf der Schachtel in Olivias Besitz übereinstimmten. Ein Geschenk von Merry an seine Geliebte.

Jasper versuchte, sich seinen gutherzigen Onkel vorzustellen, wie er hinter einer Schauspielerin von Fionas Scarlets Verruchtheit herjagte. Merry war gut aussehend gewesen, würde Jasper sagen, aber ohne das Gebaren oder die Statur von jemandem, der Aufmerksamkeit auf sich ziehen würde. Er war intellektuell und geistreich und natürlich auch künstlerisch gewesen. Vielleicht war es dieser Teil seiner Natur, der die Schauspielerin angezogen hatte – und der ihn getrieben hatte, sich um sie zu bemühen.

Später hatte er Louisa kennengelernt und sich in sie verliebt, und Jasper konnte sich wirklich keine zwei Menschen vorstellen, die mehr füreinander bestimmt waren. Er wusste, dass Louisa ihren Mann schrecklich vermisste, und er verstand, warum sie gern seine Tochter finden – und nie wieder loslassen wollte.

»Nanu, Jasper, das ist ein früher Besuch!« Louisa rauschte mit einem strahlenden Lächeln in den Raum.

Jasper traf vor dem Sofa mit ihr zusammen und küsste sie auf die Wange. »Guten Morgen, Tante. Ich fürchte, ich habe einige Dinge mit dir zu besprechen und sie konnten nicht warten.«

Sie runzelte die Stirn. »Das klingt sehr ernst, mein Lieber. Soll ich Tee bringen lassen?«

»Nein, vielen Dank. Setzen wir uns einfach.« Er zeigte auf das Sofa und dann setzte er sich zu ihr.

Jetzt, da der Moment gekommen war, vermochte er scheinbar keine Worte zu finden. *Warum hast du mich angelogen?* schien zu harsch. *Warum hast du mir nicht vertraut?* klang zu bedürftig. Er entschied sich für: »Ich kenne die Wahrheit über Olivia.«

Sie reagierte kaum auf seine Worte und legte nur den Kopf leicht schief. »Und was soll das heißen?«

Sie konnte nicht beabsichtigen, ihn weiter anzulügen? Jasper unterdrückte seine Frustration. »Ich weiß, dass sie nicht Merrys Base ist. Sie ist seine Tochter.«

Louisa schürzte die Lippen. »Olivia hat dir das erzählt?«

Sie wirkte kein bisschen aufgewühlt. Vielleicht eine Spur enttäuscht.

Jaspers Temperament begehrte auf. »Ja, aber nur, weil ich einige aufschlussreiche Tatsachen über sie erfahren habe, woraufhin sie gestehen musste. Louisa ich glaube nicht, dass du diese List sehr durchdacht aufgezogen hast.«

Jetzt runzelte sie die Stirn. »Es ist keine ›List‹. Ich weiß, dass die Gesellschaft sie als Merrys uneheliches Kind nicht akzeptieren wird. Ich tat, was ich tun musste, damit sie ein Mitglied meiner Familie sein kann.«

»Zählst du mich zur ›Gesellschaft‹ anstatt als Mitglied deiner Familie? Hast du mir die Wahrheit deshalb verheimlicht?«

Endlich zeigte Louisa einen Anflug von Überraschung, doch Jasper hatte sich auch nicht die Mühe gemacht, den Schmerz aus seinem Tonfall herauszuhalten. »Jasper, mein lieber Junge, ich wollte dich lediglich vor dem Wissen um die Wahrheit bewahren. Ich weiß, wie sehr du dich bemüht hast, dich vor einem Skandal zu schützen.«

»Ja, aber von allen Menschen hätte ich ausgerechnet von dir gedacht, dass du mir vertrauen würdest. *Mir*.«

Sie nahm seine Hand zwischen ihre zierlichen, weichen Handflächen. »Ich sehe ein, dass mir ein schrecklicher Fehler unterlaufen ist. Die Annahme, dass du wie dein Vater bist, war mir viel zu leicht gefallen, und sei es nur, weil du dir solche Mühe gibst, in das Bild zu passen, das er dir vorgibt.«

Jasper zuckte mit den Schultern. »Das ist meine Pflicht.«

»Ja, aber du musst die Rolle nicht erfüllen, die er geschaffen hat. Sein Weg ist nicht der einzige Weg.«

Jasper wusste das, doch während seines Heranwachsens hatte er gelernt, den Weg des geringsten Widerstandes zu gehen, um sich selbst zu schützen. »Du kannst nicht davon ausgehen, dass das, was du äußerlich siehst, auch mit meinem Inneren übereinstimmt. Ich dachte, du würdest mich besser kennen.«

»Ach mein Lieber, das tue ich.» Sie drückte seine Hand. »Aber vielleicht musst du die Person in deinem Inneren ein wenig häufiger freilassen.«

Jasper war sich nicht sicher, ob er das vermochte. Olivia gegenüber hatte er mehr von sich offenbart als irgendjemandem sonst, nach Abigail. Doch für die allgemeine Welt war er Saxton. Erbe eines der ältesten Herzogtümer des Königreichs und über jeden Zweifel erhaben. Er sah sich gezwungen, diese Fassade aufrechtzuerhalten, damit niemand den gewaltliebenden Schänder von Jungfrauen dahinter entlarvte.

»Ich werde es versuchen.«

Ihre hellblauen Augen waren voller Reue. »Es tut mir so leid. Verzeihst du mir, bitte?«

Jasper umarmte sie. »Gewiss.«

Sie tätschelte ihm den Rücken und hielt ihn eine Minute lang fest in ihrer innigen Umarmung. Als er sich zurückzog, wischte sie sich über die Augen. »Du hast mich in eine Heulsuse verwandelt.«

Jasper wartete, bis sie ihre Fassung wiedergefunden hatte, ehe er fortfuhr. »Ich fürchte, Olivia war nicht ganz ehrlich zu dir. Hast du eine Ahnung, wer ihre Mutter war?«

Louisa schüttelte den Kopf. »Ich habe nur einen Brief von einer Frau namens Fi. Das ist alles, was ich weiß. Olivia teilte mir mit, sie sei im vergangenen Jahr gestorben.«

»Und du hast nicht einmal daran gedacht, dich noch nach irgendetwas anderem zu erkundigen?«

In Louisas Blick zeichnete sich Beunruhigung ab. »Olivia meinte, ihre Mutter und sie hätten sich nicht sehr nahegestanden. Sie sei hauptsächlich bei ihrer Pflegemutter in Devon aufgewachsen.«

»Ihre Mutter war Fiona Scarlet. Dieser Name ist dir doch bekannt, nicht wahr?«

Jasper hatte erfahren, dass ihre Mutter vor Olivias Geburt eine der berühmtesten Schauspielerinnen an der Drury Lane gewesen war. Allerdings hatte eine Meinungsverschiedenheit zwischen ihr und einer anderen Schauspielerin zu ihrer Entlassung geführt. Anschließend war sie der öffentlichen Aufmerksamkeit irgendwie entschwunden, wohingegen sie jedoch für ihre Affären mit hochrangigen Herren wie Merry bekannt geworden war. Bald kam heraus, dass die Beziehungen, die Mrs. Scarlet zu ihren Liebhabern unterhielt, keineswegs monogamer Natur waren, worauf der Rang ihrer Kundschaft drastisch sank. Einige Jahre später war ihr Name bei den meisten der oberen Zehntausend nur noch zu einer Erinnerung verblasst.

Louisa verschränkte die Hände fest in ihrem Schoß. »Ja. Ist das ... war sie Olivias Mutter?«

»Ja.«

»Merry ...« Louisa wandte den Blick ab. Einen Moment später brachte sie mit angespannter Stimme hervor: »Ich hatte keine Ahnung.«

»Du kannst also erkennen, warum das ein Problem ist. Wenn ich in der Lage war, dieses Geheimnis aufzudecken, stell dir nur vor, wer sonst noch davon wissen könnte.«

Louisa lenkte den Blick zu ihm zurück. Unvergossene Tränen glitzerten in ihren Augen. »Wie bist du dahintergekommen?«

Jasper konnte ihr unmöglich die ganze Wahrheit sagen. Obwohl er sich wünschte, dass es keine Lügen zwischen seiner Tante und ihm gab, konnte er sich nicht dazu durchringen, ihr zu eröffnen, Olivia früher schon einmal begegnet zu sein, und wie sie versucht hatte, ihn zu betrügen. Das würde ein Geheimnis bleiben, das er niemals preisgeben würde.

»Sie kam jemandem auf dem Faversham-Ball bekannt vor.«

Louisa hob eine Hand an ihren offenen stehenden Mund. »O nein, wem?«

»Das spielt keine Rolle. Ich kümmere mich um alles.« Er musste noch mit Prewitt sprechen, was er sehr bald zu tun beabsichtigte.

Sie ließ die Hand in ihren Schoß sinken und blinzelte gegen ihre Tränen an. »Jasper, ich will sie nicht verlieren.«

Jasper fasste ihre Hand und gelobte sich, sie nicht wieder in diese lähmende Traurigkeit versinken zu lassen, die sie nach Merrys Tod befallen hatte. »Das wirst du nicht.«

»Du bist so ein lieber, lieber Junge. Ich hätte dir die Wahrheit nie verheimlichen sollen. Natürlich würdest du mir helfen.« Als ihr eine Träne über die Wange rann, reagierte sie mit einem Kopfschütteln. Sie zog ein Taschentuch aus dem Ärmel und tupfte sich die Augen ab. »Siehst du, eine wahre Heulsuse.«

Jasper, der die Hände in den Schoß legte, hatte plötzlich das dringende Bedürfnis, das Problem so schnell wie möglich zu lösen. Er würde Prewitt gleich heute noch ausfindig machen und er würde Haymarket aufsuchen, um Sorge dafür zu tragen, dass niemand dort ein Wort über Olivia West verlor.

Sobald Louisa die Fassung wiedergewonnen hatte, schüttelte sie den Kopf. »Ich war furchtbar egoistisch.« Ihr Tonfall hatte sich wieder gefestigt und Entschlossenheit lag in ihrem Blick. »Ich hatte Merrys Tochter so unbedingt in meinem Leben haben wollen, dass ich die Folgen für jemand anderen gar nicht bedachte, auch für Olivia nicht. Ich bin mir nicht einmal sicher, ob ihre neue Situation ihr gefällt.«

»Ich bin überzeugt, dass sie liebend gern hier bei dir ist.« Jasper war nicht nur bemüht, Louisas Bedenken zu zerstreuen, sondern er wusste auch, dass es stimmte.

»Das mag sein. Aber ich bin mir nicht sicher, ob sie sich in der Gesellschaft wohlfühlt.«

»Es ist eine Umstellung für sie.«

»Vielleicht bringe ich sie nach York, in den Witwensitz auf Merriweather Hall.« Louisa betrachtete das Gemälde. »Ja, das werden wir umgehend tun.«

Jasper widerstrebte dieser Einfall, doch er erkannte, dass es wahrscheinlich zum Besten war – für jedermann, nicht zuletzt auch für ihn, da er nicht aufhören konnte, an Olivia zu denken … und er wollte sie berühren und küssen und alle erdenklichen unangemessenen Dinge mit ihr tun. Ja, es war besser für alle, wenn sie nach York gingen. »Ein ausgezeichneter Einfall.«

Louisas Augen weiteten sich. »Ach! Aber dann werde ich deine Verlobungsfeier verpassen und das möchte ich nicht. Wann wirst du es bekannt geben?«

Jasper wünschte, er hätte eine Antwort darauf. Er rechnete damit, dass er nach den heute erledigten Vorhaben bezüglich der Sicherstellung von Louisas und Olivias Wohlbefinden ein Stück weit nähergekommen wäre, aber er war noch nicht bereit, einen endgültigen Zeitpunkt für seine Verlobung festzusetzen. »Bald. Aber lass dir deine Pläne nicht von meiner Verlobung vorschreiben«, setzte er ein bisschen halbherzig hinzu.

»Wir werden warten. Du kümmerst dich um die Angelegenheiten in Hinsicht auf Olivia – und ich vertraue dir in dieser Sache voll und ganz.« Sie warf ihm einen vielsagenden Blick zu, der voller Herzlichkeit und Liebe war.

Er kam nicht umhin ebenfalls zu lächeln. »Ich danke dir.«

Jasper verabschiedete sich ein paar Minuten später, und er war froh wegen des guten Verlaufs, den das Gespräch mit Louisa genommen hatte. Er hoffte nur, dass es für den Rest des Tages genauso weitergehen würde.

~

*A*n diesem Nachmittag blieb es Olivia erspart, Louisa den zweiten Tag in Folge anlügen zu müssen. Sie hatte die Absicht gehabt, sich noch einmal auf Kopfschmerzen zu berufen, anstatt zu Lady Montroses Teegesellschaft zu gehen, aber Louisa war diejenige gewesen, die sich entschuldigt hatte, um ein erholsames Nickerchen zu machen. Somit hatte Olivia Zeit für einen Besuch bei Mrs. Pitt – der ehemaligen Garderobiere ihrer Mutter –, um ihre Nachforschungen über ihren Vater weiter voranzutreiben.

Auf dem Strand ging es an diesem Nachmittag geschäftig zu, als sie den Weg zur Villiers Street einschlug, wo Mrs. Pitt vermeintlich wohnte. Die Frau war recht alt. Olivia hoffte nur, dass sie noch atmete, denn ohne sie würde sie vielleicht nie die Wahrheit erfahren. Es bestand freilich auch die Möglichkeit, dass Mrs. Pitt gar keine Hilfe wäre, doch darüber wollte Olivia gar nicht nachdenken.

Mrs. Giffords Laden lag direkt vor ihr, aber Olivia würde vom Strand abbiegen, ehe sie ihn erreichte. Wäre sie nicht so sehr auf ihr Ziel fixiert, würde sie dort vorbeischauen.

»Miss West?«

Olivia hielt inne und hob den Kopf. Mr. Gifford kam auf sie zu und ein einladendes Lächeln erhellte sein schmales Gesicht.

»Guten Tag, Mr. Gifford.«

»Ich hatte gehofft, dass Sie uns einmal besuchen würden.« Mutter und ich haben uns gefragt, wie es um Ihr Wohlergehen bestellt ist.«

»Wie aufmerksam von Ihnen beiden.« Olivia juckte es, ihren Weg fortzusetzen, aber sie wollte auch nicht unhöflich sein. »Ich habe nur eine kurze Besorgung hier in der Gegend zu machen. Ich würde sehr gerne bei Ihrer Mutter vorbeischauen – und natürlich auch bei Ihnen – zum Tee. Vielleicht an einem anderen Tag?«

»Es wäre uns eine Freude. Es wäre mir eine Ehre, Sie ein Stück zu begleiten, wenn es Ihnen recht ist.«

Eigentlich war sie nicht an Gesellschaft interessiert, aber vielleicht würde seine Anwesenheit ihre Nerven über die bevorstehende Befragung beschwichtigen. »Gewiss. Ich bin auf dem Weg in die Villiers Street, dort.« Sie zeigte direkt geradeaus.

Mr. Gifford bot ihr seinen Arm an. Olivia legte die Hand auf seinen Ärmel und schritt neben ihm her.

»Wie ist es? Das Leben mit Lady Merriweather, meine ich? Nehmen Sie an Bällen teil, an Empfängen und anderen Veranstaltungen?«

»Mmm, ja. Es ist ein bisschen überwältigend, um ehrlich zu sein. Aber ich liebe Louisa, und deshalb bin ich gewillt, an den Aktivitäten teilzunehmen, die ihr Freude machen.«

»Ich verstehe. Ich halte meine Mutter auf die gleiche Weise bei Laune.«

Olivia versuchte nicht unbedingt Louisa *bei Laune zu halten*. Es war nicht so, dass sie diese Veranstaltungen nicht mochte. Nein, sie hatte eher das Gefühl, als ob sie nicht wirklich dazugehörte. Vielleicht würde ihr Besuch bei Mrs. Pitt eine Veränderung ihrer Sichtweise bewirken. Das hoffte Olivia inständig.

Sie bogen in die Villiers Street ein. Olivia hielt nach der Adresse Ausschau – sie musste sich auf der gleichen Straßenseite befinden, auf der sie gerade gingen. Sie betrachtete die Gebäude, während sie voranschritten.

»Macht es Ihnen etwas aus, wenn ich Sie nach Ihrer Verabredung frage?«, erkundigte sich Mr. Gifford vorsichtig.

»Ich besuche nur eine alte Freundin.«

»Es ist Ihnen hoch anzurechnen, dass Sie sich an die Menschen aus Ihrem früheren Leben erinnern.«

Sie kannte ihn nicht gut genug, um sagen zu können, ob er das ehrlich meinte, doch den eigentümlichen Unterton in seiner Stimme konnte sie nicht gänzlich überhören. »Ich habe viele liebe Freunde, die ich unabhängig von meiner Wohnadresse nicht vergessen werde.«

»Es ist schön, Sie das sagen zu hören. Dürfen Mutter und ich also bald einen Besuch von Ihnen erwarten?«

»Ja, gewiss. Ich danke Ihnen, Mr. Gifford.« Olivia zog ihre Hand zurück. Er verbeugte sich vor ihr, aber er setzte seinen Weg nicht sofort fort. Nach einem unbehaglichen Moment sagte Olivia: »Nun, dann wünsche ich Ihnen noch einen schönen Tag.«

»Ach«, entgegnete er mit einem schiefen Lächeln. »Schönen Tag noch.« Endlich schlenderte er in Richtung The Strand zurück.

Olivia stieß die Luft aus, ehe sie die Treppenstufen zum Haus hinaufstieg und an die Tür klopfte. Eine korpulente Frau mittleren Alters und mit einem freundlichen, runden Gesicht machte auf. »Ja?«

»Ich bin hier, um Mrs. Pitt zu besuchen.« Olivia sah sie mit einem freundlichen Lächeln an. »Ich habe gehört, sie wohnt bei Ihnen?«

Sie musterte Olivia, vielleicht um ihre Absicht zu erkennen. »Sind Sie hier, um Schals zu kaufen?«

»Schals?«

»Dann wohl eher nicht. Kennt sie Sie?« In ihren Tonfall hatte sich ein Anflug von Skepsis geschlichen.

Olivia war über die Tatsache erfreut, dass Mrs. Pitt tatsächlich noch hier wohnte. »Nicht direkt. Sie kannte meine Mutter, und ich hatte gehofft, mit ihr sprechen zu können. Meine Mutter ist vergangenes Jahr verstorben, verstehen Sie.«

Der Gesichtsausdruck der Frau wurde sanfter. »Mein Beileid. Freilich, treten Sie ein. Ich führe Sie nach oben.«

Im Inneren des Hauses war es schummrig und es roch nach frisch Gebackenem. Olivia lief das Wasser im Mund zusammen, als sie der Hausherrin in den ersten Stock folgte. Vergilbte Tapete mit einem Blattmuster löste sich von der Wand, wo die Treppe auf einem Treppenabsatz mündete. Die Hausherrin führte sie durch den kleinen Bereich zu einer offenen Tür. Drinnen saß eine kleine Frau über ihr Strickzeug gebeugt an einem Fenster, das zur Villiers Street hin offen war.

»Mrs. Pitt, ich habe eine Besucherin mitgebracht.« Sie sah Olivia fragend an.

»Miss Olivia West.«

Der Kopf der alten Frau ruckte hoch, doch sie blickte nicht in ihre Richtung. In Wahrheit schaute sie ins Leere. Ihre Augen waren von diesem dunklen, trüben Grau eines Menschen, dessen Sehkraft dem Grauen Star erlegen war. »Wer?« Sie sprach laut, als wäre auch ihr Gehör beeinträchtigt.

»Miss West. Ich glaube, Sie kannten meine Mutter, Fiona Scarlet.« Olivia errötete, als sie dies laut sagte, und warf verstohlen einen Blick zur Hausherrin, um ihre Reaktion abzuschätzen. Sie war daran gewöhnt, dass die Leute sie aufgrund ihrer Mutter beurteilten. Das Gesicht der Hausherrin zeigte jedoch keine Reaktion, was Olivia zu der Annahme verleitete, dass sie – glücklicherweise – noch nie etwas von Fiona Scarlet gehört hatte.

Mrs. Pitt legte ihr Strickzeug auf ihren Schoß. »Ach, die liebe Fi. Wie geht es ihr, Liebes?«

Olivia achtete darauf, laut und deutlich zu sprechen. »Sie ist leider letztes Jahr verstorben.«

»Ich werde Sie jetzt allein lassen, damit Sie Ihre Ruhe haben.« Die Hausherrin zog sich aus dem kleinen Zimmer zurück.

Mrs. Pitts Mund sank nach unten. »Das ist jammerschade. Nehmen Sie Platz, meine Liebe. Ich habe mich oft gefragt, was mit Fis Kind passiert ist. Sie hat Sie zu ihrer Schwester geschickt, nicht wahr?«

»Ja.« Olivia ließ sich auf einen Stuhl mit gerader Rückenlehne nieder, und eine erwartungsvolle Spannung auf die offensichtlichen Kenntnisse von Mrs. Pitt, zumindest was ihre eigene Kindheit anbelangte, erfasste sie. »Ich hatte gehofft, Sie könnten mir etwas über meine Mutter erzählen, damals, als Sie sie vor etwa zwanzig Jahren eingekleidet haben.«

Mrs. Pitt schmunzelte, als sie ihr Strickzeug wieder in die Hand nahm. Ihre Finger bewegten sich flink und verwoben das Garn mit einer bemerkenswerten Geschwindigkeit, bedachte man, dass sie blind war. »Ihre Mutter war eine beliebte Schauspielerin. Bei den Männern war sie sehr gefragt, und für die meisten Frauen das Objekt der Eifersucht, was insbesondere für die anderen Schauspielerinnen galt.«

Olivia wusste nicht, wie sie mit ihrer Frage beginnen sollte, und so sagte sie einfach: »Ich bin gekommen, um nach meinem Vater zu fragen. Ich hoffe, Sie können mir helfen, seine Identität herauszufinden.«

»Ihre Mutter hat es Ihnen nie gesagt?«

»Nein. Man hat mir gesagt, es ist mein Onkel, ein Pfarrer, der mit Fionas Halbschwester verheiratet ist. Aber ich habe kürzlich erfahren, dass es einen anderen Mann, einen Viscount gegeben hatte, der mein Vater gewesen sein könnte.«

Die Maschen häuften sich, bis Mrs. Pitt die nächste Reihe begann. »Keiner von beiden kann seine Vaterschaft bestätigen, vermute ich?«

Ihr Inneres krampfte sich zusammen. »Nein.«

Mrs. Pitts Nadeln klapperten aneinander. »Wie kommen Sie darauf, dass dieser Viscount Ihr Vater ist?«

Olivia war wegen weiterer Informationen gekommen, doch nun hatte sie den Eindruck, dass sie selbst verhört wurde. »Seine Witwe ist sich völlig sicher. Der Viscount und ich haben bestimmte Eigenschaften gemeinsam. Und meine Mutter war im Besitz eines handgemalten Geschenks von ihm.«

Die Alte zuckte halbherzig mit einer knochigen Schulter. »Es scheint, als hätten Sie damit Ihre Antwort.«

»Der Pfarrer und ich haben ebenfalls gewisse Eigenschaften gemeinsam. Meine Tante ist genauso überzeugt, dass *er* mein Vater ist. Haben Sie einen der beiden Männer kennengelernt?«

»Ich bin sicher, ich weiß, auf welchen Viscount Sie anspielen. Merriweather, nicht wahr?«

Olivia holte tief Luft, und Hoffnung keimte in ihrer Brust auf. »Ja.«

»Aye, er hatte damals oft im Theater herumgelungert.« Sie schmunzelte. »Er war hoffnungslos vernarrt in Fi. Das waren die meisten Männer. Wie ist sie verschieden?«

»Es war einer dieser Männer, um genau zu sein. Ihr Liebhaber stieß sie die Treppe hinunter.«

Mrs. Pitt schüttelte traurig den Kopf. »Ich hatte Angst, dass sie so enden würde. Sie hatte sich nicht immer die besten Liebhaber ausgesucht. Manchmal muss man auf seinen Verstand hören, anstatt ...«

Sein Herz? Meinte Mrs. Pitt damit, dass Fiona einige dieser Männer geliebt hatte? Oder bezog sie sich auf ... niedere Dinge? »Hatte meine Mutter sich verliebt? Ich hatte nicht geglaubt, dass sie jemanden liebte, außer sich selbst.«

»Oh, Sie armes Kind. Fi war so selbstsüchtig, wie man nur sein konnte. Nein, Fi hatte sich nicht leicht verliebt. Ihr Herz war nicht der Körperteil, der sie leitete.« Mrs. Pitts papierdünne Lippen dehnten sich zu einem Lächeln. »Nun ja, es gibt einige Dinge, die ein Mädchen nicht über ihre Mutter hören muss.«

Obschon Olivia das Verhalten ihrer Mutter niemals gutgeheißen hatte, fand sie die Einsicht dieser Frau unwiderstehlich. »Ich würde es gern wissen.«

»Also gut. Fi mochte Männer. Wenn ihr der Sinn nach einem bestimmten Mann stand, baute sie jegliche Art von Beziehung auf, zu der sie eine Möglichkeit fand, und sobald sie genug von ihm hatte, ließ sie ihn fallen. Im Laufe der Jahre hatte es ein paar gegeben, denen es nicht so schnell langweilig mit ihr geworden war, wie ihr mit ihnen. Es passte ihnen nicht, für den nächsten Mann abserviert zu werden. Mir war immer angst und bange gewesen, dass einer unter ihnen einmal seine Wut an ihr auslassen würde. Welch ein Jammer.« Ihre Stimme erstarb, und sie strickte langsamer. »Es tut mir aufrichtig leid für Ihren Verlust, meine Liebe.«

»Und der Pfarrer?«, fragte Olivia.

»Ja, das war ein hartnäckiger Bursche. Noch einer ihrer verrückten Anhänger. Er kam den ganzen Weg aus Devon, um sie zu besuchen, nachdem sie die Ferien bei ihnen verbracht hatte.«

»Aber keiner konnte Oliver St. Jermyn das Wasser reichen.« Mrs. Pitts Stimme wurde fester und kräftiger, als ob sie sich für dieses Thema erwärmte. »Er war Schauspieler. Ich glaube, er war der einzige Mann, den Ihre Mutter wirklich geliebt hatte. Sie sahen aus, als wären sie füreinander geschaffen – sie mit ihrem flammend rotem Haar, er mit den dunklen kastanienbraunen Locken – wie ein gleichartiges Paar.«

Olivias Magen krampfte sich bei der Beschreibung von St. Jermyn zusammen. Und sein Name. *Oliver.* Statt eindeutiger Antworten stieß sie auf weitere Zweifel und noch mehr Ungewissheit. »Was ist mit ihm passiert?«

»Er wurde von einem Schurken getötet, bevor sie dich entbunden hatte. Fi war am Boden zerstört. Ich glaube, St. Jermyn hatte sogar vor, sie zu heiraten.«

Olivia verspürte eine Welle der Trauer für ihre Mutter, aber auch um sich selbst. Eine weitere geschlossene Tür. Sie ballte die Hände in ihrem Schoß, das Ziegenleder ihrer Handschuhe spannte sich über ihre Knöchel. »Sie wissen wirklich nicht, wer mein Vater ist?«

»Ich vermute, die Einzige, die es wusste, war Fi. Aber es ist möglich, dass selbst sie sich nicht sicher sein konnte.« Mrs. Pitt senkte ihr Strickzeug wieder in ihren Schoß. »Ist das wirklich wichtig?«

Solange Olivia sich erinnern konnte, hatte sie sich nach der Liebe eines Elternteils gesehnt. Ihre Tante und ihr Onkel hatten für ihre Grundbedürfnisse gesorgt, doch dazu hatten Fürsorge und Rücksichtnahme nicht gezählt. Jetzt, mit Louisa – einer Frau, mit der sie keine Blutsverwandtschaft verband – kannte Olivia die Liebe einer wahren Familie. »Das dachte ich.«

»Die Leute werden immer glauben, was sie wollen. Wenn Sie sich Sorgen machen, dass die Leute Sie nicht als Tochter des Viscounts akzeptieren, sind sie es nicht wert, sie zu kennen.«

Tränen brannten Olivia hinter den Augen. Mrs. Pitt hatte recht, und dennoch war die Akzeptanz in der Gesellschaft oberstes Gebot, wenn sie weiterhin mit Louisa zusammen-leben wollte.

»Verehrteste, es wäre das Beste, wenn Sie nach vorn schauen und nicht zurück. Ich weiß, dass Ihnen dies derzeitig schrecklich wichtig erscheinen mag, aber eines Tages – eventuell schon bald – wird dem nicht mehr so sein. Seien Sie ehrlich und wahrhaftig zu sich selbst, und dann wird sich alles zum Guten wenden.« Sie lächelte erneut, während sie ihr Strickzeug wieder aufnahm.

Olivia fiel nichts mehr ein, was sie noch hätte sagen können, und auch keine weitere Frage, die sie hätte stellen können. Langsam erhob sie sich von ihrem Stuhl. Alles in ihr sträubte sich, weil sie nicht bekommen hatte, weswegen sie gekommen war, und sie wahrscheinlich nie eine Antwort finden würde. »Danke, dass Sie sich Zeit genommen haben, Mrs. Pitt.«

»Gern geschehen, Verehrteste. Sie scheinen eine sehr charmante, intelligente junge Frau zu sein, und ich wette, Sie sind ganz genauso hübsch wie Fi. Tun Sie, was auch immer Sie tun müssen, um ihr Leben mit hoch erhobenem Kopf zu leben. Ihre eigene Meinung ist die einzig gute Meinung, die zu haben sich lohnt.«

Das Geräusch der klappernden Nadeln erfüllte den kleinen Raum, als Olivia auf die Treppe zuging. Im Erdgeschoss angekommen, trat ihr die Hausherrin mit einem Nicken entgegen. Olivia dankte ihr und trat in die Villiers Street hinaus. Wenngleich sie nicht die Antwort gefunden hatte, nach der sie suchte, verspürte sie so etwas wie Frieden. Es war falsch von ihr gewesen, Louisa nicht die Wahrheit über ihren Hintergrund zu sagen und sie plante, diesen Fehler umgehend zu berichtigen. Sie wusste mit Sicherheit, dass Louisa sie nicht verurteilen und ihr mit ebensolcher Herzlichkeit begegnen würde wie immer. Weil sie eine Familie waren.

KAPITEL SIEBZEHN

»*R*uht Louisa noch?«, fragte Olivia an den Butler gerichtet, der sie in das Stadthaus einließ.

Bernard schloss die Tür. »Nein, aber sie trinkt Tee in ihrem Zimmer. Ich glaube, ihr Knöchel macht ihr heute ein wenig zu schaffen.«

»Ich danke Ihnen«, antwortete Olivia nickend und stieg die Treppe hinauf. Leise klopfte sie an Louisas Tür, weil sie mit ihr sprechen wollte.

»Herein«, antwortete Louisa.

»Guten Tag, meine Liebe. Warst du wieder spazieren?« Sie lächelte von ihrem Stuhl aus, der vor den Fenstern zum Garten hin stand. »Deine Wangen sind bezaubernd rosig.«

»Ja, es ist wunderschön draußen.« Olivia setzte ihre Haube ab. Das Sonnenlicht strömte ins Zimmer und tauchte alles in ein warmes, heiteres Licht. Wie rasch sich Louisas Stadthaus wie ein Zuhause für sie anfühlte. Das machte ihr Vorhaben umso schwieriger. Aber es musste getan werden. Olivia zwang sich, auf Louisas Bettkante Platz zu nehmen, obwohl sie lieber auf und ab gegangen wäre, um ihre Unruhe zu verscheuchen. »Ich habe einige Neuigkeiten zu berichten.«

»Ach so?« Louisa richtete sich auf. »Das klingt recht ernst.«

Das Beste wäre es, die Sache einfach auszusprechen. »Ich fürchte, ich bin nicht ganz ehrlich zu dir gewesen.« Wenn Olivias Wangen vorher schon rosig gewesen waren, brannten sie jetzt regelrecht. Wie sie sich wünschte, von Anfang an ehrlich gewesen zu sein. Wann hatte sie solch ein betrügendes Verhalten angenommen? Erst hatte sie versucht, Jasper zu täuschen, dann hatte sie der Person, die sie freundlicher und großzügiger behandelt hatte, als sie es sich je hätte träumen lassen, Informationen vorenthalten – wichtige Informationen. Louisa hatte etwas Besseres verdient.

Louisa richtete sich unverzüglich auf und setzte sich neben sie auf die Bettkante. »Ich weiß, Liebes. Jasper hat mir alles erzählt.«

Jasper? Was hatte er ihr erzählt? Er wusste nichts über ihren Vater. Soviel er wusste, war sie Merrys uneheliches Kind. Ihr Magen krampfte sich zusammen. War er irgendwie auch hinter diese Wahrheit gekommen? Er würde wütend auf sie sein, weil sie wieder gelogen hatte. »Hat er das?«

»Ja, er hat mich heute Morgen aufgesucht. Ich wollte vorhin schon mit dir reden, aber ich war unsicher, wie ich anfangen sollte. Es tut mir alles so leid.«

Es tat ihr leid? Olivia runzelte verwirrt die Stirn. »Das begreife ich nicht.«

»Jasper hat mir von deiner Mutter erzählt. Von Fiona Scarlet.«

Olivia verschlug es einen Moment lang die Sprache. Sie hatte vorgehabt, diese Wahrheit heute preiszugeben, ebenso wie die Frage nach ihrer Abstammung väterlicherseits, doch ihr war nicht in den Sinn gekommen, dass Jasper Louisa ins

Bild setzen könnte. Nicht, nachdem er versucht hatte, ihr zu helfen. »Du bist nicht wütend?«

»Ganz und gar nicht, Liebes. Ich verstehe, warum du mir das nicht sagen wolltest, und das kann ich dir nicht verübeln. Allerdings hätte ich deshalb nie über dich geurteilt.«

Es fiel Olivia nicht schwer, das zu glauben, weshalb sie sich ja auch so schuldig gefühlt hatte, dieses Geheimnis für sich zu behalten. »Ich weiß, und es tut mir leid. Ich hätte dir vertrauen sollen.«

Louisa lächelte. »Ja, nun ja, es scheint, dass Vertrauen eine Sache ist, an der wir wohl alle arbeiten sollten. Es war ein großer Fehler von mir, Jasper nicht zu vertrauen. Du hattest die ganze Zeit recht. Ich hätte ihm sofort sagen sollen, dass du Merrys Tochter bist. Er sorgt tatsächlich dafür, dass niemand die Wahrheit über deine Herkunft erfährt.«

Die Wahrheit. Nicht einmal Olivia kannte die Wahrheit und würde sie wahrscheinlich auch nie erfahren. Das Geheimnis um ihren wahren Vater würde genau das bleiben: ein Geheimnis.

»Olivia?« Louisa nahm sie am Arm.

»Tut mir leid, ich war in Gedanken versunken. Ich bin froh, dass du und Jasper offen miteinander gesprochen habt.« Es war überfällig, vollkommen ehrlich zu sein – oder so ehrlich, wie sie es sein konnte. Sie würde ihre Affäre mit Jasper niemals preisgeben. Das sollte besser in der Vergangenheit bleiben. »Allerdings kennt Jasper den Rest nicht.«

Louisa legte die Stirn in Falten. »Da ist noch mehr?«

»Ja, über meinen Vater.«

»Merry?«

Olivia verspürte ein Brennen in der Brust. Mehr als alles andere wünschte sie sich, beweisen zu können, dass Merry ihr Vater war. Abgesehen davon, Louisa eine Freude zu machen, gab es nichts, was Olivia mehr am Herzen lag. »Ja, Merry und, nun ja, andere.« Es blieb ihr nichts anderes übrig, als die Worte einfach auszusprechen. »Ich hatte gestern keine Kopfschmerzen, und ich hatte keinen erfreulichen Besuch bei meiner Tante in Cheshunt. Sie hatte mich nämlich aus dem Haus geworfen, als sie erfuhr, dass ihr Mann mich gezeugt hatte. Das glaubt sie zumindest.«

Louisas Gesichtsfarbe vertiefte sich. »Aber das ist doch absurd. Merry ist dein Vater.«

Olivia lächelte traurig und wünschte sich sehnlich, Louisas Behauptung würde der Wahrheit entsprechen. »Ich wünschte nur, er oder meine Mutter wären hier, um das zu bestätigen. Meine Tante hat Beweise angeführt – die leider genauso stichhaltig sind, wie die deinen –, dass der Pfarrer mein Vater sein könnte.«

Louisa zog die Brauen über ihren besorgt blickenden Augen zusammen. »Welche Art von Beweisen?«

»Gemeinsame Eigenschaften, wie du sie mit Merry beschreibst. Außerdem haben wir ähnliche Muttermale auf der Kopfhaut.« Olivia entging nicht, dass Louisas Schultern ein wenig zusammensackten, doch sie wollte nicht aufhören, ehe sie nicht bis zu Ende erzählt hatte. »Ich hatte jemanden zu finden gehofft, der meine Mutter kannte. Jemanden, der mir meinen Vater bestätigen könnte. Ich habe eine Frau aufgespürt.« Louisa hob ruckartig den Kopf. »Leider muss ich berichten, dass sie noch größere Verwirrung gestiftet hat. Es gab einen dritten Mann namens Oliver St. Jermyn, der meine Mutter liebte, und im Gegensatz zu den anderen erwiderte sie seine Liebe. Wir haben die gleiche Haarfarbe und ich halte es für möglich, dass meine Mutter meinen Namen aus einem bestimmten Grund gewählt hatte. Wegen meines Vaters.« Olivia verkrampfte sich, als sie ihre Theorie und ihren Kummer in Worte fasste.

Louisa wandte den Kopf. Ihre Finger spielten mit der Spitzenbordüre ihrer Decke. Olivias Körper zitterte in der übermächtigen Stille. Eine Weile später richtete Louisa sich endlich wieder an Olivia. »Deine Mutter hätte dich nach dem Mann benennen können, den sie geliebt hat, ganz egal, wer dich gezeugt hat. Vielleicht kannte nicht einmal *sie* die Wahrheit.«

Das hatte Olivia ebenfalls überlegt, doch sie hatte sich nicht mit der Perfidität ihrer Mutter beschäftigen wollen. »Das spielt jetzt keine Rolle mehr. Die Wahrheit wird wohl nie bekannt werden.« Sie schöpfte Kraft, um zu sagen, was sie sagen musste. »Ich sollte gehen.«

»Nein!« Louisas Blick aus den blauen Augen verschärfte sich, als sie nach Olivias Hand fasste. »In einem Punkt hast du recht – es ist unwichtig. Mir ist gleich, ob Merry dein Vater war oder nicht. Du bist eine Tochter, auf die er stolz wäre und auf die ich stolz bin. Ich mag wohl eine törichte, einsame alte Frau sein, aber ich genieße deine Gesellschaft. Du willst doch nicht wirklich gehen, nicht wahr?« Ihr Blick hatte etwas Suchendes, Erwartungsvolles.

Eine Tochter, auf die sie stolz war. Eine Tochter, die Jasper finanziell auszunutzen versucht hatte und die niemals die tugendhafte, heiratsfähige Debütantin sein konnte, die Louisa sich so sehr wünschte. Sie sollte wirklich gehen, doch die Vorstellung an eine Rückkehr in ihre Einsamkeit, war mehr, als sie aushalten konnte. Sie hatte Mühe, gegen den Kloß in ihrer Kehle anzusprechen. »Nein.«

»Ich will deutlich sein. Ich möchte dich bei mir haben, wo immer das auch sein mag. Wir müssen nicht in London bleiben, in der Gesellschaft. Du wolltest keinen Ehemann finden, hast du gesagt, zumindest nicht im Augenblick. Wir könnten uns nach York begeben, habe ich mir überlegt, wo wir im Witwensitz auf Merriweather Hall wohnen könnten.«

Olivia verspürte eine Woge der Liebe für diese Frau, die sie so viel besser verstand als ihre beiden angeblichen Mütter. »Das würde mir sehr gefallen.« Doch wenn sie ehrlich war, würde sie eine einzige Sache an der Gesellschaft vermissen. Und zwar genau das, was sie anfangs gefürchtet und inzwischen so lieb gewonnen hatte: Jasper.

»Ausgezeichnet. Wir werden aufbrechen, sobald Jasper seine Verlobung bekannt gibt.«

Olivia ernüchterte wieder. Sie wusste um Jaspers Heiratsabsichten, und dass nicht sie es sein würde – nicht sein konnte –, war ihr auch bewusst. Und doch war das Wissen um das unmittelbare Bevorstehen des Ereignisses eine bittere Erinnerung an das, was sie nie haben konnte. Vermutlich sollte sie ihre Affäre wohl bereuen, doch das vermochte sie nicht. Nicht, wenn sie das Andenken daran für immer in Ehren halten würde.

»Olivia, Liebes, würdest du gern mit mir im Rosensalon Tee trinken? Hast du ein Projekt, an dem du arbeiten kannst? Was ist mit Jaspers Weste? Ich habe sie noch gar nicht gesehen. Kommst du damit voran?«

Sie machte tatsächlich Fortschritte. Die Arbeit daran war eine beständige und in der Regel angenehme Erinnerung an den Nachmittag, den sie in Benfield verbracht hatten. Nun stimmte sie der Gedanke jedoch traurig, die Teile zusammenzunähen, während sie sich an jede Linie und Fläche seiner Gestalt erinnerte.

Mit einem gezwungenen Lächeln stand Olivia vom Bett auf, um die Weste zu holen. »Es geht schon ganz gut voran.«

Louisas Gesicht heiterte sich auf. »Vielleicht kann er sie bei seinem Verlobungsdinner tragen.«

»Das wäre schön«, entgegnete Olivia. Lügen, so schien es, war ein notwendiges Übel. Insbesondere sich selbst gegenüber.

*D*ie düstere, dichte Luft des Black Horse begrüßte Jasper wie einen alten Freund. Der Club war bereits versammelt. Kurz bevor er die Tür zum Hinter-zimmer öffnete, konnte er das unverwechselbare Geräusch von Boxhieben vernehmen.

Jasper blickte sich suchend in dem Raum mit der nied-rigen Decke um, bis er Sevrin entdeckte, der mit Gifford an der provisorischen Bar stand. Sevrin hob eine Hand, und Jasper, der nach einem Glas Whiskey lechzte, bahnte sich einen Weg durch die Zuschauer.

»Du bist spät dran«, stellte Sevrin fest.

Gifford schenkte ein und reichte ihm ein Glas.

Jasper nahm das Getränk entgegen. »Ich war am Haymarket und habe mit Colman, dem, Manager gesprochen.«

»Ah, was gibt es Neues?«, fragte Sevrin.

»Sobald ich mich erklärt hatte, war er sehr eifrig in seinem Bemühen, Miss Wests Anstellung geheim zu halten. Er hat auch verstanden, welche Vorzüge damit verbunden sind, Anfragen über ihre Mutter mit äußerster Diskretion zu behandeln.«

Sevrin zog eine Augenbraue hoch. »Du ›hast dich erklärt‹? Warum bin ich bloß der Ansicht, dass es sich dabei um einen Euphemismus für Bestechung handelt?«

In gespielter Empörung warf Jasper die Schultern zurück. »Ich habe es nicht nötig, mich solcher Tricks zu bedienen. Ich habe lediglich die Vorzüge der Unterstützung des Earls of Saxton aufgezeigt.«

Gifford schnaubte. »Für mich klingt das nach Bestechung.«

Sevrin lachte, und Jasper konnte nicht anders, als mit ihm zu grinsen. Die Sache *hatte* ihn hundert Pfund gekostet und hinzu hatte er noch seine Unterstützung angeboten, sollte

Colman sie jemals brauchen. Colman – auf jede Art von Gunst erpicht – hatte sich überaus entgegenkommend gezeigt. Er würde kein Wort über jemanden mit dem Namen Olivia West verlieren und dafür sorgen, dass seine Truppe das ebenfalls nicht tat. Letzteres zu garantieren wäre problematisch, doch es war das Beste, was Jasper tun konnte. Dass irgendjemand die Mühe auf sich nähme und Theaterangestellte befragen würde, bezweifelte er. Jeder, der nicht Holborn war, wohlgemerkt. Er erwog, seinem Vater frei heraus von Olivia zu erzählen und ihn zu bitten, die Sache auf sich beruhen zu lassen.

Jasper war sich nicht sicher, ob er dieses Risiko eingehen wollte.

»Warum bestichst du den Theaterdirektor?«, wollte Gifford wissen.

»Er versucht zu verhindern, dass der Schützling seiner Tante als Fiona Scarlets Tochter bloßgestellt wird.« Sevrin blickte Jasper an. »Ich habe mit einigen der Frauen gesprochen, die hierherkommen. Eine oder zwei unter ihnen war bekannt, dass Olivia Fionas Tochter ist, doch sie haben sich nicht viel dabei gedacht. Vermutlich bedeutet eine Mutter für sie das Gleiche wie jede andere.«

Jasper war über diese Nachricht erfreut, wenngleich ihm lieber gewesen wäre, dass Sevrin Olivias Mutter nicht vor Gifford erwähnt hätte. Je weniger Leute davon wussten – ungeachtet ihres Standes – umso besser.

Gifford stellte sein Glas auf den Tresen. »Es ist Zufall, dass du von ihr sprichst. Miss West, meine ich. Ich habe sie erst heute Nachmittag getroffen.«

Überrascht rückte Jasper näher an Gifford heran, um ihn besser zu verstehen. »Du kennst sie?« Plötzlich fiel ihm ein, wie Gifford an dem Abend, an dem sie The Locust besucht hatten, gemeint hatte, ihr Name käme ihm bekannt vor.

Gifford zuckte kurz mit der Schulter. »Ich konnte den

Namen nicht zuordnen, doch später ist mir aufgegangen, dass sie einige Objekte im Laden meiner Mutter veräußert hatte – ehe sie zu deiner Tante gezogen war.«

Jasper beschlich das ungute Gefühl, Olivia womöglich bei einer weiteren Lüge zu ertappen, und das behagte ihm gar nicht. »Wo hast du sie gesehen?«

»Sie kam zu einem Besuch in die Gegend.«

Olivia hatte Jasper dasselbe erklärt, aber steckte mehr dahinter? Gifford war kein schlecht aussehender Kerl, und Jasper mochte ihn sehr. Hatte Olivia eine Verbindung zu ihm? Jasper verspürte ein plötzliches Aufflackern von Eifersucht. »Sie hat dich besucht?«

»Nicht direkt, obwohl sie das versprochen hat. Sie hat eine alte Frau besucht, die am Theater gearbeitet hatte. Ich wusste, dass du die Wahrheit über sie wissen wolltest, also habe ich mich unter das Fenster gestellt und ihr Gespräch mitangehört.« Beschämenderweise wies Jasper ihn wegen seines Lauschens nicht zurecht. Er war viel zu sehr daran interessiert, was Gifford enthüllen würde. Jasper spannte sich an, als Gifford fortfuhr: »Wie du sagtest, hatte sie behauptet, Lord Merriweathers Cousine zu sein, doch nach allem, was ich mithören konnte, hat sie deiner Tante wohl gesagt, mehr als nur seine Cousine zu sein. Sie sagte, sie sei seine uneheliche Tochter.«

Jasper seufzte erleichtert auf. Keine neuen Lügen. »Das wusste ich bereits, aber danke, dass du mir erzählst, was du belauscht hast.« Da die Information unnütz für ihn war, fühlte Jasper sich gegenüber Gifford wegen seines Lauschens etwas weniger wohlwollend gesinnt.

»Weißt du auch, dass sie wirklich keine Ahnung hat, wer ihr Vater ist? Sie hat diese Frau in der Hoffnung befragt, herauszufinden wer ihr wirklicher Vater war. Dein Onkel ist nur einer von mehreren, in Frage kommenden Männern.«

Sevrin beugte sich vor. »Zum Teufel, was du nicht sagst.«

Jasper hatte sein Glas gehoben, um einen Schluck zu trinken, doch er ließ den Arm abrupt sinken, sodass ihm der Whiskey aus dem Glas über die Hand schwappte. *Sie hatte also doch gelogen.* Dieser ganze Unsinn über eine bemalte Schachtel, die auf Merry als ihren Vater hinwies.

Jasper hatte geglaubt, sie hätten das Lügen hinter sich gelassen und dass sie seit dem Tag, an dem sie sich geliebt hatten, ehrlich zu ihm gewesen war. Allerdings hatte er auch gewusst, dass sie bei ihrem unbegleiteten Spaziergang etwas verheimlichte. Er hätte die Wahrheit verlangen sollen.

Mit einem Husten lenkte Gifford Jaspers Aufmerksamkeit auf sich. »Wenn ich dir das alles schon erzähle, sollte ich auch hinzufügen, dass sie in jeder Hinsicht die Tochter ihrer Mutter zu sein scheint.«

»Was meinst du damit?« Jasper schnürte es die Kehle zu und er presste die Worte in einem wütenden Krächzen hervor.

Jetzt drehte sich Gifford leicht zu ihm um. »Sie ist auf der Suche nach dem reichsten Titel, den sie erhaschen kann. Ein Mädchen ihres Standes, dem die feine Gesellschaft zu Füßen liegt ... Sie nutzt ihre neue Stellung gnadenlos aus.«

Nein, nein, das konnte nicht stimmen. Gewiss hätte sie dann inzwischen schon versucht, *ihn* in die Falle zu locken. Ihm lief es kalt den Rücken hinunter. Er hatte mit ihr geschlafen. Hoffte sie, er würde sie kompromittieren und damit eine Eheschließung unumgänglich machen? Nein, so berechnend konnte sie unmöglich sein. Doch dann besann er sich auf ihren Plan, ihn zu täuschen. Damals war sie exakt so berechnend gewesen.

Sevrin legte ihm eine Hand auf die Schulter. »Sax, glaubst du das wirklich von ihr?«

»Ich habe sie es sagen hören, Sev.« Gifford nahm einen Schluck von seinem Bier. »Sie hat irgendetwas davon gesagt, sie sei klüger als ihre Mutter und dass sie es selbst besser treffen wollte.«

Jasper umklammerte das Glas mit seinen Fingern wie mit einem Schraubstock. »Sie ist die Tochter einer Hure. In der Nacht, in der wir uns kennenlernten, hatte sie einen Plan ausheckt, um mich mit ihrem Körper hinters Licht zu führen. Dann hat sie sich mir erst neulich hingegeben, was womöglich in der Hoffnung auf ein Heiratsangebot meinerseits geschah. Ja, das muss ich von ihr glauben.«

Gifford stellte seinen Humpen mit einem dumpfen Knall auf die Theke. »Ich kämpfe als Nächstes. Saxton, komm doch mit mir in den Ring. Du hast einen anständigen Kampf nötig.«

Die Gewalt stellte eine überaus große Verlockung dar, doch der Ruf der Sirene war noch stärker. Jasper war bewusst, dass er es nicht tun sollte, aber er würde Olivia aufsuchen. Jetzt sofort.

Er stellte sein Glas ab. »Beim nächsten Mal.« Er wandte sich zum Gehen.

Jasper war überrascht, als Gifford ihn am Arm packte. »Warum nicht jetzt?«

»Ein anderes Mal.« Jasper schüttelte den Griff des jüngeren Mannes ab und strebte auf die Hintertür zu.

»Warte.« Sevrin holte ihn ein und folgte ihm nach draußen. »Wohin gehst du?«

»Das geht dich nichts an.«

»Richtig.« Sevrin fuhr sich mit der Hand durch sein dunkles Haar. »Dennoch solltest du nicht vergessen, wer du bist. Wenn du mit ihr erwischt wirst, gewinnt sie. Das heißt, wenn du wirklich glaubst, dass sie dir eine Falle stellen will.«

Jasper war nicht imstande, etwas anderes zu glauben, egal wie sehr er das wollte. Ihm schmerzte die Brust.

»Ich werde nicht erwischt. Ich will sie von meiner Tante wegbringen. Heute Nacht.«

Sevrin nickte. »Dann viel Glück.«

Jasper drehte sich um und ging davon. Seine Kutsche wartete an der Hofeinfahrt. Verrat und Verzweiflung ließen seine Füße schwer wie Blei werden. Er konnte nur sich selbst die Schuld geben. Er hatte gewusst, dass ihr nicht zu trauen war, und es trotzdem getan. Er hatte ihre Lügen geschluckt wie ein Kind Bonbons. Und genau wie bei zu viel zuckerhaltiger Nahrung, war ihm jetzt übel.

~

Beim Geräusch der sich öffnenden Tür setzte sich Olivia aufrecht hin. Es war schon recht spät, doch sie hatte noch nicht geschlafen. Sie war aufgeblieben, um an Jaspers Weste zu nähen, bis ihre Augen übermüdet waren, doch nun war sie fast fertig.

»Wer ist dort?«, rief sie mit hämmerndem Herzen. Die Lampe neben ihrem Bett spendete nicht genügend Licht, um die Tür zu erkennen.

Die Tür klappte zu, und ein Schatten breitete sich über ihr Bett. »Steh auf.«

Jasper. Bei der Wut in seinem Tonfall zuckte Olivia zusammen. »Jasper? Warum bist du denn hier?«

»Steh auf. Sofort.«

Angst zerriss sie innerlich. Sie schlug die Bettdecke beiseite und stellte sich neben ihn. »Was ist denn los? Gibt es irgendeinen Notfall? Louisa –«

Er packte sie am Arm, nahm die Lampe ab und zerrte sie auf ihr Ankleidezimmer zu. »Hör einfach auf. Du scherst dich einen Dreck um Louisa.«

Was war passiert? Warum ging er auf diese Weise mit ihr um? Kurz vor Erreichen ihres Ankleidezimmers grub Olivia die Fersen in den Teppich. »Lass von mir ab und erkläre dich.« Sie unternahm einen Versuch, ihren Arm zu befreien, doch er verstärkte seinen Griff.

»Du hast mir keine Befehle zu erteilen. Ich habe mehr als genug von deinen Lügen, und du wirst jetzt gehen. Auf der Stelle.«

In ihren Augen brannten Tränen. »Sag mir, was passiert ist. Warum führst du dich so auf?«

Er zog sie in das Ankleidezimmer und stellte die Lampe auf einen Tisch. »Zieh dich an.«

»Ich tue nichts, bis du mir sagst, was los ist.« Sie schüttelte den Kopf. »Nein, ich werde selbst dann nichts tun. Ich werde Louisa nicht verlassen.«

Er schlang die Finger um ihren anderen Arm und hielt sie vor sich. »Du wirst genau das tun, was ich sage. Ich habe genug von deinen Lügen und deinen Machenschaften. All das hat jetzt ein Ende. Ich weiß, dass du versucht hast, dich als Merrys Tochter auszugeben, um Louisas Großherzigkeit und Verletzlichkeit auszunutzen. Du hast keine Ahnung, wie sehr Merrys Tod sie erschüttert hatte, und dass du vorgibst, seine Tochter zu sein, um ihr Hoffnung auf eine Art von Glück mit jemandem seines Blutes zu machen …« Er stieß sie von sich weg. »Du machst mich krank.«

O Gott. Er wusste, dass Merry vielleicht nicht ihr Vater war. Sie schloss die Augen und hasste sich selbst dafür, ihm das nicht gesagt zu haben. Wie Louisa hätte sie ihm vertrauen sollen. »Es tut mir leid. Ich hätte dir das erzählen sollen.« Als sie die Augen wieder aufschlug, veranlasste die Wut in seinem Blick sie allerdings, wegzusehen. »Alles, was ich dir damals auf Benfield berichtet habe, entsprach der Wahrheit. Ich habe dir bloß nichts von der Möglichkeit gesagt, dass Merry vielleicht nicht mein Vater ist.« Sie lenkte den Blick wieder zu ihm zurück. »Es war zu demütigend.« Und schmerzhaft. Ihr Herz verzehrte sich danach, ihn als ihren Vater zu erklären.

Seine Augen strahlten mehr Kälte aus als jede lange Winternacht. »Das spielt keine Rolle mehr. Deine Lügen sind vorbei. Du kannst keinen Tag länger bei Louisa bleiben. Kleide dich an.«

»Nein! Das will sie nicht. Sie weiß das alles.«

Er erstarrte. »Was?«

»Louisa weiß es. Doch es ist ihr gleich. Sie wünscht sich dennoch, dass ich bleibe.«

»Erzähl mir alles. Und lüge bloß nicht.« Das Gesicht vor wütender Bedrohung verfinstert, trat er auf sie zu.

Olivia blieb standhaft. Sie hatte seinen Zorn verdient. »Ich habe dir von meinem Besuch bei meiner Tante erzählt.« Er nickte nur steif. »Als ich vierzehn war, hat sie mich vor die Tür gesetzt, da sie dahintergekommen war, dass ihr Mann mich gezeugt hatte. Seit damals war ich überzeugt gewesen, mein Onkel sei mein Vater. Bis Louisa mich in diesem Geschäft aufgespürt hat und meine Taschentücher mit Merrys Gemälden in Verbindung brachte.«

Jasper hatte die Hände zu Fäusten geballt, doch er hörte ihr in stoischem Schweigen zu.

»Louisa schickte jemanden nach Devon, der mit meinen Pflegeeltern sprechen sollte, doch inzwischen war mein Onkel verstorben und meine Tante nach Cheshunt umgezogen. Ich habe ihr einen Besuch abgestattet, um ihr zu berichten, dass Merry mein Vater sei. Sie war so erbost gewesen, als sie von der Untreue ihres Mannes erfuhr und davon, dass er ein Kind mit meiner Mutter gezeugt hatte. Ich hatte ihren Schmerz lindern wollen, doch sie bestand darauf, dass Louisa sich irrte und ihr verstorbener Mann mein Vater sei, anstatt Merry. Weder meine Tante noch Louisa konnten meine väterliche Abstammung zweifelsfrei bestätigen, und als wir wieder in die Stadt zurückkehrten, habe ich also mit Leuten gesprochen, die meine Mutter vor meiner Geburt kannten. Ich hatte gehofft, dass einer darunter die endgültige Wahrheit kennen würde.«

»Aber niemand wusste es.« Sein Tonfall war flach, emotionslos. Immerhin klang er nicht mehr wütend.

Olivias Schultern sackten zusammen, als sie sich geschlagen gab. Dies noch einmal zu erzählen, unterstrich den Umstand nur noch, dass sie die Wahrheit nie erfahren würde. Sie blickte auf ihre Hände hinunter. »Es gab da noch einen dritten Mann, einen Schauspieler. Und wer weiß, wie viele noch.« Sie drohte, in Tränen auszubrechen, doch sie weigerte sich, sich vor ihm eine Blöße zu geben. Wahrscheinlich verabscheute er sie, nachdem er noch eine weitere Lüge entlarvt hatte, und wollte sie so weit wie möglich von dem einzigen Menschen fort wissen, der sie wahrscheinlich je wirklich geliebt hatte.

Sie sah ihn mit einem flehenden Blick an. Sie mochte vielleicht nicht vor ihm weinen, doch sie hatte kein Problem damit, ihn anzuflehen. Diese Sache war zu wichtig. »Bitte verlange von mir nicht, Louisa zu verlassen. Sie möchte, dass ich bleibe, und das möchte ich ebenfalls.«

Er antwortete nicht, und die Stille wuchs, bis sie das Zimmer ausfüllte, als ob sie ein anderes Wesen sei.

Er hatte die Augenbrauen zusammengezogen, und seine Hände waren weiterhin zu Fäusten geballt. Er sah nicht mehr so wütend aus wie vorher, doch seine Qual hatte sich in tiefen Linien um seinen Mund gegraben. »Warum hast du dich mir hingegeben?«

Diese Frage hatte sie nicht erwartet und sie war nicht sicher, wie sie darauf antworten sollte. Nach einer Weile entgegnete sie: »Ich habe dich gebraucht.« Es war das Aufrichtigste, was sie ihm je gesagt hatte.

»Du hattest keine niederen Motive? Keinen Plan, wie du mich irgendwie austricksen könntest?«

Natürlich würde er darauf zurückkommen. Noch immer

hatte er ihr nicht den Versuch vergeben, ihn zu täuschen. Sie schüttelte den Kopf. »Nein, nichts.« Noch immer begehrte sie ihn. Mutig trat sie auf ihn zu. »Es gibt keine Tricks, keine Komplotte, nur mich, die dich begehrt.«

Er wich zurück. »Wie kann ich dir vertrauen?«

»Ich schwöre, dass es keine weiteren Geheimnisse mehr zwischen uns gibt. Ich habe dir alles erzählt ... mehr als ich je jemandem anvertraut habe. Niemand weiß von meiner Mutter, von meiner Tante, von meiner ... Schande.«

Sie beobachtete, wie die Emotionen über sein Gesicht huschten, als er zauderte – Mitgefühl, Besorgnis, Entschlossenheit. Und schließlich Begierde. Er tat zwei Schritte und berührte sie an der Wange. »Das ist nicht deine Schande, sondern ihre.«

Er legte ihr den Kopf zurück und küsste sie. Seine Lippen waren sanft und doch fordernd. Sie musste nicht erst überzeugt werden, den Mund zu öffnen und seine Zunge mit eifrigem Lecken zu begrüßen. Er legte eine Hand um ihren Hinterkopf, während die andere sie im Rücken hielt und eng an seine feste Gestalt schmiegte. Die Hände um seinen Nacken gelegt, hielt sie sich an ihm fest, als ob ihr Leben davon abhinge. Und vielleicht war dem so.

Plötzlich riss er sich von ihr los und trat zurück. »Ich kann nicht.« Er wandte sich ab und kehrte ins Schlafzimmer zurück.

Olivia folgte ihm auf den Fersen. »Bitte geh nicht.«

»Ich muss. Das kann ich nicht noch einmal mit dir machen. Ich habe mehr Ehre in mir als das.«

»Deine Ehre steht nicht auf dem Spiel – ich bin keine junge Dame der Gesellschaft. Du bist ehrbarer mit mir gewesen, als ich vielleicht verdient habe. Ich möchte, dass du bleibst.« Das Mondlicht stahl sich durch eine Lücke in den Vorhängen und als es auf sein Gesicht fiel, betonte es die kantigen Flächen. »Sag das nicht. Du verdienst etwas weitaus

Besseres, als du bekommen hast. Dein Leben war der Gnade anderer ausgeliefert gewesen, einschließlich meiner.«

Das stimmte. Er konnte sie mühelos als die uneheliche Tochter einer Hure bloßstellen. Aber sie wusste, dass er das nicht tun würde. »Du wirst mir nicht wehtun.«

»Vielleicht habe ich das bereits getan. Ich hatte auf Benfield kein Recht dazu, deine Verletzlichkeit auszunutzen.«

»Das hast du nicht. Warum kannst du nicht akzeptieren, dass es nicht dein Fehler war?«

»Weil ich das früher schon einmal getan habe.« Die Worte kamen in einem Flüstern hervor, dass Olivia sie kaum verstehen konnte. Aber sie wagte nicht, ihn zu bitten, sich zu wiederholen. Sie konnte erkennen, was es ihn gekostet hatte, dies zu sagen. Er drehte sich von ihr weg und wieder ballte er die Hände zu Fäusten, während er den Mund fest zusammenpresste. »Vor langer Zeit habe ich eine andere junge Frau ruiniert.«

»Was ist mit ihr geschehen?«, fragte Olivia ihn, weil sie dachte, dass er ihr davon erzählen wollte. Sie vermutete, dass sie es wissen wollte, doch in diesem Moment war es nicht das Wichtigste für sie. Ihn zu beschwichtigen, ihm Trost zu spenden, wie er ihn ihr gespendet hatte – das war vorrangig.

»Der Herzog hatte sich ihrer entledigt. Sie hätte in seinen Augen keine akzeptable Komtess abgegeben – oder Herzogin –, und so ist sie einfach verschwunden.«

Olivias Magen drehte sich. »Du hast sie geliebt.«

Er nickte und Olivia zerriss es das Herz wegen seines Verlusts. Sie trat zu ihm und berührte sein Gesicht, wobei sie es wieder zurück in den Mondschein drehte. »Ich werde dich nicht verlassen. Nicht heute Nacht.«

KAPITEL ACHTZEHN

*M*it brennendem Blick küsste Olivia ihn. Jasper wusste, dass er gehen sollte, und er unternahm den Versuch, seine Füße zu bewegen, doch am Ende legte er die Arme um sie und zog sie zu sich. Aus dem Kuss wurden zwei und dann drei. Ihre Lippen berührten sich immer wieder, um aneinander zu saugen. Er sollte ihr nicht gestatten, ihn zu verführen, aber er brauchte sie. Ebenso wie sie gesagt hatte, ihn zu brauchen. Sie hielt den Kopf geneigt und teilte ihre Lippen. Sie drang mit der Zunge in ihn. Seine Finger gruben sich in ihren Rücken und hielten sie mit einer Wildheit an seinen Leib gepresst, die aus Verzweiflung entsprang. Sie schien es nicht zu bemerken oder vielleicht kümmerte es sie nicht, denn sie küsste ihn mit einer Intensität, die seinen Verstand von seinem Körper losgelöst aufwirbelte, bis er nicht mehr denken konnte und nur noch ihre Hände fühlte, die durch sein Haar strichen, und über seinen Hemdkragen glitten.

Jasper schüttelte seinen Frack ab, der auf dem Boden landete, während ihre Finger an seiner Krawatte nestelten und den Knoten aufzogen, ehe sie das Accessoire beiseite schleuderte. Er tastete an den Knöpfen seiner Weste und riss einen davon in seiner Hast von dem Seidenstoff. Bevor er sich noch des Kleidungsstücks entledigen konnte, zog sie ihm das Hemd aus seinem Hosenbund. Ihre Finger streiften über seine nackte Haut. Wollust brauste jäh in ihm auf.

Seine Weste gesellte sich zu seinem Frack und rasch darauf folgte sein Hemd. Er hielt die Arme noch erhoben, als sie über seine Brust streichelte. Sie betrachtete seine Brustwarzen und umkreiste sie mit den Fingerspitzen. Langsam ließ er die Arme sinken und versuchte, seine Zurückhaltung zu wahren, während er nichts anderes wollte, als sie mit dem Rücken auf das Bett zu legen und tief in sie zu sinken.

Doch es war sie, die hier kontrollierte. Sie hatte es gewollt. Sie hatte darum gebeten. Nie hatte er Kontrolle geduldet. Nie zuvor war es wichtig erschienen, vital.

Sie hob den Blick in stiller Frage. Er nickte ihr leicht zu und sie lächelte. Die Wirkung war verheerend. Vor erwartungsvoller Begierde auf alles, was sie anzubieten hatte, stöhnte Jasper auf. Sie drehte sich um und als sie auf das Bett stieg, machte sie ihm ein Zeichen, ihr zu folgen.

Sie kniete sich auf die Bettdecke und er setzte sich neben sie, bis sie ihn in die Kissen zurückstieß. Sobald er sich vollständig zurückgelehnt hatte, zog sie ihm die Stiefel und die Strümpfe von den Füßen.

Jasper zwang sich, still zu liegen und ihr nicht zu helfen. Sie wanderte mit den Fingern bis zu seinem Taillenbund und dann hielt sie inne. Sein Becken pochte ob des Bedürfnisses sich ihr entgegen zu recken. Stattdessen wartete er mit angehaltenem Atem.

Sie senkte den Mund sanft auf seine Brust und küsste sein lüsternes Fleisch. Er warf den Kopf in die Kissen zurück, als sie seinen Schritt öffnete und ihm die Hose über die Schenkel herabzog. Sein Atem wurde immer angestrengter, während ihre Lippen einen Pfad in Richtung seiner Hüften auf seine Haut brannten. Sie konnte doch nicht beabsichtigen …

Kalte Luft strich über seine Lenden, als sie seine Unterwäsche auszog und er ihrer Begierde nackt ausgeliefert war. Es verging eine ganze Weile, während derer ihr Mund mit quälender Trägheit tiefer wanderte. Jasper spannte sich an und drückte die Hüften zu einem straffen Bogen empor.

Er schloss die Augen, als sie die Hand um seinen Schaft legte. Mit köstlicher Sorgfalt schob sich ihre Handfläche zu seiner Spitze hinauf, wobei sie die gleiche Methode anwandte, die er ihr vor so vielen Tagen gezeigt hatte – war es vor einer Woche, einem Monat oder sogar einem Jahr?

Sie leckte über seinen Hüftknochen, womit sie seinen Lippen ein Keuchen und seinen Oberschenkeln einen Ruck entlockte. Indem er ihr die Kontrolle überließ, schwächte er die seine. Er wusste nicht, wie lange er durchhalten würde. Sie bewegte ihre Hand noch einen weiteren wonnigen Augenblick und dann sank ihr Atem über seinen geschwollenen Schaft, worauf sein gesamter Körper sich versteifte. Sie hielt inne.

Er riss die Augen auf. Er legte seinen Kopf so, dass er auf sie herabblicken konnte. Ihr langes, seidig rotes Haar ergoss sich über seinen Oberschenkel. Ihre Faust war um seinen Schaft gewunden, ihr Mund war in Stellung … Hitze durchflutete ihn bei diesem provokativen Anblick. »Darf ich?« Sie beendete die Frage nicht, doch die Bedeutung war klar.

Unfähig, Worte zu bilden, antwortete Jasper mit einem Nicken.

Dann waren ihre Lippen auf ihm und er verlor sämtliche Denkfähigkeit für alles, was über ihre Berührung hinausging. Zärtlich küsste sie mit ihren forschenden Lippen zuerst seine Haut, während sie ihre Hand weiterhin um den Ansatz seines Schafts geschlossen hielt. Sie öffnete den Mund weiter und gestattete ihrer Zunge, über seine Spitze zu streifen. Er wusste, dass er Flüssigkeit absonderte und konnte fühlen, wie sie sich überrascht zurückzog. Er widerstand dem Drang ihren Kopf an sich zu ziehen und sie zu zwingen, sein Bedürfnis zu stillen.

Das musste er nicht. Sie nahm ihren Angriff wieder auf und dieses Mal mit mehr Zutrauen. Sie schloss den Mund um ihn und irgendwie, lieber Himmel, irgendwie wusste sie, wie sie ihre Hand hochschieben musste, bis sie beinahe ihre Lippen berührte. Dann wieder hinab, wobei sie die Zunge auf köstliche Weise kreisen ließ. Seine Lust wallte in ihm auf. Unfähig, sich noch einen Augenblick zurückzuhalten, schob er ihr die Hand ins Haar. Sie saugte, und ihr Mund spannte sich um ihn an, als sie seinen Samen hervorsog. Nein, er wollte nicht, dass es schon zu Ende wäre. Noch nicht.

Er hatte seine Kontrolle nicht wirklich aufgegeben, sondern sie nur abflauen lassen. Für sie. Vorsichtig, um ihr nicht zu stehlen, was er ihr so freudig überlassen hatte, zupfte er sie am Haar. »Du musst aufhören.«

Sie hob den Kopf. Ihre Wangen waren gerötet und die Augen leuchtend. »Warum?«

»Weil ich mich nicht auf diese Weise erlösen will.«

Sie machte große Augen. »Ach, ich dachte, es gefällt dir.«

»Gott, ja. Aber ich möchte in dir sein. Ich möchte dies heute Abend gemeinsam mit dir erleben.« Ihm war bewusst, dass dies stimmte, so wie er auch wusste, dass er heute Abend eigentlich gar nicht hier sein sollte. Er verbannte die Unvereinbarkeit ihres unterschiedlichen gesellschaftlichen Standes – der Erbe eines Herzogtums und die uneheliche Tochter einer Hure – aus seinen Gedanken und dachte nicht daran, sich davon stören zu lassen. »Komm hier herauf.«

Er streckte ihr eine Hand hin und sie legte die ihre in seine Handfläche. Zögernd ließ sie von seinem Schaft ab und glitt an seinem Körper hinauf. Er mahlte mit den Zähnen und gab sich alle Mühe, sich zu kontrollieren. Da sie diese

Sache angefangen hatte und weil sie so begierig schien, die Begegnung zu steuern, dirigierte er sie, sich mit gespreizten Beinen auf ihn zu setzen. Die Hitze ihres Leibes presste sich gegen seinen Unterkörper. Sehr zu seinem Leidwesen trug sie noch immer ihr voluminöses Nachthemd. Wortlos fragend, strich er mit seiner Hand unterhalb des Stoffs über ihren Oberschenkel. Zur Antwort zog sie das Kleidungsstück über den Kopf und warf es zu seinen anderen Kleidern.

Beim Anblick ihrer nackten Herrlichkeit sog Jasper scharf die Luft ein. Im Mondlicht schimmerte ihre Haut im hellsten Elfenbein. Ihre Brustspitzen lockten ihn wie rosafarbener Samt. Er beugte sich hoch, um eine in den Mund zu nehmen und daran zu saugen, bis sie sich in eine feste Knospe verwandelte.

Sie keuchte auf und dann flocht sie die Finger in sein Haar. Er massierte ihre Hüften und schob sie tiefer auf sich, nach ihrer Wärme an seinem schmerzenden Schaft suchend. Mit der linken Hand strich er an ihrer Seite hinauf, um ihre andere Brust zu umschließen. Die weiche Fülle lag voll in seiner Handfläche. Sie fühlte sich so gut an. Er hob die andere Hand, um sie um die Brust zu schlingen, an der er saugte. Dann zog er den Mund hoch und zwickte sie in beide Brustwarzen. Nun kehrte er mit mehr Passion zurück und zog, leckte und saugte an ihr, bis sie stöhnte. Feuchtigkeit sickerte aus ihr, während sie sich mit kreisenden Hüften auf ihm bewegte. Jasper bäumte sich auf und sein Schaft rieb an ihrer Klitoris.

Mit schonungsloser Präzision wandte er sich ihrer anderen Brust zu. Er leckte um die Brustwarze und drückte ihr Fleisch. Sie stieß auf ihn herab. Sein Bauch pulsierte vor Wollust. Es musste bald geschehen.

Er behielt seinen Mund bei ihr, aber er spreizte ihre Beine. Dann streichelte er an ihrem Körper hinab, mit den Fingern nach ihrem feuchten Spalt tastend, die Haut so seidig und so heiß. Sie schrie auf und ihre Muskeln krampften sich zusammen. Sie war so nah dran und er hatte sie kaum dort berührt. Das Ausmaß ihre Begierde überwältigte ihn. Er teilte ihre Schamlippen und führte seinen Schaft in sie ein. Er wollte tief eindringen und ihren Körper mit einem heftigen Stoß in Besitz nehmen, doch dies war ihre Nacht und so wartete er auf ihre Führung.

Sie setzte sich ein wenig vor und ihr Körper winkelte sich genau richtig an, um ihn aufzunehmen und dann herabzustoßen, bis sie ihn vollständig in sich aufgenommen hatte. Er fiel mit ihrer Bewegung zurück und mit einem Stöhnen gab er ihre Brust frei. Sie folgte ihm und erhob sich über seiner Brust, bis ihre Brustwarzen gegen seine rieben. Sie hatte die Augen bislang geschlossen, doch nun schlug sie sie auf und betrachtete ihn voller Staunen. Er erwiderte ihren Blick. Ganz langsam erhob sie sich und stieß sich dabei mit den Händen gegen seine Brust ab. Er brannte vor Verlangen und betete, dass sie einen schnellen, kräftigen Rhythmus finden würde. Sie kam wieder herunter und ihr Spalt verschluckte ihn im Ganzen, während sich ihre Augen unmerklich weiteten. Er packte sie an den Hüften und diese Bewegung setzte etwas in ihrem Innerem frei. Sie stöhnte auf und senkte sich nach vorn, um seinen lustvollen, leidenschaftlichen Kuss mit ihrem Mund zu empfangen, was ihn an den Rand des Wahnsinns trieb.

Ihr Körper ruckte; sie verlor die Kontrolle über den Rhythmus. Himmel, nein. Er konnte noch nicht loslassen. Mit einem geschickten, verzweifelten Schwung drehte er sie auf den Rücken und drang in sie ein, wobei er das Zurückziehen und neuerliche Zustoßen fortsetzte. Sie schlang die Beine um ihn und ihre Hüften hoben sich, um jeden Stoß zu erwidern. Sein Samen pulsierte immer weiter voran. Er musste sich zurückziehen. *Jetzt.*

Aber er konnte nicht. Er vergrub sich tief in ihr und

beschlagnahmte ihren Mund mit einem wilden Kuss. Sie war die Seine. Wenn nicht für immer, dann für jetzt. Gott ja, genau für jetzt. Der Augenblick zog sich zu einer wonnigen Ewigkeit hin und sein Körper pumpte seine Unsicherheit, seine Verzweiflung und seine Sehnsucht in sie, als böte dies den einzigen Trost, auf den er sich besinnen konnte. Vielleicht war es der einzige Trost, den er je gekannt hatte.

~

*A*m nächsten Nachmittag saß Olivia im Rosensalon und nähte die Knöpfe an Jaspers Weste. Die letzte Nacht war in vielerlei Hinsicht eine Offenbarung gewesen. Sie glaubte nicht, dass sie sich jemals jemandem gegenüber so geöffnet hatte wie Jasper gegenüber. Er hatte vollkommene Aufrichtigkeit von ihr verlangt, die sie ihm entgegengebracht hatte. Nicht aus Furcht, sondern aus dem Bedürfnis heraus, jemanden an ihrer Seite zu haben. Jemanden, der nicht über sie richten würde. Irgendwie – und angesichts der Art und Weise, wie ihre Beziehung ihren Anfang genommen hatte, war das eigentlich unmöglich – war Jasper zu dieser Person geworden.

Zu früher Stunde, noch bevor es hell wurde, hatte er sie verlassen und sich dabei mit einem Kuss auf ihre Stirn verabschiedet. Es war nicht die Rede von einem weiteren Treffen oder der Zukunft gewesen. Allerdings auch nicht von Reue. Olivia hatte ihm bezüglich keine Erwartungen, insbesondere nachdem sie von seiner Vergangenheit gehört hatte. Er hatte schon einmal den Fehler begangen, sich in eine Frau zu verlieben, die er nicht hatte heiraten können. Sie glaubte nicht, dass er das noch einmal tun würde.

Und sie war eindeutig jemand, den er nicht heiraten konnte. Selbst wenn ihre Herkunft ein Geheimnis bleiben mochte, kannte er die Wahrheit – und sie glaubte nicht, dass sein Pflichtgefühl ihm gestatten würde, sie zu wählen.

Bernard trat in den Salon. »Lady Lydia Prewitt und Miss Cheswick sind hier, um Sie zu besuchen, Miss West.«

Olivia stach sich mit der Nadel in den Finger und rieb sogleich mit dem Daumen über die schmerzende Stelle. Die beiden hatten mit ihrem Besuch keine Zeit verstreichen lassen, so wie sie es versprochen hatten. »Bitte lassen Sie Tee bringen. Vielen Dank, Bernard.«

Wie zuvorkommend von ihm, die Gäste anzukündigen, anstatt sie direkt hereinzuführen. Olivia würde ihm ein neues Taschentuch besticken, sobald sie mit der Weste fertig war.

Sie riss den Kopf hoch. Die Weste! Sie konnte nicht zulassen, dass sie beim Nähen eines Kleidungsstücks gesehen wurde, das Jasper vermutlich in der Öffentlichkeit tragen würde. Rasch stopfte sie die Näharbeit in den Korb zu ihren Füßen und schob ihn unter das Sofa.

Lady Lydia trat ein und mit ihren scharfen braunen Augen nahm sie den Raum in Augenschein. Audrey folgte ihrer Freundin und ging Olivia mit einem fröhlichen Lächeln entgegen. »Guten Tag, Olivia.« Ihr Blick wanderte zu Merrys Gemälde. »Das ist von Lord Merriweather, nehme ich an?«

Audrey waren seine Werke natürlich gut vertraut. Ihr Großvater besaß verschiedene seiner Gemälde in seinem Stadthaus, die Olivia bei Lord Farringdons Dinnerparty gesichtet hatte. »Ja, das ist Merriweather Hall in Yorkshire.«

Audrey setzte sich zu Olivia auf das rosa Brokatsofa. »Es ist wunderschön. Er hatte so viel Talent.«

»Ja, aber konnte er auch Kleider skizzieren? Denken Sie nicht, ich hätte Ihr Versprechen vergessen, uns Ihre Entwürfe zu zeigen.« Lady Lydia band ihre Haube los, während sie den Raum inspizierte. Sie fuhr mit den Fingerspitzen über Tische und Nippes, ehe sie innehielt, um den Garten durch die Fenster zu betrachten.

Olivia ignorierte Lady Lydias eigentümliches Gebaren. »Wie geht es Ihnen, Audrey?«

»Oh, sie ist ein bisschen aufgeregt, wage ich zu behaupten.« Endlich ließ sich Lady Lydia auf einem beige- und rosagestreiften Stuhl neben dem Sofa nieder, auf dem Olivia und Audrey saßen. »Mr. Evensrude hat sie gestern besucht.«

Audrey errötete. Olivia hatte keine Ahnung, wer Mr. Evensrude war, aber wenn Audrey über seinen Besuch erfreut war, dann war Olivia es auch.

»Oh, er ist natürlich kein Saxton, aber auch kein Lyle.« Lady Lydia warf Olivia einen überheblichen Blick zu, der sie vielleicht daran erinnern sollte, dass sie töricht genug gewesen war, mit Lyle zu tanzen. »Ich hoffe jedoch dennoch, dass du Evensrude nicht zu sehr ermutigst, Audrey. Du kannst es so viel besser treffen. Schließlich ist Saxton noch nicht verlobt und vielleicht gibt es eine Möglichkeit, wie du ihn verlocken kannst.«

Erstaunlicherweise starrte Audrey Lady Lydia direkt an. »Das bezweifle ich sehr. Es ist grausam von dir, das auch nur anzudeuten.«

»Unsinn. Du bist eine bezaubernde junge Frau aus einer tadellosen Familie. Ich weiß, die Wetten besagen, dass er sich wohl mit Lady Philippa vermählen wird, aber ich kann mir nicht vorstellen, dass sie zustimmt. So bieder Saxton auch sein mag, ist sie es noch viel mehr.«

In diesem Moment kam Bernard mit dem Teetablett herein und unterbrach damit – zumindest für den Augenblick – das weitere Gespräch. Kaum hatte er das Service auf den Tisch gestellt und sich entfernt, stand Lady Lydia wieder auf. »Nein, ich glaube nicht, dass diese Aussicht verspielt ist. Überlasse es mir, mit einem Einfall aufzuwarten.« Lächelnd beugte sie sich vor. »Macht es Ihnen etwas aus, wenn ich einschenke?«

Olivia schüttelte den Kopf und Lady Lydia fuhr fort, den Tee zu servieren.

»Was würden Sie tun, um Saxtons Aufmerksamkeit zu erregen, Lady Lydia?«

Lady Lydia blickte auf, als sie die dritte Tasse einschenkte. »Ach, was sag ich da. Ich war wohl ein wenig übereifrig, fürchte ich. Er ist natürlich Ihr Cousin. Ich will ihm nichts Böses. Er wird gewiss heiraten, wen immer er möchte, da bin ich sicher.«

Audrey neigte sich näher zu Olivia. »Sie meint es wirklich gut. Es ist nur so, dass ihr Mund manchmal schneller ist als ihr Verstand.«

Olivia würde auf Audreys Urteil vertrauen müssen. Immerhin genoss sie Lady Lydias Gesellschaft scheinbar, denn aus welchem anderen Grund würde sie sonst so viel Zeit mit ihr verbringen? »Audrey, verspüren Sie eine Zuneigung für Mr. Evensrude?« fragte Olivia.

»Nun, diese Frage ist nicht wirklich von Belang, nicht wahr?«, konterte Lady Lydia, während sie Milch in alle drei Tassen schüttete und reichlich Zucker hinzufügte. Offenbar waren Olivias Vorlieben für ihr Getränk nicht zu berücksichtigen. Lady Lydia fuhr fort: »Es ist ganz natürlich, eine Zuneigung für einen unangemessenen Mann zu entwickeln. Sie haben sicherlich schon einmal eine Zuneigung für jemanden gehabt, für den Sie sie nicht hätten haben sollen?« Sie zog die Mundwinkel nach oben.

Olivia bewahrte eine teilnahmslose Miene, doch derzeit hegte sie natürlich genau diese Gefühle. War es möglich, dass Lady Lydia etwas wusste? Aber wie könnte das sein? Niemand wusste, was zwischen Jasper und ihr vorgefallen war, nicht einmal Louisa. Und – sehr zu Olivias Beschämung – sie hatten ihr Verhältnis direkt vor ihrer Nase ausgelebt.

Lady Lydia beugte sich verschwörerisch vor. »Ich schon.« Ihre Augen funkelten vor unterdrücktem Vergnügen. »Weiß eine von euch, wer Lord Sevrin ist?«

Olivia schüttelte den Kopf.

Audrey machte große Augen. »Du kannst doch nicht meinen ...«

Lady Lydia nickte, und ihre Lippen formten sich zu einem beinahe verführerischen Lächeln. »Sag mir nicht, dass du ihn nicht attraktiv findest.«

Audrey nahm ihre Tasse hoch. »Natürlich ist er stattlich, aber er ist auch ein Schurke. Du kennst doch die Gerüchte über ihn.«

»Die machen ihn umso unwiderstehlicher, findest du nicht?« Lady Lydia hob ihre Tasse und trank einen kleinen Schluck.

»Welche Gerüchte?« Olivia sah sich gezwungen nachzuhaken, wenngleich sie eigentlich kein Interesse an Klatsch und Tratsch hatte, schon gar nicht über jemanden, der ein Unbekannter für sie war.

Lady Lydia blickte sie über den Rand ihrer Tasse hinweg an. »Er hat vor ein paar Jahren die Verlobte seines Bruders *ruiniert*.«

Olivia war froh, dass sie ihre Tasse noch nicht gehoben hatte, denn das Klirren des feinen Porzellans hätte das schwache Zittern verraten können, das sich jetzt ihres – *ruinierten* – Körpers bemächtigte. Gütiger Himmel, was würden sie wohl über Jasper und das Geheimnis sagen, das tief in seiner Vergangenheit verborgen lag?

»Und ist es zu glauben, dass er ausgerechnet mit Saxton gesehen worden ist!«, fügte Lady Lydia theatralisch an.

Audrey stand der Mund offen. »Sag bloß!«

»Ja, aber es ist noch nicht entschieden, ob die Verbindung Saxton schaden oder Sevrin helfen wird. Ich für meinen Teil glaube Letzteres.«

»Deshalb hat Sevrin auch dein Interesse geweckt.«
Audrey schüttelte den Kopf, ein halbes Lächeln umspielte
ihre Lippen. »Lydia, es gibt keinen reformierten Schänder
junger Frauen.«

Olivia wollte wissen, was Jasper mit all dem zu tun hatte.
Könnte Lady Lydia irgendwie darauf hoffen, seine Verbindung zu Sevrin gegen ihn zu verwenden? Etwa, um ihn zu
Audrey zu ermutigen? Eine junge Frau wie sie konnte doch
keineswegs so verschlagen sein.

»Ja nun, vielleicht wird Saxtons Unfehlbarkeit auf Sevrin
abfärben. Saxton ist unberührbar.« Lady Lydia stellte ihre
Tasse ab und ließ die Finger über dem Kuchensortiment
schweben. »Ich wage zu behaupten, dass er ein Mädchen
ruinieren könnte und damit durchkäme.«

Das *hatte* er. Offenbar mit zwei unterschiedlichen Frauen,
ohne dass jemand davon wusste. Olivia beschäftigte sich mit
ihrer Teetasse, und sie rührte das Getränk um, ehe sie es
dann an ihre Lippen führte. Aus Rücksicht auf ihren rumo-
renden Magen nahm sie nur einen kleinen Schluck.

Audrey legte eine Serviette auf ihrem Schoß zurecht.
»Niemand ist unfehlbar, Lydia. Nicht einmal Lord Saxton
könnte der gesellschaftlichen Zensur entgehen, wenn er sich
schlecht benehmen würde. Sein unangemessenes Verhalten
würde höchstwahrscheinlich einen riesigen Skandal auslösen.« Sie errötete. »Es tut mir leid, Olivia. Wie unhöflich von
uns, in dieser Weise über Lord Saxton zu sprechen.
Immerhin ist er Ihr Cousin.«

Olivias Verstand drehte sich. »Das ist schon in Ordnung.«
Ihr ging wirklich ein Licht auf, warum Louisa ihn vor der
beschämenden Wahrheit über Olivias Abstammung hatte
beschützen wollen. Wenngleich allein ihre Anwesenheit eine
Bedrohung sowohl für ihn als auch Louisa darstellte.

Bernard betrat erneut den Raum. »Miss West, ein Mr.
Gifford ist hier. Soll ich ihn hereinbitten?«

Um Himmels willen, nein! Wenn Mr. Gifford mit Leuten wie Lady Lydia zusammentraf, galt das zwar nicht als skandalös, doch es wäre gleichwohl furchtbar. »Ich werde nur kurz mit ihm sprechen. Bitte entschuldigen Sie mich für einen Moment, meine Damen.« Sie stand auf und eilte dem Butler hinterher, ehe Lady Lydia noch etwas Unverschämtes äußern konnte.

Bernard führte sie in die Eingangshalle, in deren Mitte Mr. Gifford auf dem hellen Marmorboden stand. »Guten Tag, Miss West. Ich hoffe, ich störe Sie nicht.«

Nachdem der Butler sich zurückgezogen hatte, antwortete Olivia: »Guten Tag, Mr. Gifford. Ich habe gerade Gäste.« Olivia wünschte, er wäre zuerst eingetroffen, denn dann hätte sie Lady Lydia und Audrey fortschicken können.

Seine Wangen erröteten leicht. »Oh, dann werde ich mich kurz fassen. Es war so schön, Sie gestern zu sehen. Ich habe mich gefragt, ob Sie hier zufrieden sind?«

Die Frage erstaunte Olivia. »Ja, sehr.«

Er lächelte ein wenig verlegen. »Ja, natürlich. Es ist nur, na ja, eine alte Freundin meiner Mutter ist erkrankt und sie sucht jemanden, der ihren Hutmacherladen führt. Sie verkauft Handschuhe, Hüte und dergleichen. Ich habe sofort an Sie gedacht.«

Olivias Puls schlug schneller. Wie sehr sie sich noch vor ein paar Wochen über ein solches Angebot gefreut hätte. Wäre Louisa nicht gewesen, würde sie das Arrangement nicht nur in Betracht ziehen, sondern hätte die Gelegenheit gleich beim Schopf gepackt. »Wäre ich nicht so glücklich hier, könnte ich in Versuchung geraten. Aber ich danke Ihnen, dass Sie mir diese Gelegenheit offerieren.«

Er wandte den Blick ab und seine Mundwinkel sanken herab. »Ich verstehe. Da Sie dann wohl hierbleiben, wäre es in dem Fall akzeptabel, wenn ich Sie besuchen würde?«

Oje. Wäre es das? Er war ein Freund, aber niemand, mit

dem sie in ihrem neuen Leben in der Gesellschaft zusammentreffen würde. Wie konnte man sich in verschiedenen Gesellschaftsschichten zurechtfinden? »Das nehme ich an, ja.« Das war keine richtige Antwort, aber das Beste, was sie im Moment bieten konnte.

Mr. Gifford lächelte, doch seine Augen spiegelten diesen Gefühlsaudruck nicht wider. Da war etwas Dunkleres. Enttäuschung vielleicht? »Ich lasse Sie jetzt zu Ihren Gästen zurückkehren. Hoffentlich werden sich unsere Wege bald wieder kreuzen.«

Sie nickte. »Das würde mir gefallen. In der Zwischenzeit grüßen Sie bitte Ihre Mutter von mir.«

»Das werde ich. Guten Tag Miss West.« Er ergriff ihre Hand und beugte sich darüber, um mit seinen Lippen über ihre bloßen Fingerknöchel zu streifen. »Bis zum nächsten Mal.«

»Guten Tag, Mr. Gifford.«

Er ging hinaus, während Olivia hinter ihm her starrte. Seine Berührung hatte nichts von der Erregung ausgelöst, die ein bloßer Blick Jaspers hervorrief, doch das konnte sie auch nicht erwarten. Nicht, wenn Jasper so viel von ihrem Verstand und Geist vereinnahmte. Vielleicht würde sie mit der Zeit in der Lage sein, die Aufmerksamkeit eines anderen Mannes zu begrüßen. Der Gedanke stimmte sie traurig. Sie wollte keine Aufmerksamkeit eines anderen Mannes. Sie wollte Jasper.

Olivia kehrte in den Rosensalon zurück. Audrey und Lady Lydia waren aufgestanden. »Ach da sind Sie ja. Wir dachten, dass Sie aufgehalten worden sind. Wer ist überhaupt Mr. Gifford?«

Unter dem direkten azurblauen prüfenden Blick von Lady Lydia geriet Olivia in Panik. »Er hat etwas von einem Geschäft geliefert.«

Lady Lydia zog die Nase kraus. »Sie haben so viel Zeit

mit einem Händler verbracht? Ihre Angestellten können Ihre Lieferungen annehmen, Olivia.« Sie seufzte. »Wir werden Sie früher oder später schon noch umerziehen, nicht wahr, Audrey?«

Die beiden gingen, ehe Olivia erkannte, dass sie vermieden hatte, ihnen ihre Entwürfe zu zeigen – glücklicherweise. Je mehr Zeit sie mit Lady Lydia verbrachte, umso weniger wollte sie vor ihr etwas Persönliches offenlegen, insbesondere nicht ihre unfertigen Entwürfe. Sie repräsentierten die von ihr gehegten Träume, aus all den einsamen Jahren, die sie mit Fiona ausgehalten hatte. Träume, die jemand wie Lydia niemals verstehen konnte.

Sie ging zu dem großen Schreibtisch aus Rosenholz, der in einer Ecke des Zimmers stand. Dort nahm sie ihre Skizzen aus der oberen Schublade und blätterte sie durch.

Beim Betrachten einer jeden Zeichnung – einige darunter waren kaum angefangen, andere beinahe fertiggestellt – sinnierte sie über Mr. Giffords Besuch nach. Wie ironisch, dass sich diese perfekte Erwerbsmöglichkeit gerade jetzt ergab, da sie endlich ein Zuhause gefunden hatte. Sie konnte nicht leugnen, dass der Gedanke an Unabhängigkeit und die Möglichkeit, Entwürfe umzusetzen, aufregend war, aber die Liebe einer wahren Familie mit Louisa war sogar noch verlockender. Sie wünschte nur, dass sie sich nicht fühlen würde, als ob sie mit jeweils einem Bein in beiden Leben stünde. Die Infamität ihrer Mutter würde sie nie vergessen können, egal, wie etabliert sie jemals in Louisas Gesellschaft wäre.

»Miss West«, rief Bernard von der Tür.

Olivia legte ihre Entwürfe auf den Tisch und drehte sich um.

»Lord Saxton ist hier, um Sie zu sehen.«

Selbst sein Name sandte ihr einen aufgeregten Schauder über den Rücken. »Danke, Bernard.«

Der Butler entfernte sich und Jasper trat ein. Olivias Herz

geriet ins Stolpern und sie konnte ein Lächeln nicht unterdrücken. Er trat ein, doch er nickte nur.

Er hatte keine Versprechungen gemacht. Die gestrige
Nacht war Vergangenheit und sie würden fortfahren, als ob
nichts geschehen wäre. Zum ersten Mal war Olivia froh, dass
sie daran gewöhnt war, enttäuscht zu werden und allein zu
sein.

KAPITEL NEUNZEHN

*J*asper unterdrückte den Drang, Olivia in die Arme zu nehmen und sie bis zur Besinnungslosigkeit zu küssen. Die gestrige Nacht war eine wunderschöne Ausflucht aus der Realität gewesen, aber sie war vorbei. Sobald er dafür gesorgt hatte, dass Olivias Vergangenheit geheim blieb, konnte er sich auf sein eigenes Leben konzentrieren – und er war beinahe so weit.

Er war noch immer nicht in der Lage gewesen, Prewitt allein zu erwischen, doch er rechnete damit, ihn heute Nacht in Vauxhall zu treffen. Eine Freundin von Louisa gab ein Fest und sie stand Prewitts Mutter nahe, die er überallhin begleitete. Er schlenderte zum Kamin auf der gegenüberliegenden Seite des Zimmers, von der Stelle aus gesehen, an der Olivia beim Schreibtisch stand. Er musste Abstand wahren, sowohl im körperlichen Sinne als auch im Geiste. Um seine Absichten zu unterstützen, legte er sein frostigstes Gebaren an den Tag. »Ich bin gekommen, um mitzuteilen, dass mein Ermittler heute aus Devon zurückgekehrt ist.«

Sie blieb neben dem Tisch stehen und war offenbar genau

wie er zufrieden, so viel Abstand wie möglich zwischen ihnen zu halten. »Ach ja? Was hatte er zu berichten?«

»Er bestätigte, was Louisas Mann bereits in Erfahrung gebracht hatte – dass dein Onkel verstarb und deine Tante nach Newton Abbott umgezogen war. Einige Dorfbewohner erinnerten sich an ein Mädchen, das beim Pfarrer und seiner Frau gelebt hatte, und dass sie viele Jahre zuvor fortgegangen war, aber sie hatten keine Ahnung, warum. Dein Geheimnis ist sicher, zumindest in Newton Abbott.« Ihre Haltung entspannte sich und er fuhr fort. » Ich habe auch mit Mr. Colman gesprochen. Niemand am Theater wird sich an eine Angestellte namens Olivia West erinnern.«

Sie runzelte die Stirn. Er gab sich die allergrößte Mühe, nicht daran zu denken, diese süßen Fältchen wegzuküssen. Er wollte nicht, dass sie sich weiterhin Sorgen machte. Aber es war nicht an ihm, dies zu wollen. Sie konnte nicht länger seine Sorge sein.

»Wie kann das sein?«, fragte sie. »Ich war dort mehrere Jahre Näherin, als meine Mutter dort Schauspielerin war.

»Ich habe Mr. Colman klargemacht, dass ich besser ein Freund als ein Feind bin.«

»Das hast du getan?«

Sie sprach die Worte »für mich« zwar nicht aus, doch er konnte sie in ihrer Frage dennoch heraushören.

»Ich habe dir gesagt, ich würde dafür sorgen, dass ihr beide, Louisa und du glücklich seid. So wie du mir versichert hast, dass es keine Geheimnisse mehr zu lüften gibt.« Selbst nach der vergangenen Nacht, nachdem er ihr von Abigail erzählt hatte, war er nicht sicher, ob er ihr wirklich vertrauen konnte. Und letztendlich war das auch unwichtig. Er hatte alles in seiner Macht Stehende getan, um ihre Vergangenheit zu verheimlichen, und nun war es an ihr, offen zu sein.

»Danke«, entgegnete sie.

Sie blickten einander für einen Augenblick an, und Jasper kam zu Bewusstsein, dass er gehen sollte. Doch sie durchbrach seine Absicht.

»Ich habe deine Weste.« Sie schritt zum Sofa hinüber und zog ihren Nähkorb darunter hervor. Dann nahm sie das Kleidungsstück heraus, und der bläulich silbrige Stoff schimmerte im durch die Fenster einfallenden Sonnenlicht. »Möchtest du sie anprobieren?«

Das würde bedeuten, sich schon wieder teilweise vor ihr zu entkleiden. Er traute sich nicht, so etwas zu wagen.

Sie musste sein Zögern gespürt haben. Sie reichte ihm die Weste. »Hier, ich bin sicher, dass sie ausgezeichnet passt. Ich habe akkurat Maß genommen, und ich bin, ähm, mit deiner Figur vertraut.« Sie errötete und wandte den Blick ab. »Verzeihung. Das hätte ich nicht erwähnen sollen.«

»Schon gut.« Sein Tonfall klang angestrengt, und das lag wahrscheinlich an seinem Bemühen, die Wonnen der letzten Nacht nicht noch einmal zu durchleben. »Aber ich hätte dich nicht noch einmal ausnutzen sollen.«

Sie ließ den Blick zu ihm herumschnellen. »Das hast du nicht. Letzte Nacht war ich allein die treibende Kraft. Wenn überhaupt, dann sollte ich dich um Verzeihung bitten.«

»Lass uns die ganze Sache einfach vergessen.« Und weil er unbedingt sicherstellen musste, dass ihre Affäre genau dort blieb – nämlich in der Vergangenheit – setzte er hinzu: »Bald werde ich meine Verlobung bekanntgeben.«

In ihren Augen flackerte eine schwache Überraschung auf, die jedoch nicht so ausgeprägt war, um auf eine völlige Ahnungslosigkeit ihrerseits hinzuweisen. »Herzlichen Glückwunsch.«

Jasper verspürte einen bitteren Geschmack im Mund. Was für ein Schurke er doch war, mit Olivia zu schlafen, während er die Absicht hatte, Philippa zu heiraten. Ein Schurke der schlimmsten Sorte, gewiss.

»Jasper, ich wusste nicht, dass du hier bist!« Louisa rauschte mit einem breiten Lächeln in den Salon. »Oh, und Olivia hat deine Weste fertig! Wie wundervoll. Du musst sie heute Abend in Vauxhall tragen.«

»Nichts würde mir größere Freude bereiten.« *Es sei denn, Olivia zieht sie mir später aus.* Hör auf, Mann. Er könnte sich überlegen, den Ereignissen des heutigen Abends ganz aus dem Weg zu gehen, doch er musste noch mit Prewitt sprechen. Dann hätte er mit Olivia abgeschlossen. Endgültig.

~

O livia machte eine große Sache daraus, ihre Skizzen aufzuräumen und in der Schreibtischschublade zu verstauen, als Jasper sich von Louisa mit einem Kuss auf die Wange verabschiedete und ging. Er hatte sie unmissverständlich abserviert, aber was hatte sie erwartet? Selbst gestern Abend, als sie ihn in ihr Bett gelockt hatte, war ihr bewusst gewesen, dass der Liebesakt mit ihm sich als eine einmalige Angelegenheit ausweisen würde. Nun, als eine zweimalig einmalige Angelegenheit.

Sie blinzelte eine Träne zurück. Sie würde deshalb nicht in Tränen ausbrechen. Sie hatte schon viel Schlimmeres überlebt als ... als ... was? Ein gebrochenes Herz?

Dummes, albernes Mädchen! Er war der Erbe eines Herzogtums. Nie und nimmer könnte sie eine Zukunft mit jemandem wie ihm haben. Ihre gemeinsame Zeit war mehr, als sie sich hatte erhoffen können. Und nun musste sie seinen Worten Folge leisten und es vergessen.

»Bernard sagte, du hättest Gäste zum Tee gehabt?«, erkundigte sich Louisa.

Als Olivia sich zu ihr umdrehte, sah sie, wie Louisa sich ein Stück Kuchen vom Tablett nahm. Dann nahm sie auf dem Sofa Platz.

»Ja, Lady Lydia und Miss Cheswick.«

»Entzückend. Ich freue mich so, dass du Freundschaften geschlossen hast, Liebes.«

Olivia war sich nicht sicher, ob sie sie als *Freundinnen* bezeichnen würde, zumindest nicht Lady Lydia. »Audrey ist reizend.«

Louisa schmunzelte. »Du hast Lady Lydia vermutlich durchschaut? Sie ist ein bisschen wie ein Wolf. Ich wusste, dass du ein kluges Mädchen bist. Ich muss dich nicht von unklugen Entscheidungen abhalten.«

Hätte Olivia zusammen mit ihr Kuchen gegessen, hätte sie ihren zweiten Erstickungsanfall im Rosensalon erlitten. Derzeit war sie wohl die Königin der unklugen Entscheidungen.

Olivia setzte sich neben Louisa. »Wenn du behauptest, Lady Lydia sei wie ein Wolf, was meinst du damit?«

Louisa schluckte ihren restlichen Kuchen. »Sie wurde von ihrer Großtante ausgebildet, der berüchtigtsten Klatschtante der *feinen Gesellschaft*. Sie nutzen Informationen, um ihre gefürchteten Positionen in der Gesellschaft zu festigen. Und Lady Lydia ist bemerkenswert geschickt. Du hast doch sicher bemerkt, wie Miss Cheswick ihr hinterherläuft?«

»Ja, und das begreife ich nicht.«

»Weil du, wie ich schon sagte, zu klug für solchen Unsinn bist. Es ist jedoch gut, ein freundschaftliches Verhältnis mit jemandem wie Lady Lydia zu pflegen, da man nie wissen kann, wann sie ihre wolfsartigen Reißzähne in einem versenken wird. Sie ist eine entsetzliche Wichtigtuerin.«

Deren Vater den interessantesten *Klatsch* der Sommersaison zu verbreiten haben könnte: Lady Merriweathers neuer Schützling war nichts weiter als ein uneheliches Kind, deren Mutter eine berüchtigte Hure war. Falls Lady Lydia im Besitz dieser Information wäre, musste Olivia davon ausgehen, dass sie sie auch nutzen würde. Doch mit welcher

Absicht? Vielleicht, um Jasper zu einer Ehe mit Audrey zu zwingen? Welch spektakulärer Gedanke – und ein unbegründeter obendrein. Audrey würde solch einer Bosheit niemals zustimmen.

»Das kann ich mir vorstellen. Sie war sehr daran interessiert, über Jaspers Verlobung zu spekulieren.«

»Nun, das macht sie ja eigentlich ganz normal«, sagte Louisa. »Alle spekulieren über seine Verlobung.«

»Glaubst du, es wird Lady Philippa sein?« Olivia erinnerte sich an die perfekte Haltung und Eleganz der schönen jungen Frau. Sie würde Jasper eine umwerfende und mehr als angemessene Ehefrau sein.

»Das erwarte ich, ja.« Sie runzelte die Stirn. »Obwohl ich, je länger sich die Sache hinzieht, eine Verlobung immer stärker in Zweifel ziehe. Es ist nicht seine Art zu zaudern. Sobald er sich einmal entschlossen hat, verfolgt er seine Ziele relativ rasch und endgültig. Wie mit seinem Pferd.«

Olivia war nicht ihrer Meinung, aber nur, weil Jasper ihr gerade versichert hatte, dass seine Verlobung unmittelbar bevorstand. Das würde sie allerdings Louisa nicht verraten. Sie wollte ihren Verdacht nicht wecken, dass ihre Beziehung über irgendetwas anderes hinausging als der von »Vetter und Base«.

Louisa stand auf und ging zum Schreibtisch, auf dem ein Stapel ungeöffneter Briefe lag. »Ich denke, wir sehen am besten diese Einladungen durch. Es macht dir doch nichts aus, mir behilflich zu sein, Liebes? Ich möchte nirgendwo hingehen, was nicht verlockend für dich klingt.« Sie kehrte mit den Schreiben zurück und nahm wieder Platz, woraufhin sie sie auf ihren Schoß legte.

Sie sah sie durch und dann zog sie eines aus der Mitte. »Dieses ist an dich adressiert, Liebes.«

Olivia nahm das versiegelte Schreiben entgegen. Sie erkannt die Handschrift nicht. Ihr Herz machte einen Satz, als sie das Schriftstück auseinanderfaltete. Die ordentlich niedergeschriebenen Worte schrien ihr vom Papier aus entgegen.

Verlassen Sie Lady Merriweathers Haus oder Ihre wahre Abstammung und Vergangenheit wird öffentlich gemacht. Die uneheliche Tochter von Fiona Scarlet hat in der feinen Gesellschaft keinen Platz.

Sie drehte sich so, dass Louisa den Brief nicht über ihre Schulter lesen konnte, und bemühte sich, das Zittern ihrer Hände zu unterdrücken. Wer hatte das wohl geschickt?

Louisa sah von der Einladung auf, die sie gerade las. »Von wem ist das, Liebes?«

»Nur ein Brief von … Mrs. Gifford«, erfand sie schnell. »Sie schickt ihre besten Wünsche.«

»Wie nett von ihr.« Louisa wandte sich wieder ihrer Lektüre zu.

Olivia sollte ihr wahrscheinlich die Wahrheit sagen, und vielleicht würde sie das auch noch tun, doch im Augenblick wirbelten ihre Gedanken durcheinander. Jasper würde sicher davon wissen wollen. Heute Abend würde sie es ihm sagen. Heute Abend! Er beabsichtigte, mit Lord Prewitt zu sprechen. War es möglich, dass er zu spät dran war? War Prewitt schon aktiv geworden? Aber warum schickte er eine solche Nachricht, anstatt den Klatsch zu verbreiten? Einzig und allein jemand, der sie loswerden wollte, würde so etwas schreiben.

Wer wollte sie loswerden?

Früher, vor nicht allzu langer Zeit, hätte sie vielleicht auf Jasper getippt, doch inzwischen wusste sie, dass er das nicht tun würde. Es wäre ohnehin nicht seine Art, einen Brief zu schicken. Gestern Abend war er aufgetaucht, um sie auszuquartieren, ungeachtet dessen, wie spät es war, doch als sie ihn davon überzeugt hatte, dass sie keine Bedrohung darstellte, war seine Meinung umgeschlagen. Hatte er jetzt seine Meinung erneut geändert? Doch nein, er war gerade hier gewesen und sah sich weiterhin verpflichtet, ihr zu helfen. Er steckte nicht hinter der Nachricht.

Viele Leute mochten ihr vielleicht kein Wohlwollen entgegenbringen, wenn sie die Wahrheit wüssten, aber nur einer würde sie loswerden wollen. So wie er Jaspers erste Liebe losgeworden war. Der Herzog von Holborn.

Sie faltete den Brief zusammen und legte ihn auf ihren Schoß. Obwohl sie Jasper darüber in Kenntnis setzen wollte, brachte sie es nicht über sich, das ohnehin schon ange-spannte Verhältnis zwischen Vater und Sohn noch weiter zu zerrütten. Nicht, wenn sie alles darum geben würde, selbst einen Vater zu haben.

$\sim$

Kurz nach Einbruch der Dämmerung schlenderte Jasper durch den Grove von Vauxhall. Er nickte den Leuten zu, die flanierten oder an rund um das Orchester gruppierten Tischen saßen. Die warme Nachtluft war von Musik erfüllt, als er sich auf den Weg zu Lady Badbys Loge machte.

Sofort fiel sein Blick auf Olivia. Ihr kastanienbraunes Haar war mit perlenbesetzten Kämmen kunstvoll frisiert. Obwohl sie saß, war ihr Oberkörper in einem blauen Kleid zu sehen, das ebenfalls mit Perlen am Mieder verziert war. Sie saß neben Louisa und lachte über etwas, das seine Tante sagte. Noch nie hatte Olivia für ihn reizender ausgesehen.

Er zwang sich, nach Lord Prewitt an diesem Tisch Ausschau zu halten. Mühelos entdeckte er die Mutter des Mannes - ein kleines, ältliches Geschöpf -, die neben Lady Badby, der Gastgeberin, saß. Endlich erblickte er Prewitt, der gerade von einem Spaziergang mit ... Sevrin zurückkehrte? Was zum Teufel hatte er hier zu suchen?

Jasper schritt auf die beiden zu. »Guten Abend, Prewitt, Sevrin«, sagte er, als er sich zu ihnen gesellte.

»Guten Abend, Saxton«, gab Prewitt nickend zurück, dessen Kopf von einer Fülle dunkelgrauen Haars bedeckt war.

Jasper warf Sevrin einen fragenden Blick zu. »Saxton, ich habe Lord Prewitt nur zu Lady Badbys Loge begleitet. Ich habe gehört, Sie seien heute Abend hier und da dachte ich mir, ich sollte einmal vorbeischauen.«

Jasper wollte fragen: *Warum hat Prewitt dir gestattet, mit ihm zu sprechen?* Hatte sich Sevrins Ruf solchermaßen verbessert, seit Jasper sich mit ihm angefreundet hatte?

»Ich bin froh, dass Sie das getan haben. Großartiger Abend.« Jasper suchte nach einer Überleitung, um die Unterhaltung auf Prewitts Wiedererkennen von Olivia zu lenken.

»Sagen Sie, Saxton. Der Schützling Ihrer Tante kommt mir irgendwie bekannt vor«, meinte Sevrin und warf einen langen Blick in Olivias Richtung. Jasper war sich nicht sicher, was Sevrin im Sinn hatte, allerdings schien er eine Strategie zu haben, und so ließ er sich darauf ein.

»Tatsächlich?« Jasper richtete die Frage unauffällig an Prewitt und drehte seinen Körper leicht in Richtung des älteren Mannes.

»Das dachte ich auch«, stimmte Prewitt zu, doch dann schüttelte er den Kopf. »Aber ich muss mich geirrt haben. Ich dachte, sie sähe wie eine Schauspielerin aus. Das war, bevor ihr jungen Leute in der Gesellschaft eingeführt wart.«

»Eine Schauspielerin?« Sevrin tippte sich ans Kinn, als ob er über diesen Einfall nachdachte. Plötzlich hob er den Finger und grinste. »Ich hab's. Lady Dalrymple.«

Prewitt runzelte die Stirn. »Der Schützling seiner Tante

sieht ihr nicht im Geringsten ähnlich. Lady Dalrymple hat breite ... Schultern und sehr dunkles Haar.«

Jasper hielt den Atem an. Was für ein Durcheinander hatte Sevrin da angerichtet? Würde Prewitt letztendlich darauf bestehen, dass Olivia wie Fiona Scarlet aussah?

Sevrin lachte leise. »Sie haben ganz recht, sie sieht Lady Dalrymple überhaupt nicht ähnlich, aber Lady Dalrymple hat ein Porträt in ihrem Salon – ich glaube, es ist die Urgroßmutter ihres Ehemannes – und das Bildnis ist eine exakte Replik von Miss West, das schwöre ich.«

Jasper nickte langsam. Er kannte das Gemälde, von dem Sevrin sprach – wenn er sich auch kurz fragte, woher Sevrin es kannte –, und obwohl die Frau die gleiche Haarfarbe aufwies, würde er nicht so weit gehen und behaupten, dass Olivia eine »exakte Replik« sei. Dennoch schloss er sich Sevrin an. »Ich glaube, Sie haben recht. Es ist ein eindrucksvolles Porträt und sehr groß. Sie haben es doch gewiss schon gesehen, Prewitt?« Gespannt wartete er auf Prewitts Antwort.

»Das habe ich. Ich glaube tatsächlich, dass Sie recht haben, Sevrin. Ich wusste, dass sie mir bekannt vorkommt.«

Sevrin lächelte. »Na, dann wäre das Rätsel ja gelöst.«

»Welche Schauspielerin hatten Sie, nebenbei bemerkt, gemeint?« Jasper wollte herausfinden, in welcher Beziehung Prewitt – falls vorhanden – zu Olivias Mutter gestanden hatte.

»Oh, ich kann mich gar nicht mehr an ihren Namen erinnern. Scarlet vielleicht? Ruby?« Er winkte ab. »Ich habe sie einmal in der Drury Lane spielen gesehen. Ein außerordentliches Talent.«

Jasper versuchte, sich seine Erleichterung nicht anmerken zu lassen.

Lord Prewitt verbeugte sich leicht. »Und jetzt entschuldigen Sie mich bitte, während ich nach Mutter sehe.« Er wandte sich ab und marschierte zu Lady Badbys Gesellschaft.

»Ich war mir nicht sicher, worauf du hinaus wolltest«, meinte Jasper leise.

»Das war sehr lustig.« Sevrin blickte sich um. »Gibt es noch jemanden, dem wir Lügen auftischen können?«

Jasper warf ihm einen gereizten Blick zu. »Danke für deine Unterstützung.«

»Jederzeit. Ich habe eigentlich nicht vor, bei Lady Badbys Festlichkeit einzudringen. Sehen wir uns später im Black Horse?«

»Möglicherweise.« Er ließ den Blick zu Olivia schweifen. »Ich werde mit Olivia einen Spaziergang machen und ihr sagen, dass sie von Prewitt nichts zu befürchten hat.«

»Jetzt?« Sevrin stieß Jasper mit dem Ellbogen an, womit er seine Aufmerksamkeit von Olivia ablenkte. »Glaubst du, das ist klug?«

Jasper warf ihm einen scharfen Blick zu. »Was, bist du jetzt der Herzog?«

Sevrin schnaubte. »Ich weiß, wie schwer es dir fällt, die Finger von ihr zu lassen. Ich würde ja nachfragen, ob deine Anziehung nachgelassen hat, doch nach dem Blick zu urteilen, mit dem du sie anschaust, kann ich sehen, dass das nicht der Fall ist.«

Lieber Himmel, war Jasper so leicht durchschaubar? Das wäre nicht gut. Vielleicht war ein Spaziergang mit ihr nicht sein allerbester Einfall. Ebenso gut könnte er sie morgen besuchen.

Er stieß Sevrin mit dem Ellbogen zurück. »Kümmere dich um deine eigenen Angelegenheiten. Wir sehen uns später.«

»Guten Abend, mein lieber Junge«, rief Louisa, als Jasper sich der Loge näherte.

»Guten Abend, Tante, Miss West.« Er verbeugte sich

nacheinander vor den beiden Frauen, ehe er sich der Gastgeberin zuwandte. »Lady Badby, ich danke Ihnen für Ihre
Einladung.«

Lady Badby, eine große, schlanke Frau mit tiefschwar-
zem, silberdurchwirktem Haar, war mit Louisa befreundet,
so lange Jasper denken konnte. Obwohl sie zu Klatsch und
Tratsch neigte, hatte Lady Badby ihm stets Zuneigung und
Fürsorge entgegengebracht. Heute Abend funkelten ihre
Augen vor kaum verhohlener Heiterkeit. »Danke, dass Sie
uns mit Ihrer Anwesenheit beehren. Besteht die Möglichkeit,
dass Lady Philippa sich uns anschließt?« Die Lippen zu
einem erwartungsvollen Lächeln geformt, blickte sie ihn
abwartend an.

Sie hoffte also, dass dieses kleines Fest ihr das begehrteste
Gerücht der Sommersaison einbringen würde? Hatte sie ihn
deshalb eingeladen?

Jenseits von Lady Badby rollte Louisa mit den Augen.
»Augusta, fall nicht mit der Tür ins Haus.«

Lady Badby, die von Louisas Rüge offenbar unbeeindruckt war, antwortete mit einem Lachen. »Oh, meine liebe
Louisa, du weißt, dass ich einfach fragen musste.«

»Nein, das hättest du nicht tun müssen. Und nun Jasper,
gehst du mit Olivia spazieren.«

Ihre Anweisung nahm Jasper die Entscheidung ab, ob er
heute Abend oder morgen mit Olivia sprechen sollte. Heute
Abend passte es ebenso gut. Es war besser, die Sache hinter
sich zu bringen, damit er sich auf Lady Philippa konzentrieren konnte. Er fühlte sich innerlich wie ausgehöhlt.

»Es wäre mir ein Vergnügen.« Er wartete, bis Olivia
aufgestanden und um den Tisch herumgekommen war.
Sobald sie neben ihm stand, bot er ihr seinen Arm. Louisa
strahlte sie beide an, als er Olivia von der Loge fort führte
und mit ihr den Grand Walk entlangschritt.

Sie waren schon einige Meter entfernt, als sie feststellte: »Du trägst die Weste.«

Er strich mit der Hand über seinen Oberkörper. »Das ist mein Lieblingsstück. Sie passt hervorragend. Mein Kammerdiener ist der Meinung, ich sollte meinen Schneider entlassen.«

Sie lachte, und er wurde innerlich zu Pudding. Er musste einen Weg finden, um solche Reaktionen auf sie zu verhüten.

»Warst du schon einmal in Vauxhall?«, fragte er.

»Ja, viele Male. Meine Mutter kam mit Vorliebe hierher.« In ihrer Stimme schwang eine gewisse Wehmut mit, die ihn vermuten ließ, dass auch Olivia die Gärten liebte. »Macht es dir etwas aus, wenn wir zum Hermit's Walk spazieren? Ich habe dort oft Zuflucht gesucht.«

»Natürlich nicht.« Jasper führte sie auf den Grand Cross Walk. »Wie war dein Verhältnis zu Fiona?«

Sie war einen Moment lang still. »Sie hat mich nicht wie eine Tochter behandelt, eher wie eine Freundin, die bei ihr zu Besuch war. Und sie war nicht übermäßig glücklich darüber, vor allem, da ich nicht so freigeistig war wie sie.«

Jasper wusste, wie es sich anfühlte, seine Eltern zu enttäuschen, und selbst Jahre später frustrierte ihn dies noch um Olivias willen. »Du bist in einem Pfarrhaus aufgewachsen. Was hatte sie denn erwartet?«

Olivia lächelte traurig. »Genau das habe ich mich auch gefragt, aber andererseits hatte sie mich nie gewollt.«

Jasper wurde die Brust eng. Er war die zweite Wahl gewesen, aber überhaupt nicht gewollt zu werden? Er wusste nicht, was er sagen sollte, also legte er einfach seine Hand auf ihre.

Sie zuckte mit den Schultern, und die Muskeln ihres Nackens und ihrer Schultern wellten sich bei dieser sanften Geste auf eine elegante Weise. »Fiona merkte bald, dass ein vierzehnjähriges Mädchen kein Hindernis war, wie es ein

Baby oder Kleinkind gewesen wäre.« Ihr Blick zuckte kurz
zu ihm auf. »Nicht, dass sie eine solche Unterbrechung zugelassen hätte. Sie hatte ihr Leben einfach weitergeführt,
während ich ihr ausgewichen bin.«

Ihr Leben, wie Olivia es ausdrückte. Das Leben einer
Kurtisane. »Und warst du in ihr Treiben eingeweiht?«

Als sie in den Hermit's Walk einbogen, blickte sie zu ihm
auf. »Wenn du mich fragst, ob ich über ihren Beruf Bescheid
wusste, natürlich. Normalerweise hatte sie einen Beschützer,
der für unsere Unterkunft aufkam, und so zogen wir so oft
um, wie sie ihre Liebhaber wechselte. Ein paar Mal wollte ihr
Beschützer mich nicht im selben Haus wohnen haben, und
so bezahlte er dafür, dass ich woanders unterkam. Das war
mir ohnehin lieber.«

Es klang einsam. Er wünschte sich, dass sie nie wieder die
Leere von Einsamkeit oder den Stich einer Zurückweisung
erleben musste. »Ich habe heute Abend mit Lord Prewitt
gesprochen. Obwohl du ihm bekannt vorkamst, hatte er dich
nicht als Fionas Tochter einordnen können. Und ich habe
Sorge dafür getragen, dass er dies auch niemals tun wird.«

Am Ende des Hermit's Walk blieb sie stehen und drehte
sich um, um ihn anzusehen. »Meine Güte, was hast du
getan?«

»Ich habe ihn nur in eine andere Richtung gewiesen. Er
ist der Ansicht, du siehst wie eine Vorfahrin von Lord
Dalrymple aus.« Abermals blickte sie ihn verdattert an, und
er lachte leise. »Vertrau mir einfach. Er wird dich nicht
belästigen.«

»Ich vertraue dir.« Sie lächelte. »Danke.«

Sie vertraute ihm. Das hörte sich leicht an, aber er wusste,
dass es im Hinblick auf ihre Vergangenheit schwierig für sie
sein musste. Noch nie hatte sie sich auf jemanden verlassen
können – bis sie Louisa getroffen hatte. Er war heilfroh,
sichergestellt zu haben, dass Olivia sie nie verlassen musste.

Ein Pfiff ertönte und alle Lampen in den Gärten flackerten auf. Sie erschrak. »Ach!« Dann lachte sie.

Jasper lächelte zusammen mit ihr. »Hast du die Lampen noch nie aufleuchten sehen?«

»Doch, ein- oder zweimal, aber ich war nicht darauf vorbereitet.« Sie schaute in ihrer näheren Umgebung auf die glimmenden Laternen, während die Diener, die sie ange- zündet hatten, im Gebüsch verschwanden. »Das ist so schön.«

Plötzlich wurde Jasper von hinten gepackt und mit brutaler Gewalt zu Boden geschleudert. Olivia kreischte. Jasper wandte sich zu seinem Angreifer um. Gifford? Der junge Mann stand mit einem wuterfüllten Blick über ihm. Bekleidet mit Reithosen und einem lockeren Hemd mit aufgerollten Ärmeln, wirkte er kampfbereit.

»Steh auf«, knurrte er.

Jasper sprang auf. »Olivia, geh zurück zum Grove.«

Sie trat einen Schritt vor. »Mr. Gifford, was machen Sie hier?«

»Ich beschütze Ihre Ehre. Ich weiß, dass Saxton Sie ruiniert hat. Der Mistkerl glaubt, er könne Sie aufgrund Ihres Standes ungestraft schänden. Seinesgleichen nutzt Leute wie uns immer aus, Miss West.« Er stürzte sich mit fliegenden Fäusten auf Jasper.

Jasper war auf das schnelle Tempo und die Präzision des Angriffs seitens des jüngeren Mannes nicht vorbereitet. Er hatte Gifford kämpfen sehen und wusste, dass er bemerkens- wert versiert war. Doch jetzt, als er die Wut des Mannes zu spüren bekam und in viel zu eng anliegender Kleidung steckte, war er nicht imstande, die Schläge angemessen abzuwehren.

»Mr. Gifford, hören Sie auf!«, schrie Olivia.

»Bleib zurück!«, schnaufte Jasper. Er tanzte rückwärts, um Zeit zu schinden und seinen Frack auszuziehen, aber

Gifford folgte ihm und versetzte ihm einen Schlag auf die Wange, bevor Jasper seine Arme befreien konnte.

Er stürmte vorwärts und erwischte Gifford um die Taille. Zusammen stürzten sie zu Boden. Jasper rollte sich schnell ab und sprang wieder auf. Jetzt war er für den Mann bereit.

Sie umkreisten sich einen Moment und versuchten, die Schwäche des anderen auszuloten. Gifford besaß eine gute Abwehr. Er war groß und geschmeidig und seine Bewegungen waren behände, während er die Fäuste perfekt für Angriff und Verteidigung in Stellung brachte.

Jasper musste Olivia von hier fortschaffen. »Olivia, geh zurück zum Grove.«

»Ich werde nicht gehen, bevor er aufhört. Bitte, Mr. Gifford, ich bin nicht wütend auf Saxton.«

»Das sollten Sie aber! Warum sind Sie hier mit ihm?«

Jasper machte sich die momentane Konzentration des jüngeren Mannes auf Olivia zunutze. Er wagte einen Vorstoß und traf Gifford im Gesicht und dem Bauch. Rasch wich er zurück, bevor Gifford auf den Angriff reagieren konnte.

Gifford grunzte und richtete einen zornerfüllten Blick auf Jasper. »Olivia, Sie sind eine Närrin, wenn Sie glauben, dass Sie jemals von der Gesellschaft akzeptiert werden.« Er hielt seine Aufmerksamkeit weiterhin auf den Kampf gerichtet. »Ihre wahre Herkunft wird ans Licht kommen.«

»Wovon zum Teufel redest du?«, fragte Jasper. »Du bedrohst sie doch nicht etwa, oder? Das wäre ein schwerer Fehler.«

»Ich bedrohe *dich*!« Als Gifford zuschlug, erwischte er ihn unter dem Kinn und wieder seitlich am Kopf.

Der Schmerz strahlte in Jaspers Schläfe aus. Gifford zielte auf Jaspers Mitte und erwischte ihn an der Seite, als er auswich. Er wirbelte herum und konfrontiere den jüngeren Mann erneut. Gifford zauderte allerdings nicht. Er stürzte vor und versetzte Jasper mehrere Schläge, die dieser nur knapp abwehren konnte. Gifford mochte vielleicht nicht der größte Mann im Club sein, aber er war mit Sicherheit einer der kräftigsten.

Jasper musste dies zu Ende bringen. Er stürmte auf Gifford zu und hämmerte mit den Fäusten auf dessen Brust und Kopf ein. Gifford stolperte rückwärts. Aus dem Gleichgewicht gebracht, konnte er die Fäuste nicht mehr heben. Jasper landete mehrere vernichtende Schläge.

»Jasper, bitte, hör auf!«, Olivias verzweifeltes Flehen durchbrach seine Konzentration. Er hielt inne und gestattete Gifford, wieder auf die Beine zu kommen. Dann warf er einen Blick auf Olivia. Das war ein verheerender Fehler.

Aus den Augenwinkeln sah er Giffords Arm zu dessen Stiefel hinunterwandern. Kalter Stahl blitzte im Lampenschein auf. Jasper wich nach rechts aus, doch es reichte nicht. Gifford bohrte die Klinge in Jaspers linke Schulter.

Weißglühend brannte sich ein stechender Schmerz durch seinen Arm bis hinunter in seine Brust. Jasper wurde es einen Moment schwarz vor Augen, als er ins Schwanken geriet. Abermals riss Gifford die Hand mit dem Messer hoch, doch der Hieb blieb aus. Er wurde zur Seite gezerrt und zu Boden geschleudert. Sevrin ragte über ihm auf, und sein Stiefel presste Giffords Handgelenk auf die Erde, bis er das Messer losließ.

»Saxton, bist du wohlauf?«

Jasper nickte, obwohl der Schmerz in seiner Schulter wie Feuer brannte. Er sah Olivia an, die im Lampenlicht blass und verängstigt wirkte, aber unverletzt war.

»Miss West, bringen Sie Jasper nach Hause. Ich kümmere mich um Gifford.« Sevrin starrte mit kalter Wut auf den jungen Mann hinab.

Olivia kam herbei und betrachtete Jaspers Schulter. Ihr Mund wurde schmal vor Sorge.

»Hol meinen Frack. Ich will keine Aufmerksamkeit auf

die Sache lenken.« Es war erstaunlich, dass bei den Kampfge-
räuschen niemand hinzugekommen war, doch der Hermit's
Walk war andererseits recht schmal und nur selten stark
besucht.

Während Olivia seinen Frack holte, neigte Jasper seine
Schulter nach vorn, um einen Blick auf die Wunde zu
werfen. Er wurde mit einem lähmenden Schmerz belohnt,
der seinen Hals hinauf und bis in seinen Arm hinunterzog.
Blut sickerte durch ein Loch in seiner Weste. Seine *Lieblings-
weste*, verflixt nochmal.

Sie versuchte, ihm in den Frack zu helfen, aber es war zu
schmerzhaft, verdammt. »Geht es dir gut?«, fragte sie mit
sorgenvoller Stimme.

»Es geht schon«, knirschte er mit zusammengebissenen
Zähnen. »Häng mir den Frack einfach über die Schultern.«

»Saxton, du kannst nicht über den Grand Walk zurückkehren. Du musst hier durch den Garten gehen.« Sevrin
zeigte auf das Ende des Weges. »Es gibt keinen Weg, aber du
wirst den Ausgang schon finden, denke ich. Beeil dich. Ich
komme später vorbei, wenn ich mich um den hier gekümmert habe.«

Seit Sevrin einen Fuß auf sein Handgelenk gestellt hatte,
hatte Gifford sich nicht mehr gerührt. Die Gesichtszüge
erstarrt, blickte er voller stummen Zorn in den Himmel.

Jasper nickte. »Wir werden in der Queen Street sein.« Er
nahm Olivias Hand und führte sie durch die Büsche. Einer
der Laternenanzünder war in diese Richtung verschwunden.
Es gab dort gewiss einen schmalen Pfad. Es war dunkel, doch
von den Spazierwegen drang genügend Licht durch die
Bäume und Büsche, um ihren Weg ein wenig aufzuhellen.

Ein Zweig traf ihn am Arm und er grunzte. Olivia
spannte ihren Griff an und übernahm die Führung. Nach
einer ganzen Weile traten sie aus den Gartenanlagen heraus
und gelangten auf einen Weg in der Nähe des Eingangs.

Olivia hielt inne. »Wir sind mit der Kutsche gekommen. Bist du das auch oder mit dem Boot?«

»Kutsche.«

Sie zog ihn durch den Eingang. Sie fanden seine Kutsche zuerst. Der Diener öffnete automatisch die Tür, doch dann verharrte sein Blick auf Jaspers Schulter.

»March, du musst den Doktor holen.« Jasper zog eine Grimasse, als eine scharfe Welle des Schmerzes seine Schulter erfasste. »Er soll uns im Stadthaus meiner Tante in der Queen Street aufsuchen.«

»Ja, Mylord.« Er schoss schneller davon, als Jasper den Mann je hatte laufen sehen.

Der Kutscher stieg herunter und war Jasper beim Einsteigen behilflich. Olivia folgte und setzte sich neben ihn. Der Kutscher zündete die Lampen an und fragte: »Queen Street also?«

Jasper nickte.

Die Tür schlug zu. Olivia hob ihm den Frack von den Schultern und warf ihn auf den gegenüberliegenden Sitz. Vorsichtig untersuchte sie seine Schulter. Ihr Gesicht war ernst und sie war blasser, als er sie je gesehen hatte. »Es tut mir leid wegen der Weste. Ich schneidere dir eine neue.« Sie knöpfte das Kleidungsstück auf und zog es aus. Es folgte dem Frack auf die Sitzbank gegenüber.

Sie knöpft seine Krawatte auf und zog sie ihm vom Nacken. Sanft schob sie sein Hemd von der Wunde und tupfte sie dann mit seiner Krawatte ab. Der Halsausschnitt war nicht groß genug und somit drohte das Hemd wieder über sein aufklaffendes Fleisch zu rutschen.

»Verzeih mir bitte.« Sie packte beide Seiten des offenen Halsausschnittes und riss den Stoff bis zu seiner Taille auf. Lust durchflutete ihn. Mit dem lähmenden Schmerz in seiner Schulter hätte er es nicht für möglich gehalten, sich erregt fühlen zu können, aber in diesem Moment verblasste der Schmerz, bis er sich nur noch bewusst war, wie sie in dem verführerischen Lampenschein der schaukelnden Kutsche über ihn gebeugt war.

Sie winkelte ein Bein unter sich an und drehte sich zu ihm, während sie die Krawatte auf seine Wunde presste. »Die Blutung scheint nachzulassen.«

Er zwang sich, auf ihre Worte zu hören, anstatt sie in Gedanken auszuziehen. »Muss es genäht werden?«

»Ich weiß nicht.« Sie lenkte ihre Aufmerksamkeit zu seinem Gesicht. »Ich verstehe nicht, warum Gifford dich angegriffen hat.«

Giffords Handlungen ergaben einen Sinn, wenn man bedachte, dass er derjenige gewesen war, der Jasper über Olivias Suche nach ihrem Vater und ihrer angeblichen Jagd nach einem adligen Ehemann erzählt hatte. »Ich denke, er hat ein Auge auf dich geworfen. Gifford ist derjenige, der mir gesagt hat, dass Merry vielleicht nicht dein Vater ist. Er hatte eine Unterhaltung belauscht, die du mit einer Frau hattest.«

Olivia wich mit einem Aufkeuchen zurück. »Das hat er nicht.«

Jasper nickte. »Er hat auch versucht, mich glauben zu machen, dass du dich mit dem einzigen Zweck in Louisas Haus eingeschlichen hast, dir einen wohlhabenden Ehemann mit Adelstitel zu schnappen. Er wollte ganz eindeutig nicht, dass ich besonders gut von dir denke.« Das waren die Taten eines eifersüchtigen Mannes, und damit etwas, was Jasper verstehen konnte. Beim Gedanken von Olivia mit Gifford oder irgendjemand anderem, begehrte sein Magen auf.

Olivia faltete die Krawatte neu, um ein frisches Stück des Stoffs als Kompresse zu benutzen. »Er hat mich heute Nachmittag in der Queen Street aufgesucht. Ich denke, er hatte die Hoffnung, mir den Hof zu machen, aber ich habe ihn nicht gerade ermuntert.« Sie sah Jasper mit einem schuldbewussten Blick an.

Er hob seinen unverletzten Arm und streichelte ihr Gesicht. »Es ist nicht deine Schuld, dass er mich mit dem Messer angegriffen hat.«

»Nichtsdestotrotz wünschte ich, ich könnte ihn zurückstechen.«

KAPITEL ZWANZIG

Noch nie hatte Olivia wirklich das Bedürfnis verspürt, jemandem wehzutun, was allerdings genau dem Gefühl entsprach, das sie in diesem Moment beim Gedanken an Gifford empfand. Jedes Mal, wenn sie gesehen hatte, wie ihre Mutter geschlagen wurde, war es ihr zuwider gewesen, aber weil es Gewalt gegen eine andere – unschuldige – Person war. Das Gleiche galt für Mrs. Reddy. Doch dieses Gefühl, diese Wut war anders. Sie erfüllte sie und spendete ihr Wärme, wenngleich sie sie auch in Dunkelheit hüllte. Fühlte Jasper sich so, wenn er kämpfte?

»Du meinst das nicht, aber ich weiß deinen Zorn um mich zu schätzen.« Er bedachte sie mit einem halben Lächeln.

»Ich meine es. Ich habe diese Kraft und ich möchte sie ausüben, um Gifford zu verletzen. Ist es das, was du fühlst, wenn du kämpfst?«

Mit seinem Daumen zog er den Verlauf ihres Wangenknochens nach, und sie musste kämpfen, um sich nicht seiner Liebkosung hinzugeben. »Irgendwie schon, aber mir geht es nicht darum jemandem Schmerzen zuzufügen. Ich möchte mich auf eine strategische Weise betätigen. Zum Kämpfen braucht es Verstand und Können. Zu viel Emotion umwölkt das Urteilsvermögen. Ich fürchte, dass ich heute Abend deshalb nicht so gut abgeschnitten habe.«

Seine Worte riefen in Olivia freudige Erregung hervor. »Was meinst du damit?«

»Ist das nicht offensichtlich?«

Sie fühlte sich unter seinem funkelnden Blick plötzlich unwohl und wandte sich wieder seiner Wunde zu. In kniender Position löste sie die Krawatte von der Wunde, um die Blutung zu kontrollieren. Inzwischen war sie ein wenig abgeebbt, aber das Blut floss immer noch. Sie schlug den Stoff zu einer frischen Stelle um und presste ihn erneut auf die Wunde. Er zuckte zusammen und ließ die Hand in den Schoß fallen. Ihr tat es leid, seine Berührung zu verlieren, doch es war zum Besten.

Es war nicht zu ändern – sie verliebte sich in ihn. Und obwohl er vielleicht etwas für sie empfand – gerade einen Augenblick zuvor hatte er dies angedeutet –, hatten sie keine Zukunft zusammen.

»Vorhin hast du gesagt, du vertraust mir.« Seine Stimme war leise und rau.

Das hatte sie. *Das tat sie.* Wann war das passiert? Sie hatte ihm sogar von ihrem Leben mit ihrer Mutter erzählt. Noch nie zuvor hatte sie jemandem verraten, wie isoliert sie sich gefühlt hatte. Aber sie konnte nicht auf etwas hoffen, dass sie nie bekommen konnte. »Ich vertraue niemandem. Nicht wirklich.« Es schmerzte sie mehr, diese Worte auszusprechen, als dass sie ihm wehtun konnten.

Seine Lippen verhärteten sich und verliehen ihm diesen kalten, arroganten Gesichtsausdruck, den sie in letzter Zeit kaum mehr gesehen hatte. Er fasste sie seitlich am Kopf und verflocht die Finger in ihrem Haar. »Ich möchte, dass du mir vertraust. Ich *brauche* dein Vertrauen.« Er zog an ihrem Kopf und seine Finger verschlangen sich in ihrem Haar. »Sag mir, dass du das tust.«

Wie konnte sie die Qual in seiner Stimme ignorieren? Sie beide waren so lange allein gewesen, ohne jemandem vertrauen zu können … oder zu lieben. Sie konnte ihn nicht ablehnen. »Das tue ich«, flüsterte sie.

Sie fuhren über ein holpriges Straßenstück und sie presste die Hand in seine Schulter. Er sog die Luft ein.

»Sag es mir noch einmal.« Er zog ihren Kopf nach unten.

Sie starrte ihn an.

»Sag es mir.« Seine Stimme klang kratzig vor Begierde.

»Ich vertraue und –«

Den Rest ihrer Worte verschluckte er mit einem sengenden Kuss, und seine Lippen saugten mit einer verzweifelten Bedürftigkeit an ihren. Sie sollte dies nicht erlauben. Sie sollte sich entfernen, doch sie musste den Druck auf seiner Schulterwunde erhalten …

»Deine Schulter«, raunte sie erneut an seinem Mund.

»Sie kann in der Hölle schmoren.« Er stützte ihren Hinterkopf in seiner Handfläche und leckte über ihren Mund. Es waren leidenschaftliche, glühende Küsse, dazu bestimmt, sie anzuheizen und zu erregen.

Die Kutsche traf eine weitere holprige Stelle und fast wäre sie von der Sitzbank gefallen. Gegen ihr besseres Wissen – ein Wissen, das in diesem Augenblick wirklich ziemlich abwesend war – setzte sie sich mit gespreizten Beinen auf seinen Schoß. Sie streichelte seinen Oberkörper und fuhr mit der linken Hand über die erhitzte Hautfläche.

Er öffnete den Mund und vertiefte den Kuss, wobei er darauf aus war, jeden einzelnen Teil von ihr zu besitzen. Sie riss den Kopf zurück und begegnete ihm Lecken für Lecken und Stoß für Stoß. Sie rieb sich an ihm und genoss seine Härte zwischen ihren Beinen. Die wogenden Bewegungen der Kutsche erzeugten eine Reibung zwischen ihnen und ließ köstliche Funken der Wonne durch ihre Schenkel und ihren Bauch tanzen.

Er brach den Kuss ab, aber nur für einen Augenblick. »Olivia«, ein weiterer atemloser Kuss, »ich brauche«, er zupfte mit seinen Zähnen an ihren Lippen, »dich.« Er bewegte eine Hand zu ihrer Taille und zog sie zu sich herab, während er sich ihr entgegen hob. Sie keuchte in seinen Mund und spannte sich gegen ihn an, wobei sie jeden einzelnen Muskel zum Einsatz brachte, um den Hunger zu bekämpfen, der in ihrer Mitte immer größer wurde.

Fieberhaft bewegte er seine Hände tastend unter ihren Röcken und drapierte die Seide um sie wie einen Vorhang. Er fand ihren schlüpfrigen Spalt und streichelte ihren Eingang, ohne ihren Mund von seinem zu lösen. Sie kreiste mit den Hüften gegen seine Hand, und ihre Knie pressten sich in die Seiten seiner Oberschenkel, während sie den Druck auf seine Schulter keine Sekunde minderte. Dann packte sie auch seine unverletzte Schulter, um sich im Gleichgewicht zu halten, während sie auf seiner Hand ritt.

Als er seinen verwundeten Arm bewegte, ließ sie die Kompresse allerdings nicht los. Mit einiger Erschwernis öffnete er seine Hose. Sie würde ihm ja helfen, aber ihre Hände zwischen den Berg von Röcken und seine Finger zu schieben – Gott, seine Finger. Er schob einen tief in sie, und sie schrie auf, wobei ihre Zähne über seine streiften.

»Ja«, lockte er sie, und seine Finger stießen im gleichen Rhythmus wie ihre Hüften.

»Ich muss –« Die Welle brandete höher und riss sie vorwärts. Sie konnte den feuchten Kopf seines Schaftes spüren, der sich gegen ihre Öffnung presste. »Oh, ja.« Sie stieß hinab und nahm ihn in sich auf, bis sie vollständig gedehnt und ausgefüllt war und die Lichter hinter ihren Augenlidern tanzten.

Er hielt sie mit den Händen um die Taille gepackt. Sie

genoss das Vergnügen, ihn in sich zu spüren, aber nur für einen Augenblick. Er grub die Finger in ihren Hintern und drängte sie hoch. Sie glitt höher und dann zog er sie wieder herunter. Auf und ab, während er an ihrer Zunge saugte und knabberte.

Nichts war mehr von Bedeutung, außer diesem Akt zwischen ihnen. Dieses Geben und Nehmen, dieses ursprüngliche Bedürfnis, zu bezwingen und sich hinzugeben. Ihre Lust baute sich zu glühender Ekstase auf. Ohne Gedanken an seine Wunde packte sie seine Schultern. Die Krawatte entglitt ihr, doch sie war der Euphorie zu nahe, um sich darum zu sorgen.

Er dirigierte ihre Bewegungen und spürte, wie sie die Kontrolle verlor. Immer schneller und mit rasender Präzision hob er ihr seine Hüften entgegen, als sie allmählich zerbarst. Er drang noch tiefer in sie und presste sie erneut auf sich herab, während die Geräusche ihrer Körper die kleine, überhitzte Kutsche ausfüllten. Sie fühlte, wie er sich versteifte und gestattete sich, loszulassen. Ihre Glieder zitterten vor Ekstase. Sie warf den Kopf in den Nacken und brachte eine Reihe stoßweiser Atemzüge und leiser Stöhnlaute hervor, die nicht von ihr stammen konnten, dessen war sie sich sicher.

Er vergrub das Gesicht an ihrem Hals, und seine Lippen bewegten sich an ihrer Haut, während er halbe Wörter und Lustschreie von sich gab.

Augenblicke oder vielleicht Stunden später sank sie gegen ihn. Er zuckte und sie richtete sich auf. »Deine Schulter!« Sie hob die Krawatte auf und schnell fand sie eine noch nicht durchtränkte Stelle Stoff, um sie auf die sickernde Wunde zu drücken. »Das war vielleicht keine gute Idee.«

Er sah sie mit hochgezogener Augenbraue an. »Da möchte ich dir widersprechen.«

Sie zog ihr Bein zurück und entließ ihn aus ihrem

Körper. Die Nässe an seinem Geschlecht streifte über ihren Oberschenkel, und sie tupfte sich mit ihrem Rock ab. »Wir sollten in Kürze ankommen.«

Er nickte und zog seine Reithose wieder an, als sie ihre Röcke zurechtschob. Sie fuhren schweigend weiter, während der moschusartige Duft in der Kutsche und das immer noch tosende Schlagen ihrer Herzen keinen Zweifel daran ließen, was sie gerade getan hatten. Im Grunde sollte Olivia zumindest über ihr eigenes Betragen schockiert sein. Die Wahrheit war allerdings, dass sie, wenn sie dies auch nicht erwartet hatte, es doch gewollt hatte.

Die Kutsche wurde langsamer. Olivia fuhr sich mit der Hand übers Haar.

»Du siehst kaum mitgenommen aus. Ganz und gar nicht wie beim ersten Mal.«

Sie erinnerte sich an das Wirrwarr ihrer Frisur an jenem Nachmittag und errötete.

Die Kutsche hielt an. Als die Tür aufging, nahm sie die Krawatte fort und sammelte Jaspers abgelegte Kleidungsstücke auf. Sie konnte den Kutscher nicht ansehen, als er ihr beim Aussteigen half. Dann war er Jasper behilflich, ohne eine Bemerkung über sein zerrissenes Hemd zu machen, oder den Vorfall irgendwie anzudeuten. Olivia führte sie ins Haus und hoffte auf das baldige Eintreffen des Doktors.

Sie setzte den Butler über Jaspers Verletzung in Kenntnis. Das Gesinde beeilte sich, sein Zimmer vorzubereiten und die notwendigen Utensilien für die Behandlung seiner Wunde herbeizuschaffen.

Den Rücken in den Kissen aufgestützt, saß Jasper im Bett, und sein Hemd hing nicht mehr um seinen Oberkörper. Endlich hatte seine Wunde zu bluten aufgehört.

Olivia starrte auf seine entblößte Brust und seine nackten Arme, die ganz leicht mit hellblondem Haar bedeckt waren. Er war muskulös und durchtrainiert, seine breite Brust verschmälerte sich zu seinen schlanken Hüften hin. Sie hätte ihn gerne noch weiter betrachtet, aber die Bettdecke verhinderte ihre Inspektion.

Sie hob den Blick zu ihm. Ein Zucken umspielte seine Mundwinkel und dann senkte er seine Lider in stiller Einladung. Ihr Körper rührte sich, um seinem verführerischen Ruf zu folgen.

Eine Dienstmagd stellte eine Schüssel und Binden auf den Tisch neben dem Bett bereit. Einer der Diener brachte dampfend heißes Wasser, während ein anderer Lampen im Zimmer aufstellte, um dem Arzt ausreichend Licht zu spenden.

Olivia begutachtete die Wunde unter richtiger Beleuchtung. Es war ein sauberer Schnitt. Vorausgesetzt, es eiterte nicht, würde er keine schlimmen Folgen erleiden.

Jasper sprach den Diener an, der die Lampen aufstellte. »Whiskey, wenn ich bitten darf.«

»Gewiss, Mylord.« Der Dienstbote verließ den Raum.

Die Dienstmagd war ebenfalls hinausgegangen, und der zweite Diener unterwegs, um mehr Wasser zu holen.

Als sie mit ihm allein war, wurde die Luft im Zimmer immer dicker. Wie konnte sie ihn nur erneut mit noch größerer Heftigkeit begehren als vor einer halben Stunde?

Bernard trat ein, und er wirkte so unerschütterlich wie stets. Man könnte meinen, er würde den Tee ankündigen, anstatt sich um einen verwundeten Gentleman zu kümmern. »Euer Diener lässt ausrichten, dass Dr. Marsden nicht verfügbar ist. Er wird Euch so bald wie möglich aufsuchen.«

Jasper starrte sie mit einem unerbittlichen Blick an. »Du wirst es tun müssen. Hol deine Nadel.«

Olivias Puls raste, während die Angst ihre Nervenenden durchströmte. »Das kann ich nicht tun.«

»Du kannst es. Dein Können ist unübertroffen. Tu einfach so, als wäre ich nur eine weitere Stickarbeit.«

Sie errötete und ihr zitterten die Hände. »Ich kann das nicht.«

Er ergriff ihre Hand und sah ihr fest in die Augen. »Du kannst es. Ich vertraue dir.«

Ihr Herz zog sich zusammen. Wenn er gewillt war, ihr zu vertrauen, konnte sie ihn nicht abweisen. Sie zwang sich, zu entspannen und nickte.

Der andere Diener trat mit einem Tablett ein, auf dem ein Glas und eine Flasche Whiskey standen. Er stellte das Ganze neben das Becken, das nun mit dampfendem Wasser gefüllt war.

Olivia wandte sich an ihn. »Würden Sie bitte meinen Nähkorb holen? Er steht im Rosensalon.«

»Sehr wohl, Miss.« Der Diener beeilte sich, die Aufgabe zu erledigen.

Um ihre zitternden Hände zu beschäftigen, schenkte sie Jasper ein Glas Whiskey ein. Klirrend stieß die Karaffe gegen das Glas, und sie warf ihm einen verlegenen Blick zu.

»Du schaffst das schon«, versicherte er ihr, als er den Whiskey entgegennahm. Er trank die Flüssigkeit unverzüglich aus und reichte ihr das Glas zurück, um es nachzufüllen. Olivia gehorchte und füllte es ein zweites Mal. Sie würde ihm den Alkohol nicht verweigern. Sie fragte sich obendrein, ob ihr selbst ein Schluck eventuell guttun würde.

Der Diener kam mit ihrem Nähkorb herein und reichte ihn Olivia. Sie setzte ihn auf einem Stuhl ab, der neben dem Bett stand, und nahm eine Nadel und einen Faden heraus. Ihre Finger zitterten, was die einfache Aufgabe, den Faden in die Nadel einzufädeln, äußerst schwierig machte. *Beruhige dich*, ermahnte sie sich und holte tief Luft.

Endlich konnte sie den Faden durch das winzige Loch schieben. Als sie sich zu ihrem Patienten umdrehte, überlief sie ein Schauder. Ihre Angst musste sich deutlich widergespiegelt haben, denn Jasper streckte die Hand aus und berührte sie.

»Zweifle nicht an deiner Befähigung, Olivia. Du wirst mich ebenso gut oder besser zusammenflicken als Marsden.«

Das schien unwahrscheinlich, doch das sagte sie nicht. Die Höhe des Bettes war perfekt, sodass sie an seiner Schulter stehen und die Stichwunde nähen konnte. Die Stelle hatte erneut zu bluten angefangen. Sie tauchte einen Lappen in das heiße Wasser und säuberte die verletzte Haut nach bestem Vermögen. Jasper gab keinen Ton von sich.

Sie holte tief Luft und setzte die Nadel an. Jaspers Vorschlag kam ihr wieder in den Sinn: *Tu so, als sei dies deine schönste Stickarbeit.*

Sie durchstach seine Haut mit der Nadel.

Louisa stürmte ins Zimmer. »Gütiger Himmel, Jasper!«

Olivia fuhr zusammen und führte die Nadel mit weniger Sorgfalt, als ihr lieb gewesen wäre. Jasper zuckte zurück.

Louisa bemühte sich, an Olivias Seite zu eilen. »Was ist passiert? Lord Sevrin sagte, du wärst mit einem Messer angegriffen worden.«

»Das wurde ich auch, Tante.« Er sah Olivia an. »Bitte fahre fort. Mir wäre es lieber, du würdest rasch fertig werden.«

»Ja, gewiss.« Olivia führte einen weiteren Stich aus und dachte, dass acht oder zehn genügen müssten.

»Louisa, schenke mir noch einen Whiskey ein, wenn du so nett wärst.« Er knirschte mit den Zähnen, als Olivia einen weiteren Stich festzurrte.

Das gut gefüllte Glas, das Louisa ihm reichte, umklammerte er so fest, dass Olivia befürchtete, er könnte es zerbrechen. »Warum näht Olivia deine Wunde? Wo ist der Doktor?«

»Nicht verfügbar«, entgegnete Olivia. »Jasper hat darauf

bestanden, dass ich diese Aufgabe ebenso gut meistern könnte.«

»Eine ausgezeichnete Feststellung.« Louisa spähte über ihre Schulter.

Noch einmal stach Olivia durch seine Haut. Wie sie zugeben musste, war es gar nicht so schlimm, wie sie gedacht hatte. Falls die Dinge mit Louisa nicht klappen sollten, konnte sie sich vielleicht als Chirurgin verdingen. Was für ein Unsinn, sicherlich würde es klappen. Dafür, dass ihre sämtlichen Geheimnisse begraben blieben, hatte Jasper gesorgt.

Louisa schüttelte den Kopf. »Ich kann kaum glauben, dass du in Vauxhall niedergestochen wurdest.«

Jasper trank die Hälfte des Whiskeys aus. »Es gibt überall Schurken, fürchte ich.« Er bedachte Olivia mit einem Blick, der eindeutig besagte, es wäre besser, Louisa die Wahrheit zu verschweigen. Wahrscheinlich hatte er recht, aber wie sehr ihr diese Lügen zuwider waren.

Olivia vollendete den letzten Stich und verknotete den Faden. »Geschafft.«

Louisa reichte Olivia einen kleinen Tiegel mit einer klumpigen Paste vom Tablett. »Es ist gut, dass ihr hergekommen seid. Das Hausmittel der Köchin wird die Infektion verhüten. Schreckliches Zeug, aber Bernard schwört, dass es Wunder wirkt. Er hat es vor einer Weile für einige seiner Blasen verwendet.«

Olivia tupfte die Paste auf seine Schulter, um sie dann auf der Naht zu verteilen. Auf dem Tablett befanden sich auch kleine Stoffstücke, von denen Olivia eines auf die Wunde legte. Dann griff sie nach den langen Streifen Leinenstoff und wand ihn mehrmals um seine Schulter und unter seinem Arm hindurch. Sie band ihn fest zu, aber nicht so fest, dass er den Arm nicht mehr bewegen konnte.

Louisa inspizierte Olivias Werk. »Gut gemacht, Liebes.

Jetzt müssen wir dein Repertoire von Begabungen nur noch um das Heilen ergänzen. Du wirst einem glücklichen Gentleman eine wunderbare Ehefrau sein.«

Olivia stahl sich einen Blick auf Jasper. Seine blauen Augen leuchteten im Schein der vielen Lampen. Sie waren voller Lebendigkeit, aber undurchschaubar.

Jasper trank seinen Whiskey aus und reichte dann Louisa das leere Glas. Er zuckte mit der Schulter und prüfte den Verband. »Louisa hat recht. Du könntest eine Zukunft als Heilkundige haben.«

»Nein, ich sagte, sie wäre eine brillante *Ehefrau*.« Sie lächelte und ergriff Olivias Arm. »Komm, wir sollten Jasper ausruhen lassen. Die Dienerschaft kann sich um seine Bedürfnisse kümmern.«

Widerstrebend ging Olivia hinaus, aber nicht, ohne sich noch einmal nach ihm umzuschauen. Sein Blick war durchdringend, doch er sagte nichts. Dreimal schon waren sie der Versuchung erlegen, aber was bedeutete das schon? Er hatte keine Absichten ihr gegenüber und sie erwartete auch keine. Soweit sie im Bilde war, beabsichtigte er immer noch, zu heiraten ... und zwar bald.

Dann würden sie und Louisa nach York reisen, während Jasper das Leben lebte, für das er bestimmt war – ohne sie.

～

Olivia schlich den schwach beleuchteten Korridor entlang, wobei zwei flackernde Wandleuchter an beiden Enden gerade genügend Licht spendeten, um ihr den Weg zu weisen. Es war halb drei in der Frühe, und es herrschte eine Totenstille im Haus, was gut war. Sie konnte wirklich niemanden gebrauchen, der sie fragte, warum sie Jaspers Schlafzimmer mitten in der Nacht aufsuchte. Vor seiner Tür angekommen, blieb sie still

stehen und lauschte auf den winzigsten Laut. Als sie nichts
hörte, drückte sie die Türklinke hinunter und trat über die
Schwelle.

Eine Männerhand hielt ihr den Mund zu. Der Mann zog
sie ins Zimmer und drängte sie mit dem Rücken gegen die
Wand, während er die Tür schloss. Er führte den Finger an
seine Lippen. Dann senkte er den Kopf in stummer Frage.
Sie nickte zur Antwort.

Ganz langsam ließ er die Hand sinken. »Verzeihung.«

Olivia zog ihren Morgenrock gerade und ihr Herz pochte
wie wild. Sie war ihm noch nie vorgestellt worden, aber
natürlich erkannte sie Lord Sevrin nach seinem Rettungsein-
satz heute Abend. »Wen hatten Sie erwartet?«

»Niemanden, weshalb ich auch so reagiert habe. Ich habe
geschlafen. Ich habe wohl vergessen, wo ich mich befinde.«
Er sah sie mit einem ironischen Lächeln an.

»Meine Güte, wo schlafen Sie denn sonst in der Regel?«

Sein Lächeln wurde breiter. »Nirgends, wo es so schön
wie hier ist.« Bevor sie diese geheimnisvolle Antwort hinter-
fragen konnte, fuhr er fort. »Sie sind hier, um ihn zu besuchen?« Er zeigte in Richtung des Bettes.

Die rubinroten Vorhänge um das Himmelbett waren
zugezogen und verbargen Jasper vor ihrem Blick. So viel
dazu, nach ihrem Patienten zu sehen.

»Schläft er?«

Lord Sevrin rieb sich den Nacken und lenkte ihre
Aufmerksamkeit auf seinen offenen Kragen und die gene-
relle Unordnung seiner äußeren Erscheinung. Er war recht
stattlich, doch Olivia fühlte sich nicht von ihm angezogen,
wie sie es von vielen anderen Frauen, einschließlich Lady
Lydia, wusste. »So etwas in der Art. Eher bewusstlos. Er hat
es mit dem Whiskey übertrieben, fürchte ich.«

Sie nickte und unterdrückte ihre Enttäuschung. Was
hatte sie sich denn erhofft – eine weitere Episode ihres

Liebesverhältnisses? Sie war eine Närrin, überhaupt etwas erwartet zu haben.

Lord Sevrin trat zurück und verbeugte sich leicht. »Ich bedaure, dass wir uns nicht angemessen miteinander bekannt gemacht haben. Ich bin Sevrin.«

»Freilich weiß ich, wer Sie sind.«

Er legte den Kopf schief. »Darf ich hoffen, dass Sie mich erkannt haben, weil Saxton auf mich hingewiesen hat, oder wissen Sie über meine, nun ja, berüchtigte Natur Bescheid?«

»Es handelt sich um Letzteres, fürchte ich.«

»Nehmen Sie es mir bitte nicht übel. Wollen Sie sich gern einen Moment setzen? Es wäre mir unangenehm, wenn Sie vergebens gekommen wären.«

Beabsichtigte er etwa, einen Annäherungsversuch zu wagen? Ein Mann mit seinem Ruf ...

Er kicherte leise. »Bitte, Miss West, mein Interesse geht nicht über unsere gemeinsame Sorge um Saxton hinaus. Sie sind sicher bei mir aufgehoben.«

Allem Hörensagen über ihn zum Trotz entspannte sie sich. Als sie bei ihrer Mutter lebte, hatte sie die Bekanntschaft vieler skandalöser Männer gemacht und sie spürte, dass vom Viscount vor ihr keine Gefahr ausging.

Sie setzte sich in einen der beiden Sessel beim Kamin. Die glimmenden Kohlen warfen einen schwachen Lichtschein, der durch Zwillingslampen auf dem Kaminsims verstärkt wurde.

Lord Sevrin setzte sich unter eine der Lampen. Ein schwacher gelber Schimmer um sein linkes Auge wurde sichtbar. Mit forschendem Blick suchte sie seine Gesichtszüge nach weiteren Verletzungen ab.

Er hüstelte diskret. Olivia war von ihm beim Anstarren ertappt worden.

Schnell sagte sie: »Ich bin überrascht, Sie zu dieser Stunde hier anzutreffen.«

Sevrin streckte die Beine aus und lehnte sich im Stuhl zurück, womit er eine Haltung annahm, die ein Gentleman in der Gesellschaft einer Dame niemals einnehmen würde. Sie erwog, sich zu empören, doch sie glaubte nicht, dass Sevrin es böse meinte. »Das kann ich mir vorstellen«, antwortete er gedehnt. »Obwohl meine Anwesenheit weitaus akzeptabler ist als Ihre. Ich bin gekommen, um mit Saxton über Gifford zu sprechen.«

Sie fühlte sich plötzlich als undankbare Person, weil sie sich nicht unverzüglich bei Sevrin bedankt hatte. »Danke, dass Sie zu Jaspers, ähm, Saxtons Rettung herbei gekommen sind. Was ist mit Mr. Gifford geschehen?«

»Ich habe ihn vor den Richter gezerrt. Ich glaube, er ist der neueste Bewohner von Newgate.«

Olivia vermochte nicht die Nächstenliebe aufzubringen, um seine Inhaftierung zu bedauern. Er hatte Jasper *niedergestochen*. »Ich kann immer noch nicht fassen, dass er Saxton auf diese Weise angegriffen hat.«

Sevrin runzelte die Stirn. »Ich war überaus schockiert.«

Der düstere Ausdruck auf Sevrins Gesicht rief Olivia den Zorn in Erinnerung, den sie derzeit in Bezug auf Gifford empfand. Sie beugte sich vor. »Sie kennen ihn?«

»Ja, ich kenne ihn.«

Olivia wartete darauf, dass er noch etwas dazu sagte und als er das nicht tat, öffnete sie den Mund, aber dann redete er schließlich.

»Sie haben nicht gesagt, was Sie hier tun.«

Er fragte sie nach ihrem Verhalten? Vielleicht zu Recht, jedoch klang diese Frage aus seinem Mund einfach lächerlich. Nichtsdestotrotz hatten ihre Tante und ihr Onkel ihr von Kindesbeinen an Anstand eingebläut, auch wenn ihr Verhalten in letzter Zeit sehr zu wünschen übrig gelassen hatte. Sie sah sich gezwungen, ihren unbegleiteten Besuch mitten in der Nacht zu rechtfertigen.

»Ich bin natürlich um Saxtons Wohlergehen besorgt. Er ist ... Louisas Neffe.« Und da Sevrin eine Ablenkungstaktik angewandt hatte, um die Unterhaltung zu lenken, würde sie das ebenfalls tun. Sie wollte Antworten von diesem rätselhaften Mann. »Sie haben einen Bluterguss um Ihr Auge. Erzählen Sie mir von dem Club im Black Horse.«

Sein Mundwinkel zog sich nach oben. »Ein Haufen von Schurken – Saxton gehört dazu, obwohl er definitiv der Wohlerzogenste von allen ist.«

Olivia sträubte sich. »Jasper ist kein Schurke. Er ist gütig und großzügig.«

»Tatsächlich?« Er klang nicht zweifelnd, sondern nur neugierig.

»Ja, er hilft Menschen in Not. Auch Tieren. Es behagt ihm nicht, wenn andere leiden.«

Sevrin schwieg einen Moment. Er schien über ihre Worte nachzudenken. »Ich verstehe«, antwortete er leise. »Manchmal versuchen wir, andere vor dem zu schützen, was uns am meisten plagt.«

Olivia dachte an den Herzog. Abgesehen von der angespannten und vielleicht sogar feindseligen Beziehung, die sie mit eigenen Augen erlebt hatte ... was hatte Jasper ertragen müssen? Hatte er Gewalt gesucht, weil er nichts anderes kannte? Sie wollte so gern zu ihm gehen, um ihm das zu geben, was er sich selbst nicht zu geben vermochte – Verständnis. Trost. Liebe.

Jasper hatte ihr gesagt, er kämpfte um der strategischen Übung willen, aber sie wusste, dass mehr dahintersteckte.

»Warum unterhalten Sie diesen Club? Was ist sein Zweck?«

Sein Blick war forschend, aber er unterschied sich von Jaspers kristallklarem Starren. Er zog die Mundwinkel herab. »Vor heute Abend hätte ich gesagt, dass es eine

Bruderschaft ist, aber Giffords Angriff auf seinen ›Bruder‹ würde dem widersprechen.«

Olivia besann sich auf die blauen Flecken auf Giffords Gesicht an dem Tag, an dem sie ihn getroffen hatte. »Gifford war ein Mitglied des Clubs?«

»Bedauerlicherweise ja. Ich habe noch nie erlebt, dass ein Mitglied sich so verhalten hat. Aber ich habe auch noch nie zuvor versucht, gesellschaftliche Klassen zu mischen.«

»Sie gehören aber nicht zu der gleichen Klasse wie diese Männer.«

Er zwinkerte ihr zu. »Dem Namen nach nicht, aber in Wirklichkeit bin ich viel schlimmer.«

Sie glaubte nicht, dass er das näher ausführen würde, und außerdem wollte sie etwas über Jasper in Erfahrung bringen. »Warum haben Sie Jasper als Mitglied im Club aufgenommen?«

»Er ist ein hervorragender Kämpfer. Er schien es zu brauchen. Jeder Mann nimmt aus seinen eigenen Gründen teil. Gründe, in die ich nicht immer eingeweiht bin. Manche kämpfen, um Selbstvertrauen aufzubauen. Andere bauen ihre Aggressionen ab. Bei Saxton, denke ich, füllt es eine Leere.«

Olivias Körper wurde ganz ruhig, als sie darüber nachdachte. Im Zimmer schien es besonders still zu sein, bis auf die tiefen Atemzüge, die aus dem Bett hinter den Vorhängen zu hören waren. Was fehlte Jasper in seinem Leben, das er mit Kämpfen ausfüllte?

Sevrin zuckte mit den Schultern. »Vielleicht irre ich mich. Ich kenne Saxton wirklich noch nicht sehr lange. Aber er scheint mir ein Mann mit tiefgreifenden Gefühlen zu sein, der auf der Suche nach etwas ist. Ich frage mich, ob dieses Etwas vielleicht Sie sind.«

Ihr Puls beschleunigte sich. »Jasper hat von mir gesprochen?«

»Auf die Art, wie Männer das tun. Aber immerhin weiß ich, wie wichtig Sie für ihn sind. Das ist gut, denn ich glaube, Sie könnten ihn tatsächlich retten.«

Wovor? Vor dem Herzog? »Er muss gerettet werden?«

»Ein jeder muss das, Miss West. Den meisten von uns ist allerdings nicht das Glück beschieden, jemanden wie Sie zu finden.«

Aber Olivia konnte nicht Jaspers Retterin sein. Der Drohbrief, den sie erhalten hatte, bedeutete, dass ihre Zeit mit Louisa – und mit Jasper – fast vorbei war.

~

Jasper schlug ein Augenlid auf. Das Zimmer war herrlich schummrig, obwohl die Morgensonne auf die Rückseiten der Damastvorhänge brannte, die die Fenster bedeckten. Er unternahm einen Versuch, sich aufzusetzen, doch als der Schmerz in seiner Schulter explodierte, ließ er sich rücklings gegen das Kissen sinken.

»Bist du endlich wach?« Louisa, deren Gesicht von Sorge gezeichnet war, erhob sich aus dem Sessel neben dem Bett. »Wie fühlst du dich?«

»Ach, gut«, log er.

Sie schenkte ihm ein Glas Wasser aus dem Krug auf dem Nachttisch ein. Obwohl sie ein frisches Kleid trug, war ihre Haut blass, und dunkle Tränensäcke stützten kaum ihre schlaffen Augen. »Louisa, hast du geschlafen?«

Sie reichte ihm das Wasser. »Nicht gerade viel, fürchte ich. Ich habe mir zu viele Sorgen um dich gemacht. Du darfst mich nicht verlassen.«

Seine Verletzung war wahrhaftig nicht so schlimm, aber er verstand ihre Sorge. Sie hatte einen Ehemann verloren, den sie über alles geliebt hatte, und er war nun für sie das

Familienmitglied, dem sie am nächsten stand – bis zu Olivias Erscheinen.

»Wo ist Olivia?« Er trank einen großen Schluck, um seinen Durst zu stillen.

»Es ist noch früh. Gerade erst halb neun. Ich bin mir nicht sicher, ob sie schon zum Frühstück nach unten gegangen ist.«

Jasper ignorierte die aufflammende Enttäuschung, dass sie ihn in der Nacht nicht besucht hatte.

Louisa ließ sich auf der Bettkante nieder. »Jasper, warum hast du mich nicht um meinen Verlobungsring gebeten? Du besinnst dich doch darauf, dass ich ihn dir im letzten Frühjahr angeboten habe?«

»Das tue ich.« Er hatte ihn noch nicht gewollt. Denn dann hätte er tatsächlich einen Antrag machen müssen. Und mit jedem Tag war ihm der Gedanke, Lady Philippa zu heiraten, unangenehmer. Wegen Olivia. Wie konnte er ins Auge fassen, eine andere zu heiraten, während er entweder mit Olivia schlief oder daran dachte, mit ihr zu schlafen?

Sie nickte. »Wenn du lieber etwas anderes für deine Braut wählst, habe ich dafür Verständnis.«

Plötzlich nahm ein Bild in seiner Fantasie Gestalt an, wie er Olivia Louisas Verlobungsring überreichte. Lieber Himmel, was für ein Gedanke. Ihm fiel keine einzige Person ein, die nicht schockiert darüber wäre. Aber nur, weil man sie nicht erwartet hatte, und nicht, weil sie die uneheliche Tochter einer Kurtisane war. Und wenn niemand die Wahrheit über sie wusste, warum *konnte* er sie dann nicht heiraten?

»Das ist es nicht«, entgegnete er. »Ich bin mir nur noch nicht sicher, wer es sein wird.«

Louisa machte große Augen. »Aber ich dachte, du hättest dich für Lady Philippa entschieden.«

Das hatte er ihr nie offen gesagt, doch Louisa war

darüber im Bilde, dass er Lady Philippa in den vergangen vierzehn Tagen besondere Aufmerksamkeit geschenkt hatte. »Das hatte ich. Oder besser gesagt, der Herzog hatte das.«

»Du darfst dir dein Leben nicht von ihm diktieren lassen.« Sie wandte den Blick ab und runzelte die Stirn. »Ich hätte mich damals vor zehn Jahren schon einmischen sollen.«

Jasper zuckte bei einem stechenden Schmerz in seiner Schulter zusammen. Merry war derjenige gewesen, der Jasper erzählt hatte, dass der Herzog Abigail mit ihrer Familie fortgeschickt hatte. Jaspers war davon ausgegangen, dass Louisa von Merry nicht eingeweiht worden war, da sie das Thema nicht einmal angesprochen hatte. »Du meinst, bei Abigail.«

»Ja.«

Jasper trank das restliche Wasser aus und stellte das geleerte Glas wieder auf den Tisch.

»Willst du wissen, was ich denke?«, fragte sie.

Eigentlich nicht. Es war demütigend genug, dass er Abigail Unrecht getan hatte und sie durch das Eingreifen des Herzogs verschwunden war, während Jasper nicht klug genug gewesen war, dessen Einmischung zu unterbinden, geschweige überhaupt davon zu wissen.

»Ich glaube, du bestrafst dich für dein vermeintliches Versagen«, fuhr sie fort.

»Vermeintlich? Ich habe versagt.«

»Das hast du nicht. Das war ganz allein Holborns Verschulden. Aber hier geht es nicht um ihn. Es geht um deine Schuldgefühle Abigails wegen. Ich weiß, wie Trauer und Reue einen im Leben überwältigen können. Aber du musst nach vorn schauen. Vielleicht wirst du dann tatsächlich daran interessiert sein, jemanden zu heiraten.«

»Ich *bin* daran interessiert, jemanden zu heiraten.«

Olivias Gesicht nahm schemenhaft Gestalt vor ihm an. *Unmöglich.*

Louisa betrachtete ihn aus großen, ein wenig schelmischen Augen. »Tatsächlich, wen?«

Er brachte es nicht über sich, ihr das zu sagen. Er war sich nicht einmal sicher, ob er es selbst glaubte. Holborn würde außer sich sein. Außerdem hatte Jasper keine Ahnung, ob Olivia überhaupt Heiratsabsichten hatte. Mehr als einmal hatte sie zur Sprache gebracht, wie unwohl sie sich in der Gesellschaft fühlte, und wenn Prewitts Verdacht auch recht leicht zu zerstreuen gewesen war, wer könnte sonst noch ihre Vergangenheit entlarven?

»Das möchte ich lieber nicht sagen.«

»So geheimnisvoll.« Sie tätschelte ihm das Knie durch die Bettdecke. »Wen immer du auch erwählst, wird sie perfekt sein – für dich. Da bin ich mir völlig sicher. Und nur das zählt. Du musst weder mich noch Holborn oder sonst jemanden außer dir selbst glücklich machen.«

»Was, glaubst du, würde der Herzog tun, wenn er meine Wahl nicht gutheißt?« Das konnte Jasper sich gut vorstellen. Er würde außerordentlich wütend werden, da Jasper eingewilligt hatte, seine Zustimmung einzuholen, damit der Herzog sich im Austausch nicht in Mirandas Ehe einmischte.

Louisa legte den Kopf schief. »Wovor hast du wirklich Angst? Dass er deine Zukünftige nicht billigt oder dich nicht anerkennt? Er hat den Verlust von James nie überwunden, aber das ist sein Kummer, nicht deiner. Wenn Holborns Billigung dir so wichtig ist ... Nun, das kannst nur du entscheiden. Ich bitte nur darum, dass du glücklich bist.«

Glücklich. Er dachte daran, wie er Olivia das Reiten beigebracht hatte. Wie er sie beobachtet hatte, als sie sich voller Charme und Grazie in der Gesellschaft bewegt hatte. Wie er seine Zeit mit Louisa und ihr verbracht hatte, als ob sie eine Familie wären.

Er drückte Louisa die Hand. Er hatte sie immer geliebt, aber nie mehr als in diesem Moment. »Ich danke dir.«

Sie erhob sich vom Bett. »Gern geschehen, mein Lieber. Wenn du dich imstande fühlst, steht die Kutsche bereit, um dich nach Saxton House zu bringen. Dr. Marsden wird dich dort um zehn Uhr aufsuchen. Du wirst dich in deinem eigenen Bett wohler fühlen, hatte ich angenommen.«

Er hatte gehofft, Olivia noch einmal zu sehen, doch es hatte den Anschein, als würde er hinauskomplimentiert werden, bevor er die Gelegenheit dazu bekam. Das war nur gut so. Er musste nachdenken. Er konnte doch nicht ernstlich über eine Heirat mit Olivia nachdenken?

»Ich danke dir, Louisa. Für alles.«

Sie beugte sich zu ihm herab und gab ihm einen flüchtigen Kuss auf die Wange. »Es ist mir ein Privileg, mich um dich zu kümmern.«

Nachdem Louisa fort war, richtete Jasper den Blick an die Decke. Olivia war alles andere als die Frau, die zu heiraten er sich ausgemalt hatte. Seit Abigail war er immer davon ausgegangen, dass seine Frau über Abstammung, Reichtum, eine tadellose Erziehung und die Fähigkeit verfügen würde, dem zukünftigen Herzog von Holborn als vollendete Gastgeberin zu dienen. Wie würde Olivia diese Rolle wohl erfüllen können? War es überhaupt gerecht von ihm, sie darum zu bitten?

Sich nicht sicher, wie er vorgehen sollte, trommelte er mit den Fingern auf die Bettdecke. Seine Hand erstarrte in der Bewegung. Gestern Abend hatten sie beide sich gegenseitig ihr Vertrauen geschenkt. Wenn er ernsthaft Vertrauen in sie hatte, würde er sie selbst entscheiden lassen, was sie wollte und wozu sie sich imstande fühlte. Diese Wahl war Abigail nie gewährt worden. Olivia verdiente sie und noch viel mehr.

KAPITEL EINUNDZWANZIG

*D*er nächste Morgen war der zweite Sonntag, den Louisa in Begleitung von Olivia die St. James Kirche zum Gottesdienst besuchte. Die heutige Predigt über Johannes den Täufer war einerseits jahreszeitlich bedingt, aber Olivia auch angesichts ihrer Kindheit im Pfarrhaus wohlvertraut. In ihren Jahren mit Fiona hatte sich ihr kaum Gelegenheit geboten, die Kirche zu besuchen, und sie freute sich über die Möglichkeit, dies nun erneut zu tun.

Als Louisa und sie die Vorhalle durchquerten, hielt Lady Addicock sie auf und lud sie zum Tee ein, was Louisa annahm. Olivia drehte sich bei der kaum spürbaren Berührung an ihrem Ellbogen um. Der Herzog von Holborn sah mit eindringlichem Interesse auf sie herab.

»Miss West, dürfte ich Sie kurz sprechen?«

Olivia trat mit ihm beiseite und entfernte sich gerade genug von Louisa und Lady Addicock, um ein eigenes Gespräch zu führen. Sie machte einen kurzen Knicks. »Euer Gnaden.«

»Sie werden nicht am Tee mit Louisa teilnehmen. Täuschen Sie Kopfschmerzen vor. Behaupten Sie, Sie würden

den Tee verabscheuen. Berufen Sie sich auf was immer Sie wollen, aber ich werde Sie in meiner Kutsche nach Hause fahren.«

Olivia wollte mit lauter Stimme ihre Entführung kundtun, doch sie kam zu dem

Schluss, damit wohl mehr Schaden als Nutzen anzurichten. Ihm eine direkte Antwort schuldig bleibend, ging sie zu Louisa und entschuldigte sich bei ihr. Louisas Überraschung über Olivias Entschluss, sich von Holborn nach Hause fahren zu lassen, war an dem unmerklichen Heben ihrer blonden Augenbrauen zu erkennen. Später würde eine Erörterung darüber stattfinden, nahm Olivia an.

Der Herzog führte sie aus der Kirche, ohne ihr einen Arm anzubieten. »Was haben Sie ihr gesagt?«

»Dass ich mich ein wenig unwohl fühle.« Weil dem so war.

»Sehr gut.«

Seine Kutsche wartete ganz in der Nähe des Eingangs. Ein Diener war ihr beim Einsteigen behilflich und schloss die Tür, nachdem Holborn auf der nach hinten gerichteten Sitzbank ihr gegenüber Platz genommen hatte.

»Die Herzogin ist nicht bei Ihnen?«, fragte sie und bewunderte widerstrebend die luxuriöse Ausstattung aus dicken Samtpolstern und kristallklaren Fenstern.

»Wir müssen uns nicht mit müßigem Geplänkel aufhalten. Ich habe diese Begegnung arrangiert, um ein offenes Gespräch über Ihre Anwesenheit im Haus meiner Schwester zu führen.«

Sie bedachte ihn mit ihrem erhabensten Blick, der ihrer Befürchtung nach allerdings nichts im Vergleich dazu war, was er zu bieten hatte. »›Arrangiert‹ ist ein überaus höfliches Wort, finden Sie nicht auch?«

»Sehr geistreich, aber ich halte Sie auch für weitaus verschlagener, als Louisa oder Saxton es Ihnen zutrauen.« Er lehnte sich gegen das Polster zurück und wirkte ebenso behaglich, wie Olivia nervös war. »Sie müssen natürlich verschwinden.«

»Natürlich«, spottete Olivia, trotzdem ihr Magen aufbegehrte. »Sie haben gestern den Brief geschickt.«

Er zog eine Augenbraue hoch. In diesem Moment sah er Jasper unheimlich ähnlich. »Brief?«

Es gäbe keinen Grund für ihn zu lügen. Olivia fühlte sich beunruhigt. »Ich habe einen Brief erhalten, in dem mir geraten wird, die Stadt zu verlassen.«

»Den Sie ignoriert haben, wie ich sehe. Nein, ich habe so einen Brief nicht geschickt, aber ich muss demjenigen Applaus spenden, der ihn verfasst hat. Dies liefert auch einen Beweis für den hauptsächlichen Grund, warum Sie verschwinden müssen. Sie werden unseren Namen besudeln – Louisas Namen –, wenn Sie das nicht tun.«

Wenn er den Brief nicht abgeschickt hatte, wer war es dann? Und unter welchen Umständen würde der Verfasser sein Wissen in die Welt hinausposaunen? Widerwillig musste Olivia dem Herzog recht geben. Sie konnte Louisa sehr wohl ruinieren.

Sie wollte nur zu gern wissen, wie der Verfasser des Briefes und der Herzog die Wahrheit erfahren hatten, wo Jasper doch so eifrig daran gearbeitet hatte, ihre Spuren zu verwischen. »Wie haben Sie es herausgefunden?«

»Mir steht die Möglichkeit offen, jede gewünschte Information herauszufinden, Miss West.« Er faltete seine schlanken Hände im Schoß. »Und da auch andere über Ihre Herkunft Bescheid wissen, ist davon auszugehen, dass Ihr Geheimnis – falls es jemals eines war – gelüftet ist. Darüber hinaus wird Ihre Beziehung zu meinem Sohn nicht toleriert. Wenn er sich entschließt, Sie als seine Geliebte zu behalten, ist das sein Anrecht. Aber dass Sie sich mit ihm einlassen, wie Sie es getan haben ...« Er schüttelte missbilligend den Kopf.

»Sie sind eine Hure, genau wie Ihre Mutter, aber etwas anderes habe ich auch nicht erwartet.«

»Ich bin nicht wie meine Mutter.« Vielleicht nicht ganz, aber ihr Verhalten mit Jasper bewies, dass sie sich ähnlicher waren, als Olivia glauben wollte. Plötzlich fühlte sie sich schwindelig.

»Warum, weil Sie kein Geld für Ihre Gefälligkeiten nehmen? Das werden Sie bald tun, da bin ich sicher. Blut ist alles, und Blut setzt sich immer durch.« Er brachte die Worte mit einer unheilvollen Endgültigkeit hervor, als wüsste er um den Käfig, in den sie hineingeboren worden war, und wollte persönlich dafür sorgen, dass sie ihm niemals entkommen würde. Und genau das tat er jetzt auch. Er wies sie in die Schranken des Lebens, das sie seiner Meinung nach verdiente.

Sie blickte auf das vorbeiziehende Mayfair hinaus. In Kürze würden sie die Queen Street erreichen. Sie betrachtete ihn mit ehrlicher Abscheu, und ihre Finger zitterten in ihrem Schoß. »Sie können weder mich noch meine Zukunft kennen.«

»Ich habe Ihnen bereits gesagt, dass ich alles weiß, was ich möchte. Als Holborn genieße ich Freiheiten und Informationen, die Sie nicht im Entferntesten begreifen können.« Seine Aufgeblasenheit hätte ihr den Mund offen stehen lassen, wenn sie nicht so hart daran gearbeitet hätte, ihre eigene eisige Fassade zu bewahren. »Aber ich bin nicht ganz ohne Mitgefühl. Ich bin bereit, Ihnen einen kleinen Geldbeutel auszuhändigen, der Sie dorthin bringt, wohin auch immer Sie gehen werden. Wenngleich Coventry Court ein schöner Spaziergang ist, insbesondere um diese Jahreszeit.«

Sie weigerte sich, ihre Wut zu zeigen. Eine Wut, die mit dem aufkeimenden Zweifel allmählich abebbte. »Das ist es«, antwortete sie unbewegt, während ihr Verstand arbeitete. Woran arbeitete? An einer Verteidigung. »Louisa will nicht, dass ich gehe.« Das wollte Jasper auch nicht, aber nur um Louisas willen. Es war nicht erwähnenswert, da der Herzog alles andere als teilnahmsvoll sein würde.

Er formte die Lippen zu einem abscheulichen, herablassenden Lächeln. »Meine Schwester hat ein weiches Herz, insbesondere in solch einer Sache. Sie hat sich immer ein eigenes Kind gewünscht. Ein kluges Mädchen wie Sie weiß das und nutzt es aus.«

Olivia sog die Luft ein. »Mir liegt sehr viel an Louisa.«

»Ihre Gefühle sind nicht von Belang. Ich erwarte, dass Sie morgen verschwunden sind.«

Er war gekommen, um Forderungen zu stellen und ein Ultimatum. Ihr sollte keine andere Wahl bleiben, so wie damals, als ihre Tante sie aus dem Haus geworfen hatte. Sollte ihr nie eine Familie beschieden sein, die sie ihr Eigen nennen konnte? Das Schweigen zog sich in die Länge, während sie darum kämpfte, dass ihr nicht die Stimme brach. »Und wenn ich es nicht tue?«

»Dann werde ich die Dinge außerordentlich unangenehm für Sie machen, Miss West.«

Seine Drohung löste ein Zittern in ihren Gliedmaßen aus. Sie schlug die Knöchel übereinander und verschränkte die Hände im Schoß, um ihren Körper unter Kontrolle zu behalten, bevor er ihre Angst verriet. »Sie können nicht vorhaben, meine Vergangenheit öffentlich zu machen. Damit würden Sie nur Ihre schlimmsten Befürchtungen wahr machen.«

Er beugte sich ein wenig vor. Die Beengtheit in der Kutsche schrumpfte weiter zusammen, sodass sie sich fühlte, als ob sie in einem kleinen Loch mit der abscheulichsten Person gefangen sei, der sie je begegnet war. »Lassen Sie mich das klarstellen, Miss West.« Sein Tonfall war so ekelhaft autoritär, als würde er mit einem Idioten sprechen. »Ich *fürchte* weder Sie noch sonst jemanden, was das anbelangt. Sie aus der Gesellschaft zu verbannen, sei es durch eine unglückliche Bloßstellung oder einen anderen ... Umstand, wird kaum eine Prüfung darstellen.«

Sie starrte den Herzog mit neugewonnener Furcht an. »Sie meinen das wirklich ernst.«

Die Kutsche kam zum Stehen. »Falls Ihnen wirklich etwas an Louisa liegt, werden Sie sie in Ruhe lassen. Mir ist bewusst, dass sie eine Leere füllen will, aber es gibt genügend junge Frauen, die würdig sind, sich von ihr verhätscheln zu lassen. Ich bin überzeugt, dass Sie ihr begreiflich machen werden, warum Sie gehen müssen.« Er griff in seinen Frack und warf ihr ein Geldbeutel auf den Schoß. Eine kleine Menge Münzen klirrte dumpf in dem Samtbeutel. Es war ein sehr hässliches Geräusch.

Olivia empfand das Gewicht auf ihrem Schoß wie Handschellen um ihre Handgelenke. Dass sie zu Louisas Schutz gehen musste, war ihr bewusst, doch sie wünschte nur, es wäre nicht so weit gekommen. Möglicherweise könnte sie noch eine Sache erreichen. »Ich werde gehen, aber ich werde zusätzlich zu diesem Geld noch etwas verlangen.«

»Sie sind nicht in der Position, zu feilschen«, schnaubte der Herzog. »Seien Sie froh, dass ich mein großzügiges Angebot nicht zurücknehme.« Er nickte in Richtung seines *Schmiergelds*.

Seine Arroganz überstieg alles, was Olivia je begegnet war. »Soweit ich das beurteilen kann, liegt Ihnen nicht allzu viel an Ihrem Sohn – Ihrem lebenden Sohn.« Der Blick des Herzogs wurde immer finsterer, doch Olivia nahm allen Mut zusammen und drang weiter vor. »Es ist noch nicht zu spät für Sie, den Sohn in ihm wertzuschätzen, der er ist. Er ist ein Mann, auf den Sie stolz sein können und sollten. Werden Sie bitte Ihr Bestes tun, um zu gewährleisten, dass er glücklich ist?«

Er grinste spöttisch. »Sie alberne Gans. Ich tue alles, nur um sein Glück zu sichern. Glauben Sie etwa, Sie könnten ihn glücklich machen? Sie haben keine Ahnung, wie es ist, eine Mätresse für jemand wie Saxton zu sein, geschweige denn seine Komtess. Neben zahllosen anderen Verpflichtungen müssten Sie bei Hof vorgestellt werden. Gütiger Gott, können Sie sich das vorstellen? Ich kann es nicht.« Der Herzog klopfte an die Tür, und sie schwang unverzüglich auf. »Ich gehe davon aus, dass Sie allmählich zu verstehen beginnen, warum Sie gehen müssen.«

Das tat sie leider. Aber ach, wie sie sich wünschte, der Herzog würde sich irren!

Der Diener half ihr auf die Straße. Olivia schob den Geldbeutel in ihre Tasche, als sie sich die Treppe zum Haus hinaufschleppte. Hinter ihr ratterte die Kutsche davon, doch Olivia drehte sich nicht um. Sie dachte an seine Drohung, *ob es nun durch eine unglückliche Bloßstellung oder einen anderen Umstand sei.* Was hatte er mit Bloßstellung gemeint? Hatte er vor, sie zu ruinieren? Wie ironisch, dass sie das bereits war, und zwar durch seinen eigenen Sohn.

Aber nein, es wäre nicht in seinem Sinne, dass diese Tatsache aufgedeckt wurde – und in Olivias auch nicht.

Bernard öffnete die Tür. Sie brachte ein schwaches Lächeln zustande, ehe sie auf direktem Wege zu ihrem Zimmer nach oben ging. *Sie sind eine Hure, genau wie ihre Mutter.* Das war sie nicht! Sie hatte ihre Tugend nicht gegen etwas anderes als ihre eigene Lust eingetauscht. Ihre Affäre mit Jasper hatte nichts mit Geld zu tun gehabt, und außerdem war sie längst vorbei.

Es war noch nicht zu spät, sich das Leben zurückzuerobern, auf das sie stolz gewesen war. Sie fragte sich, ob die von Gifford erwähnte Stelle tatsächlich frei war, oder ob es sich dabei um eine List gehandelt hatte. Seit seinem brutalen Angriff auf Jasper wäre sie eine Närrin, wenn sie irgendetwas glaubte, was er sagte. Allerdings könnte sie bei seiner Mutter nachfragen. Wahrscheinlich sollte sie Mrs. Gifford

ohnehin besuchen. Sie musste krank sein vor Scham über die
Taten ihres Sohnes und den Umstand, dass er jetzt in
Newgate inhaftiert war.

Sie schloss die Tür hinter sich und strebte direkt zu ihrem
Ankleidezimmer. Sie besaß nicht einmal eine Truhe, in der
sie all die Habseligkeiten verstauen konnte, die sie in ihrer
kurzen Zeit mit Louisa angesammelt hatte.

Heute Abend würde sie eine letzte Veranstaltung mit
Louisa besuchen – einen Ball. Sie würde lächeln und lachen
und sich aufführen, als würde ihre Welt nicht in Scherben
liegen. Vielleicht hatte sie Glück und Jasper wäre nicht
einmal da. Nach Louisas Aussage erholte er sich gut von
seiner Verletzung, aber er würde sicher zuhause bleiben und
sich ausruhen.

Sie zog das Schmiergeld des Herzogs aus ihrer Tasche
und ließ es auf ihren Schminktisch fallen. Sie sollte sein Geld
nicht annehmen, aber warum nicht? Eigentlich war es wirklich ein Jammer, dass sie nicht mehr verlangt hatte.

～

Seit seinem Eintreffen auf dem Coddington Ball war
Jasper der überschwänglichen Freude seiner
Mutter und der zufriedenen Arroganz des Herzogs ausge-
setzt gewesen. Obwohl die beiden es nicht aussprachen, war
ihre Erwartung an ihn spürbar, seine Verlobung heute Abend
bekanntzugeben. Wahrscheinlich, weil jeder im Ballsaal
darüber munkelte.

Wie schade, dass er sie enttäuschen würde. Der einzige
Grund, warum er sich aus dem Bett gequält hatte, war um
Olivia zu sehen und ihr seine Zuneigung deutlich zu
machen. Zuerst sollte er sich jedoch einen Moment Zeit
nehmen und mit Lady Philippa reden. Er hatte keine Absicht,

sie zu schockieren, indem er einer anderen Frau in aller Öffentlichkeit seine Aufmerksamkeit schenkte.

Wenngleich er sich nach Lady Philippa suchend im Saal umsah, blieb sein Blick immer wieder an Olivia haften. In ihrem smaragdgrünen Seidenkleid war sie atemberaubend. Ihr bloßer Hals schrie nach Juwelen und Küssen, aber nicht unbedingt in dieser Reihenfolge. Dieser Idiot Twickersham ging auf sie zu, und bevor Jasper sich versah, hatte er sich zu ihnen gesellt.

Jasper bedachte Twickersham mit einem flüchtigen Kopfnicken und verbeugte sich vor Olivia. »Miss West.« Louisa war leicht von ihnen abgewandt und mit einer Freundesgruppe beschäftigt.

»Lord Saxton, guten Abend.« Olivia sah mit einem vielsagenden Blick auf seine Schulter. »Ich hoffe, es geht Ihnen gut.«

Er freute sich über ihre Besorgnis. »Durchaus, danke.«

Twickersham legte Olivias Hand um seinen Arm. »Ich war gerade im Begriff, Miss West auf die Tanzfläche zu führen.«

Jaspers Verstand schrie dagegen an, dass die Kröte sie berührte, aber was konnte er tun? Olivia warf ihm einen entschuldigenden Blick zu, als sie auf die Tanzfläche zuging.

Die Hände zu Fäusten geballt, starrte Jasper ihnen hinterher. Während der aufgeblasene Pfau sich mit Olivia und einem anderen Tanzpaar in Position brachte, überlegte Jasper, ob er gehen sollte. Sein Weggang würde ihn allerdings daran hindern, genauestens mitzuverfolgen, wie Twickersham Olivias Hand während des Tanzes ein wenig zu lange hielt. Es war besser stehen zu bleiben und sich zu ärgern.

»Jasper, Lieber, du grollst ja.« Louisa berührte ihn am Ärmel. »Du siehst nicht im Mindesten wie ein Mann aus, der kurz davor ist, den besten Klatsch für einen Monat zu liefern.«

Er riss seinen Blick von Olivia und ihrem draufgängerischen Partner los, und sah zu seiner Tante neben ihm hinunter. War seine Rage so leicht durchschaubar? »Was?«

»Deine Verlobung? Steht sie unmittelbar bevor?«

Jasper richtete seine Aufmerksamkeit wieder auf die Tanzfläche.

»Möchtest du mir nicht antworten?«, fragte Louisa. »Lieber Gott, dir tut doch nicht deine Schulter weh, oder doch? Vielleicht solltest du nach Saxton House zurückkehren. Dies ist der letzte Ball des Sommers, das weiß ich, aber es werden sich noch andere Gelegenheiten bieten, deine Verlobung bekannt zu geben.«

Er hielt den Blick auf Twickershams Hände geheftet. »Ich bin nicht hier, um meine Verlobung bekannt zu geben.«

Louisa folgte seinem Blick. »Wen starrst du denn so an?«

»Olivia. Sie sollte nicht mit Twickersham, diesem Idioten, tanzen. Solltest du sie nicht als Anstandsdame im Auge behalten?« Seine Frage klang weitaus schärfer, als er beabsichtigt hatte. Er warf seiner Tante einen Blick zu.

Louisa machte große Augen. »Es ist nur ein Tanz, Jasper.« Sie sah ihn scharfsichtig an, und er war nicht imstande, sich wieder umzudrehen, um Olivia weiterhin zu beobachten. Seine Tante *wusste es*. Sie sah immer, worauf andere nicht achteten.

»Warum tanzt *du* nicht mit ihr?«, fragte sie.

»Das beabsichtige ich.«

Dann grinste sie. Ein herzhaftes, lebensbejahendes Grinsen – von der Art, die einen ganzen Ballsaal erleuchtete und einen ebenfalls zum Lächeln brachte, obwohl irgendein Schwachkopf mit der Frau tanzte, die man liebte.

O ja, er liebte sie.

»Ausgezeichnet«, stellte Louisa fest. »Warum holst du

nicht etwas Punsch? Olivia wird sicher ausgedörrt sein, wenn sie mit dem Musikstück fertig ist.«

Jasper zauderte. Es war ihm lieber, hierzubleiben und aufzupassen.

Louisa lehnte sich dicht an ihn heran und flüsterte: »Du kannst nicht dastehen und finster dreinschauen.«

Damit hatte sie leider recht. Und wie es der Zufall wollte, entdeckte er Philippa in der Nähe der Tische mit den Erfrischungen. Er machte sich auf den Weg.

Als er beinahe am Tisch angelangt war, stellte sich ihm ein großer, grobschlächtiger Gentleman mit buschigen Brauen in den Weg. »Sie sind Lord Saxton?«

Hatte sich dieser Mann ihm genähert, ohne sich vorzustellen? Jasper drängte sich an ihm vorbei.

»Sie sind Saxton, da bin ich sicher«, raunte er mit leiser Stimme. »Ihre Tante ist Lady Merriweather.«

Jasper erstarrte und blickte den Mann fragend an. »Was wünschen Sie?«

»Mein Name ist Clifton. Ich kenne den Schützling Ihrer Tante.« Die Behauptung war voller versteckter Andeutungen und Arroganz. Er strebte auf den äußeren Bereich des Ballsaals zu.

Jasper biss die Zähne zusammen, als er dem Mann folgte – er hatte keine andere Wahl. Er ballte die Hände unbewusst zu Fäusten und die Nähte seiner Handschuhe spannten sich an. Er durchbohrte den Mann mit einem bösen Blick, als sie die Ecke des Saals erreicht hatten. »Erklären Sie sich.«

Clifton verengte die dunklen Augen, was ihn wie eine Schlange aussehen ließ, die auf ihr Abendessen zukroch. »Ich bin bereit, ihre wahre Identität zu enthüllen, falls Sie meine Bedingungen nicht akzeptieren.«

»Ich lasse mich nicht erpressen.«

»Ich will kein Geld. Ich will sie. Morgen. In meinem Stadthaus. Ich werde die Adresse schicken.«

Darauf hätte Jasper ihn fast geschlagen. Er schloss kurz die Augen und versuchte, den besonnen Mann heraufzubeschwören, der er gewesen war, bevor er angefangen hatte, im Black Horse zu kämpfen, und bevor Olivia in sein Leben getreten war. Sie hatte ihn dreimal verlockt, sich auf eine Weise zu benehmen, die ihm nicht anstand, und jetzt wollte er diesem Mann den Arm ausreißen. Wegen ihr.

»Ich werde Ihnen Olivia nicht ausliefern.«

»Ich habe sie zu überzeugen versucht, aus eigenen Stücken zu gehen, aber das hat sie nicht getan. Jetzt ist es an Ihnen, sie mir zu übergeben.«

Jasper sah den Mann scharf an. »Was meinen Sie damit, dass Sie versucht haben, sie zu überzeugen? Sie haben sich ihr nicht genähert, oder doch?« Er ging auf den Mann zu.

Clifton, der Jaspers brodelnden Zorn scheinbar nicht bemerkte, blieb standhaft. »Ich habe ihr einen Brief geschickt, aber ich bezweifle, dass Sie Ihnen davon erzählt hat.«

Welcher Brief? Hatte sie noch etwas vor ihm verheimlicht? Sein Ärger schwoll an.

Clifton trat näher heran und senkte die Stimme zu einem noch leiseren Ton. »Ihre Familie wird ihren Namen nicht mit dem Makel von Miss Wests Herkunft beflecken wollen. Sie werden dafür sorgen, denke ich, dass sie morgen bei mir zu Hause erscheint. Ich habe einen Freund bei der *Times*. Wie ich weiß, wäre man dort an dieser Geschichte sehr interessiert ...«

Jasper traf Clifton mit der Faust im Gesicht. Obschon er mit seinem gesunden Arm zugeschlagen hatte, versetzte ihm die rasche Bewegung einen schmerzhaften Stich in der linken Schulter.

Mit einem wütenden Grummeln taumelte der große Mann rückwärts. Die um den Erfrischungstisch versammelten Ballgäste – Lady Philippa eingeschlossen – drehten sich um und starrten ihn an.

Clifton kam mit geballter Faust auf ihn zu. Trotz der pulsierenden Schmerzen in seiner Wunde war er bereit. Sein Gegenüber zauderte.

»Werden Sie nicht versuchen, mich zu schlagen?«, stichelte Jasper. Eine Berührung an seinem Arm lenkte seine Aufmerksamkeit ab. Lady Philippa stand an seiner Seite.

»Saxton, kommen Sie da weg.«

Jasper vermochte sich kaum zu zügeln, um sich nicht auf den Schurken zu stürzen. »Er hat mich beleidigt.«

»Sie dürfen dies nicht in einem Ballsaal tun«, raunte sie eindringlich.

Natürlich durfte er das nicht. Allerdings konnte er dies auf einem Duellplatz. »Clifton, ich duelliere Sie im Morgengrauen. Mein Sekundant wird Sie später am Abend aufsuchen.«

Cliftons Gesicht wurde ein bisschen bleich, doch er nickte steif. »Ich werde nach meinem Sekundanten bei der *Times* schicken lassen.«

Seine Absicht war unmissverständlich. Das Geheimnis um Olivias Herkunft würde in der Zeitung gedruckt werden, damit ganz London darüber lesen und richten konnte.

In stummer Wut sah Jasper zu, wie Clifton aus dem Ballsaal marschierte. Lady Philippas Berührung brachte ihm in Erinnerung, wo er sich befand. Es war nicht der gesamte Ballsaal zum Stillstand gekommen, doch wenigstens zwei Dutzend Ballgäste standen unbeweglich und starrten. Bei einem Blick zu Philippa sah er, dass deren Blick ruhig war. »Bitte entschuldigen Sie mich.«

Sie ließ ihre Hand sinken und nickte. »Kommen Sie zurecht?«

»Bestens.« Er verließ ihre Seite und bahnte sich seinen Weg an den gaffenden Ballbesuchern vorbei zum nächsten

Ausgang. Jetzt schuldete er Lady Philippa eine Riesenent-
schuldigung und morgen würde er sie um Vergebung bitten.
Zuerst musste er allerdings Sevrin finden, der als sein
Sekundant fungieren sollte.

Er hatte den Korridor erreicht und war schon beinahe bei
der Treppe angekommen, als Holborn ihm den Weg
abschnitt. »Was um alles in der Welt war das?«

»Der Mann hat mich beleidigt.«

»Dann fordere ihn zu einem Duell heraus, aber schlage
ihn nicht in der Öffentlichkeit, mitten auf einem verfluchten
Ball!«

»Ich habe ihn zu einem Duell herausgefordert.« Jasper
drängte sich an dem Herzog vorbei und strebte auf die
Treppe zu. »Ich muss meinen Sekundanten finden.«

»Großer Gott, Saxton, was kann er schon verbrochen
haben, dass ein Duell wert wäre? Ich habe ihn nicht einmal
erkannt. Geh wieder hinein und bügle den Schaden mit Lady
Philippa aus.«

Jasper funkelte ihn an und war im Begriff einen weiteren
Schritt vorzutreten, doch der Herzog packte seinen rechten
– und damit glücklicherweise unverletzten – Arm. Seine
Finger gruben sich durch Jaspers Kleidung bis in den Bizeps.
»Du wirst nirgendwo hingehen. Geh zurück in den Ballsaal
und tanze mit Lady Philippa. Ich habe mit Coddington
gesprochen, und er wird deine Verlobung um Mitternacht
bekannt geben, wenn Herrick dazu bereit ist.«

»*Ich bin* nicht dazu bereit. Ich werde gehen.«

»Wenn du das tust, sorge ich dafür, dass deine kleine
Hure keinen Moment Ruhe findet.«

Jasper starrte ihn an. »Woher weißt du das?« Es war fast
unmöglich, dass seine Zusammenkünfte mit Olivia entdeckt
worden waren.

Des Herzogs Griff wurde fester, und der stechende
Schmerz rief Jasper seine Jugend in Erinnerung. »Ich

erfahre alles, was ich will. Deine Mutter hat die Weste bemerkt, die du in Vauxhall getragen hast. Sie hat deine Hure auf Benfield daran arbeiten sehen. Ihre Gnaden hat dich auch mit ihr in Richtung Hermit's Walk davongehen und verschwinden sehen. Glücklicherweise hat Ihre Gnaden deinen vollkommenen Mangel an Diskretion hervorragend kaschiert.«

Jasper juckte es in den Fingern, Holborn die Treppe hinunterzustoßen. Wie konnte er es wagen, Olivia zu beleidigen? »Sie ist keine Hure.« Nur eine Lügnerin, die ihm immer noch nicht vertraute. Warum hatte sie ihm nichts von Cliftons Brief erzählt?

»Was ist sie dann? Deine zukünftige Komtess, wie diese nichtsnutzige Göre vor zehn Jahren? Damals habe ich dich vor deinem törichten Herzen beschützt, und das werde ich auch jetzt. Eine Frau wie sie vermag dich niemals glücklich zu machen. Sie wird für uns alle eine Blamage sein, und binnen Kurzem wirst du anfangen, sie zu verachten. Ebenso wie sie dir grollen wird, sie in eine unmögliche Situation gebracht zu haben. Du kannst von ihr nicht erwarten, den Adel zu Gast zu haben?«

Dass die Argumente des Herzogs nicht vollkommen aus der Luft gegriffen waren, war Jasper verhasst. Er selbst hatte die gleichen Gedanken über Olivia gehegt. Und seine Zweifel bekräftigten sich nur noch mehr durch das Wissen, dass sie ihn weiterhin anlog. Schwach widersprach er Holborns Argumentation. »Du stellst Vermutungen an.«

Holborn quetschte ihm den Arm auf schmerzhafte Weise. »Warum kannst du diese eine Sache nicht fertigbringen? Schon vor Jahren hätte James die richtige Frau geheiratet, aber du hast getrödelt, und jetzt setzt du die ganze Familie dem Risiko eines beispiellosen Skandals aus. Nicht einmal deine eigensinnige Schwester hat diese Grenze so weit übertreten. Verdammt nochmal, Saxton.«

»Ja, *ich bin* Saxton! Ich bin ich und nicht James.« Jasper riss den Arm fort, aber Holborn ließ nicht los.

Der Herzog rutschte mit dem Fuß auf der obersten Stufe aus. Sein Griff um Jasper lockerte sich, als der Sog der Schwerkraft den leichteren Mann erfasste. Jasper sprang vor ihn und packte das Geländer mit klammerndem Griff, um das Gleichgewicht wiederzufinden. Seine Schulter brüllte vor lähmendem Schmerz protestierend auf. Jasper fasste mit der freien Hand um Holborns Frack und schloss sie zu einer Faust, ehe er ihn rücklings wieder auf den Boden platzierte. Jaspers Wirken nötigte ihm einige Stufen ab, doch er konnte sich fangen, ehe er in die untere Halle gestürzt wäre. Er rieb sich leicht den Oberarm, wo der Schmerz von seiner Schulter ausstrahlte.

Mit weit aufgerissenen Augen und bebender Brust starrte der Herzog ihn an. »Tu das nicht«, krächzte er. »Bitte, ich flehe dich an.«

Der Herzog flehte ihn an? Jasper hatte lediglich die Anerkennung dieses Mannes gewollt. Wenn er nur Philippa heiraten würde, könnte er sie bekommen. Doch Olivia mochte eine Lügnerin und Intrigantin sein, aber dem Schicksal der Cliftons dieser Welt konnte er sie nicht ausliefern.

»Du wirst dafür sorgen, dass Miss Wests Herkunft geheim bleibt. Der Mann im Ballsaal – sein Name ist Clifton – beruft sich auf einen Freund, den er bei der Times hat. In diesem Moment plaudert er sein Wissen über ihre Vergangenheit aus.«

Der Herzog zog seinen Frack zurecht. »Ich werde mich umgehend darum kümmern.«

Jasper konnte nicht glauben, dass er sich auf diesen Handel einließ, doch es war das Beste, was er für Olivia tun konnte. Sie könnte ein glückliches Leben haben. »Lass sie bei

Louisa bleiben. Louisa wird sie nach York bringen. Du musst sie nie wiedersehen.«

»Abgemacht.«

Jasper nickte. Er konnte sich nicht vorstellen, die Verlobung heute Abend bekannt zu geben. Nicht wenn Olivia zusah. »Ich werde die Angelegenheit mit Lady Philippa morgen besiegeln. Das Aufgebot wird nächsten Sonntag verlesen.«

Der Herzog schien Einwände erheben zu wollen, doch dann presste er die Lippen aufeinander und nickte. »Die Herzogin und ich werden für den nächsten Samstag ein Verlobungsdinner ausrichten.«

Jaspers Magen rumorte. Er wünschte sich nichts sehnlicher, als sich einer Flasche Gin zu widmen – umgeben von den beruhigenden Klängen der Gewalt. Ein Jammer, dass seine Verletzung ihn an der Teilnahme hindern würde.

KAPITEL ZWEIUNDZWANZIG

*V*on der anderen Seite der Tanzfläche aus hatte Olivia Jasper dabei beobachtet, wie er Clifton geschlagen hatte. Die Ballgäste in ihrer Nähe hatten nichts von dem Spektakel mitbekommen, jedoch hatte sie selbst Jasper den ganzen Abend nicht aus den Augen lassen können. Sobald Clifton sich ihm genähert hatte, war ihr Herz kurz aus dem Takt geraten. Hatte Clifton diese Nachricht geschickt? Was hatte er hier verloren, und warum unterhielt er sich mit Jasper?

Sie fürchtete, es zu wissen. Und als Jasper den Mann dann geschlagen hatte, war es offensichtlich geworden. Jasper hatte geschworen, ihre Geheimnisse zu hüten, und um das zu erreichen, war er bis zum Äußersten gegangen.

Dann hatte Lady Philippa eingegriffen. Selbst aus dieser Entfernung waren ihre Anteilnahme und Besorgnis offensichtlich. Wie auch seine Reaktion. Er hatte den Rückzug angetreten, worauf Clifton gegangen war. Nur das hatte Olivia sehen müssen.

Olivia wandte sich Louisa zu, die in eine Unterhaltung mit Lady Addicock vertieft war. »Entschuldige mich, Louisa, ich habe entsetzliche Kopfschmerzen. Würde es dir etwas ausmachen, wenn wir nach Hause gingen?«

Louisa runzelte die Stirn. »Natürlich nicht, Liebes.«

Mit einem Wirbel aus leuchtendroten Straußenfedern, die in ihrer Frisur steckten, rauschte Lady Badby auf sie zu. »Hast du gesehen, wie Saxton diesen Gentleman fast niedergestreckt hat?«

Clifton war kein Gentleman, doch Olivia hielt den Mund. Louisa riss die Augen auf. Sie sah Olivia mit einem fragenden Blick an. Diese Reaktion war ein bisschen eigentümlich, und sie machte Olivia noch nervöser.

»Was ist passiert?«, fragte Louisa.

»Drüben beim Erfrischungstisch hat er einen Mann angegriffen.« Louisa und Lady Addicock lenkten ihre Aufmerksamkeit in diese Richtung. »Ach, jetzt sind sie fort«, meinte Lady Badby mit einer abwinkenden Handbewegung. »Lady Philippa hat die Situation offenbar beschwichtigt. Oh, sie wird Saxton eine wunderbare Komtess sein, vorausgesetzt, ihr Vater lehnt ihn jetzt nicht ab.«

Louisa bedachte Lady Badby mit einem eisigen Blick zu. »Niemand wird Saxton ablehnen. Ich bin überzeugt, dass er gute Gründe hatte, diesen Mann zu schlagen.« Olivia stimmte ihr rückhaltlos zu.

»Das wollen wir hoffen, denn er beabsichtigt, sich im Morgengrauen zu duellieren. Er ist auf dem Weg, um seinen Sekundanten zu holen.«

Olivia rang um ihre Fassung, aber scheinbar hatte sie sich doch etwas anmerken lassen. Louisas zog kurz die Augen zusammen, doch dann wandte sie das Wort wieder an Lady Badby. »Ich bin sicher, dass es sich um nichts weiter als ein unbegründetes Gerücht handelt, Augusta. Und um mir persönlich einen Gefallen zu erweisen, würde ich dich bitten, dies nicht zu wiederholen.«

»Aber ich stand doch ganz in der Nähe. Ich habe gehört …«

Lady Addicock hakte sich bei Lady Badby unter. »Kommen Sie, meine Liebe, unterhalten wir uns über das Wetter oder etwas anderes Belangloses.« Sie führte Lady Badby von einer sichtlich verärgerten Louisa weg.

»Ja, lass uns gehen, Olivia«, meinte Louisa und nahm ihren Arm.

Sie brauchten einige Minuten, bis sie sich einen Weg durch den Ballsaal bahnen konnten. Nach den Gesprächen um sie herum, war es offensichtlich, dass sich die Neuigkeit von Jaspers Zusammenstoß und dem bevorstehenden Duell wie ein Lauffeuer im Ballsaal verbreitet hatte. Doch als sie den Ausgang erreichten, hörten sie

Folgendes: »Holborn hat das Stattfinden eines Duells geleugnet. Der Mann – ein unglückseliger Trunkenbold namens Clifton – hatte Lady Philippa beleidigt. Das wollte Saxton sich natürlich nicht gefallen lassen.«

Louisa merkte auf, doch sie entgegnete nichts. Schweigend verließen sie den Ballsaal, bis sie sicher in Louisas Kutsche saßen.

Louisa drehte sich zu ihr und sah sie an. »Also, Liebes, jetzt erklär mir bitte, warum du nach Hause gehen willst. Nicht eine Sekunde nehme ich dir ab, dass es aufgrund von Kopfschmerzen ist, obwohl ich die Behauptung wage, dass du jetzt welche hast.«

Olivia strich ihren Rock glatt, als sie überlegte, was sie am besten antworten könnte.

»Bitte lüge nicht, meine Liebe. Dazu besteht kein Anlass. Du weißt, dass ich dich liebe, nicht wahr?«

Olivia schnürte es die Kehle zu. Sie nickte, und die Tränen traten ihr in die Augen. Wütend blinzelte sie. »Der Mann, den Jasper geschlagen hat, ist jemand aus der Vergangenheit meiner Mutter. Ich habe ihn in einem Geschäft wiedergetroffen, nicht lange bevor du mich gefunden hast. Er ... hatte mich bedrängt.«

Louisa schürzte den Mund. »Dieser Schurke. Deshalb hat Jasper ihn also geschlagen.«

»Das dachte ich auch, aber vielleicht hatte Clifton tatsächlich Lady Philippa beleidigt.«

»Das ist zwar möglich, aber zu bezweifeln. Es ist ein zu großer Zufall, dass er an Jasper herantritt und eine Verbindung zu dir hat. Nein, er hat bestimmt etwas gesagt, das einen Affront gegen dich bedeutet hat, da bin ich mir sicher.«

»Aber warum sollte Jasper meinetwegen so reagieren?«

»Ist das nicht offensichtlich, meine Liebe? Mein Neffe ist sehr verliebt in dich.«

Trotzdem sie von einem freudigen Schauder erfasst wurde, hätte Olivia sich vor Schreck beinahe verschluckt. »Das ist er nicht.«

»In meinen Augen scheint er das allerdings zu sein. Eines kann ich dir aber mit Sicherheit sagen. Ich glaube nicht, dass er vorhat, Lady Philippa zu heiraten.«

»Warum?«

Louisa wirkte frohgemut und selbstgefällig. »Weil er mir das gesagt hat.«

»Was hat er gesagt?« Vor lauter Hoffnung, dass Louisa recht hatte, war sie nahezu atemlos.

»Dass er noch nicht so weit ist, zu heiraten.«

Olivia fiel auf, dass Louisa nichts von einer mündlichen Verpflichtung in Bezug auf sie geäußert hatte. Im Moment war all dies Louisas – vielleicht hoffnungsvolle – Spekulation. Wahrscheinlich gefiel ihr die Vorstellung, ihre beiden liebsten Menschen vereint zu wissen. Olivia wurde das Herz weit – denn sie gefiel ihr ebenfalls.

»Er hat nicht von mir gesprochen, nicht wahr?«

In einer nonchalanten Geste zog Louisa eine Schulter hoch. »Nein, aber ich kenne meinen Neffen. Und mir Närrin ist endlich aufgefallen, wie er dich anschaut. Auf die gleiche Art, wie Merry mich angesehen hatte.«

Mehr als alles andere, was sie sich je zuvor gewünscht hatte, wollte Olivia, dass es stimmte. Doch sie wusste auch, dass ihre gegenseitige Zuneigung nicht genügen würde, und trotz der Male, die sie miteinander geschlafen hatten, reichte sie nicht aus. Wenn Jasper sich jemals mit der Absicht getragen hatte, ihr Versprechungen zu machen oder sich zu erklären, war der Moment unverrichteter Dinge verstrichen und Vergangenheit.

Sie dachte an das Ultimatum des Herzogs. Der Zeitpunkt war gekommen, dieser ganzen Farce ein Ende machen. »Ich muss fortgehen. Morgen.«

Louisa runzelte die Stirn. »Warum? Ich dachte, wir wären übereingekommen, dass du bei mir bleiben willst. Wir werden die Angelegenheit mit Jasper ins Reine bringen und dann fahrt ihr beide für einen längeren Urlaub nach York.«

Olivia lächelte traurig. »Da gibt es nichts ins Reine zu bringen, Louisa.«

»Willst du Jasper nicht?«

»Doch. Ich liebe ihn, aber wir können kein Paar sein. Ich werde immer die Frau sein, die ich bin, und ich bin weder eine Komtess noch eine Herzogin.«

»Blödsinn. Du kannst sein, was immer dir beliebt. Du bist das klügste Mädchen, das ich kenne, und Jasper liebt dich. Er wird dich nicht gehen lassen.«

»Das wird er«, entgegnete Olivia fest.

»Das wird er nicht, kann ich dir versprechen. Ich kenne ihn besser als du, Liebes. Er hat vor langer Zeit einen Fehler gemacht, und er wird denselben Fehler nicht noch einmal begehen.« Olivia wusste, dass sie von Jaspers erster Liebe sprach. Konnte es möglich sein, dass er sich seinem Vater widersetzte, seiner ureigenen Pflicht, und sie anstelle von

Philippa heiratete? Eine solche Kehrtwendung konnte. sie kaum erwarten.

»Was ist mit dem Herzog?«

»Ach, leeres Gerede. Er wird außer sich sein, aber er wird sich damit abfinden müssen. Du fürchtest dich doch nicht vor ihm, Liebes?«

Nicht um ihrer selbst willen, nein. Aber wegen Louisa und Jasper ... »Er hat mir Geld gegeben, damit ich fortgehe. Falls ich das nicht tue, prophezeite er mir, mich zu ruinieren.«

Louisas Gesichtszüge verfinsterten sich, und ihre Lippen verzogen sich zu einer Grimasse. Noch nie hatte Olivia sie derart erzürnt gesehen. Oder dem Herzog so ähnlich. »Mein Bruder ist ein selbstverliebter Pinkel. So etwas wird er nicht tun.«

»Louisa, ich wäre nicht imstande mir selbst zu verzeihen, wenn meine Anwesenheit dich irgendwie ruinieren würde.«

»Inwiefern ruinieren? Damit die Lady Badbys und Lady Lydias dieser Welt mich ignorieren? Das wäre kein Beinbruch, Liebes.«

Olivia konnte sich ein Lächeln nicht verkneifen.

»Und daran, ob du die Gelegenheit hast, eine gute Partie zu machen, sind wir meines Erachtens nicht interessiert, da du Jasper heiraten wirst.«

Sehnlichst wünschte sie sich, dass Louisa recht behielt. »Wie kann er mich zur Frau nehmen, wenn die Gesellschaft über meine Mutter Bescheid weiß und darüber, dass ich ein uneheliches Kind bin?«

»Das ist alles nur Klatsch und Tratsch, Liebes. Es gibt nichts, was dies belegen könnte. Du bist charmant und intelligent, und mit deinem Liebreiz und Gebaren wirst du jeden einzelnen Menschen für dich gewinnen. Bald werden die Leute über die weit hergeholte Idee lachen, dass du die

Tochter einer Kurtisane bist. Vor allem, wenn Holborn das abstreiten wird.«

»Aber das wird er nicht.«

»Olivia, Liebes, bitte gestatte mir, mich um meinen Bruder zu kümmern. Gelegentlich muss er daran erinnert werden, wer der ältere von uns Geschwistern ist – ob Herzog oder nicht.«

Konnte dies wirklich eintreten? Würde Louisa den Herzog zum Schweigen bringen? Würde Jasper *sie* heiraten? Liebte er sie tatsächlich? Ihr Herz überschlug sich.

Die Kutsche fuhr langsamer und sie bogen in die Queen Street ein.

»Es wird schwierig sein, Olivia, das weiß ich, aber versuche, gut zu schlafen. Am Morgen werden wir alles klären, und ehe du dich versiehst, bist du die Komtess von Saxton.«

Olivia würde nicht eine Sekunde schlafen.

~

Jasper stieg aus seiner Kutsche in die warme spätsommerliche Nachtluft und lechzte nach Gin, der den Schmerz in seiner Schulter und den Kummer seines Herzens betäuben würde. Endlich hatte er die Anerkennung des Herzogs gewonnen, doch um welchen Preis?

Wenngleich er aus der Sicht seines Verstandes wusste, dass die Heirat mit Philippa die richtige Entscheidung war, verzehrte sich sein Herz – und weitere, tieferliegende Regionen – nach Olivia.

Es war noch früh für den Club, doch Jasper steuerte direkt auf das Hinterzimmer mit der niedrigen Decke zu. Er nahm sich eine Flasche Gin mitsamt einem Glas von der Theke, und ließ sich an einen ramponierten Tisch mit vier Stühlen nieder. Kurze Zeit später kam Hopkins, ein Metzger, herein und gesellte sich zu ihm. Er stellte seinen mit Ale gefüllten Humpen auf den Tisch.

»Tom sagte, Sie seien wieder hier. Ich habe Sie heute Abend nicht erwartet – Sevrin hat uns erzählt, was Gifford, dieser Mistkerl, Ihnen angetan hat. Wie steht es um Ihre Schulter?«

Jasper goss den Gin in das angeschlagene Glas. »So weit gut.«

Hopkins bleckte die Zähne. »Mir tut nur leid, dass dieser Hurensohn in Newgate sitzt. Wahrscheinlich sollte ich ihn befreien, damit der Club seine Missbilligung zum Ausdruck bringen kann.«

Saxton hob das Glas in Anerkennung der Anteilnahme des Mannes und nahm einen kräftigen Schluck. Der brennende Alkohol sengte ihm ein Loch in den Bauch.

»Gin?«, erkundigte Hopkins sich. »Ich dachte, Sie seien für Whiskey.«

»Der heutige Abend verlangt nach stärkeren Spirituosen.«

»Ich verstehe.«

Sie tranken eine Weile schweigend, und Jasper füllte das Glas ein zweites Mal, bevor ein weiterer Mann eintrat. Er nahm ebenfalls an ihrem Tisch Platz, und bald ließen Hopkins und er sich darüber aus, wie sie Gifford zur Strecke bringen würden, sollte er ihnen jemals unter die Augen kommen. Dass diese einfachen Männer so schnell und bereitwillig zu Jaspers Verteidigung einsprangen, war ein wenig überraschend ... und rührend.

Sevrin marschierte in den Raum und strebte direkt auf ihren Tisch zu. »Saxton, was zum Teufel tust du hier?«

Jasper stellte sein halbleeres Glas auf den Tisch. »Scheint so, als hättest du mit meinem Erscheinen gerechnet, da du ja hier bist.«

Die anderen Männer lachten verhalten.

Sevrin zog Jasper auf die Beine. »Du gehst jetzt nach Hause.«

Jasper schüttelte ihn ab, doch als der Schmerz von seiner Schulter ausstrahlte, zog er eine Grimasse.

Sevrin zuckte zurück. »Himmel, ich habe gar nicht mehr an deine Schulter gedacht. Was zum Teufel hast du dir dabei gedacht, diesen Mann auf einem Ball zu schlagen?«

Sowohl Hopkins als auch der andere Mann starrten ihn verblüfft an und brachen dann in Gelächter aus. »Du hast jemanden auf einem *Ball* geschlagen?« Hopkins schlug mit der Faust auf den Tisch.

Im Grunde wollte Jasper mitlachen, doch das lag wahrscheinlich an der Wirkung des Gins. »Du warst dort?«

Sevrin nickte. »Gerüchten zufolge wirst du im Morgengrauen entweder ein Duell ausfechten oder deine Verlobung mit Lady Philippa bekannt geben oder beides. Was um alles in der Welt geht hier vor, und welche Rolle spielt Olivia West bei der ganzen Sache?«

»Ich trage kein Duell aus, obwohl ich das in Betracht gezogen hatte. Es wird dich freuen zu erfahren, dass ich dich als meinen Sekundanten erwählt hatte.«

»Das hätte ich auch übernommen, falls er abgelehnt hätte«, meldete Hopkins sich zu Wort. Sowohl sein Tischnachbar als auch er verfolgten die Unterhaltung fasziniert.

Jasper fuhr fort: »Meine Verlobung mit Lady Philippa wird in Kürze bekannt gegeben. Am Samstag findet ein Dinner statt. Ich werde dafür sorgen, dass du eingeladen wirst.« Er wandte sich an die Männer am Tisch. »Ich muss Ihnen leider mitteilen, dass ich Sie beide nicht einladen kann. Ich meine das nicht als Beleidigung.«

Wieder lachten die beiden Männer. »Schon gut!«, antwortete Hopkins.

»Du hast Miss West noch gar nicht zur Sprache

gebracht.« Sevrin wirkte gereizt und klang auch so. Tatsächlich war seine stets gute Laune auffallend abwesend.

»Es gibt nichts über Miss West zu sagen.« Die Worte hinterließen einen bitteren Geschmack auf seiner Zunge.

Sevrins Augen verengten sich. »Du großspuriger Mistkerl, es gibt jede Menge zu sagen. Warum heiratest du Lady Philippa, wenn du eindeutig in Miss West verliebt bist?«

Was konnte Sevrin schon von alldem wissen? »Gerade du solltest die Tücken der Eheschließung verstehen und warum man eine Braut der anderen vorzieht.«

»Tatsächlich verstehe ich, warum man wählt, *keine* Braut zu haben, anstatt in einer Ehe gefangen zu sein, aber wir reden hier nicht über mich. Du kannst wählen, wen immer du willst, und du magst Miss West.«

»Dies geht dich verdammt noch mal nichts an, aber ich kann sie nicht heiraten.«

Sevrin zog eine Braue hoch. »Du kannst nicht oder willst du nicht?«

»Das spielt kaum eine Rolle.«

»Augenblick.« Hopkins hob die Hand. »Wenn Sie diese West lieben, warum heiraten Sie dann eine andere? Ich verstehe, dass ihr Lords eure eigenen Regeln habt, aber eine Ehe ist eine Ehe, unabhängig von Ihrer Adresse. Es sei denn, Sie wären ebenso glücklich, dieses andere Mädchen zu heiraten.«

Das war er nicht, doch das war auch nicht von Belang. »Ja, wir haben unsere eigenen Regeln, und die besagen, ich sollte dieses andere ›Mädchen‹ heiraten.«

»Unsinn«, höhnte Sevrin. »Wen hast du denn geschlagen?«

»Jemanden, der Olivia das Leben zur Hölle machen kann. Aber ich habe das alles ins Lot gebracht. Ihre Geheimnisse sind sicher – für immer.«

Sevrin warf ihm einen ungläubigen Blick zu. »Welchen Pakt hast du da mit dem Teufel abgeschlossen?«

Was für eine zutreffende Beschreibung für den Herzog. »Olivias Geheimnisse bleiben unangetastet, und ich werde Philippa heiraten. Das ist endgültig.«

»Es ist noch nicht geschehen, aber sobald es geschieht, kannst du es nicht mehr rückgängig machen. Du wirst *immer* mit ihr verheiratet sein.«

»Ich bin bereit, das für sie auf mich zu nehmen.« Er würde alles für Olivia tun.

Sevrins Augen wurden schmal. »Du liebst sie wirklich.«

»Mehr als alles andere.« Auch wenn sie gelogen hatte und weiterhin log. Doch das war ihm egal. Sie musste einen Grund gehabt haben, ihm den Brief zu verheimlichen. Er wusste, dass dem so war. Sonst hätten sie nicht haben können, was sie miteinander gehabt hatten. Sie hatte gesagt, sie vertraute ihm, und tief im Inneren, wusste er, dass dem so war.

Sevrin lächelte halb und schüttelte den Kopf. »Du bist wirklich ein Riesenidiot. Welche Abmachung du auch immer getroffen hast, mach sie rückgängig.«

»Das kann ich nicht. Der Herzog hat seine volle Unterstützung zugesagt. Olivia wird unter seinem Schutz sicher sein.«

»Schutz, den er seiner Schwiegertochter, der zukünftigen gottverdammten Herzogin, bieten müsste. Saxton, bist du wirklich so dämlich?«

»So einfach ist das nicht«, wandte Jasper ein. Die Wärme des Gins ließ allmählich nach.

»Ich bin Sevrins Meinung«, meinte Hopkins. »Du bist ein richtiger Jasager.« Der andere Mann nickte zustimmend.

Sevrin stupste ihn gegen den Oberkörper. »Du scheinst zu vergessen, dass du der zukünftige Herzog von Holborn bist. Was immer dein Vater an Macht ausübt, steht dir zur Verfügung.«

»Aber wenn es für alle das Beste ist, dass ich Philippa heirate? Was, wenn Olivia das lieber ist?« Und vielleicht war das der wahre Grund, warum er den Handel mit Holborn abgeschlossen hatte. Er wusste nicht wirklich, was Olivia wollte. Er hatte keinerlei Vorstellung, ob sie ihn so liebte, wie er sie liebte.

»Sorge dich darum, was das Beste für dich und Olivia ist. Alles andere wird sich von selbst ergeben.«

~

Olivia hatte zu schlafen versucht, doch nachdem sie sich die letzten zwei Stunden hin und her gewälzt hatte, gab sie das Vorhaben schließlich auf. Trotz allem, was Louisa gesagt hatte, konnte sie sich Jasper nicht vorstellen, wie er morgen herkam und ihr seine ewige Liebe gestehen würde. Selbst wenn er sie liebte, war sie überzeugt, dass er tun würde, was von ihm erwartet wurde, und er Lady Philippa heiratete. Eine wohlgeborene und respektierte Frau, die eine ausgezeichnete Komtess abgeben würde.

Sie betrat ihr Ankleidezimmer und ging zu ihrem Kleiderschrank. Darin hing der Putz einer Lady. Einer Lady, die zu sein, sich Olivia niemals erhoffen konnte. Was auch immer sie lernte, wie auch immer sie sich in der Gesellschaft zurechtfand, würde sie für immer das uneheliche Kind vom Lande sein, dessen Mutter sich mit dem Spreizen ihrer Beine einen Namen gemacht hatte. Anderen mochte das nicht bewusst sein, doch Olivia schon, und manchmal war die Beschämung darüber überwältigend.

Louisa wollte nicht, dass sie ging, und Olivia wollte sie ehrlich gesagt auch nicht verlassen. Jedoch konnte sie auch nicht hierbleiben. Sie war zuversichtlich, dass Louisa ihr behilflich sein würde, sich irgendwo in einem hübschen Dorf niederzulassen. Nicht in Devon. Oder Cheshunt. Und schon gar nicht in der Nähe von York oder irgendwo, wohin Jasper mit seiner Braut gehen könnte.

Olivia holte ihre alte Reisetasche aus der Ecke und legte sie auf die rosa und cremefarben gepolsterte Bank. Methodisch holte sie ein Paar Strümpfe aus der Kommode und legte ein halbes Dutzend davon gefaltet in die Tasche. Dann wandte sie sich den Hemden zu und nahm nur zwei davon. Sie war derart in ihre Aufgabe vertieft, dass sie den Eindringling in ihre Einsamkeit nicht bemerkte.

»Wohin gehst du?«

Olivia fuhr erschrocken zusammen. Sie drehte sich brüsk um und presste ein Hemd an ihre Brust. Jasper stand an den Türrahmen gelehnt und bot in seiner Abendgarderobe einen glänzenden Anblick, wenngleich seine Krawatte gelockert war. Er verschränkte die Arme und legte die Stirn in tiefe Falten.

Voller Absicht ignorierte sie seine Frage – und das berauschende Verlangen, das ihren Körper durchströmte. »Was tust du hier? Es ist praktisch mitten in der Nacht.«

»Praktisch, ja.«

Er tat einen Schritt tiefer in den Raum und erfüllte den kleinen Bereich mit seiner Anwesenheit. Ihre Sinne wurden von seinem vertrauten Duft nach Kiefer betört. Ein tiefes Bedürfnis stellte sich ein, sich ihm zu nähern und sein geliebtes Gesicht zu berühren, seine köstlichen Lippen zu küssen.

»Ich bin gekommen, um dir von meiner Verlobung zu erzählen. Du solltest die Erste sein, die erfährt, dass das Aufgebot nächsten Sonntag verlesen wird.«

Olivias Blickfeld bündelte sich. Ihr war klar, dass eine Heirat mit Philippa das Beste war, doch ihn hier zu haben, um diese Neuigkeit persönlich zu überbringen, tat ihr unerträglich weh. Sie konnte keinen Anlass für Höflichkeiten erkennen. Nicht, wenn ihr das Herz schmerzte. »Du bist zu dieser Stunde hergekommen, um mir das zu sagen?«

»Natürlich.« Er lächelte auf eine überaus großmütige Art und Weise, die nichts von seinen Gedanken verriet. Olivia wurde misstrauisch.

»Du hast mir immer noch nicht gesagt, wohin du willst.« Er rückte näher und spähte über ihre Schulter in ihre Reisetasche.

Seine Nähe brachte ihren Puls zum Rasen. »Das weiß ich noch nicht.«

Nun war er nah genug, um sie zu küssen. Falls sie wollte. Und wie sie es wollte. Aber sie hielt sich steif.

»Darf ich York vorschlagen? Im Herbst ist es dort besonders schön. Im Oktober sind die Blätter einfach atemberaubend.« Als er das letzte Wort gesagt hatte, ließ er seinen Blick langsam von Kopf bis zur Schuhspitze über sie schweifen.

Olivia zog ihren Morgenrock noch fester um ihren Körper. »Ich glaube nicht, dass York mir gefallen würde.«

»Wirklich?« Er strich ihr eine Locke hinters Ohr und fuhr die Konturen ihres Kiefers nach. »Ich liebe es dort, und ich kann mir nichts Schöneres vorstellen, als den Herbst dort mit meiner Braut zu verbringen.«

Sie hatte Schwierigkeiten zu schlucken. »Dann solltest du sie mitnehmen.«

Er sah ihr in die Augen. »Aber du hast doch gerade gesagt, es würde dir nicht gefallen. Vielleicht kann ich dich umstimmen.« Er küsste sie erst ganz zart seitlich am Hals und dann saugte er an ihrer Haut. Als er sich von ihr löste, fragte er: »Meinst du, ich kann dich überzeugen?«

Olivia hatte den Überblick über die Unterhaltung vollkommen verloren. »Mich überzeugen, was zu tun?«

»Mich zu heiraten, natürlich.«

Sie schlang ihm die Arme um den Hals und küsste ihn. Heiß strömte es in ihren Gliedern, als sie sich zu ihm hinaufreckte und ihr ganzes Herz und ihre ganze Seele in diese Umarmung legte. Er erwiderte den Kuss, und mit Lippen und Zunge verwöhnte er ihren Mund mit delikater Bestimmtheit. Er zog sie an sich und drückte sie gegen seine harte Gestalt. Heiß und schwer pulsierte seine Erektion durch die dünnen Schichten ihres Morgenrocks und des Nachthemds gegen ihren Unterleib.

Sie lockerte ihren Griff und löste sich von ihm, aber er ließ sie nicht weit kommen. »Jasper, warum?«

»Ich liebe dich.«

Ihr wurden die Knie weich, und sie sackte gegen ihn. »Ach, ich liebe dich auch.«

»Ist das ein Ja?«

Sie wollte es ihn sagen hören. »Mir war nicht klar, dass du mir eine Frage gestellt hast.«

Er sah sie erwartungsvoll an, und sein Blick aus den blauen Augen bohrte sich bis in ihr Herz. »Heirate mich, Olivia. Bitte?«

Sie nickte. »Ja.«

»Ausgezeichnet.« Er neigte den Kopf, um sie erneut zu küssen.

Sie hielt einen Finger zwischen ihre Lippen. »Aber wie? Was ist mit Lady Philippa? Dem Herzog?«

Seine Zunge schnellte hervor und er leckte über ihre Fingerspitze. »Philippa wird es verstehen.«

Olivia mühte sich um Ignoranz gegenüber den dekadenten Empfindungen, die ihren Arm emporschnellten und sich in ihrem Körper ausbreiteten. »Du hast es ihr noch nicht gesagt?«

»Ich habe es für wichtiger gehalten, zuerst mit dir zu sprechen.« Er setzte die Tätigkeit mit seiner Zunge an ihrem Finger fort.

»Und der Herzog?«

»Er wird außer sich sein, doch das kümmert mich nicht.« Er saugte ihren Finger in seinen Mund. Eine Woge der Hitze durchflutete Olivia.

Jasper schob ihren Morgenrock auf und fasste sie um die Taille. Ihre Brustwarzen wurden steif, als sein heißhungriger Blick auf ihrem kaum bedeckten Körper verweilte. Er beugte sich hinunter und legte den Mund auf ihre Brust, worauf er die Baumwolle mit der Zunge befeuchtete, die ihre Haut bedeckte. Er hob eine Hand und schmiegte sie um ihre Brust, die er nach oben schob, um die Rundung an seine Lippen zu führen. Olivia schloss die Augen in Ekstase.

Er langte hinter sie, und sie hörte die Reisetasche zu Boden fallen. Er leitete sie an, auf der Bank zu stehen, und neugierig darauf, was er da tat, schlug sie die Augen auf. Er zog seinen Frack aus und sog den Atem ein, als er ihm von der Schulter glitt.

»Deine Verletzung?«

»Sie heilt.«

Sie half ihm, den Frack auszuziehen, und das Kleidungsstück fiel zu Boden. Er knöpfte seine Weste auf, und sie streifte sie vorsichtig von seinem Oberkörper. Dann zog sie ihm seine Krawatte aus und ließ sie zu den anderen abgelegten Kleidungsstücken fallen.

Sie half ihm, sich seines Fracks zu entledigen und das Kleidungsstück glitt zu Boden. Er knöpfte seine Weste auf, die sie daraufhin vorsichtig von seinem Oberkörper streifte. Dann zupfte sie an seiner Krawatte und ließ sie zu seiner anderen abgelegten Garderobe fallen.

Er schob sich noch näher an sie heran, bis sein Oberkopf bei ihren Brüsten angekommen war. Er ließ den Baumwollstoff ihres Nachthemds an ihren Beinen hinaufgleiten, und als der zarte Stoff über ihre Haut rutschte, wurde sie immer empfindsamer, je höher der Stoff an ihren Schenkel und ihrem Bauch aufstieg. Er schob ihn über ihre Brüste hinweg weiter nach oben und drückte dann die Lippen zwischen sie. Er ließ das Kleidungsstück los, um die Hände um ihre Brüste zu legen. Dann strich er mit den Daumen über ihre Brustwarzen und zwickte sie leicht. Olivia keuchte und zog das Nachthemd über ihren Kopf. Er schob die Hände höher und drückte ihre erhobenen Arme gegen die Wand zurück, um sie dort festzuhalten. Auf den Zehenspitzen stehend saugte er eine Brust in den Mund, wobei er ihre Brustwarze wie in einem Rausch mit den Lippen und der Zunge bearbeitete. Olivia klammerte die zu Fäusten geballten Hände um das Nachthemd, während ihr Körper vor Verlangen pulsierte.

Jasper setzte seine Attacke nun an der anderen Brust fort und drückte dabei ihren entblößten Körper gegen die Wand. Mit seinem Lecken und Saugen trieb er die Hitze in ihren Bauch und die Feuchtigkeit zu ihrer Mitte. Sie stöhnte auf, worauf er von ihren Armen abließ.

Er glitt mit seinem Mund an ihr hinab. Zwischen ihren Brüsten, an ihrem Bauch entlang, an ihrem Nabel vorbei – und hielt nur inne, um mit seiner Zunge in die kleine Vertiefung zu tauchen. Mit einiger Verspätung kam ihr zu Bewusstsein, dass sie die Arme senken konnte. Sie ließ das Nachthemd fallen und umklammerte seinen Kopf.

Er packte ihre Taille und zog ihr Becken zu seinem Mund vor. Mit seinem gestreckten Finger glitt er über ihren Schamhügel und streifte die Knospe an ihrer intimsten Stelle. Sie stieß vor Verlangen gegen ihn. Er schob eine Hand zwischen ihre Beine und spreizte ihre Schenkel. Sanft streichelte er ihr erhitztes Fleisch und entlockte ihrem Mund ein lustvolles Murmeln.

Als er einen Finger in ihren engen, warmen Spalt einführte, packte sie sein Haar. Dann senkte er den Mund und saugte ihre Knospe in fiebriger Hitze. Olivia bog den Kopf an die Wand zurück und ließ sich von den Sinneseindrücken überwältigen. Sein Mund liebkoste sie, während er ihre Stöße mit den Fingern erwiderte. Dann waren es zwei Finger und das war noch viel besser. Er stieß immer wieder in sie und leckte sie, bis jedes schlüssige Denkvermögen aus ihrem Gehirn wich.

Dann drehte er sie zur Wand. Ihre geschwollenen Brustwarzen drückten gegen die harte Oberfläche. Sie drehte den Kopf zur Seite und keuchte, da sie kurz vor dem Höhepunkt stand. Warum hatte er aufgehört?

Er strich mit einem Finger an ihrem Rücken hinunter, worauf er seine Zunge folgen ließ. Schamlos drängte sie sich an ihn. Die Hände um ihren Po gelegt, leckte er über ihren Rücken.

»Knie dich hin«, sagte er.

Sie hatte keine Ahnung, was er als Nächstes zu tun beabsichtigte, aber sie vertraute ihm. Ja, bei Gott, sie vertraute ihm. Sie kniete sich hin und er drehte ihren Körper so, dass sie der Länge nach auf der Bank positioniert war, wobei sich die Wand zu ihrer Rechten befand. Er trat hinter sie und wieder streichelte er ihren Po. Dann ihren Rücken. Es waren wohlige, träge Berührungen, die sie nicht annähernd befriedigten. Sie drängelte rückwärts, auf der Suche nach etwas, was ihr Erleichterung verschaffen würde.

Für einen kurzen Moment spürte sie, wie eine seiner Hände von ihrem Körper abließ. Dann hielt er ihre Hüften mit festem Griff und zog sie zurück. Seine heiße Erektion stieß gegen ihren Spalt. Gott, ja. Olivia drängte weiter zurück und er glitt in sie hinein. Sie schlang die Finger um die Kanten der Bank.

Einen Moment lang hielt er in dieser Position still. Ihr Inneres nahm ihn auf und sehr bald schon wünschte sie, er würde sich bewegen. Langsam, quälend langsam, zog er sich zurück und drang dann ebenso langsam wieder in sie ein. Er ließ eine Hand an ihrer Seite hinaufwandern und legte sie um ihre Brust. Er zupfte an ihrer Brustwarze, während er sein langsames Eindringen und Zurückziehen fortsetzte. Hinein, heraus, hinein, heraus. Die Empfindungen in ihr verstärkten sich und sie konnte nicht anders, als sich in seinem Rhythmus vor und zurück zu bewegen. Doch es war nicht schnell genug. Sie begehrte mehr.

Sie langte hinter sich, und als sie seinen Schenkel zu fassen bekam, drängte sie ihn zu einem schnelleren Takt. Er gehorchte und stieß mit köstlicher Kraft in sie hinein. Jetzt bewegte er sich noch schneller. Er ließ von ihrer Brust ab und strich ihr über den Rücken hinauf, bis er ihren Nacken berührte. Er zog ihr den Kopf zurück und fuhr mit der Zunge an ihrer Ohrmuschel entlang. »Komm für mich«, raunte er.

Seine andere Hand war um ihre Hüfte geschlungen und neckte ihr Geschlecht. Olivia schrie auf, als die schiere Wonne jeden Anschein von Trägheit zerplatzen ließ und sie an die Grenze der Vernunft katapultierte. Sie machte die Augen fest zu und sah immer noch Lichter. Blendend schöne, markerschütternde Lichter.

Wieder hielt er sie fest um die Hüften und stieß tief in sie hinein, bis er aufschrie.

Sein Rhythmus verlor an Tempo. Olivia stützte sich auf ihre Ellbogen und ließ den Kopf nach vorn sinken, als sie wieder zu sich kam.

Eine Weile später richtete Jasper sich auf und half ihr in eine sitzende Position. Er fand ein Tuch und reichte es ihr, damit sie sich abwischen konnte, wobei er ihr den Rücken zuwandte, um ihr ein wenig Privatsphäre zu gewähren. Dann kehrte er zurück und schloss sie in seine Arme.

Sie keuchte. »Vorsichtig! Was ist mit deiner Schulter?«

»Es geht ihr gut. Sie tut mir im Moment kaum weh.«

Sie blickte ihn mit einem gespielten Stirnrunzeln an. »Trotzdem, ich habe hart an den Nähten gearbeitet und es wäre mir lieber, wenn du achtgeben würdest, dass sie an Ort und Stelle bleiben.«

Er trug sie zum Bett und bettete sie auf der Decke. Er blickte auf sie herab und stieß die Luft aus. »Ich kann nicht glauben, dass du die Meine bist.«

Sie lächelte zu ihm auf. »Ich kann nicht glauben, dass du der Meine bist.« Sie rutschte zur Seite und schlug die Bettdecke zurück. »Jetzt zieh deine Kleider aus und komm her zu mir.«

Rasch kam er ihrer Bitte nach und bald darauf lagen sie zusammen in der kühlen Weichheit des Bettes, wobei er Olivia fest in den Armen hielt und sie den Kopf an seiner Schulter gebettet hatte. »Musst du gehen?«, fragte sie.

»Nicht gleich. Es scheint mir beschämend, eine nackte Frau im Bett zu verschmähen.«

Sie grinste zu ihm auf. »Das ist in der Tat beschämend.« Sie küsste seine Brustwarze, worauf er scharf Luft holte. »Ich freue mich schon darauf, wenn du nicht mehr gehen musst.«

»Sehr bald, Liebste.« Er küsste sie auf die Stirn und drehte sie dann auf den Rücken. Mit einem verruchten Blick richtete er sich über ihr auf. »Aber zuerst ...«

Olivia schob ihn zur Seite und kletterte auf ihn. »Du darfst deine Schulter nicht überstrapazieren.«

»Ich liebe es, wenn die Frau das Kommando hat«, stellte er schmunzelnd fest. »Ich bin ganz der Deine.«

»Für immer«, entgegnete sie, als sie ihre Lippen auf seine presste.

»Für immer.«

KAPITEL DREIUNDZWANZIG

*W*ie sich herausstellte, war »für immer« weitaus kürzer, als Jasper erwartet hatte. Als die Morgensonne gerade am Horizont hervorzutreten begann, hatte er sich aus Olivias Schlafzimmer geschlichen. Mit einem breiten Grinsen und eine alberne Melodie summend, ritt er auf seinem Pferd von Louisas Stall fort.

Er war früh genug, um seine Verabredung mit Clifton in der Morgendämmerung einhalten zu können, falls der Mann wirklich so dumm war, sich mit ihm zu duellieren. Aber vermutlich hatte der Herzog sich der Sache angenommen. Vielleicht hatte er sogar eine Nachricht nach Saxton House geschickt, nicht dass Jasper dort gewesen wäre, um sie zu empfangen.

Als Jasper sein Stadthaus betrat, wurde er sofort von seinem bebrillten Butler Thurber begrüßt, der bei Tagesanbruch ebenso unerschütterlich wirkte wie um Mitternacht. Der Mann – ein weiterer seiner geretteten Dienstboten – war unglaublich.

Er neigte den Kopf vor Jasper. »Darf ich Euch gratulieren, Mylord?«

Jasper wurde langsamer, als er die Halle betrat. »Zu?«

»Zu Eurer bevorstehenden Hochzeit.«

Eine Eiseskälte erfasste Jaspers Adern. »Was wissen Sie von meiner Hochzeit?«

»Vor ein paar Stunden traf eine Botschaft von Seiner Gnaden ein. Er überbrachte sie persönlich. Er war sehr erfreut und teilte uns die Neuigkeit direkt mit.« Thurber reichte ihm das Schreiben.

Jasper fühlte sich, als hätte er einen Krug Blei ausgetrunken. Er öffnete das Schriftstück und der Marmorboden unter seinen Füßen schien sich zu öffnen.

Ich habe mich um Clifton und den Unsinn mit seiner Zeitung gekümmert. Ich habe die Gelegenheit genutzt, um seinem Freund die Neuigkeit über Deine Verlobung mitzuteilen, und er war überglücklich, diese Geschichte anstelle der von Clifton erfundenen zu drucken.

Du hast mich sehr stolz gemacht.

Holborn.

Verdammter, verfluchter Mist. Seine Verlobung mit Lady Philippa sollte in der Zeitung stehen. *Noch am selben Morgen.* In wenigen Stunden würde ganz London wissen, dass er heiraten würde – die falsche Braut allerdings. Jasper zerknüllte das Schreiben in der Faust. Es gab keine Möglichkeit, wie er dies noch aufhalten konnte.

～

Um zehn Uhr stiegen Olivia und Louisa in der Bond Street aus ihrer Kutsche, um ihren Termin beim Schuhmacher einzuhalten. Olivia dachte an Mr. Beatty und seine Tochter. Anstatt dass er ihr ein Paar Stiefel aus den Resten anfertigte, die von seiner Kundschaft übrig blieben, würde sie nun die modischsten – und wahrscheinlich teuersten – Stiefel bekommen, die zu haben waren. Obwohl sie wusste, dass Jasper Mr. Beatty geholfen hatte, wollte sie etwas von ihrem Glück mit ihm und seiner Familie teilen.

»Louisa, würde es dir sehr viel ausmachen, wenn ich einige der Menschen besuche, die ich von früher kenne? Ich würde mich gerne nach ihrem Wohlergehen erkundigen und vielleicht dafür sorgen, dass sie einen angenehmen Winter haben.«

Louisa strahlte. »Du bist genauso großherzig wie Jasper. Ihr werdet so ein wohltätiges Paar sein.«

Sie wollten gerade den Laden betreten, als sie jemanden rufen hörten: »Louisa!« Lady Badby rauschte auf sie zu, wobei ihr übergroßer Hut auf dem Kopf schwankte. Olivia und Louisa hielten inne und warteten, bis sie angekommen war.

»Guten Morgen!«, schnaufte sie. »Ich wollte die Erste sein, die dir zur Verlobung deines Neffen gratuliert. Es ist natürlich keine Überraschung, aber ein trauriger Tag für hoffnungsvolle junge Damen in ganz England.«

Louisa warf Olivia einen Blick zu, der allerdings nicht eine Spur von Überraschung zeigte. »Ich danke dir, Augusta.«

»Weißt du, wann die Hochzeit stattfinden soll? Ich nehme an, sie werden in St. Paul's heiraten. Meinst du nicht auch? Aber vielleicht weißt du es auch nicht. Seine Braut wird ihre Möglichkeiten bestimmt abwägen, da bin ich sicher.«

Lady Badby sah Olivia nicht einmal an, was Olivia zu verstehen gab, dass sie nicht die Braut war, ungeachtet dessen, was Jasper ihr nur wenige Stunden zuvor gesagt hatte. Ihre Hände begannen zu zittern, die sie daraufhin in Höhe der Taille aneinanderpresste.

»Ach, nun, ich muss weiter. Oh, dort ist Lady Dalrymple.

Ich frage mich, ob sie es schon gehört hat ...« Und damit rauschte Lady Badby davon.

Louisa drehte sich zu Olivia um und zog sie in den Türeingang des Schuhmachers. »Ich weiß nicht, was ich sagen soll, Liebes. Ich habe keine Ahnung, was geschehen ist.«

Das wusste Olivia auch nicht, aber sie wollte Louisa auch nicht verraten, was sich gestern Nacht zugetragen hatte. Ihre Demütigung über das Vertrauen, das sie in Jasper gesetzt hatte, war mehr, als sie sich eingestehen konnte.

Doch das ergab keinen Sinn! Noch nie hatte er sie belogen, und sie glaubte nicht, dass er gestern Abend damit angefangen hatte. Nicht nach alldem, was sie gemeinsam geteilt hatten. Und nicht, wenn er in erster Linie so schuldbewusst gewesen war, weil er ihre Tugend kompromittiert hatte.

»Mir geht es gut, Louisa.« So war dem zwar nicht, doch sie bemühte sich nach Kräften darum. Es musste eine Erklärung geben. Falls nicht, war sie froh, ihre Tasche halb gepackt gelassen zu haben.

ie Finger auf den Kaminsims im Salon von Herrick House trommelnd, wartete Jasper auf die Ankunft des Earls. Dies würde sich als ein überaus unangenehmes Treffen erweisen.

Lord Herrick trat ein. Er war ein großer, hagerer Mann mit dichtem, dunklem Haar und einer stoischen Ausstrahlung. Während Lady Philippa charmant und geistreich war, wirkte ihr Vater dahingegen farblos und ernst.

»Wie gut von Ihnen, mir die Mühe zu ersparen, Sie heute Morgen aufzusuchen, Saxton. Ich habe Ihre Nachricht heute früh erhalten und es in der *Times* gelesen, doch seit wann sind Sie mit meiner Tochter verlobt?«

Jasper setzte zu einer Antwort an, doch bevor er etwas sagen konnte, betrat Lady Philippa das Zimmer. »Seit nie«, meldete sie sich zu Wort. »Lord Saxton hat mir einen Antrag gemacht, doch ich habe ihn abgelehnt. Ich würde allerdings zu gern wissen, wie die ›Neuigkeit‹ in die Zeitung gekommen ist.«

Jasper wollte ihrer Geschichte nicht widersprechen. Sie bedeutete den besten Weg für sie, ihren glänzenden Ruf zu bewahren. Er konnte ihr keinen Vorwurf machen, dass sie sich das ausgedacht hatte. »Es scheint sich um einen Druckfehler zu handeln, Lady Philippa. Wahrscheinlich ein Gerücht, das ausgeufert ist. Ich bedaure die Folgen zutiefst.«

Lord Herrick hatte ihr Gespräch schweigend mitangehört, doch nun meldete er sich erbost zu Wort. »Das ist eine Katastrophe. Philippas Heiratsaussichten werden ruiniert sein.« Er richtete seinen dunklen Blick auf seine Tochter. »Philippa, du wirst ihn jedenfalls heiraten.«

»Ganz und gar nicht. Ich habe nicht den Wunsch, ihn zu heiraten.« Sie reckte das Kinn und Jasper konnte nicht einschätzen, ob sie nun die Wahrheit sagte oder nicht. Er bedauerte zutiefst, sie enttäuscht zu haben, falls sie auf einen Antrag gehofft hatte.

Ihr Vater funkelte sie an. »Denk an deinen Ruf.«

»Ich würde lieber an mein zukünftiges Glück denken.« Sie durchbohrte ihren Vater mit einem recht scharfen Blick, der Jasper eigenartig vorkam. »Ich habe beschlossen, dass wir nicht zueinander passen werden.« Dann wandte sie Jasper ihre Aufmerksamkeit zu. »Mylord, wird die *Times* eine Gegendarstellung drucken, die besagt, dass die Nachricht falsch war?«

»Ich bin zuversichtlich, dass sie das tun werden. Ich werde alles in meiner Macht Stehende tun, um jegliche Folgen für Sie zu lindern.«

Sie antwortete mit einem leichten Nicken, das Jasper

allerdings genügte, um daraus zu folgern, dass sie nicht unglücklich war. »Dann ist es abgemacht. Ich erwarte von Ihnen, dass Sie dem Klatsch nach besten Kräften Einhalt gebieten.«

»Ich weiß Ihre Einsichtigkeit zu schätzen. Ich möchte mich nochmals für diesen schweren Fehler entschuldigen. Ich habe wirklich keine Vorstellung, wie das geschehen konnte.«

Sie nickte, und Jasper deutete die Geste als Beendigung des Gesprächs. Er verbeugte sich erst vor ihr und dann vor Lord Herrick und ging dann mit vor Erleichterung beschwingten Schritten hinaus.

Das war weitaus besser gelaufen, als er sich vorgestellt hatte. Wenn jetzt nur seine Begegnung mit dem Herzog ebenso gut ausgehen würde.

~

Olivia folgte Louisa die Stufen zu Jaspers Stadthaus hinauf. Ihre Nerven lagen bloß, und sie war sich keineswegs sicher, ob sie Jasper überhaupt sehen wollte. Zu sehr fürchtete sie sich davor, was er sagen könnte. Dass die letzte Nacht ein Traum gewesen war oder schlimmer noch, eine Lüge.

Louisa bestand jedoch darauf, dass dem Kolumnisten, der über die Verlobung berichtet hatte, ein Fehler unterlaufen war, und sie war fest entschlossen, Jasper deshalb unverzüglich zur Rede zu stellen.

Jaspers Butler ließ die beiden in die weitläufige Marmorhalle eintreten. Sie brachte es mühelos auf die doppelte Größe von Louisas. »Guten Morgen, Lady Merriweather, Miss West. Lord Saxton ist derzeit ausgegangen. Möchten Sie sich zu Seiner Gnaden in den Salon begeben?«

Louisas Augenbrauen schossen in die Höhe. »Seine Gnaden ist hier?«

»In der Tat«, entgegnete der Butler. »Er wartet bereits seit einer halben Stunde, obwohl ich ihn über meine Unkenntnis bezüglich des Zeitpunkts von Lord Saxtons voraussichtlicher Rückkehr informiert habe.«

Louisa wandte sich an Olivia. »Das ist ein bisschen sonderbar. Ja, Thurber, wir werden mit meinem Bruder warten.«

Sie folgten dem Butler direkt durch die Eingangshalle in den Salon. Der Herzog erhob sich bei ihrem Eintreten. Es war offensichtlich, dass er Tee getrunken hatte – und es sah aus, als sei er schon eine Weile hier.

Er lächelte ihnen zu, oder zumindest vermutete Olivia, dass es ein Lächeln darstellen sollte. Er zog die Lippen zurück, doch sein eisiger Blick wollte einfach nicht zu diesem Ausdruck passen. »Louisa, Miss West.«

»Holborn, was tust du hier? Ich kann mich nicht einmal mehr darauf besinnen, wann du Saxton das letzte Mal um diese Uhrzeit besucht hast, geschweige denn auf ihn *gewartet* zu haben.«

»Du hast heute Morgen doch gewiss die *Times* gelesen?«, fragte er.

»Um ehrlich zu sein, nicht. Wir hatten einen frühen Termin und ich wollte die Zeitung beim Mittagessen lesen.«

»Und ich dachte, du wärst gekommen, um Jasper zu seiner Verlobung mit Lady Philippa zu gratulieren.«

Olivias Knie gaben nach, doch sie schaffte es gerade noch so, stehen zu bleiben. Louisa berührte sie am Arm.

»Ich bin hier, um die Einzelheiten mit Saxton zu bespre-chen«, fuhr der Herzog fort.

»Ich verstehe«, murmelte Louisa. Sie schenkte Olivia einen entschuldigenden Blick, der jedoch eine andere Emotion zu kaschieren schien – möglicherweise Wut. Ihre hellblauen Augen blitzten auf. »Wann soll dieses freudige Ereignis deiner Erwartung nach denn stattfinden?«

»Gegen Ende Oktober, nehme ich an.«

»Schade. Olivia und ich hatten geplant, im Herbst nach York zu reisen. Vermutlich könnten wir zur Hochzeit zurückkehren.« Sie drückte Olivias Arm.

»Das will ich hoffen. Du stehst Saxton recht nahe und natürlich seid ihr beide mehr als willkommen.« Abermals versuchte er, den grotesken Anschein eines Lächelns zu erzeugen.

Es war etwas überaus Verdächtiges an seinem Verhalten. Er hatte Olivia nie in einer Weise behandelt, die auch nur annähernd als freundlich, geschweige denn höflich zu bezeichnen wäre. Weitaus häufiger ließ er unhöfliche Bemerkungen fallen und warf ihr verächtliche Blicke zu. Warum versuchte er jetzt, sich so liebenswürdig zu geben? Lag es daran, dass sein Sohn die von ihm auserwählte Braut heiraten würde?

»Nun, wir müssen nicht bleiben, Liebes«, meinte Louisa. »Saxton ist heute Morgen ganz sicher beschäftigt.« Sie wandten sich zum Gehen, doch der Herzog hielt sie auf.

»Gibt es etwas, das ich Saxton für euch weitergeben kann? Den Anlass eures Besuchs vielleicht?«

Louisa drehte den Kopf und sah ihn mit einem kühlen Lächeln an. »Nein, danke, Holborn.«

Sie gingen auf die Tür zu und mussten ruckartig stehen bleiben, als Jasper auf der Schwelle stand. Sein Blick wurde weicher, als er Olivia ansah, und wieder drohten ihre Knie nachzugeben.

»Entschuldige uns, Saxton.« Louisas Tonfall klirrte vor Frost. »Wir haben erfahren, dass du heute Morgen die Einzelheiten der Hochzeit mit Holborn besprechen wirst.«

Jasper zog fragend eine Augenbraue hoch und richtete den Blick an ihnen vorbei auf den Herzog. »Tatsächlich? Ich hatte keine Kenntnis von einer solchen Verabredung. Hätte ich das gehabt, hätte ich mir die Fahrt heute Morgen nach Holborn House sparen können.« Er warf Olivia einen Blick zu und zwinkerte ihr verschmitzt zu. Was hatte er vor? »Holborn, ich bedaure, dir mitteilen zu müssen, dass ich Lady Philippa nicht heiraten werde. Wie es sich trifft, hat sie keinen Wunsch, mich zu heiraten.«

KAPITEL VIERUNDZWANZIG

$\mathcal{J}$asper verfolgte das Wechselspiel der Gefühle auf Olivias Gesicht. Mit dem Rücken zum Herzog ließ sie sich alles anmerken – Zorn, Überraschung und jetzt Misstrauen. Liebend gern wollte er ihr sagen, dass die Ankündigung einzig und allein Holborns Machwerk gewesen sei – was er auch tun würde –, doch wie er bereits kombiniert hatte, war es für alle am einfachsten und besten, wenn er Holborn in dem Glauben ließ, was Philippa zu ihrem Vater gesagt hatte: dass sie Jaspers Antrag abgewiesen hatte.

Holborn würde Zeit genug bleiben, sich mit Jaspers Entschluss, Olivia zu heiraten abzufinden, was nun in der Abgeschiedenheit von York oder an einem ebenso weit entfernten Ort von London geschehen musste, damit Philippas Ruf gewahrt bliebe. Er glaubte nicht, dass Olivia etwas dagegen einzuwenden haben würde. Tatsächlich glaubte er sogar, sie würde eine Hochzeit außerhalb des Spektakels der Gesellschaft vorziehen. Ihm selbst erging es jedenfalls so, das wusste er. Sein Puls raste bei dem Gedanken. Er wollte heute mit ihr abreisen.

Wut hatte sich in Holborns Züge eingebrannt, als er auf Jasper zuschritt. Olivia und Louisa traten zur Seite. »Hat sie dich wegen deines Verhaltens gestern Abend abgewiesen? Ich kann nicht glauben, dass du jemanden mitten auf einem Ball geschlagen hast. Habe ich eine Bestie aufgezogen?«

Olivia trat vor. »Ich hatte die Lage so verstanden, Euer Gnaden, dass Saxton die Absicht verfolgte, Lady Philippas Ehre zu schützen. Daran können Sie doch sicher nichts auszusetzen haben.«

Jasper versuchte, den Mund nicht aufklaffen zu lassen. In Anbetracht dessen, was Olivia in diesem Moment wusste – dass Jasper geplant hatte, Philippa zu heiraten, während er mit ihr schlief und ihr einen Heiratsantrag machte –, konnte er nicht glauben, dass sie ihn in Schutz nahm. Und seinen Gewaltausbruch rechtfertigte! Am liebsten hätte er sie in die Arme genommen und ihr seine Unwürdigkeit erklärt.

»Das kann ich, und ich finde auch Fehler.« Er sah sie einen Moment finster an, ehe er seinen Zorn auf Jasper richtete. »Wir hatten eine Absprache.«

»Ja, und ich habe meinen Teil der Absprache erfüllt. Ich kann Lady Philippa nicht zwingen, etwas zu tun, wozu sie nicht bereit ist.« Und weil er sich den Hohn nicht verkneifen konnte, setzte er hinzu: »Hättest du gewollt, dass ich sie so öffentlich wie möglich bloßstelle?«

Olivia sog die Luft ein und Jasper taten seine Worte leid. Er würde hart arbeiten müssen, um sie davon zu überzeugen, dass er nicht der größte Schurke Englands war.

»Ich habe von dir erwartet, dass du unsere Vereinbarung einhältst. Du lässt mir keine andere Wahl.«

Jaspers Geduld löste sich in Luft auf. Er strebte auf Holborn zu, bis die beiden sich nur eine Nasenbreite auseinander befanden. »Du hast mir keine Wahl gelassen, und jetzt werde ich ohne mein Verschulden meine Wahl treffen. Es wird keine Heirat mit Lady Philippa stattfinden.«

Stumm vor Wut starrte der Herzog zu ihm auf – Jasper überragte ihn um gute fünf Zentimeter. Seine Kiefermuskulatur spannte sich an, während sein Blick eine Kälte ausstrahlte, die wahrscheinlich bis nach Sussex zu spüren war.

»Wirst du diese Göre heiraten?« Er ruckte den Kopf in Olivias Richtung.

Jaspers Blut rauschte. »Das werde ich.«

»Du ruinierst den Titel.«

»Nein, ich verbessere ihn«, konterte Jasper genüsslich. »Genau wie du es mir beigebracht hast. Ich erwarte nicht, dass du dich für sie erweichst, aber Merry war ihr Vater. Sie besitzt adeliges Blut und wird die Pflichten einer Komtess – und zu gegebener Zeit auch einer Herzogin – mit Würde und Anmut erfüllen.« Er beugte sich leicht vor und zwang den Herzog, den Kopf in den Nacken zu legen. »Du wirst sie in Ruhe lassen und jetzt ist Schluss damit.«

Jasper tat einen Schritt zurück und erlaubte sich, Olivia und seine Tante anzusehen. Louisa fuhr sich mit der Hand unter dem Auge entlang, während Olivia ihn mit großen Augen anstarrte.

Thurber trat in den Salon. »Mylord, Lord Sevrin und seine ... Freunde sind hier, um Euch zu sehen.«

Sevrin wartete nicht, bis er hereingebeten wurde. Er marschierte an Thurber vorbei, mit Hopkins und einem halben Dutzend anderer Männer aus dem Club, die ihm folgten. Sevrin musterte die anderen Anwesenden im Salon und zog eine Augenbraue hoch. »Hier findet heute Morgen ein Empfang statt.«

Jasper, über ihr Erscheinen verdutzt, zog eine Augenbraue hoch. »Es scheint so.«

»Wir haben die *Times* gelesen«, meinte Sevrin. »Es war offensichtlich, dass du Hilfe brauchtest, um die Dinge ins Lot zu bringen.« Die Männergruppe rückte vor und Jasper zwang sich, nicht zu lachen. Sie beabsichtigten, ihn zu einer Heirat mit Olivia zu zwingen? Wie sehr er diesen Club liebte. Wie sollte er Olivia jemals davon überzeugen, dass er ihn brauchte?

»Ich habe dem Herzog gerade erklärt, dass Lady Philippa sich entschieden hat, mich nicht zu heiraten.« Er nickte Sevrin leicht zu, um ihm stillschweigend mitzuteilen, dass dieser Umstand nicht weiter erörtert werden sollte. »Ich habe auch erklärt, dass ich Miss West heiraten werde.«

Die Männer entspannten sich. Ein paar klopften sich gegenseitig auf die Schulter und grinsten. Sevrin lachte leise. »Unsere Arbeit hier ist getan.«

»Was zum Teufel wird hier gespielt?«, fragte der Herzog.

»Es ist nur eine Gruppe von Freunden.«

Der Herzog zog die Lippen kraus. »»Freunde? Dieser Haufen?«

»Wir sind gekommen, um uns seines Wohlergehens zu versichern«, meinte Sevrin. »Und das seiner Braut. Wir würden ungern etwas Skandalöses über sie hören oder erfahren, dass sie vom Pech verfolgt wird.«

»In der Tat«, pflichtete Hopkins bei, während er seine Hand zur Faust ballte und wieder öffnete. Die übrigen Männer rückten erneut ein kleines Stück weiter vor und ihre Gesichter nahmen eine ernste – und entschlossene – Miene an.

Jasper schaute den Herzog an. Sein Ausdruck war in Schieflage geraten und verriet eine Spur Besorgnis. Rasch versteckte er sich unter seiner Maske der Missbilligung. »Ihr glaubt, mich einzuschüchtern?«, fragte er Jasper.

Jasper gestikulierte in Richtung seiner Kampfkameraden. »Nicht ich, sie. Ich habe sie heute Morgen nicht eingeladen, obwohl sie herzlich willkommen sind.«

»Du wirst den Titel tatsächlich ruinieren.«

»Das werde ich nicht, doch falls es unumgänglich ist, werde ich kein Problem damit haben, dich zu ruinieren. Die Anerkennung der Gesellschaft hat für dich weitaus größeres Gewicht als für mich.« Zumindest das hatte Jasper begriffen. Nichts bedeutete mehr als Olivias Anerkennung, und im Moment war es das Einzige, wofür es sich zu kämpfen lohnte.

Der Herzog wankte noch einen Moment, und sein Blick huschte zwischen Jasper und den Männern aus dem Black Horse hin und her. Schließlich sagte er: »Halte sie von mir fern.« Dann marschierte er steifen Schrittes hinaus.

Sevrin grinste. »Nun, ich denke, unsere Arbeit ist wirklich getan. Glückwunsch, Saxton.«

Alle umringten Jasper und schüttelten ihm entweder die Hand oder klopften ihm auf den Rücken. Einer legte die Hand auf seine verwundete Schulter und Jasper zuckte zusammen. »Ähm, das tut mir leid«, entschuldigte Hopkins sich verlegen.

»Es tut mir nur leid, dass wir Gifford, diesen Mistkerl, nicht teeren können«, meinte ein anderer der Männer.

»Er wird jede Menge Zeit in Newgate verbringen, will ich annehmen«, antwortete Sevrin. »Also, Jungs, überlassen wir Saxton und seine Braut sich selbst. Sicherlich haben die beiden einiges zu besprechen.« Er verbeugte sich vor Olivia, und die anderen Männer taten es ihm nach. Olivias Wangen erröteten, während Louisa breit grinste.

Nachdem sie gegangen waren, eilte seine Tante herbei, um ihn zu umarmen. »Mein lieber Junge. Gut gemacht! Wer waren diese Männer?«

»Ich bin Mitglied eines Boxclubs. Sie sind meine Freunde.«

»Tatsächlich? Wie außergewöhnlich. Ich wusste, dass es einen Grund für deine unzähligen blauen Flecken geben musste. Es konnte nicht angehen, dass du dich plötzlich in den größten Tollpatsch ganz Englands verwandelt hattest.« Sie warf Olivia einen Blick zu, die sich nicht gerührt hatte. »Ich werde in die Queen Street zurückkehren. Ich vertraue dir, dass du Olivia irgendwann heimbringen wirst. Olivia, Liebes, ich werde unsere Sachen für York packen lassen. Wir werden morgen abreisen.«

Sie drückte Jaspers Hand, bevor sie aus dem Salon entschwand.

Jasper stand einfach da und betrachtete Olivia einen Moment unsicher darüber, was sie gerade dachte. Er trat einen Schritt vor, doch sie wich einen zurück. »Es tut mir leid.«

»Von welcher Absprache hat Holborn geredet?«, wollte sie wissen.

Jasper wappnete sich gegen ihren Zorn. »Ich hatte zugestimmt, Philippa zu heiraten, wenn er dich dafür in Ruhe lässt. Ich wollte, dass du mit Louisa glücklich wirst, und das hatte er zugesagt.«

»Du hattest also vor, sie zu heiraten. Was hast du dann gestern Abend mit mir gemacht?« Ihre Stimme war tief verletzt und ihr Gesicht so blass.

Jasper wollte sie in den Arm nehmen, doch er wagte nicht, sich zu rühren, aus Angst, dass sie die Flucht ergreifen könnte. »Ich hatte die Absicht, sie zu heiraten – etwa eine Stunde lang. Als ich das Black Horse aufsuchte, haben meine Freunde – Sevrin und die anderen – mich zur Vernunft gebracht. Dann bin ich zu dir gekommen. Leider war der Herzog zu voreilig und hatte die Neuigkeiten einem Reporter der *Times* übermittelt.«

»Aber du sagtest, Philippa hätte dich abgewiesen.«

»Das musste ich. Philippas Ruf steht auf dem Spiel. Ich muss die Gesellschaft glauben lassen, dass sie mich abgewiesen hat.«

»Wird dein Ruf nicht darunter in Mitleidenschaft gezogen?«

»Das ist mir einerlei.«

Enttäuschung blitzte in ihren Augen auf. »Warum, weil du durch die Heirat mit mir ohnehin ruiniert sein wirst?«

Keine Sekunde länger würde er die Distanz zwischen ihnen aushalten können. Mit drei großen Schritten stand er vor ihr. Er ergriff ihre Hände mit den seinen. »Nein, denn jetzt, da ich dich habe, ist nichts anderes von Bedeutung. Ich habe dich doch noch, nicht wahr?« Er sank auf die Knie und war bereit, sie nötigenfalls anzuflehen. »Ich weiß, dass du wahrscheinlich misstrauisch bist. Gestern Abend habe ich mich ebenso gefühlt, als ich von dem Drohbrief an dich erfuhr, von dem du mir nichts erzählt hattest.« Sie bekam große Augen und er sprach weiter. »Ich habe allerdings beschlossen, dass es keine Rolle spielt. Ich vertraue dir, Olivia. Ich weiß, dass du einen Grund hattest, mir nichts zu sagen.«

Sie nickte verlegen. »Ich war der Annahme, der Herzog hätte ihn geschickt. Ich wollte eure ohnehin schon schwierige Beziehung nicht noch weiter zerrütten.«

Er lächelte ihr zu. »Darüber brauchst du dir keine Sorgen zu machen – ich bin überzeugt, dass nichts meine Meinung über den Herzog noch stärker trüben könnte.«

Sie blinzelte ihn an und er bemerkte die Tränen in ihren Augen.

Er drückte ihre Hände. »Bitte weine nicht, Olivia. Siehst du, ich flehe dich an. Vertrau mir, liebe mich, heirate mich.«

»Ich glaube, ich mag deine Freunde aus dem Kampfclub. Es macht mir nichts aus, wenn du deine Mitgliedschaft fortsetzt.«

Er lachte vor Freude, die ihn durchströmte. »Das sind gute Leute.«

»Die besten, da sie dich auserwählt haben.«

»Heißt das, du wählst mich auch?« Sein Herz geriet kurz ins Stocken, als er auf ihre Antwort wartete.

Sie zog ihn an den Händen. »Oh, steh auf und küss mich endlich, Jasper.«

EPILOG

London, März 1818

»Bist du sicher, dass du gehen willst?«, fragte Jasper, als Olivia ihre Handschuhe überstreifte. »Ich verstehe, wenn du lieber zu Hause bleiben willst, um dich auszuruhen.« Sein Blick glitt kurz zu ihrer Taille, die noch keine Anzeichen auf das Kind zu erkennen gab, das in ihr heranwuchs.

Sie lächelte zur Antwort. »Ich weiß, du würdest lieber zu Hause bleiben, aber wir haben Louisa versprochen, zu Lady Badbys Dinnerparty zu gehen.« Außerdem wollte sie allen zeigen – womit insbesondere Jaspers Eltern gemeint waren, die heute Abend zweifellos anwesend sein würden -, dass sie mehr als in der Lage war, die Rolle der Komtess von Saxton zu erfüllen.

Er legte einen Arm um ihre Taille und zog sie an sich, um ihren Hals zu liebkosen. »Mir wäre es viel lieber mit dir hier allein, aber für einen Abend kann ich dich vermutlich entbehren.«

Eine halbe Stunde später stiegen sie die Stufen zu Lady Badbys Stadthaus hinauf. Die Schlange der Kutschen deutete darauf hin, dass ihre Dinnerparty für ein Essen an einer Tafel viel zu stark besucht war.

Sie hatten Louisa angeboten, sie mitzunehmen, die das Angebot allerdings abgelehnt hatte, weil sie ihren großen Auftritt miterleben wollte. Olivia unterdrückte einen akuten Angstausbruch. Die Aufmerksamkeit aller Anwesenden wäre auf Jasper und sie gerichtet. Seit ihrer im Stillen abgehaltenen Hochzeit in York, im vergangenen September, waren sie nicht mehr in Gesellschaft gewesen.

Wie versprochen, wartete Louisa im Salon auf sie, wenngleich sie angesichts der dichten Menschenmenge zunächst kaum auszumachen war. Strahlend bahnte sie sich einen Weg zu ihnen. »Ihr beiden seht prächtig aus, meine Lieben.«

»Louisa, ich dachte, du hättest gesagt, dies sei eine moderate Dinnerparty?«, meinte Olivia, obwohl sie bereits vor langer Zeit gelernt hatte, dass Louisas Vorstellung von »moderat« vielleicht nicht mit der Definition anderer übereinstimmen würde.

Louisa zuckte mit den Schultern. »Ich kann mir nicht vorstellen, dass alle diese Leute eine legitime Einladung hatten, aber Augusta wird sie nicht wegschicken. Sie ist dort drüben und prahlt mit ihrem Erfolg. Du bist bereits der Star von London und sie hat dir deinen ersten Auftritt verschafft.«

Lady Badby, die sich mit mehreren Gästen unterhielt, ließ dabei den Federputz auf ihrem Kopf wippen und gestikulierte lebhaft mit ihren beringten Händen. Direkt hinter ihr stand der Herzog von Holborn. Olivia sah sich suchend nach der Herzogin um, doch sie konnte sie nirgends entdecken. Seit sie im Herbst aus London weggegangen waren, hatten sie von Jaspers Eltern weder etwas gesehen noch gehört.

Sie hatten jedoch Zeit mit Jaspers Schwester Miranda und ihrem Mann Fox verbracht, die zu ihrer Hochzeit gekommen waren. Und jetzt waren die beiden auch hier. Miranda kam auf sie zu, ihr Mann folgte ihr auf den Fersen.

Sie strahlte Olivia an und nahm ihre Hände. »Ach, da bist du ja.« Sie senkte ihre Stimme. »Du strahlst ja, Liebes. Gibt es etwas, das ich wissen sollte?« Sie sah mit hochgezogener Augenbraue zu Jasper.

»Wie kannst du das wissen?«, fragte Olivia.

Fox legte seiner Frau die Hand um die Taille, ohne zu ahnen – oder sich vielleicht auch nicht darum zu kümmern –, dass solch eine offensichtliche Geste der Zuneigung in London verpönt war. »Du solltest inzwischen wissen, dass Miranda alles mitbekommt.«

Miranda warf Fox einen gespielt ermahnenden Blick zu. »Eine Mutter spürt solche Dinge.« Ihr Sohn war erst ein paar Monate alt.

»Ist Alexander hier mit euch in London?«, fragte Olivia. Jasper und sie hatten nach seiner Geburt einen Besuch abgestattet, aber Olivia hoffte inständig, ihren Neffen wiederzusehen.

»Natürlich.« Mirandas Augen funkelten vor Heiterkeit. »Du glaubst doch nicht, dass der Herzog und die Herzogin sich herablassen würden, ihren Enkel im ländlichen Wiltshire zu besuchen?«

Olivia spürte, wie Jasper den Arm unter ihren Fingerspitzen anspannte. Sie blickte zu ihm auf und sah, wie er den Herzog anstarrte. »Ist alles in Ordnung?«

»Mmm, ja. Ich glaube schon.« Jasper hatte seinen Vater besucht, bevor sie nach York gereist waren. Er hatte Olivia versichert, dass er ihnen trotz des bisherigen Verhaltens keinen weiteren Ärger mehr machen würde. Er hatte auch geschworen, seinen Vater im Gegenzug nicht bedroht zu haben, aber Olivia fragte sich dennoch, warum der Herzog so einfach bereit gewesen war, sie ihrem Glück zu überlassen. »Ich werde einfach mal nachsehen.«

»Ich komme mit dir«, sagte Olivia.

»Tapferes Mädchen«, lobte Fox. »Ich würde dir ja meine Unterstützung anbieten, aber ich glaube nicht, dass meine Anwesenheit deiner Sache dienlich sein wird.«

Miranda grinste ihn an. »Oh, Vater war geradezu angenehm, als wir die Eltern gestern mit Alexander besucht hatten.«

Jasper zog eine Augenbraue hoch, als ob er das überhaupt nicht glauben konnte. Miranda lachte und zwinkerte Olivia zu, als Jasper sie in Richtung des Herzogs zog. Als sie auf Holborn zugingen, verschränkte dieser die Hände hinter dem Rücken.

»Guten Abend, Euer Gnaden.« Olivia vollführte einen Knicks.

»Guten Abend.« Der Herzog deutete eine leichte Verbeugung an. Olivia stahl sich einen Blick auf Jasper, dessen Augen sich fast unmerklich weiteten. Mit so viel Höflichkeit hatte er nicht gerechnet. Auch Olivia hatte das nicht erwartet, aber sie war sich bewusst, dass alle Anwesenden sie genau beobachteten, und so hatte sie zumindest auf Höflichkeit gehofft.

»Ist Ihre Gnaden ebenfalls anwesend?«, fragte Jasper.

»Ja, sie ist irgendwo hier.« Der Herzog bemühte sich um ein verbindliches Lächeln, doch auf Olivia wirkte er, als würde er unter einem akuten Anfall von Arthritis leiden. »Es geht euch beiden gut, nehme ich an?«

Jasper bedeckte ihre Hand mit seiner. »Dem ist so, danke. Ich weiß deine Fürsorge sehr zu schätzen.«

»Gewiss.« Der Herzog neigte den Kopf, doch seine Augen blieben eisigkalt. Er hatte sie öffentlich akzeptiert, aber nicht privat. Dennoch war das genau, worauf sie gehofft hatten. Nach all seinen Drohungen und gescheiterten Versuchen, Olivia zu vertreiben, hatte er eingelenkt.

Die Leute fingen an, sich ihnen zögerlich zu nähern. Der Abend verging für Olivia wie im Flug, bis kurz vor Mitternacht, als sie sich allein wiederfand, während Jasper ihr ein Glas Limonade holte. Der Herzog erschien an ihrer Seite.

»Haben Sie auf diese Gelegenheit gewartet, um zuzuschlagen?«, fragte sie.

»Ein bisschen, ja.«

Olivia hatte keine Lust auf Spielchen. Bei diesem Mann wusste sie genau, woran sie war, und sie akzeptierte es. »Sagen Sie mir, warum.«

»Warum ich Ihnen gestattet habe, zu bleiben?« Er hatte den Blick in den Salon gerichtet, anstatt auf sie. »Sie sind eine Schauspielerin. Sie können die Rolle von Jaspers Frau zumindest gut genug spielen, um die Gesellschaft hinters Licht zu führen.«

Sie lachte leise. »Halten Sie nun nicht viel von mir oder von der Gesellschaft?«

»Egal, was ich gesagt oder getan hätte, hätte er sie geheiratet.«

Olivia wurde warm ums Herz, denn sie wusste, dass der Herzog recht hatte. Jasper würde sie niemals gehen lassen. »Wir werden ein Kind bekommen. Wahrscheinlich im Spätsommer. Sagen Sie Jasper nicht, dass ich es Ihnen verraten habe.«

Jetzt sah der Herzog sie an. In seinen Augen glomm ein schwacher Schimmer auf. Es waren keine Tränen, doch irgendetwas in ihm bewahrte seine Seele davor, völlig zu verkümmern. »Werden Sie mich benachrichtigen, wenn er geboren ist?«

Er. Holborn erwartete nichts anderes. Olivia nickte. »Das werde ich.«

Später, in ihrem riesigen Himmelbett in Saxton House, schmiegte Olivia sich schläfrig an die Seite ihres Mannes. »Ich hatte eine schöne Zeit. Ich ziehe York immer noch vor, aber ein paar Monate im Jahr in London kann ich schon verkraften. Insbesondere mit Louisa, und hoffentlich kann deine Schwester auch regelmäßig kommen, wenn das Waisenhaus es zulässt.«

Sanft streichelte er ihren Oberarm mit den Fingern. »Ich werde dir folgen, wohin du auch gehst.«

Sie blickte zu ihm auf. »Hat dir der Abend gefallen?«

»Du versuchst, mich nach meinen Eltern zu fragen. Ich gebe zu, dass ich von ihrem höflichen Betragen schockiert war.«

»Du hast nicht wirklich erwartet, dass sie eine Szene machen würden?«

»Nicht wirklich, aber ich habe es aufgegeben, Holborns Verhalten vorauszusagen. Ich will gern glauben, dass ihm mehr Verstand beschieden ist, als genau das zu verursachen, wovor er sich so sehr fürchtet, aber er kann manchmal unbesonnen sein, so wie er in meiner Jugendzeit war.« Er hatte Olivia viele Geschichten über die Grausamkeit seines Vaters erzählt, und wenn sie an Jaspers Kindheit dachte, zog sich ihr immer wieder das Herz zusammen. Da war es ihr sogar lieber, keinen Vater zu haben.

Sie hatte sich damit abgefunden, die Identität ihres Vaters nie wirklich zu kennen, aber sie akzeptierte auch, vierzehn einigermaßen glückliche Jahre bei Pflegeeltern verbracht zu haben, die ihr Güte, wenn nicht Liebe entgegengebracht hatten. Und Fiona hatte sie wohl auf ihre eigene Weise geliebt, vermutete sie. Doch jetzt war ihr mit Louisa die Liebe eines echten Elternteils vergönnt, und das war mehr, als sie sich je hätte erträumen können. Anstatt das Gefühl zu haben, dass ihrem Leben etwas fehlte, fühlte sie sich erfüllt, vollständig. Geliebt.

Sie kuschelte sich an Jasper und drückte ihm einen Kuss auf den Hals. »Ich liebe dich.«

Er drückte sie fest an sich. »Ich liebe dich auch.« Er drehte sich zu ihr und küsste sie sanft. »Und habe ich dir schon gesagt, wie stolz ich auf dich bin? Wie wohltuend es ist, zu erleben, wie alle anderen Männer im Raum mich neidisch anschauen?«

Sie lächelte an seinen Lippen. »Ich kenne das Gefühl, wenngleich die Frauen auch noch ihre Zähne blecken.«

Er lachte. »Wie grausam.« Er küsste eine Spur an ihrem Kiefer entlang zu ihrem Ohr.

»Ich war überrascht, dass du heute Abend nicht zum Black Horse gehen wolltest. Ich weiß, dass du Sevrin und die anderen sehen willst.«

Er knabberte an ihrem Hals, direkt unter ihrem Ohr. »Ich dachte, ich könnte morgen hingehen, wenn es dir recht ist.«

Olivia verlor nun rasch das Interesse sich zu unterhalten. »Natürlich, es sind ja deine Freunde.«

Jasper zog sich zurück. »Habe ich dir schon gesagt, was für ein Glückspilz ich bin, weil du mich so froh machst, dass ich dich gar nicht verdient haben kann?«

Sie zog ihn wieder näher an sich heran und lenkte seine Lippen zurück an ihren Hals. »Ja, ja, und sei nicht töricht.«

Er leckte sich einen Weg an der Unterseite ihres Kinns entlang. »Das sagst du, aber bevor ich dich kennengelernt habe, war mein Herz kalt, ruiniert und vollkommen ruchlos.«

Sie legte eine Hand auf seine Brust, über das Herz, das sicher und stark für sie schlug. »Dein Herz ist weder kalt, noch ist es ruiniert. Aber hoffentlich stört es dich nicht, wenn ich es vorziehe, dass du ein kleines bisschen ruchlos bleibst.«

Er lächelte, als er die Lippen auf die ihren senkte. »Für dich tue ich alles.«

Wollen Sie erfahren, was passiert, wenn Philippa in ein skandalöses Fest platzt und der schneidige Lord Sevrin zu ihrem Retter wird? Das ist eine Nacht, die Sie in Die Verführung des Halunken nicht versäumen wollen!

Sind Sie an weiterer Regency-Romantik interessiert? Schauen Sie sich meine anderen historischen Serien an:

Die Unberührbaren
Geraten Sie ins Schwärmen über zwölf der begehrtesten und schwer fassbaren Junggesellen der feinen Gesellschaft und die Blaustrümpfe, Mauerblümchen und Außenseiterinnen, die sie in die Knie zwingen!

Die Unberührbaren: Die Prätendenten
In der faszinierenden Welt der Unberührbaren spielend, handelt die Saga von einem Geschwistertrio, die sich darin auszeichnen, sich als jemand auszugeben, der sie nicht sind. Werden ein unerschrockene Bow Street Ermittler, ein niedergeschmetterter Viscount und eine desillusionierte Dame der feinen Gesellschaft es schaffen, ihre Geheimnisse zu lüften?

Die Liebe ist überall
Herzerwärmende Nacherzählungen klassischer Weihnachtsgeschichten im Regency-Stil, die in einem gemütlichen Dorf spielen und von drei Geschwistern und dem besten Geschenk von allen handeln: der Liebe.

Der Club der verruchten Herzöge
Sechs Bücher, geschrieben von meiner besten Freundin, der New York Times Bestseller-Autorin Erica Ridley, und mir.

Lernen Sie die unvergesslichen Männer von Londons
berüchtigtster Taverne, dem Verruchten Herzog, kennen.
Verführerisch attraktiv, mit Charme und Witz im Überfluss,
wird eine Nacht mit diesen Wüstlingen und Filous nie genug
sein ...

Legendäre Abenteurer
Fünf unerschrockene Heldinnen und abenteuerlustige
Helden auf dem Weg zu spannenden Abenteuern in den
schottischen Highlands, England und Wales!

Die Unberührbaren: Die Prätendenten

Geheimnisvolle Kapitulation
Ein skandalöser Pakt
Des Gauners Rettung

Ruchlose Geheimnisse und Skandale

Ihr ruchloses Temperament
Sein ruchloses Herz
Die Verführung des Halunken

Die Liebe ist überall
(eine Regency Weihnachtstrilogie)

Der Earl mit dem Flammendroten Haar
Das Geschenk des Marquess
Eine Freude für den Herzog

Der Club der verruchten Herzöge

Eine Nacht zum Verführen by Erica Ridley
Eine Nacht der Hingabe by Darcy Burke
Eine Nacht aus Leidenschaft by Erica Ridley
Eine Nacht des Skandals by Darcy Burke
Eine Nacht zum Erinnern by Erica Ridley
Eine Nacht der Versuchung by Darcy Burke

ÜBER DIE AUTORIN

Darcy Burke ist die USA Today Bestsellerautorin für sexy, emotionale, historische und zeitgenössische Romantik. Darcy schrieb ihr erstes Buch im Alter von 11 Jahren – mit einem Happy End – über einen männlichen Schwan, der von der Magie abhängig war, und einen weiblichen Schwan, der ihn liebte, mit nicht sehr gelungenen Illustrationen. Schließen Sie sich ihr an newsletter!

Darcy, die in Oregon an der Westküste der Vereinigten Staaten geboren wurde, lebt am Rande des Wine Country mit ihrem auf der Gitarre spielenden Ehemann und ihren beiden ausgelassenen Kindern, die das Schreiben geerbt zu haben scheinen. Sie sind eine nach Katzen verrückte Familie mit zwei bengalischen Katzen, einer kleinen, familienfreundlichen Katze, die nach einer Frucht benannt ist, und einer älteren, geretteten Maine Coon, die der Meister der Kühle und der fünf-Uhr-morgens-Serenade ist. In ihrer ›Freizeit‹ ist Darcy eine regelmäßige ehrenamtliche Mitarbeiterin, die in einem 12-stufigen Programm eingeschrieben ist, in dem man lernt, ›Nein‹ zu sagen, aber sie muss immer wieder von vorne anfangen. Ihre Lieblingsplätze sind Disneyland und das Labor Day Wochenende in The Gorge. Besuchen Sie Darcy online unter https://www.darcyburke.net.

facebook.com/darcyburkefans

twitter.com/darcyburke

instagram.com/darcyburkeauthor

pinterest.com/darcyburkewrites

goodreads.com/darcyburke